HENRI LE POINTE

Conserver la Couverture

GLOIRES & LÉGENDES

HISTOIRE MILITAIRE DE LA FRANCE

RACONTÉE PAR

SES DRAPEAUX

de 1792 à nos Jours

5891
123

PRÉFACE D'ÉDOUARD DETAILLE

MEMBRE DE L'INSTITUT

✳

PARIS

JOUVE & Cie, ÉDITEURS

15, RUE RACINE, VIe

1911

GLOIRES & LÉGENDES

DU MÊME AUTEUR

A LA MÊME LIBRAIRIE

Histoire de nos Drapeaux, de 1792 à nos jours. — *Leurs légendes et leurs gloires*, suivi des airs du drapeau et de 14 gravures, préface de M. le général Priou (ouvrage adopté par les ministères de la Guerre et de l'Instruction publique). — Paris, 1909, 1 vol. in-16, 300 pages, 2° édition........................ 3 fr. 50

La Roumanie moderne (Ouvrage adopté par le ministère de l'Instruction publique de Roumanie). — Paris, 1910, 1 vol. grand in-8° avec carte...................................... 2 fr.

A LA LIBRAIRIE MILITAIRE R. CHAPELOT ET Cⁱᵉ

Les Fastes militaires et coloniaux du Portugal, *sous la Maison de Bragance* (1640 à nos jours). — Paris, 1906, 1 vol. in-8°, avec portrait.. 3 fr.

Marie-Louise, roman. — Genève, 1910.

POUR PARAITRE PROCHAINEMENT

Souvenirs de guerres et de garnisons (récits contemporains inédits).

HENRI LE POINTE

GLOIRES & LÉGENDES

HISTOIRE MILITAIRE DE LA FRANCE

RACONTÉE PAR

SES DRAPEAUX

De 1792 à nos Jours

PRÉFACE DE ÉDOUARD DETAILLE
MEMBRE DE L'INSTITUT

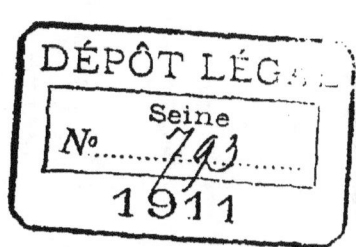
PARIS
JOUVE & Cie, ÉDITEURS
15, RUE RACINE, VIe

1911

PRÉFACE

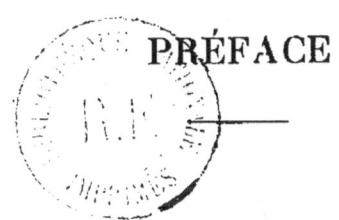

A une époque où des apôtres de la lâcheté, de la fausse humanité battent en brèche l'esprit militaire, rien ne semble plus utile que de rappeler les jeunes gens au sentiment de la dignité, du devoir et de l'honneur!

Au moment même où on ne parle à ces jeunes gens que de leurs droits, c'est en évoquant les glorieux souvenirs qu'on fera vibrer leur cœur; c'est en leur citant simplement des dates, des faits, des anecdotes émouvantes qu'on leur apprendra à connaître, à aimer la Patrie!

Il est incroyable de constater que dans nos écoles on supprime des périodes entières de notre histoire nationale!

L'auteur s'en est rendu compte. Son ouvrage Histoire de nos Drapeaux *a été accueilli comme il méritait et l'opinion publique l'a apprécié d'une manière unanime. Aujourd'hui, Henri Le Pointe, continuant son œuvre patriotique, publie — sous une forme facile et pratique — une histoire militaire contemporaine de la France, qui est en somme le corollaire de son premier livre. Cette histoire, il l'a écrite à l'aide des admirables inscriptions qui figurent dans les plis de nos drapeaux. L'idée est heureuse. C'est en retrempant les âmes à cette source de vaillance, qu'il leur fait voir que si notre armée a connu la joie des éclatants triomphes, elle a éprouvé, par contre, de cruels revers : après Austerlitz et Wagram. Leipzig et Waterloo ; après Sébastopol et Solférino, Metz et Sedan ! Mais, à toutes les époques, nos soldats se sont montrés égaux à eux-mêmes, c'est-à-dire superbes d'audace, de courage, de dévouement.*

Bref, c'est une histoire qui est écrite avec le sang même des héros qu'elle met en scène. On se sent étreint par une émotion poignante à la lecture des hauts faits de ces milliers de braves qui ont poussé jusqu'au plus complet sacrifice l'amour du sol natal et la religion des trois couleurs, symbole de grandeur, d'espérance, de liberté.

ÉDOUARD DETAILLE
Membre de l'Institut.

AVANT-PROPOS

Nous avons, dans ce nouveau livre, résumé l'histoire des nombreuses guerres soutenues par la France, de 1792 à nos jours. Pour faire tenir un aussi vaste sujet dans un cadre forcément restreint, une seule méthode s'offrait à nous : relater chronologiquement, année par année, campagne par campagne, tous les combats qui sont inscrits, en lettres d'or, sur les drapeaux et étendards de nos régiments actuels. Nous avons procédé ainsi, en nous efforçant de mettre dans notre travail le plus d'ordre et le plus de clarté possible.

C'est une admirable épopée de plus d'un siècle, montrant que partout où nos couleurs ont flotté, elles ont abrité des troupes d'une incomparable bravoure et d'un patriotisme sans égal. Où sont passés les ancêtres, leurs descendants ont suivi, imbus des mêmes traditions. Par un merveilleux enchaînement de grandes actions, notre histoire a vu s'unir, dans une éclatante auréole, les phalanges héroïques de Fleurus, de Marengo, d'Austerlitz, d'Iéna et de Wagram à celles non moins valeureuses d'Alger, de Constantine, de Sébastopol, de Solférino, de Sontay et de Tuyen-Quan.

Nos victoires coloniales, avec Courbet, Négrier, Gal-

liéni, Voiron, d'Amade et tant d'autres éminents soldats, ont pansé la plaie saignante de 1870 et rehaussé notre prestige militaire un instant assombri.

C'est une superbe envolée d'absolu dévouement planant sur la France qui, même dans les plus cruels revers, a prouvé la vitalité de sa race et le courage de ses enfants.

C'est donc en voyant ce qu'a été notre armée dans le passé et comment, après plusieurs époques malheureuses, elle a su promptement se relever, qu'on peut juger ce dont elle sera capable dans l'avenir.

HENRI LE POINTE

CHAPITRE PREMIER

LES GUERRES DE LA PREMIÈRE RÉPUBLIQUE

DE VALMY A MARENGO (1792-1800)

Exposé général

I. — Campagnes de France, de Belgique et d'Allemagne (1792-1794).

II. — Conquête de la Hollande (1795).

III. — Campagne d'Italie (1795-1797).

IV. — Campagne d'Allemagne (1796-1797).

V. — Campagne d'Égypte (1798-1801).

VI. — Campagne d'Helvétie (1799).

VII. — Campagnes en Italie et sur le Rhin (1799-1800).

VIII. — Expédition de Saint-Domingue (1802).

DE VALMY A MARENGO
(1792-1880)

Les premiers ennemis que la France eut à combattre à l'heure historique où elle venait de renverser la Monarchie et de proclamer la République, furent l'Autriche, la Prusse et la Sardaigne. Ces trois puissances mirent sur pied une armée formidable et la guerre éclata au mois d'avril 1792.

A cette époque, notre armée, issue directement de l'ancienne armée royale, était bien inférieure en nombre à celle qu'allaient lui opposer les coalisés. L'émigration lui avait enlevé un grand nombre d'officiers et la discipline souffrait des nouvelles idées de liberté qui s'étaient introduites dans nos régiments. Aussi, la campagne de 1792 commença-t-elle sous des auspices peu favorables.

Rochambeau en Flandre, La Fayette sur la Moselle, Luckner en Alsace, tentent en vain d'arrêter l'ennemi sur nos frontières. Rochambeau demande et obtient sa démission ; La Fayette, menacé d'être arrêté est obligé de fuir. Dumouriez prend alors le commandement en chef et tente l'invasion de la Belgique, mais, forcé de revenir sur la Moselle que l'ennemi a passée, il ajourne ses projets.

Au même moment, le centre de l'armée alliée, commandée par le duc de Brunswick, s'avançait dans le cœur de la Champagne. Longwy et Verdun étaient tombées entre ses mains. Pour échapper à un danger aussi imminent, il fallait à la France 200.000 soldats et une victoire. Les injurieuses provocations du duc de Brunswick soulèvent alors dans nos régiments une violente indignation qui, se répercutant dans le pays, peuple ceux-ci d'une belliqueuse jeunesse qui venge à Valmy l'honneur national outragé.

Battue sous les yeux de son roi, l'armée prussienne, naguère si insolente, recule devant Kellermann. Verdun et Longwy sont évacuées et les coalisés obligés de repasser la frontière.

Tandis qu'au Nord, les ennemis étaient repoussés, le général de Montesquiou avait, en quinze jours, conquis la Savoie et le Comté de Nice. A l'Est, Custine chassait les Autrichiens et plantait le drapeau français sur la rive droite du Rhin. Dumouriez, de son côté, gagnait la bataille de Jemmapes et, favorisé par le parti républicain belge qui l'appelait à son aide, il pénétrait jusqu'au cœur de la Belgique. Mons, Tournai, Nieuport, Ostende, Bruges, Bruxelles, sont occupées par nos soldats, et cinq jours après, les villes de Liége, Namur et Anvers ouvrent leurs portes. Au 1er décembre 1792, toute la Belgique était conquise. Cette campagne, qui n'avait commencé que par des défaites, sauvait la France, grâce à l'élan patriotique de la nation et à son énergique vitalité.

Toutefois, loin d'être conjurés, les périls allaient bientôt renaître. Notre éternelle ennemie, l'Angleterre, à laquelle se joignent l'Espagne et la Hollande, forme une nouvelle coalition. A la guerre étrangère vient se joindre aussi la guerre intérieure. La Terreur règne partout, et, sur nos frontières, les défaites s'accumulant, les dangers d'une invasion reparaissent plus terribles et plus menaçants que l'année précédente.

Avec la bataille de Neerwinden, nous perdons la Belgique. Dumouriez qui pactise avec l'étranger, déserte son armée, alors que Custine abandonne, sans motifs sérieux, ses conquêtes du Rhin. Deux cent mille ennemis passent alors nos frontières du Nord et de l'Est, pendant que les Espagnols, au nombre de 50.000, franchissent les Pyrénées et que 50.000 Austro-Sardes s'avancent vers la Provence. Les forteresses du Quesnoy, de Condé, de Valenciennes, successivement assiégées, tombent au pouvoir des alliés et leur chute ouvre à l'invasion notre frontière du Nord.

Mais, ainsi que Rome après Cannes, la France ne désespère pas de son salut. Ses vaillants enfants volent à sa défense. La *Marseillaise* fait retentir ses strophes sublimes, et à ses vibrants accents courent aux frontières, tout ce que la nation compte d'hommes jeunes, solides et vigoureux.

A ces soldats inhabiles, mais inspirés du plus noble sentiment, l'amour de la Patrie, des généraux improvisés, dont le génie audacieux rompant avec les vieilles routines, les antiques préjugés militaires, se fraient, dans la stratégie comme dans la tactique, une voie nouvelle, et avec leurs jeunes, leurs hardies conceptions, ont victorieusement raison de la docte expérience des plus renommés généraux de l'Europe coalisée.

Houchard à Hondschoote, Jourdan et Carnot à Wati-
gnies et à Fleurus, Hoche à Wissembourg et à Landau,
font reprendre à nos armées le chemin de la victoire.
L'ennemi fuit encore une fois et nos places du Nord sont
reconquises. D'un autre côté, Dumerbion, Kellermann,
Masséna dans les Alpes, puis Dagobert, Pérignon, Dugom-
mier sur la frontière pyrénéenne, repoussent victorieusement les coalisés et conservent intacte la ceinture de
montagnes qui limitent si naturellement notre pays au
sud-est et au sud.

La Belgique est de nouveau conquise. Les éléments qui,
jadis, nous furent si funestes, conspirent cette fois pour
nous, et la Hollande, dont les canaux et les inondations
constituent la principale défense, est neutralisée par le
rigoureux hiver qui gèle tous les cours d'eau. Au Wésel,
on voit, chose unique, nos escadrons de hussards s'emparer de toute la flotte hollandaise, enlisée dans les
glaces. Le prince d'Orange est obligé de se réfugier en
Angleterre et le général Pichegru, le héros de cette extraordinaire campagne, proclame la République Batave qui
devient l'alliée de la République Française.

Moreau, Jourdan, Kléber, Desaix, Lefebvre poussent
nos succès jusque sur la rive droite du Rhin, ajoutant de
nouveaux et brillants faits d'armes aux victoires que la
France remporte également en Italie et en Espagne. Aussi,
la paix avec la Prusse, l'Espagne, la Toscane s'effectue-
t-elle sous la pression de ces heureuses campagnes, en
même temps que s'accomplissait la pacification de la
Vendée, due au courage et à la sagesse de Hoche
(1795).

Cependant, il n'était pas encore possible à notre jeune

République de se reposer sur les lauriers qu'elle venait de moissonner si richement, car l'Angleterre, l'Autriche, des principautés allemandes et des duchés italiens n'entendaient pas renoncer à la guerre. C'est alors qu'apparaît dans nos armées, un jeune général qui, bientôt, surpassant tous ses pairs, éclipsera toute leur gloire.

Ce général s'appelle Bonaparte. La France lui a confié une armée : celle d'Italie, et nouvel Annibal, il s'élance vers ce pays dont il fera la conquête après l'immortelle campagne de 1796-1797. Dès le début, il dicte, après Montenotte et à Mondovi, la paix au roi de Sardaigne, puis enfiévré par le succès, il marche sur la Lombardie, qu'il veut arracher aux Autrichiens. Les journées de Lodi, d'Arcole, de Rivoli, de Saint-Georges illustrent, à côté du sien, les noms de ses compagnons d'armes qui sont Berthier, Masséna, Lannes, Joubert, Augereau, Belliard, Murat, Gardanne, Saint-Hilaire, Laharpe et tant d'autres. Des républiques nouvelles se fondent en Italie et le traité de Campo-Formio, en consacrant l'humiliation de l'Autriche, est le premier appoint de l'extraordinaire fortune qui va conduire le jeune général à la domination de l'Europe.

Pendant que conduite par lui, l'armée d'Italie allait jusqu'à menacer Vienne, Moreau et Jourdan, secondés par les généraux Gouvion-Saint-Cyr, Desaix, Marceau, Kléber, Bernadotte, Soult, Ney, Davout, Richepanse et Vandamme, remportaient également de brillants succès en Allemagne. Toutefois, Moreau est, à un moment donné, obligé d'opérer un mouvement rétrograde qui lui est imposé par la supériorité numérique de l'ennemi, mais grâce à son incomparable retraite, des bords du Danube à ceux du Rhin, il place son nom à côté de son glorieux émule de l'armée d'Italie (1798).

C'est alors que le général Bonaparte, qui vient d'abattre si complètement le prestige de l'Autriche et de réduire cette puissance à son minimum d'influence, prend la résolution d'atteindre également dans son empire colonial notre impitoyable adversaire l'Angleterre. C'est en Égypte qu'il va porter les premiers coups, espérant gagner ainsi, par une campagne sans trêve ni merci, les possessions asiatiques de la Grande-Bretagne. Son armée débarque à Alexandrie, s'en empare et marche ensuite sur Le Caire. « Du haut de ces Pyramides, quarante siècles vous contemplent » dit Bonaparte à ses soldats, et les Pyramides des Sésostris voient triompher les soldats de la République Française. Aboukir, qui fut d'abord témoin de notre revers maritime, connaîtra ensuite nos succès. Et puis c'est Héliopolis, Sédiman, Monthabor, Chébreiss, Nazareth qui, tour à tour, voient s'illustrer les intrépides lieutenants qui ont suivi la fortune du général Bonaparte.

Malheureusement, tandis que ce dernier combat victorieusement, en Égypte, l'impéritie du Directoire a compromis son œuvre en Europe. Nous avons perdu l'Italie et, de nouveau, l'ennemi menace nos frontières de l'Est et du Sud-Est. C'est en vain que Masséna a sauvé la patrie à Zurich, la France court les plus grands dangers. Mais Bonaparte, instruit de ces désastres, quitte subitement l'Égypte. Aussitôt arrivé, il renverse, le 18 brumaire, le gouvernement débile qui a mené le pays aux pires abîmes.

Premier Consul, il revient sur le théâtre de ses anciens exploits. Il marche sur l'Italie, tandis que Moreau, son rival en gloire, pénètre en Allemagne. La victoire suit encore nos drapeaux : Marengo et Hohenlinden rendant à la France tout son prestige, toute sa puissance, ferment le cycle glorieux de l'épopée républicaine.

Nous allons maintenant, dans les pages qui suivent, retracer les grandes journées de vaillance et de gloire de cette épopée, journées dont les noms brillent sur les drapeaux et étendards de notre Armée.

1

CAMPAGNES DE FRANCE, DE BELGIQUE, D'ALLEMAGNE
(1792-1794)

BATAILLE DE VALMY
(20 septembre 1792)

Figure sur les drapeaux et étendards des 29e, 31e, 56e, 90e, 102e régiments d'infanterie, des 7e cuirassiers et 4e dragons.

Après l'abandon du camp de Grandpré par Dumouriez, l'armée prussienne s'était avancée en Champagne : le 9 septembre, elle bivouaquait à Somme-Tourbe, sur le prolongement des collines de la Lune. Le roi Frédéric-Guillaume ayant appris que tout était en mouvement dans l'armée française, s'était imaginé que les généraux, sentant le danger, avaient résolu de l'éviter en gagnant Châlons. Malgré l'avis du duc de Brunswick, généralissime de l'armée coalisée, il voulait combattre, espérant surprendre les colonnes françaises en marche et en pleine retraite et comptant sur l'influence heureuse qu'une attaque a toujours en pareille circonstance.

Le 20 septembre, à 6 heures du matin, l'avant-garde prussienne marche par sa droite sur Somme-Bionne. Le brouillard était si épais qu'on ne distinguait pas les objets à vingt-cinq pas. Ce mouvement, ordonné par Brunswick pour satisfaire aux désirs du roi de Prusse, tendait à tourner les sources de la Bionne et le ravin où elle coule. A Hans, les Prussiens trouvèrent l'avant-garde française, commandée par le général Duprez-Crassier, qui se replia après une légère escarmouche. Kellermann, qui, venant de Metz, arrivait à ce moment à Dampierre-sur-Auve pour prêter main forte à Dumouriez, étendit ses troupes sur les hauteurs de Valmy. Il était à ce moment 7 heures et les Prussiens, débouchant par le village de Somme-Bionne, se déployaient face à Valmy sur les hauteurs de la Lune. Le brouillard s'étant dissipé, la canonnade s'engagea de part et d'autre et dura jusqu'à 10 heures du matin, sans d'autres mouvements de la part des troupes en présence. A ce moment, un boulet ayant tué le cheval du général Kellermann et plusieurs obus prussiens ayant fait sauter deux caissons de munitions dont les débris tuèrent et blessèrent beaucoup de nos soldats, le désordre se mit dans leurs rangs, et notre infanterie commençait à se mettre en retraite, lorsque le général Kellermann parvint à la ramener. Il était alors 11 heures : la réserve d'artillerie à cheval, conduite par le général d'Aboville, accourt se placer auprès du moulin de Valmy, et le feu de ses batteries rétablit le combat de notre côté.

Au même instant, le duc de Brunswick, s'apercevant que l'ordre se rétablissait dans les rangs français et que les troupes de Kellermann bravaient de nouveau sa canonnade, sentit qu'il fallait redoubler d'efforts Il forme trois colonnes d'attaque, soutenues par de la cavalerie, et les fait avancer sur nos lignes. En s'apercevant de ce mouvement offensif, Kellermann prend la résolution de le pré-

venir. Il forme aussitôt ses troupes en colonnes d'attaque,
leur ordonnant de ne point tirer, afin de pouvoir tomber
à la baïonnette sur l'ennemi. Puis, se mettant lui-même à
la tête de son infanterie, il place son chapeau au bout de
son épée, l'agite à la vue de toute l'armée et s'écrie d'une
voix forte : *Camarades, vive la Nation, allons vaincre
pour elle !* Ce cri, répété sur toute la ligne, à plusieurs
reprises, électrise les troupes qui, pour la première fois,
l'entendent sur un champ de bataille et fait succéder à la
vague inquiétude qui les agitait cette confiance presque
toujours inséparable de la victoire.

Kellermann profite de l'enthousiasme de ses soldats
pour les lancer sur l'ennemi, qu'il fait préalablement
mitrailler par toute son artillerie. Les Prussiens,
étonnés de voir les Français s'avancer sur eux alors
qu'ils s'imaginaient les trouver en fuite, inquiets de ces
cris incessamment répétés : *Vive la Nation !* s'arrêtent
brusquement, puis, ébranlés bientôt par les feux de notre
artillerie qui creusent dans leurs rangs de sanglants sillons, ils font demi-tour et vont reprendre leurs premières
positions où ils restent jusqu'à la fin de la journée. La
canonnade continue alors de part et d'autre et ne cesse
qu'à la tombée de la nuit.

Telle fut la célèbre bataille de Valmy : une longue
canonnade, assez vive d'ailleurs, car le nombre des morts
de chaque côté s'éleva à 800, et celui des blessés à 3.000 ou
4.000 environ. La résolution de Kellermann et l'entrain
qu'il sut communiquer à ses soldats arrêtèrent les Prussiens qui, les jours suivants, n'osèrent plus tenter une
nouvelle offensive et restèrent dans leur camp de la Lune.
Quelques jours après, décimés par la famine et la maladie,

ils se mettaient en retraite dans la nuit du 3o septembre au 1er octobre, poursuivis jusqu'à la frontière par le général Kellermann. Le 13 octobre, Verdun était réoccupée et Longwy le 23. Une fois encore, la France était délivrée de l'invasion.

BATAILLE DE JEMMAPES

(6 novembre 1792)

Figure sur les drapeaux des 19e, 38e, 49e, 68e, 71e, 73e, 74e, 104e régiments d'infanterie ; du 1er cuirassiers ; du 12e dragons ; des 3e, 6e, 11e, 12e chasseurs; des 1er, 6e hussards et du 7e d'artillerie.

Le 28 octobre 1792, le général Dumouriez rassemble ses troupes. Prenant l'offensive, il pénètre en Belgique et marche sur la ville de Mons. Le 5 novembre, il rencontre, dans la plaine de Jemmapes, l'armée coalisée et, sans hésiter, malgré l'excellence des positions que celle-ci occupe, il prend le parti de l'attaquer.

Les deux armées française et autrichienne étaient rangées sur des hauteurs à demi circulaires, séparées par une plaine d'une superficie de 1.000 mètres carrés environ. Les positions de l'ennemi étaient retranchées et dominaient celles des Français ; mais ceux-ci, très supérieurs en nombre, compensaient suffisamment ce désavantage en débordant les flancs de l'armée autrichienne par l'occupation des villages de Quaregnon et de Siply.

Le 6 novembre, la canonnade commença à 6 heures du matin. Le général Ferrand, chargé de l'attaque décisive

sur la gauche, dépasse Quaregnon et marche directement
sur Jemmapes, clef de la position autrichienne. Tout
d'abord, il rencontre des prairies marécageuses, coupées
de fossés qui retardent sa marche ; mais, laissant son
artillerie en arrière, il fait attaquer le village à la baïonnette par son infanterie et, après une courte et sanglante
lutte, il s'en rend maître.

A droite, le général Beurnonville s'était également
porté en avant, mais il n'avait pas obtenu le même succès.
S'étant imprudemment avancé, il se vit tout à coup débordé
par six bataillons ennemis puis exposé au feu terrible de
cinq fortes redoutes établies près du village de Cuesmes.
Déjà, pour se tirer de ce mauvais pas, il songeait à la
retraite, lorsque le brave et habile général Dampierre
accourut pour le dégager. A la tête du régiment de
Flandre (19ᵉ de ligne), et des bataillons de volontaires de
Paris qu'il précède de cent pas, il se jette sur les six
bataillons autrichiens, les culbute, enlève les deux premières redoutes, où il entre le premier, tourne leurs
canons contre les Autrichiens, rend à Beurnonville la
liberté d'agir et fait 1.600 prisonniers à l'ennemi.

Cependant, par le succès de l'attaque du général Ferrand à notre gauche, attaque qui, en culbutant l'aile
droite autrichienne, avait pris à revers le corps de
bataille de cette armée, le succès se dessinait en faveur de
nos troupes. C'est alors que le général Dumouriez, voulant décider la victoire, donne l'ordre au centre de sa ligne
de se porter en avant : « Voilà les hauteurs de Jemmapes,
dit-il à ses soldats, et voilà l'ennemi : l'arme blanche et la
terrible baïonnette, telle est la tactique nouvelle à
employer pour y parvenir et pour vaincre! » Il fait battre

la charge, se met à la tête de ses troupes conduites par le
duc de Chartres, les deux généraux Frégeville, les colonels Nordmann et Fournier, et entonne la *Marseillaise*.
Pleins d'enthousiasme, les soldats répondent à ce chant
guerrier par les cris mille fois répétés de : « Vive la
Nation»! et marchent avec une noble ardeur.

Les colonnes françaises traversent d'abord rapidement
la plaine qui les sépare de l'ennemi, mais sont exposées
à un feu très violent d'artillerie qui fait de nombreux
vides dans leurs rangs. En même temps, nos bataillons
de tête, légèrement désunis par la grêle de boulets qui
s'abat sur eux, ont à supporter une charge d'escadrons
autrichiens très vigoureusement menée ; ils faiblissent,
et leur retraite met de l'hésitation et du flottement dans
les troupes qui suivent. Mais le jeune duc de Chartres
accourt et se précipite au milieu des soldats débandés et
déjà épars. Il leur parle, relève leur courage abattu, les
rallie et, les formant en une seule colonne en masse, il les
lance de nouveau en avant, pendant qu'il fait contenir la
cavalerie autrichienne par notre 3ᵉ chasseurs et notre
6ᵉ hussards. Malgré la vive résistance de l'ennemi, nos
soldats culbutent tout ce qu'ils rencontrent, pénètrent
dans les redoutes et les enlèvent à la baïonnette.

Pendant que le centre de l'armée autrichienne était
ainsi enfoncé et que sa droite, poussée au delà de ses premières positions, perdait toujours du terrain, sa gauche
était vigoureusement abordée par Dampierre et Beurnonville. Le général Dumouriez, qui présidait à cette
attaque, encourageait les troupes de la voix et du geste. Les
Autrichiens opposent, de ce côté du champ de bataille, une
résistance opiniâtre ; mais, abordés à leur tour à la baïon-

nette, ils sont forcés de plier devant l'impétuosité de nos soldats et abandonnent les redoutes qu'ils ont jonchées de leurs cadavres.

Cette fois, l'armée ennemie, tout entière, est en pleine retraite, retraite qui se transforme bientôt en déroute sous la poussée de notre cavalerie. Après quelques heures de repos données à ses troupes, le général Dumouriez marche sur Mons, sans coup férir, et son armée, le lendemain 7 novembre, y fait une entrée solennelle.

Cette sanglante bataille donnait la Belgique aux Français. Elle coûtait aux Autrichiens 5.000 tués ou blessés, 6.000 prisonniers et la perte de huit canons tombés en notre pouvoir. Du côté français, on comptait 1.200 tués, 3.500 blessés et un millier de disparus. C'était pour notre armée une glorieuse journée qui est restée une des plus belles pages de nos annales militaires.

BATAILLE D'HONDSCHOOTE

(6, 7 et 8 septembre 1793)

Figure sur les drapeaux des 22e, 24e, 36e, 67e et 89e de ligne.

La bataille de Neerwinden, perdue le 18 mars 1793 par le général Dumouriez, ouvrait la France à l'invasion et les armées coalisées, une seconde fois, campèrent en deçà de nos frontières. Condé et Valenciennes étaient déjà tombées en leur pouvoir ; le prince de Cobourg, à la tête des Autrichiens, assiégeait Maubeuge et le Quesnoy ; le duc d'York, avec les Anglais, les Hanovriens, les Hollandais et les Hessois, mettait également, vers la fin d'août, le siège devant Dunkerque et formait le blocus de Bergues. Cette dernière armée s'élevait à 60.000 hommes.

Malgré les efforts de la Convention pour repousser le danger qui menaçait la France, celle-ci n'avait pu encore réunir aux frontières des forces capables de tenir tête à l'ennemi. Cependant, il fallait songer au plus tôt à défendre Dunkerque, sérieusement attaqué. Le général Houchard qui, depuis peu, venait d'être nommé au commandement de l'armée du Nord, reçut l'ordre de marcher sur cette place et de la délivrer. Le représentant Carnot partit lui-même pour le quartier général, afin d'exciter par sa présence la confiance et le courage des soldats. Houchard, ayant réuni un corps de 40.000 hommes, se porta vers Dunkerque, que le duc d'York assiégeait avec 50.000 hommes, tandis qu'un corps de 15.000 à 20.000 hommes, sous les ordres du maréchal Freytag, couvrait les opérations du siège et campait autour du village d'Hondschoote, sur les hauteurs de Bambecke.

L'armée ennemie tenait une ligne très étendue, allant de Menin jusqu'à Dunkerque, et cet éparpillement s'opposant à ce que les Français pussent livrer le même jour une bataille décisive ; ce ne fut qu'après une suite de mouvements et de combats, qui durèrent les 6, 7 et 8 septembre, que nos troupes purent enfin avoir raison de l'ennemi.

Le 6 septembre, à la pointe du jour, le général Hédouville, qui est à la tête de l'avant-garde française, forte d'environ 10.000 hommes, attaque le corps d'observation du maréchal Freytag. La résistance de celui-ci est fort vive. Toutefois, il est finalement battu et obligé de se replier vers le gros principal de l'armée assiégeante. Les Anglais ainsi repoussés se mettent en marche vers Hondschoote, mais, vers les 8 heures du soir, le maréchal Freytag reprend l'offensive et tente d'occuper le village de Rexpoëde tombé dans la journée aux mains de nos troupes. La cavalerie française culbute alors les colonnes ennemies et fait prisonniers le maréchal Freytag et le prince Adolphe d'Angleterre, qui tous deux avaient été blessés pendant le cours de cette meurtrière action. Ce dernier fut d'ailleurs délivré quelques instants après, à la suite d'une charge brillante à la baïonnette de la garde hanovrienne et, à minuit, une nouvelle attaque de l'ennemi, sur le village de Rexpoëde, ayant mis le désordre dans les rangs de nos soldats, le maréchal Freytag put également s'échapper. Néanmoins, l'attaque des Anglais sur ce point ne réussit pas et ils durent évacuer les positions qu'ils avaient conquises au début de l'action.

Le lendemain, 7 septembre, les Français attaquèrent Hondschoote sans succès, car l'ennemi, ayant reçu de nombreux renforts, leur avait tenu tête et en dernier lieu les avait obligés à la retraite. Le général Houchard se serait contenté de borner là ses avantages, mais, vivement pressé par les généraux sous ses ordres et les représentants du peuple, il prépara tout pour un engagement général devant avoir lieu le lendemain 8.

La droite des troupes françaises, commandée par le général Collaud, était placée entre Béverem et Killem ; le centre aux ordres de Jourdan, en avant de cette position, et la gauche, sous le général Leclerc, entre Killem et le canal. Du côté de l'ennemi, le duc d'York avait rassemblé dans la plaine une grande partie de ses troupes.

Cette plaine, qui n'offrait aucun accident de terrain
favorable à l'attaque, car ce n'était qu'une plaine d'une
uniformité parfaite, présentait, en revanche, coupée
qu'elle était par des haies, des fossés, des ravins et des
canaux, une série d'obstacles naturels en faveur de la
défense. L'entreprise était donc périlleuse pour nos
troupes ; mais il fallait attaquer et le général Vandamme,
qui était à l'avant-garde, commença le feu. Également
bien nourrie des deux côtés, la mousqueterie devint rapidement meurtrière. La gendarmerie de Paris, commandée
par le général Leclerc, fond, tête baissée, sur les retranchements ennemis. Deux fois repoussée, cette vaillante
troupe se rallie et retourne au combat ; ses soldats se
battent comme des lions, et, dans ce troisième assaut, rien
ne leur résiste. Ils emportent de haute lutte les positions
anglaises. Les bataillons du duc d'York, désemparés,
morcelés, refoulés par cette brillante attaque, reculent et
cèdent le champ de bataille.

Pendant que l'armée française chassait les Anglais de
leur position d'Hondschoote, la garnison de Dunkerque
avait fait plusieurs sorties, qui, toutes, avaient été meurtrières, mais sans résultat appréciable pour les assiégés.
Cependant, le lendemain 9, le duc d'York qui, depuis que
les Français occupaient Hondschoote, était tourné par sa
gauche, craignant d'être enveloppé, si ceux-ci arrivaient
à Furnes avant lui, se décidait à lever le siège de Dunkerque et à opérer sa retraite vers Furnes.

Le général Houchard eut le tort de ne pas profiter de
ces avantages. Il pouvait, dans une poursuite poussée
hardiment, écraser l'ennemi ; mais, d'un caractère indécis
et mou, il laissa échapper tout le fruit de sa victoire.

Cette faute, impardonnable en la circonstance, fut un des principaux griefs invoqués par l'accusation qui, quelques mois plus tard, faisait traduire l'infortuné général à la barre de la Convention et le faisait condamner à mort et exécuter.

Dans les trois journées d'Hondschoote, les alliés avaient perdu environ 4.000 tués et blessés. Nos pertes se chiffraient par un nombre égal.

Cependant, bien que ces brillantes actions, pour les causes que nous venons d'énoncer, ne fussent pas suffisamment décisives, la fortune sembla, de nouveau, sourire à nos armes. Les journées d'Hondschoote ramènent la confiance chez nos soldats et sont comme les prémisses des brillants succès de l'année suivante.

BATAILLE DE WATTIGNIES
(16 octobre 1793)

Figure seulement sur l'étendard du 5ᵉ dragons

Le général Houchard, appelé et guillotiné à Paris, pour n'avoir pas profité de la victoire d'Hondschoote, avait été remplacé dans son commandement de l'armée du Nord par le général Jourdan qui, en qualité de général de brigade, avait rendu de grands services dans cette bataille. L'armée du Nord, forte alors d'environ 50.000 hommes, devait tenir tête et s'opposer aux progrès de l'armée coalisée qui comptait 80.000 hommes aux ordres du prince de Cobourg. Déjà celle-ci, ayant fait tomber Le Quesnoy, cernait Maubeuge et le camp retranché qui couvrait cette place, bloquait Landrecies le 3 octobre et menaçait Avesnes. Il devenait donc pressant de forcer l'ennemi à s'éloigner de ces différentes places, si on ne voulait pas lui laisser prendre ses quartiers d'hiver sur le territoire français.

Le général Jourdan, nouvellement investi du commandement en chef, se hâta de réunir ses divers détachements et, le 13 octobre, il mit son armée en mouvement pour engager une action générale. A la première marche des Français, les ennemis.qui occupaient des positions situées entre Maubeuge et Avesnes, avec leur quartier général à Wattignies, se portèrent en avant.

Le comte de Bellegarde commandait l'aile droite, le général Clerfayt le centre et le général Terzi la gauche. Les Hollandais et les Hanovriens prolongeaient la droite vers Landrecies ; le duc d'York s'étendait du Quesnoy à Landrecies.

Les 14 et 15 octobre, les armées se trouvant en présence, leurs avant-postes tiraillèrent constamment. Vers l'après-midi du 15, l'engagement devint général et s'étendit sur toute la ligne. La droite et le centre des alliés se maintinrent dans leurs positions, mais leur aile gauche fut forcée un instant et ne put reprendre pied dans ses emplacements qu'au prix des plus sanglants efforts.

Le lendemain, selon les instructions de Carnot, de celui qui fut si justement appelé l'Organisateur de la Victoire et qui était venu lui-même diriger les opérations

militaires de l'armée du Nord et lui donner l'impulsion
que son âme si sincèrement patriotique jugeait indispensable pour sauver la France de l'invasion, le général
Jourdan renouvela son attaque. A la faveur d'un brouillard épais, qui dérobait leurs mouvements à l'ennemi, les
Français marchèrent de nouveau en avant sur quatre
colonnes, mais, dès que le brouillard se dissipa, les
deux armées se trouvant à petite portée, le feu commença
aussitôt. Nos batteries nombreuses et avantageusement
placées firent un grand ravage dans les rangs ennemis ;
leurs feux étaient si terribles, que, de l'aveu même des
alliés, jamais ils n'avaient entendu une si formidable
canonnade. Le prince de Cobourg était tellement convaincu de l'excellence de ses positions, que, s'y croyant
inexpugnable, il avait dit la veille de la bataille : « J'avoue
que les Français sont de fiers républicains, mais, s'ils me
chassent d'ici, je me fais républicain moi-même. »

Cependant, malgré ses prévisions optimistes, le prince
de Cobourg vit, dans cette journée, s'évanouir son espoir
de tenir nos troupes en échec. Après la canonnade, si
bien préparée, qui signala le début de notre attaque,
et qui, causant dans les rangs autrichiens les plus grands
ravages, commença à ébranler leurs lignes, le général
Jourdan lança ses nombreux bataillons à l'assaut des
positions ennemies. Ceux-ci s'élancent avec impétuosité,
la baïonnette en avant, franchissent avec rapidité les
escarpements de terrain qui les séparent des lignes
autrichiennes, et, successivement, s'emparent des nombreuses batteries ennemies étagées en amphithéâtre.
La lutte est courte. Décontenancés par la violence et la
rapidité de notre attaque, les Autrichiens lâchent pied,

abandonnant les unes après les autres des positions qu'ils auraient pu mieux défendre. A 2 heures de l'après-midi, ils se mettaient en retraite et la victoire couronnait les efforts de nos soldats.

La victoire de Wattignies dégageait Maubeuge et permettait enfin à l'armée du Nord de se réorganiser.

BATAILLE DE FLEURUS

(26 juin 1794)

Figure sur les drapeaux et étendards des 1er, 5e, 7e, 10e, 26e, 27e, 34e, 47e, 71e, 110e, 123e et 149e régiments d'infanterie de ligne ; des 4e, 6e, 8e, 10e cuirassiers ; des 10e, 11e, 14e dragons ; des 6e, 9e et 19e chasseurs à cheval.

Le général Jourdan, commandant l'armée de la Moselle, ayant réussi à dérober sa marche à l'ennemi, s'était porté de la vallée de la Moselle aux bords de la Sambre, puis, réunissant son armée à celle des Ardennes et à des divisions de l'armée du Nord, il en avait formé la célèbre armée de Sambre-et-Meuse. Kléber et Marceau qui venaient de s'illustrer en Vendée, servaient dans ses rangs. Après être parvenu à franchir, avec 80.000 hommes, la Sambre dont on avait déjà tenté quatre fois le passage sans succès, Jourdan se porte tout d'abord sur Charleroi qui capitule le 25 juin. Puis, maître de cette place, il marche à la rencontre de l'armée ennemie qu'il rencontre dans les plaines de Fleurus.

Le général français avait établi ses troupes en demi-cercle, dont les deux extrémités s'appuyaient à la Sambre, en amont et en aval de Charleroi. Il avait donc une rivière à dos. Son centre s'avançait jusqu'à Gosselies, à plus d'une lieue de Charleroi. L'armée autrichienne, sous le commandement du prince de Cobourg, atteignait presque le chiffre de 100.000 hommes.

L'action s'engage, le 26 juin, à la pointe du jour. Le prince d'Orange se rend d'abord maître de Fontaine l'Évêque, pénètre ensuite jusqu'au château de Vespe, menaçant ainsi notre flanc gauche, mais le général Dauriez, soutenu par une brigade de la division Montaigu, lui oppose la plus ferme résistance. En vain, l'ennemi veut-il enlever nos batteries qui lui causent un mal sérieux, soit en les chargeant de front, soit en les prenant de flanc. Il est repoussé et bientôt écrasé sous la mitraille. Vers le milieu de l'action, le prince d'Orange, apprenant que Charleroi s'est rendue la veille à nos troupes et trouvant que l'action consistant à débloquer cette ville n'a plus aucun but, se retire du champ de bataille, après avoir subi des pertes considérables.

Tandis que notre aile gauche combattait ainsi victorieusement, le corps autrichien du général Latour passait le Piéton et s'avançait sur Trazéguies que défendait la division Montaigu. L'attaque de l'ennemi est très violente. Ses bataillons ayant la grande supériorité du nombre, il débusque, malgré leur résistance, nos troupes de ce village et oblige le général Montaigu à se mettre en retraite sur Marchiennes et Charleroi. Mais ce premier succès grise le général autrichien qui s'engage imprudemment dans le bois de Monceau, afin d'atteindre Marchiennes et d'en chasser également nos troupes. Dans cet audacieux mouvement, il est pris en flagrant délit de marche de flanc par le général Kléber qui l'oblige à se retirer précipitamment, laissant bon nombre de ses soldats tués ou blessés sur le champ de bataille.

Cependant, à l'aile droite, nos affaires ne marchaient pas aussi bien et la division Marceau, accablée par des forces triples des siennes, repoussée, après un combat opiniâtre, de position en position, se retirait tout d'abord dans le bois de Copiaux, puis sur le village de Lambersart.

Instruit de l'échec de son aile droite, le général Jourdan donne aussitôt l'ordre aux divisions Hatry et Lefebvre, qui se tiennent en réserve près du village de Fleurus, au centre de la ligne de bataille, d'aller au plus vite soutenir la division Marceau. Épuisé par la lutte disproportionnée qu'il soutient depuis deux heures, Marceau brûle, en effet, ses dernières cartouches.

Les bataillons d'Hatry et de Lefebvre arrivent soudain au pas de charge, rallient les débris de la division Marceau et tout ce monde, entraîné, galvanisé par l'exemple des chefs, se reporte en avant, gagne les jardins de Lambersart et parvient à s'y maintenir, malgré la furieuse canonnade de l'artillerie autrichienne.

Au centre, la lutte n'était pas moins vive et les généraux Quasdanowich et Kaunitz essayaient, mais en vain, de rompre notre ligne de bataille. Toutefois, l'archiduc Charles était parvenu à faire évacuer Fleurus aux avantpostes du général Lefebvre, puis s'était avancé sur les retranchements défendus par cette division et celle du général Harty. Ayant essayé de tourner la position par ses flancs et n'ayant pu y réussir, il la fait attaquer de front. Trois fois les Autrichiens arrivent à portée de pis-

tolet de nos lignes ; trois fois ils sont repoussés et laissent
le pied de nos redoutes jonché de leurs cadavres. Fatigué
d'une attaque de plus en plus incertaine et de plus en plus
périlleuse, l'archiduc Charles arrête son offensive et dirige
ses troupes vers la droite pour opérer sa jonction avec le
général de Kaunitz.

Les généraux Lefebvre et Harty profitent immédiatement de ce mouvement rétrograde pour emporter, de haute
lutte, le village de Lambersart dont la division Marceau
occupe toujours les enclos et les jardins. Tout d'abord,
le village est envahi, mais le général Beaulieu, qui nous
est opposé en cet endroit, groupant toutes les troupes
qu'il a sous la main, les lance sur les nôtres. C'est à
nous de céder le terrain. Le général Lefebvre ne se
décourage pas; à son tour il réunit ses bataillons et
revient à la charge. C'est en vain que les Autrichiens
veulent conserver une position qui leur a déjà coûté tant de
sang, ils en sont chassés par nos colonnes qui deviennent
enfin maîtresses du village.

Vers le village d'Hépignies, la division Championnet
avait cédé le terrain sur un faux avis qui lui avait été
donné de la retraite du général Lefebvre et les Autrichiens
avaient profité de cette faute pour s'installer dans ce village et se mettre en état de défense. Jourdan voit le danger, il forme immédiatement en colonne six bataillons
qui sont à sa disposition et, à leur tête, il se précipite sur
les Autrichiens. Après deux tentatives infructueuses, il
parvient enfin, par son courage et son audace, à repousser
l'ennemi et à s'emparer de la position.

Battus sur tous les points, les Autrichiens se mettent
en pleine retraite, nous laissant maîtres du champ de

bataille, après dix heures d'une lutte acharnée et sanglante. Ils abandonnaient sur le terrain près de 12.000
des leurs, tués ou blessés, et laissaient entre nos mains
3.000 prisonniers. Nos pertes se chiffraient environ par
6.000 tués et blessés.

Le lendemain, les alliés évacuaient la Belgique et bientôt les troupes françaises faisaient dans Bruxelles leur
rentrée victorieuse.

COMBAT DES LIGNES DE WISSEMBOURG
(26 décembre 1793)

Figure sur l'étendard du 7ᵉ régiment d'artillerie

Depuis le 13 octobre que les armées coalisées, après en
avoir chassé les Français, occupaient les lignes de Wissembourg, la place de Landau se trouvait complètement
investie. Vainement nos troupes firent-elles plusieurs
tentatives pour la dégager, elles furent toutes infructueuses.

Le prince royal de Prusse, qui commandait les troupes
chargées du blocus, voulant intimider la garnison de
cette ville par un bombardement, fit ouvrir une tranchée, destinée à abriter six batteries de mortiers. Le
27 octobre, cette artillerie fut démasquée et commença
à tonner contre la ville. Deux mille bombes furent lancées ; le feu dura deux jours. Le 29, l'arsenal fut incendié ;
le magasin à poudre sauta, fit ébouler une partie de la

courtine et endommagea une quantité considérable de maisons.

Les Prussiens envoyèrent alors une sommation au général Laubadère, l'héroïque commandant de la défense, mais celui-ci refusa toutes les propositions qui lui furent faites. L'ennemi cessa pourtant un bombardement dont les terribles effets ne pesaient que sur les malheureux habitants et le blocus, rigoureux, implacable, fut continué. La famine allait contraindre la place à se rendre, lorsque survint le général Hoche.

Ce général venait d'être appelé au commandement de l'armée du Rhin-et-Moselle, le 22 décembre 1793. Le lendemain de son arrivée, il prenait ses dispositions pour reprendre à l'ennemi les lignes de Wissembourg. A cet effet, il réunissait 35.000 hommes, face à Wissembourg et à la position du Geisberg, tandis que trois divisions menaçaient la droite des coalisés par les gorges des Vosges et que deux divisions se portaient sur leur gauche, vers Lanterbourg.

Le centre de l'armée autrichienne était retranché dans un camp placé sur les hauteurs, en arrière du château de Geisberg. Hoche fait d'abord attaquer le château, qui est enlevé par ses soldats après une vive résistance, puis ceux-ci s'élancent sur le camp ennemi, défendu par des abatis d'arbres, des fossés palissadés au-dessus desquels s'étageaient de nombreuses batteries. Nos troupes abordent ces ouvrages au pas de charge, sous le feu le plus meurtrier, et prennent les Autrichiens corps à corps. Ceux-ci, surpris d'une attaque aussi brusque, aussi audacieuse, se défendent mollement. Bientôt, sous la furieuse poussée des nôtres, ils reculent en désordre et ce mouvement rétrograde dégénère bientôt en une complète déroute.

Leur fuite devint même si désordonnée que les troupes de Hoche auraient pu entrer en même temps que leurs adversaires dans Wissembourg, si le duc de Brunswick ne s'était précipité au-devant des nôtres avec deux divisions de réserve, chargées de protéger la retraite de ses troupes.

Le lendemain 27, l'armée française faisait son entrée dans Landau et poussait, l'épée dans les reins, l'armée ennemie, qui repassait le Rhin. Ces succès, dus à l'initiative et à l'intelligence militaire du jeune commandant en chef de l'armée du Rhin-et-Moselle, furent accueillis avec une joie immense par toute la France, qui voyait enfin l'Alsace délivrée et l'invasion refoulée. Aussi, la Convention proclama-t-elle que l'armée du Rhin-et-Moselle et son général « avaient bien mérité de la Patrie ».

II

CONQUÊTE DE LA HOLLANDE
(1794-1795)

Figure sur les drapeaux du 68ᵉ d'infanterie qui porte les inscriptions : NIMÈGUE (1794) et LE WAHAL (1795); du 107ᵉ d'infanterie
qui porte l'inscription : conquête de la Hollande (1794-1795); du
161ᵉ qui porte l'inscription : MAËSTRICHT (1795) et du 162ᵉ qui
porte celle de : SPRIMONT (1795); enfin sur l'étendard du 3ᵉ chasseurs à cheval qui porte l'inscription : MAËSTRICHT (1795).

Le général Jourdan, remportant la victoire de Fleurus,
le 26 juin 1794, avait déterminé l'évacuation du territoire
de la République Française par les armées coalisées et
porté les opérations militaires sur le territoire ennemi.
Les batailles de l'Ourthe et d'Aldenhoven (18 septembre
et 2 octobre) avaient rejeté derrière le Rhin l'armée coalisée et fait tomber en notre pouvoir les dernières places
qu'elle possédait encore sur la rive gauche de ce fleuve.
Le général Kléber, commandant l'aile gauche de l'armée
de Sambre-et-Meuse, avait investi Maëstricht dès la fin
de septembre et fait ouvrir la tranchée dans la nuit du
23 au 24 octobre. L'armée assiégeante était forte de
30.000 hommes et 200 bouches à feu composaient son
artillerie commandée par le général Bollemont; le génie
avait pour directeur le général Marescot. Attaquée à
la fois par la porte de Bois-le-Duc, le faubourg de Wick,

le fort Saint-Pierre et par trois batteries incendiaires qui atteignaient tous les quartiers, Maëstricht riposta vigoureusement aux assiégeants pendant les premiers jours ; mais, l'incendie augmentant à chaque instant ses ravages, les habitants craignirent la destruction totale de leur ville et demandèrent à capituler (4 novembre 1794).

Ainsi tomba, après onze jours seulement de tranchée ouverte, l'une des plus fortes places et des mieux approvisionnées de l'Europe. C'est au général Kléber que revient toute la gloire de ce beau succès qui nous ouvrait les portes de la Hollande.

Pendant que l'armée de Sambre-et-Meuse s'emparait de Maëstricht sur les Autrichiens, l'armée du Nord, sous les ordres du général Pichegru, s'avançait en Hollande, poussant devant elle les Anglais et les Hollandais. Le 26 octobre, le général Souham investissait la place de Nimègue, située sur la rive gauche du Wahal. Ce général avait sous ses ordres 18.000 hommes. Il fit ouvrir la tranchée le 1er novembre. Une armée anglaise, forte de 40.000 hommes environ, campait sur la rive droite du Wahal. Par un pont de bateaux et un pont volant, elle communiquait avec la place dont elle alimentait la garnison. Le général Souham ne pouvant, par un siège régulier, obtenir des succès rapides, essaya d'isoler la garnison de l'armée anglaise.

Il établit, en conséquence, deux batteries sur les bords du fleuve, à droite et à gauche de la ville, et nos canonniers tirèrent si bien et si juste, que, dans la journée du 7 novembre, le pont volant fut coupé et plusieurs bateaux coulés bas. Les Anglais enfermés dans Nimègue se hâtèrent d'évacuer cette place dans la crainte d'y être pris et laissèrent leurs alliés, les Hollandais, à la merci de nos troupes. Trahie, abandonnée à elle-même, cette partie de la garnison, trop faible pour se défendre elle-même, voulut tenter de rejoindre les Anglais à l'aide d'un bac qui leur était resté. Au même moment, les Français, avertis par les habitants de l'évacuation de la ville, se précipitaient dans ses murs et les premières troupes arrivèrent à l'instant où 400 Hollandais environ embarqués dans le bac s'efforçaient de quitter la rive.

Les Anglais, aux premiers coups de fusil qu'ils entendirent, au lieu de diriger le tir de leurs batteries sur nos troupes, pointèrent leurs canons sur le bac, afin de le couler bas. Les cris, les plaintes, les prières des Hollandais n'arrêtèrent point cette cruelle attitude. Le bac, atteint par plusieurs boulets, allait couler à pic, lorsque le général Souham, plus humain envers ses ennemis que les Anglais envers leurs alliés, donna ordre à ses batteries de faire taire celles de la rive droite et fit aussitôt mettre à l'eau plusieurs bateaux qui recueillirent les Hollandais et les sauvèrent d'une mort certaine.

Les Français trouvèrent dans Nimègue 80 pièces d'artillerie, 8.000 fusils et des magasins de vivres et de munitions considérables.

Après la prise de Nimègue, le général Pichegru fit prendre à son armée ses quartiers d'hiver. Mais elle ne devait pas demeurer longtemps dans l'inaction, car ce fut l'hiver qui décida de nouveau le commandant de l'armée du Nord à marcher de l'avant. Dès le milieu de décembre, la Meuse et le Wahal étant gelés de façon à pouvoir porter le canon, l'audacieux général vit là une occasion d'entreprendre en Hollande, où la guerre est surtout difficile par les cours d'eau innombrables qui l'arrosent de toutes parts, une campagne sans précédent.

Il fait donc franchir la Meuse à son artillerie, surprend la garnison hollandaise de l'île de Bommel le 28 décembre, s'empare de Bréda, passe le Wahal, comme il avait passé la Meuse, et vient menacer le quartier général du prince d'Orange, établi à Gorcum.

Jamais le froid n'avait été aussi vif — le thermomètre marquait, à la fin de décembre, 17 degrés au-dessous de zéro — et si l'audace du général doit être admirée, quel superbe héroïsme manifestait cette armée, mal nourrie, mal vêtue, mais supportant gaiement et vigoureusement les fatigues et les rigueurs de cette exceptionnelle campagne. En moins de deux mois, la Hollande entière était soumise. Infanterie, cavalerie, artillerie, tout marchait au pas de course, franchissant canaux, rivières, fleuves et bras de mer avec une telle rapidité que les commissaires de la Convention avaient peine à suivre les troupes.

Le 17 janvier, la brigade du général Salm prenait possession d'Utrecht et, le même jour, le général Vandamme s'emparait d'Arnheim. Le 20 du même mois, le général Pichegru faisait son entrée dans Amsterdam et en prenait possession au nom de la République Française. Nos soldats, d'ailleurs, furent reçus dans cette ville, non pas en ennemis victorieux, mais en libérateurs, par un peuple qui avait déjà plusieurs fois tenté de secouer le joug du Stathouder. Quinze jours après, les États particuliers de la Zélande, la dernière des provinces hollandaises, signaient une capitulation.

Cette campagne est incontestablement une des plus

singulières dont fasse mention l'Histoire. « Le merveilleux, lui-même, vint s'ajouter, dit M. Thiers, à cette opération de guerre déjà si extraordinaire. Une partie de la
flotte hollandaise mouillait près du Texel; Pichegru qui
ne voulait pas qu'elle eût le temps de se détacher des
glaces et de faire voile vers l'Angleterre, envoya des
divisions de cavalerie et des batteries d'artillerie légère
vers le Nord-Hollande. Le Zuyderzée était gelé; nos escadrons traversèrent au galop ces plaines de glace, et l'on
vit des hussards et des artilleurs à cheval attaquer
comme une place forte, ces vaisseaux devenus immobiles. Les vaisseaux hollandais se rendirent à ces assaillants d'une espèce si nouvelle » (3 février 1795). Le 20 suivant, le général Macdonald se présentait devant Groningue
qui lui ouvrait ses portes.

La Hollande était conquise et, le 16 mai 1795, elle prenait le nom de République Batave au lieu de République
des Provinces Unies qu'elle portait auparavant. Quant au
prince d'Orange, le Stathouder régnant, il avait été contraint de se réfugier en Angleterre.

III

CAMPAGNE D'ITALIE
(1795-1797)

BATAILLE DE LOANO

(24 novembre 1795)

Figure sur les drapeaux des 118ᵉ, 129ᵉ, 130ᵉ, 145ᵉ, 147ᵉ et 152ᵉ régiments d'infanterie

En prenant le commandement de l'armée d'Italie, le général Schérer la renforçait de 12.000 hommes tirés de celle des Pyrénées, adoptait les plans laissés par son prédécesseur Kellermann et se préparait pour un prochain et inévitable engagement.

L'ennemi, fort de 55.000 hommes, occupait les positions suivantes : sa gauche, appuyée à la mer, gardait Finale et Brescia ; son centre était placé à Rocca Barbena, Mologno et Settepani ; sa droite s'étendait de la Planète à Tanaro. Toutes ces positions, déjà si favorables par elles-mêmes, étaient encore fortifiées avec le plus grand soin et défendues par 100 pièces de canon. Un vallon très profond et escarpé, sur toute sa longueur, séparait les deux armées.

Les Français, au nombre de 32.000 hommes, étaient

loin d'être aussi avantageusement placés que les coalisés :
leur centre était à Zucarello et leurs deux ailes, déployées
dans la plaine, étaient exposées à tout le feu de l'artillerie
ennemie. D'un autre côté, les Austro-Sardes avaient tout
en abondance, tandis que, réduits à tous les genres de
misères, les Français ne conservaient que la gaieté, le
courage et l'habitude de vaincre.

Le 23 novembre, après une série d'opérations prépara-
toires, pour inquiéter les Sardes en même temps que
pour les contenir et leur donner le change, Masséna attaquait le centre de l'ennemi. Les divisions Laharpe et
Charlet le secondent puissamment et, en un instant, les
Français sont maîtres de Rocca-Barbena, de Massabeno,
de Banco, et marchent sur les positions de Bardinetto.
Là s'engage une lutte terrible, acharnée. L'ennemi se
défend avec opiniâtreté, mais plus il montre de résistance, plus les Français font preuve d'acharnement.
L'ardeur, la rage des deux partis est telle que l'on ne
sait, pendant quelques heures, en faveur de qui le sort
va se prononcer.

L'artillerie ennemie tonne à coups redoublés sur nos
colonnes d'assaut ; nos soldats y répondent par des feux
roulants mêlés de chants patriotiques.

De son côté, l'aile droite, commandée par Schérer lui-
même, emportait les trois mamelons retranchés qui
défendaient Loano. Il fut, en cette opération difficile,
parfaitement secondé par 9 chaloupes canonnières qui
prirent en flanc la gauche de l'ennemi, et par le général
Victor qui, voyant l'opiniâtreté des Sardes, imagina de les
tourner. Effrayés par ce mouvement auquel ils ne s'attendaient pas, les ennemis s'enfuirent dans le plus grand

désordre jusque dans Loano où se trouvait le centre des Autrichiens.

Au centre, Lannes, à la tête de 2.500 hommes, emportait cinq positions retranchées, garnies de canons et défendues avec le plus grand courage. D'un couvent placé dans la gorge de Tuirano, l'ennemi faisait sur nos troupes un feu d'enfer et leur causait un grand dommage. Le général Dammartin s'y porte, s'en empare, faisant prisonniers 1 colonel, 50 officiers et 800 hommes.

Mis en déroute par Schérer, l'ennemi essaie de s'arrêter à moitié route ; mais il est de nouveau arrêté, culbuté, massacré, et c'en était fait de ses débris, si un épouvantable orage n'était venu mettre fin à la lutte.

Quatre mille morts et blessés, 5.000 prisonniers, un matériel immense, l'occupation des villes de Savone et de Vado : tels furent les fruits de cette brillante victoire qui ouvrait aux Français les portes de l'Italie et préparait cette immortelle campagne de 1796-1797, qui surpasse tout ce qu'ont fait de plus grand les plus illustres capitaines de l'antiquité et des temps modernes.

BATAILLE DE MONTENOTTE
(11 avril 1796)

Figure sur le drapeau du 70ᵉ de ligne

Après la bataille de Loano, au mois de novembre 1795, les armées françaises et austro-sardes avaient pris leurs quartiers d'hiver. Au printemps de l'année suivante, l'Autriche décidée à porter de grands coups en Italie, augmentait son armée dans les Alpes et l'élevait à 45.000 hommes, organisant de plus une réserve de 35.000 hommes destinée à appuyer cette première armée. Ce fut le vieux feld-maréchal Beaulieu qui vint prendre le haut commandement de ces troupes, brillantes, bien ordonnées, suffisamment entraînées et pleines de confiance dans leur énorme supériorité numérique.

En effet, à ces 80.000 hommes, nous n'avions à opposer qu'une armée de 34.000 soldats, manquant de vivres, d'argent, d'habits, presque de munitions, commandés par un jeune général de vingt-six ans dont la réputation était encore à faire et que jalousaient ses collègues, mécontents de se voir sous les ordres d'un des leurs, beaucoup plus jeune d'âge et de grade. Cependant, le siège de Toulon et la journée du 13 vendémiaire avaient mis en évidence ce général qui s'appelait Bonaparte et que, par un pressentiment instinctif, Barras, le tout-puissant directeur, avait choisi.

Arrivé au quartier général, à Nice, le 20 mars 1796, le nouveau commandant en chef qui succédait à Schérer disgracié, remédia, autant qu'il était en son pouvoir, aux désordres existant dans son armée. Il s'attacha surtout à gagner le cœur et la confiance de ses soldats. Il leur parlait souvent de Gloire et de Patrie. Et ces mots, qui n'ont jamais manqué leur effet sur les Français, électrisaient son armée malgré le dénuement et la misère dans lesquels le Directoire la laissait plongée.

La première rencontre du jeune général avec son vieil et renommé adversaire, le feld-maréchal Beaulieu, eut lieu à Montenotte. D'après les ordres de ce dernier, le

général Argentau, avec 10.000 hommes, s'était porté,
le 10 avril au matin, sur les hauteurs qu'occupait la gauche
de notre division Laharpe. Il eut d'abord quelques succès
et enleva tous les avant-postes français. Mais, arrivé
devant la redoute de Montelegino, dernier retranchement
de cette ligne, il fut reçu si vigoureusement que son
mouvement offensif s'arrêta net.

Le colonel Rampon, le vaillant chef de la fameuse
32ᵉ demi-brigade, à la tête de 1.200 hommes, la défendait ;
il fit exécuter un feu si bien nourri sur les colonnes
autrichiennes qui s'avançaient en masse, qu'il les obligea
d'abord à reculer. Les généraux Argentau et Roccavina
se mirent alors à la tête de leurs troupes et les repor-
tèrent sur la redoute. De longues files d'ennemis tombent,
mais leur nombre est tel qu'elles se succèdent sans
interruption, renouvelant sans cesse leurs furieuses
attaques.

Cerné par plus de 10.000 Autrichiens et Sardes, le
chef de la 32ᵉ voit le danger qui le menace. Aussi, pour
électriser ses soldats, il se tourne vers eux et leur crie :
« Mourons tous, mais ne cédons pas cette redoute ! »
Tous alors de répondre à leur chef : « Mourons tous ici
et ne reculons pas ! »

Leurs munitions sont épuisées ! Seules, les baïonnettes
leur restent.

Ils se pressent près des parapets et présentent à
l'ennemi un véritable mur de fer. En vain, les généraux
autrichiens encouragent-ils leurs soldats de leur exemple ;
les rangs de la 32ᵉ sont impénétrables et les brèches qui
y sont faites par la mousqueterie et le canon sont immédiatement fermées par de nouveaux braves. Le combat se

prolonge avec le même acharnement jusque bien avant dans la nuit. Fatigués par une aussi solide résistance, les Autrichiens se retirent et prennent position à quelque distance.

Pendant que le colonel Rampon et les intrépides soldats de la 32e demi-brigade s'illustraient ainsi, Bonaparte prenait ses dispositions pour enlever le centre de l'armée austro-sarde. Le général Laharpe — qui s'était porté sur la redoute de Montelegino pendant la nuit, pour soutenir Rampon — reçoit l'ordre d'attaquer de front la position de l'ennemi, le lendemain 11 avril, de concert avec les défenseurs de la redoute, afin de masquer les mouvements de notre centre et de notre gauche.

Le 11, au petit jour, la division Laharpe attaque donc vivement le général Argentau qui, ayant une revanche à prendre, se défend avec opiniâtreté. Pendant ce temps, le général Augereau, à notre gauche, se portait sur Caïro par Monfredo, et le général Masséna se dirigeait sur Castellazo, culbutant au pas de charge tous les corps autrichiens qu'il rencontrait. Il prit ainsi en flanc et à dos tout le corps d'Argentau, puis arriva à Montenotte-Inférieure. Il attaque alors brusquement les Autrichiens qui plient. Leurs généraux Argentau et Roccavina sont blessés. C'est la déroute complète. L'ennemi est poursuivi par les soldats de Masséna, baïonnette au canon, jusqu'à Olego.

Au centre, le succès du général Laharpe n'était pas moindre, car il avait complètement dispersé le corps du général Argentau. L'armée austro-sarde, ainsi coupée en deux tronçons, se trouvait donc dans l'obligation de combattre isolément.

Quinze cents ennemis tués ou blessés, 2.500 prisonniers, 6 drapeaux, plusieurs canons, tel fut le résultat de cette journée (1).

BATAILLE DE LODI

(10 mai 1796)

Figure sur les drapeaux et étendards des 45°, 86° de ligne et du 13° hussards.

Les combats de Fombio et de Casal avaient prouvé au général Beaulieu qu'il fallait compter avec l'armée française et qu'à l'infériorité numérique de ses bataillons suppléaient, amplement, le talent de son jeune général en chef Bonaparte, ainsi que l'initiative et l'audace des généraux sous ses ordres : Masséna, Augereau, Laharpe, Berthier, Dallemagne, etc., tous doués des plus brillantes qualités militaires. Aussi, le général autrichien, découvrant Milan et Pavie, se hâte de passer l'Adda à Lodi et de mettre ce fleuve entre lui et ses redoutables adver-

---

1. Il est assez singulier que l'inscription *Montenotte* n'ait pas été portée sur le drapeau du 32° régiment d'infanterie — elle existait, à juste titre, sur le précédent drapeau, distribué le 10 mai 1852 — car ce régiment accomplit, dans cette journée de Montenotte, un des plus beaux faits d'armes de son histoire: la défense de la redoute de Montelegino, qui est restée légendaire dans nos annales guerrières. Cette omission est donc regrettable.

saires. Il fait garder la ville par un bataillon, puis va placer à la tête du pont, sur la rive gauche par laquelle devaient arriver les Français, le général Sebottendorf, avec 10.000 hommes, envoyant en oùtre une colonne sur Pizzighettone pour surveiller ce point pendant que son sous-ordre, le général Colli, garde le passage de l'Adda à Cassano.

Mais il était dans la destinée du général autrichien de ne prendre que des précautions inutiles et d'être joué par Bonaparte dans toutes les circonstances où il serait appelé à se mesurer avec lui. Beaulieu eût certainement mieux fait de couper le pont de Lodi, mais il ne désespérait pas de tenir sur l'Adda. Il attendait de jour en jour des renforts qui lui étaient annoncés, et il ne voulait pas se priver d'un passage commode sur ce fleuve, au cas où il pourrait reprendre l'offensive. Il allait bientôt se repentir de sa belle confiance.

Le général Bonaparte avait trompé son adversaire en faisant mine de passer le Pô, tout en exécutant subitement le passage de l'Adda sur le point le plus redoutable.

Par des mouvements habilement combinés, il menace toute la rive de l'Adda devant l'armée autrichienne, puis, tout à coup, par une marche de nuit, il se porte sur Lodi, où il arrive à 9 heures du matin. Le bataillon commis à la garde de la ville est bientôt dispersé et nos soldats le pourchassant arrivent au pont jeté sur l'Adda. Les Autrichiens étaient en bataille sur la rive opposée. Trente pièces de canon de position, serrées les unes contre les autres, enfilaient et croisaient leurs feux sur ce pont de 150 mètres de longueur. Une véritable grêle de mitraille et de mousqueterie écrasait toute la rive droite, où venaient d'apparaître nos têtes de colonne appuyées seulement par deux canons. Mais le général Bonaparte n'entend perdre aucune minute. Il fait placer les deux pièces dont il dispose en face du pont et les fait tirer sur l'ennemi jusqu'à ce que les divisions Masséna et Augereau fussent arrivées. Il fait ensuite former des bataillons de tous les grenadiers et carabiniers des demi-brigades qu'il a sous la main, et lance ces bataillons en colonne serrée sur le pont. Les carabiniers de la 11ᵉ légère (86ᵉ actuel) et les grenadiers de la 45ᵉ de ligne sont en tête de la formidable troupe.

La charge sonne, la fusillade pétille et la canonnade éclate sur toute la ligne. Bientôt, la mitraille autrichienne jonche de cadavres toute la largeur du pont. Malgré leur audace, malgré leur intrépidité, nos soldats hésitent et reculent. Un moment de panique et tout est perdu. Les généraux Masséna, Berthier, Cervoni, Dallemagne, les chefs de bataillons Lannes et Dupas le comprennent; aussi, d'un mouvement irréfléchi, se précipitent-ils à la tête de la colonne meurtrie et disloquée et, par leur audacieux courage, la reforment-ils sous la mitraille et les boulets, puis ils l'entraînent comme un torrent à leur suite. Le pont est franchi et tout ce qui s'oppose à l'ardente *furia* de nos troupes est enlevé, culbuté. L'artillerie des Autrichiens est tournée contre eux-mêmes et les bataillons ennemis fuient en désordre, abandonnant, entre les mains de nos grenadiers, leurs canons et leurs bagages.

A ce moment, apparaissent les troupes des généraux Augereau, Rusca et Beyrand. Leur arrivée décide de la victoire et c'en était fait des 10.000 Autrichiens du général Sebottendorf, si notre cavalerie, qui avait été obligée de faire un grand détour pour passer à gué, eût pu arriver à temps et poursuivre les fuyards.

Dans son rapport au Directoire, le général Bonaparte cite comme s'étant particulièremeut distingués dans cette rapide et sanglante action, le général *Berthier*, ses aides de camp *Lemarois* et *Marmont*, le général *Sugny*, commandant l'artillerie, l'adjudant-général *Monnier*, l'aide de camp du général Masséna *Reille*, et le capitaine de grenadiers *Thoiret* de la 45e de ligne.

COMBAT DE LONATO

(3 août 1796)

Figure sur les drapeaux des 11e et 32e. de ligne

Après la levée du siège de Mantoue (30 juillet), le général Bonaparte réunit ses troupes et marche sur les Autrichiens qui reprenaient partout l'offensive et avaient déjà enlevé quelques-uns de nos postes.

Le 3 août, les avant-gardes des deux armées se trouvaient en présence sur la Chiese. Le général Guyeux, qui était à notre gauche, devait attaquer la petite ville de Salo ; le général Masséna, au centre, devait se porter sur Lonato, et le général Augereau, à droite, se diriger vers Castiglione.

L'ennemi, supérieur en nombre, aborde brusquement l'avant-garde de Masséna qu'il enveloppe aussitôt et à laquelle il prend trois pièces d'artillerie légère. Le géné-

ral Bonaparte s'apercevant alors que l'ennemi, en cherchant à nous envelopper, s'affaiblissait en s'étendant,
porte tous ses efforts sur le centre, tandis qu'il fait tirailler et contenir les deux ailes autrichiennes. Les 11e et
32e demi-brigades sont formées en colonnes serrées par
bataillon à demi-distance et, au pas de charge, elles se
portent sur Lonato, soutenues dans leur mouvement offensif par le 15e dragons. En un clin d'œil, Lonato est emporté
et nos canons sont repris. L'ennemi enfoncé, disloqué,
éparpillé de tous côtés, cherche alors à opérer sa retraite
sur le Mincio. Mais le chef de brigade Junot a deviné ce
mouvement ; avec la compagnie des guides, le 15e dragons et la 4e légère, il essaie de l'enrayer. Pour cela, il
cherche à gagner l'ennemi de vitesse. Arrivé à Dezenzano, il fait un détour et parvient à la tête d'un régiment
de uhlans, dont il blesse le colonel. Après avoir tué de
sa main six Autrichiens, entouré, criblé de coups de sabre,
l'intrépide Junot allait être fait prisonnier, victime de sa
propre audace, lorsqu'arrive le 15e dragons qui le dégage
et met les uhlans en fuite.

Coupés dans leur retraite sur le Mincio par l'occupation
de Dezenzano, les Autrichiens se retirent en longeant le
lac de Garde, vers Salo. Mais là, ils se heurtent au général Guyeux qui venait de s'emparer de cette ville. La
colonne autrichienne se disperse alors et se concentre
jusqu'au lendemain dans la montagne, où, par une ruse
de guerre très habile du général en chef, elle tombe tout
entière entre les mains de nos troupes.

Dans cette brillante affaire, les Autrichiens perdaient
2.000 tués ou blessés, 4.000 prisonniers, parmi lesquels
3 généraux et 20 canons. Du côté français, on accusa

une perte d'un millier d'hommes environ, tués ou blessés. Cependant, une mort regrettable fut à constater, celle
du général *Beyrand*, officier distingué par ses qualités
militaires. Les colonels *Bougon*, du 1er hussards, *Marmet*, du 22e chasseurs à cheval et *Pourrailler*, de la
4e légère, étaient également au nombre des tués.

BATAILLE DE CASTIGLIONE

(5 août 1796)

Figure sur les drapeaux et étendards des 5e, 11e, 69e, 87e, 93e de
ligne, du 10e chasseurs et du 1er hussards

Nous venons de voir comment, à Lonato et à Salo,
c'est-à-dire à notre centre et à notre gauche, les Autrichiens avaient vu échouer, le 3 août, leur mouvement
offensif. Le 5 suivant, le général Augereau, qui commande la droite française et qui a reçu la mission d'attaquer Castiglione, prend position en avant de cette ville,
ayant la division Masséna à sa gauche.

L'armée autrichienne, formée sur deux lignes, était à
portée de canon, en avant du village de Solférino, sa
gauche appuyée au mamelon de Medelano où avait été
construite une redoute. Le général Bonaparte, voulant attirer l'attention de l'ennemi sur son front, afin de
l'empêcher d'arrêter le mouvement du général Fiorella

qui devait renforcer notre ligne de bataille, fait attaquer les Autrichiens, vers 6 heures du matin, par des lignes de tirailleurs ayant l'ordre de se laisser facilement repousser.

Encouragé par cette ruse de guerre, le général Wurmser — remplaçant à la tête de l'armée autrichienne le général Beaulieu que ses insuccès ont fait disgracier — donne l'ordre à ses troupes d'avancer et, manœuvrant sur sa droite, il menace de déborder la gauche du général Masséna, afin d'aller tendre la main à son collègue Quasdanowich, dont il ignorait l'insuccès complet à Lonato et à Salo, l'avant-veille. Bonaparte, devinant le projet de son adversaire, le laisse d'autant plus faire que ce mouvement de Wurmser favorisait absolument l'attaque principale qu'il méditait sur la gauche de l'armée ennemie. Apprenant, en même temps, l'arrivée du général Fiorella sur le champ de bataille, il envoie l'adjudant-général Verdier, avec trois bataillons de grenadiers, attaquer la redoute de Medelano, et le fait soutenir par 28 pièces d'artillerie légère, dirigées par le chef de bataillon Marmont, son aide de camp.

A la faveur de cette batterie puissante, qui prenait l'ennemi en écharpe, le général Verdier s'avance sur la redoute autrichienne et, après une lutte acharnée et sanglante de part et d'autre, finit par s'en rendre maître. La cavalerie du général Beaumont culbute également, sur ce point, les Autrichiens chassés de la redoute et fait sa jonction avec les troupes du général Fiorella.

Le général Augereau attaquant le centre de l'ennemi, Masséna sa droite, Wurmser, qui n'avait pas encore saisi le mouvement du général Fiorella, se trouvait pour ainsi dire enveloppé, et lui-même manquait d'être enlevé dans son quartier général par des hussards de notre 7ᵉ régiment.

Toute la ligne ennemie était alors ébranlée, sa gauche se repliant vivement sur le centre. La 5ᵉ demi-brigade de ligne, ayant à sa tête l'adjudant-général Leclerc, attaque les hauteurs de Solférino, où les Autrichiens se défendent encore avec une grande opiniâtreté. Malgré une longue résistance, la position est enlevée par nos soldats, et Wurmser ordonne la retraite. Elle se fait, d'ailleurs, en désordre. Les troupes autrichiennes sont poursuivies par nos régiments de cavalerie de la division Beaumont et par ceux de la division Fiorella. Aussi, le Mincio franchi par ses bataillons, le général autrichien s'empresse-t-il d'en faire rompre les ponts.

La perte des Autrichiens à Castiglione fut environ de 3.000 hommes tués, blessés et prisonniers. En outre, ils laissaient sur le champ de bataille 20 pièces de canon et 120 caissons de munitions. Les Français eurent environ 700 hommes hors de combat.

En rendant compte de cette nouvelle victoire au Directoire, le général Bonaparte terminait ainsi :

« Voilà donc, en cinq jours, une autre campagne finie. Wurmser a perdu 70 pièces de canon, tous ses caissons d'artillerie, 12.000 à 15.000 prisonniers, 6.000 tués ou blessés. Les soldats, les officiers, les généraux ont déployé, dans cette circonstance difficile, un grand caractère de bravoure. Le général *Dallemagne*, les adjudants-généraux *Verdier* et *Vignolle*, le chef de bataillon *Songis* se sont particulièrement distingués. Je vous demande pour eux de l'avancement. »

COMBAT DE CALDIERO

(12 novembre 1796)

Figure sur le drapeau du 75ᵉ de ligne

Pendant qu'une moitié de l'armée d'Italie assiégeait Mantoue où s'était renfermé le feld-maréchal Wurmser après ses nombreuses défaites, l'autre moitié s'opposait, dans le Tyrol, sur l'Adige et la Brenta, aux efforts du général Alvinzi pour faire lever le siège de cette place.

Dès que le général Bonaparte vit ses avant-postes attaqués, il s'y porta et prépara, par diverses manœuvres, le succès de la célèbre bataille d'Arcole.

Le 12 novembre, à la pointe du jour, les divisions Augereau et Masséna, parties de Vérone, se trouvèrent en présence de la première ligne des Autrichiens en position, la gauche à Caldiero, la droite couronnant le mont Olivetto et occupant le village de Cognola.

L'attaque commença aussitôt. Le général Augereau emporta le village de Caldiero et fit 200 prisonniers. Le général Masséna avait débordé le flanc droit de l'ennemi, lui ayant pris 5 pièces de canon, et commençait à le tourner, lorsque la réserve des Autrichiens arrive sur le champ de bataille et arrête nos succès. A ce renfort inattendu se joignit un contre-temps non moins fâcheux. Le vent soufflait du nord avec violence et la pluie, qui tombait à flots, se changeant subitement en grésil, vient frapper au visage et aveugler nos soldats, qui déjà résistaient avec peine. Masséna est contraint d'abandonner le terrain qu'il a gagné et se met en pleine retraite. C'est alors que le général Bonaparte, pour rétablir le combat, fait avancer la 75ᵉ demi-brigade. Dès son entrée en ligne, celle-ci, par sa bonne contenance, arrête net les progrès de l'ennemi. On se canonne dans les positions réciproques jusqu'à la fin de la journée, mais, vers les 7 heures du soir, les Français se retirent sous les murs de Vérone.

Ce fut pour récompenser la belle conduite de la 75ᵉ dans cette journée, que le général Bonaparte lui accorda de porter sur son drapeau cette fière devise que nous voudrions encore voir figurer sur le drapeau actuel du 75ᵉ de ligne, digne héritier de son aïeul de la première République :

La 75ᵉ arrive et bat l'ennemi !

BATAILLE D'ARCOLE
(15, 16 et 17 novembre 1796)

Figure sur les drapeaux et étendards des 4ᵉ, 25ᵉ, 39ᵉ, 51ᵉ, 80ᵉ de ligne ;
des 3ᵉ, 5ᵉ et 9ᵉ dragons

L'Autriche délivrée de Moreau et de Jourdan par l'archiduc Charles, envoie en Italie 50.000 hommes sous les ordres d'Alvinzi. Bonaparte a 38.000 hommes. Alvinzi occupe alors la forte position de Caldiero, près de Vérone, tandis que son lieutenant Davidowich descend sur Rivoli. Bonaparte attaque Caldiero, mais il est repoussé. Tout à coup il passe l'Adige à Ronco et se porte sur les derrières de l'ennemi par les marais d'Arcole.

Le 15 novembre, pendant que les divisions Masséna et Augereau attaquaient de front le pont d'Arcole et la chaussée de Porcil, la brigade Guyeux de la division Vaubois était détachée vers Albaredo, avec ordre de passer l'Adige en bac, afin de tourner Arcole et de faciliter l'attaque de front, sous la protection de quelques pièces d'artillerie. Cette brigade, composée des 25e et 39e demi-brigades de ligne, réussit à passer l'Adige et à repousser les tirailleurs ennemis. La 25e emporte deux avant-postes à la baïonnette et se dirige droit sur Arcole qu'elle parvient à faire évacuer un instant par les impériaux.

Malgré cette heureuse diversion, la division Augereau qui est chargée de l'attaque de front, ne peut réussir à franchir le pont d'Arcole, les forces qui lui sont opposées étant trop considérables. Le général Bonaparte, trouvant alors dangereux pour ses troupes de leur faire passer la nuit dans leurs positions, ordonne la retraite sur la rive droite de l'Adige, retraite qui s'effectue avec le plus grand ordre, et le soir, l'armée française établit ses bivouacs autour de la petite ville de Ronco. Le mouvement qui a échoué sera repris le lendemain.

En effet, le 15 novembre, à la pointe du jour, les divisions Augereau, Masséna et Vaubois repassent l'Adige. Masséna, qui a devant lui le corps autrichien du général Provera, l'attaque avec impétuosité en lançant sur lui les 18e, 32e et 75e demi-brigades de ligne, auxquelles il adjoint les 25e et 39e de la division Vaubois. L'ardeur de nos soldats est admirable et les Autrichiens, bientôt culbutés, se mettent en retraite, abandonnant entre les mains des nôtres 3 drapeaux, 6 canons et 630 prisonniers. Malheureusement, ce jour-là encore, le général Augereau qui a la mission la plus difficile, ne peut réussir, et tous ses efforts viennent échouer devant les masses du général Alvinzi. Il est obligé de rétrograder et entraîne dans son mouvement les divisions Masséna et Vaubois.

Cependant, il fallait en finir avec la résistance obstinée des Autrichiens. Le 17 novembre, troisième jour de cette lutte acharnée, le général Bonaparte se met lui-même à la tête de la division Augereau, lui fait passer la petite rivière l'Alpon à son confluent, afin de tourner la gauche autrichienne. Pendant cette marche audacieuse des troupes d'Augereau, la division Masséna, qui a disposé les siennes sur la chaussée de Porcil et d'Arcole, soutient victorieusement la lutte et attire sur lui la plus grande partie des forces autrichiennes. Il dirige les 25e et 39e demi-brigades, soutenues par plusieurs escadrons des 3e et 5e dragons et du 7e hussards, sur le village de Porcil pour en chasser l'ennemi et couvrir les communications des ponts. Ce mouvement s'opère victorieusement et les Autrichiens, enveloppés de toutes parts, battent en retraite dans la direction de San-Bonifacio, épuisés par cette lutte de géants, dans laquelle les généraux Bonaparte et Augereau ont payé de leur personne comme les plus braves grenadiers de leur armée.

Dans ces sanglantes journées, les 4e, 18e, 25e, 39e, 40e, 51e et 75e demi-brigades de ligne, les 5e, 12e et 18e légères, ainsi que les 3e et 5e dragons, se sont couverts de gloire et ont bien mérité de la Patrie.

C'est à cette bataille de trois jours que se distingue le petit tambour *André Estienne*, à peine âgé de quatorze ans, de la 51e demi-brigade de ligne. Il se trouvait à 1 kilomètre environ du pont ǀsur lequel Bonaparte venait de s'élancer victorieusement. Tout à coup, il aperçoit une fumée intense provenant des canons autrichiens, en batterie derrière le village d'Arcole. L'idée lui vient de passer de l'autre côté du pont et de battre la charge, afin d'entraîner ses camarades. Il expose son plan à son sergent. — Mais, lui répond celui-ci, sais-tu nager ? — Si je sais nager ? Je crois bien. — Alors, nous allons passer le canal. — Mais mon tambour va se mouiller. — Ne crains rien, je te porterai sur mon sac et, pendant que je nagerai, toi tu battras.

Et les voilà tous deux qui s'élancent à l'eau, André Estienne tapant sur sa caisse à tour de bras et faisant un tel bruit que les Autrichiens, s'imaginant avoir affaire à une division tout entière, lâchent pied.

Le jeune tambour reçut du général Bonaparte, pour cette belle action, des baguettes d'honneur et, à l'institution de la Légion d'honneur, il fut créé, l'un des premiers, chevalier de l'ordre.

Après cette bataille si disputée, notre armée prend un repos dont elle avait grand besoin. Nous allons la retrouver aux prises avec les Autrichiens, dans les plaines de Rivoli.

BATAILLE DE RIVOLI

(14 janvier 1797)

Figure sur les drapeaux et étendards des 14ᵉ, 18ᵉ, 58ᵉ, 87ᵉ, 92ᵉ, 97ᵉ
de ligne ; des 5ᵉ cuirassiers et 8ᵉ dragons.

Dans les premiers jours de janvier 1797, le général
Alvinzi, qui a reçu de nombreux renforts et a vu porter
son armée à l'effectif de 75.000 hommes, reprend l'offensive. L'attaque principale a lieu sur le plateau de Rivoli,
où se trouve la division Joubert. Le général Bonaparte,
qui était alors en marche sur Rome avec la division Masséna, a deviné les intentions du généralissime autrichien ; il rebrousse aussitôt chemin et arrive en vue de
Rivoli au moment où les troupes de Joubert, accablées
par des forces supérieures, commençaient à plier et à
céder le terrain à l'ennemi.

Profitant de ce premier succès, une forte colonne
autrichienne s'avance résolument sur le centre de la
division Joubert et cherche à atteindre l'escalier d'Incanale pour donner la main à une autre colonne ennemie qui devait déboucher de ce côté. Heureusement,
le général Masséna venait d'entrer en ligne. Immédiatement, il lance en avant les troupes qu'il a sous la main,
les 18ᵉ, 32ᵉ et 75ᵉ demi-brigades de ligne.

Ces régiments débouchent sur le plateau de Rivoli et
leur présence arrête subitement les mouvements offensifs
de l'ennemi sur notre centre. Les troupes du général

Joubert qui, de minute en minute, accentuaient sous le poids des masses autrichiennes leur mouvement rétrograde, reprennent alors courage et se reportent vigoureusement en avant. En tête, marchent les 17e et 22e légères, soutenues par les hussards du commandant Lasalle et quelques pièces d'artillerie. Les Autrichiens sont abordés cette fois avec la plus grande vigueur. Les régiments de Joubert renversent tout dans leur impétueux élan et les bataillons ennemis, qui avaient débouché par le gigantesque escalier d'Incanale, y sont refoulés pêle-mêle dans un inexprimable désordre, dont nos soldats profitent,pour les accabler de leurs feux.

A ce même moment, le général Masséna refoulait successivement toutes les colonnes autrichiennes qui essayaient de prendre pied sur le plateau. Toutefois, grâce à sa grande supériorité numérique — 40.000 contre 16.000 — l'ennemi tente un dernier effort pour nous prendre nos positions. Une forte colonne débouche du fond de la vallée de l'Adige et se porte sur le flanc de la division Joubert formant la droite de notre ligne de bataille. Ce jeune et distingué général — qui devait mourir si prématurément trois ans plus tard à Novi — comprend que tout est perdu si la manœuvre enveloppante des Autrichiens réussit. Il s'élance, de sa personne, à la tête de la 32e demi-brigade qui est mise à sa disposition et, l'entraînant dans un élan superbe, il se jette sur les bataillons ennemis qu'il refoule dans la vallée.

Cette fois, le succès n'est plus douteux et les Autrichiens, épuisés par tant d'inutiles efforts, se mettent en retraite, laissant sur le champ de Bataille 3.000 tués ou blessés et entre nos mains, 3 drapeaux, 9 canons et 13.000 prisonniers.

Le lendemain de cette glorieuse bataille, les divisions Augereau et Masséna reprenaient la route de Mantoue pour combattre le général Provera qui venait au secours de cette ville, assiégée par nos troupes, et le général Joubert, s'emparant des hauteurs de la Corona, établissait son quartier général à Caprino.

BATAILLE DE LA FAVORITE

(16 janvier 1797)

Figure sur les drapeaux des 12ᵉ et 57ᵉ de ligne

En même temps que Bonaparte remportait la brillante victoire de Rivoli sur le général Alvinzi, le général Provera, commandant un corps autrichien considérable, passait l'Adige de vive force à Anguiari, sous la protection d'une artillerie nombreuse. Ne pouvant résister à 10.000 ennemis avec 1.500 hommes seulement, le général Guyeux, qui gardait ce poste, fut obligé de se replier sur Ronco. Le général Augereau, chargé par Bonaparte de suivre les mouvements de Provera, était tout près de là. Aussitôt qu'il eut appris que la colonne commandée par ce général avait passé l'Adige, il se met en marche pour

lui couper le chemin de Mantoue. Ayant atteint son
arrière-garde entre Anguiari et Roverbella, il ordonne
aux généraux Lannes et Point de l'attaquer en flanc,
tandis qu'il la fait prendre à revers par les généraux
Guyeux et Bon, venant de Ronco.

Le succès de cette attaque audacieuse fut complet :
2.000 prisonniers et 40 bouches à feu restèrent sur le
champ de bataille. Le général Provera ayant encore
6.000 hommes, allait ensuite se heurter devant Saint-
Georges, à la division commandée par le général Miollis.

Bonaparte arrivait, en effet, au village de San-
Antonio et faisait attaquer Provera le lendemain matin.
L'intention du général autrichien qui ignorait la situation
exacte de son collègue Alvinzi, était nécessairement de
se rendre sous Mantoue, de faire exécuter une sortie par
la garnison et de se joindre à elle. C'était d'ailleurs
l'unique moyen de combattre les Français avec quelque
avantage. Mais Bonaparte, ayant percé à jour les desseins
du général Provera, faisait tous ses efforts pour entourer
les troupes de ce dernier. A cet effet, il plaçait le général
Dumas en observation à San-Antonio devant la citadelle
de Mantoue. Une heure avant le jour, le général Serrurier
partait pour se rendre vers la Favorite, pendant que le
général Victor tournait Provera à l'aide des 18e et
57e demi-brigades de ligne.

Au moment où la garnison de Mantoue se disposait à
entrer dans la Favorite, elle fut attaquée par la colonne
du général Serrurier. Provera fut obligé de se rendre
sans conditions. On accorda seulement aux officiers autrichiens de garder leurs chevaux et ce qu'ils avaient sur
eux. Six mille prisonniers, 700 chevaux, 22 canons, de

nombreux caissons et tous les équipages de la colonne autrichienne, tels furent les glorieux trophées de cette victoire qui nous ouvrait le lendemain les portes de Mantoue.

SIÈGE ET CAPITULATION DE MAVTOUE
(juin 1796 à février 1797)

Figure sur les drapeaux des 14ᵉ, 64ᵉ et 104ᵉ de ligne

Après la bataille de Lodi, livrée le 10 mai 1796, le général Bonaparte entrait triomphant à Milan. Puis s'emparant de Peschiera, de Vérone, de Legnano, il vint ensuite assiéger Mantoue (3 juin). C'est alors une période de batailles et de combats livrés autour de cette ville ; finalement, le 15 août 1796, le général Wurmser, battu à Saint-Georges, s'enferme dans Mantoue. Un siège régulier commence. Bonaparte veut à tout prix s'emparer de cette place qui complète le fameux quadrilatère sans la possession duquel la conquête de la Lombardie n'est pas résolue.

Un duel acharné s'engage de nouveau autour de cette citadelle que défendent énergiquement les Autrichiens et qu'assiègent non moins énergiquement les Français. Comme nous venons de le voir dans les pages précédentes, ce double objectif donne lieu aux batailles de Caldiero, d'Arcole, de Rivoli et de la Favorite, dont l'insuccès oblige le général Wurmser à capituler et à livrer Mantoue au général Bonaparte.

PASSAGE DU TYROL

(Mars 1797)

Figure sur les drapeaux des 85ᵉ et 86ᵉ régiments d'infanterie

Après les victoires remportées par l'armée d'Italie sur les Autrichiens, ces derniers avaient envahi le Tyrol. Une petite armée, sous les ordres du général Joubert, reçoit du général Bonaparte la mission de les poursuivre.

Le 20 mars 1797, la 11ᵉ légère (86ᵉ actuel) et la 85ᵉ demi-brigade de ligne, enlèvent les hauteurs de San-Michèle. Le 26 mars, nouveau combat à Brixen où nos troupes attaquent un parti important de paysans qui avait fait plier nos avant-postes et avait occupé leurs positions. Les paysans tyroliens se battirent en désespérés. Aussi inébranlables que les rochers derrière lesquels ils se retranchaient, ces hardis montagnards reçurent la charge de nos soldats avec la plus grande fermeté, se battant avec des haches, des tridents, des faux et des longues perches terminées par des stylets. Ils se firent tuer jusqu'au dernier.

Le 16 juin, aux gorges d'Insprück, la 85ᵉ dégage un bataillon de la 93ᵉ fort compromis ; la cavalerie du général Dumas fait 600 prisonniers et enlève 2 canons à l'ennemi.

Le général Bonaparte autorisa, après cette campagne, les 11ᵉ légère et 85ᵉ de ligne à inscrire sur leurs drapeaux, en récompense de leur belle conduite, cette inscription : *Passage du Tyrol, 1797.* Sur les emblèmes actuels de ces deux régiments, on a eu le soin de perpétuer cette tradition.

IV

CAMPAGNE D'ALLEMAGNE
(1796-1797)

BATAILLE D'ETTLINGEN
(9 juillet 1796)

Figure sur le drapeau du 109ᵉ régiment d'infanterie

L'armée autrichienne ayant ses flancs à découvert par les succès qu'avait obtenus l'armée du Rhin-et-Moselle, se retire sur Ettlingen. Le prince Charles voulait attendre, dans cette position, les renforts qui lui venaient du côté du Rhin et des environs de Mayence, ainsi que 7 bataillons et 12 escadrons saxons qui arrivaient par Wildbaden.

Ayant donc réuni toutes ses forces, l'archiduc, comptant sur sa supériorité numérique, reprend l'offensive. Mais le général Moreau résout de le prévenir. Menacé d'être attaqué le 10 sur tous les points, il marche aux Autrichiens le 9 juillet. Il les rencontre alors qu'ils se portaient en avant pour reprendre la position de la Mürg avec l'intention de nous livrer bataille le lendemain. Leur droite s'étend vers le Rhin du côté de Dumersheim ; leur gauche occupe la vallée de la rivière d'Alb, l'abbaye de Frawenalb et s'appuie à Rotensolhe dont elle couronne les hauteurs. Le général Moreau prend aussitôt ses dispositions de combat. Voulant refuser sa gauche afin de faire l'effort principal sur sa droite contre la gauche de l'ennemi, il ordonne au général Delmas de garder, avec deux demi-brigades d'infanterie, le passage de la Pfederbach, à notre extrême gauche, de ne point passer cette rivière et de n'engager aucune action sérieuse. D'un autre côté, le général Desaix fut chargé de se diriger sur Malsch, afin de contenir tout ce qui se trouverait entre les montagnes et le Rhin. Ce fut au général de Gouvion-Saint-Cyr que fut réservée l'attaque de la gauche de l'ennemi.

Le général Tapponier, avec la 21e demi-brigade légère, le 31e de ligne et le 50e hussards, reçut l'ordre de gagner l'Enz, de marcher sur Wildbaden et de déborder la gauche autrichienne. Pendant que s'accomplissait ce mouvement, le général Gouvion-Saint-Cyr attaquait de front la gauche ennemie qui occupait les positions d'Hernalb, de Frawenalb et de Rotensolhe, avec les 84e, 93e, 106e et 109e demi-brigades d'infanterie et un détachement du 2e chasseurs à cheval. A la tête de ces dernières troupes marchaient les généraux Lecourbe et Lambert. Les positions ennemies étaient d'ailleurs défendues par une nombreuse infanterie, quatre escadrons de cavalerie et une très forte artillerie.

Les positions d'Hernalb et de Frawenalb furent facilement enlevées, mais le plateau de Rotensolhe, très boisé et d'un abord abrupte et difficile, demanda à nos soldats de longs efforts et une attaque plusieurs fois réitérée et sanglante. Lorsque la 93e demi-brigade, quatre fois repoussée, revint au bas de la montagne, les 106e et 109e demi-brigades se formèrent en colonne, gravirent la position et, malgré la mitraille, prirent enfin pied sur le rude plateau où ils attaquèrent les Autrichiens à l'arme blanche avec une furieuse impétuosité. Ceux-ci ne tinrent pas longtemps. Enfoncés, mis en déroute, ils laissère sur le champ de bataille un grand nombre de tués, de blessés, ainsi que 1.200 prisonniers.

A l'aile gauche, le général Desaix engageait le combat par l'attaque du village de Malsch. L'adjudant-général Decaen, à la tête du 10ᵉ de ligne ainsi que du 8ᵉ chasseurs à cheval, s'en emparait tout d'abord. Mais l'ennemi, revenant en force, l'obligea à se retirer. Trois fois Malsch fut pris et repris et finalement resta à l'ennemi. Il était alors 10 heures du soir. On peut concevoir par cette heure avancée combien l'acharnement avait été grand de part et d'autre. Nous conservions toutefois le bois et les hauteurs qui dominent le village. Des charges de cavalerie eurent également lieu dans la plaine entre les escadrons autrichiens et les nôtres, mais elles n'eurent pas grand résultat sur l'ensemble de l'action.

Le soir, il n'y avait donc, sur notre gauche, aucun succès décisif de part et d'autre, et chacun des partis adverses gardait son champ de bataille. Toutefois, l'archiduc Charles apprenant le résultat du combat à sa droite, c'est-à-dire l'enlèvement de la position de Rotensolhe par Gouvion-Saint-Cyr et voyant son flanc gauche entièrement découvert, se retira pendant la nuit sur Durlach et Carlsruhe, ne laissant à Ettlingen qu'une arrière-garde.

A cette époque, l'armée de Sambre-et-Meuse, après de brillants succès, s'étant portée rapidement jusqu'aux bords du Mein, l'ennemi ne put continuer à tenir sur le Rhin. Pressé qu'il était par nos deux armées, il se retira vers le Danube pour s'y rallier et y concentrer ses forces.

La journée d'Ettlingen fit le plus grand honneur aux 10ᵉ, 84ᵉ, 93ᵉ, 106ᵉ et 109ᵉ demi-brigades de ligne, à la 10ᵉ demi-brigade légère, au 2ᵉ et 8ᵉ chasseurs à cheval, et aussi à l'artillerie légère de la réserve de cavalerie qui, à plusieurs reprises, brisa par son feu les charges de la nombreuse cavalerie autrichienne.

BATAILLE DE BIBERACH

(2 octobre 1796)

Figure sur les drapeaux et étendards des 24ᵉ, 31ᵉ, 106ᵉ de ligne et 4ᵉ chasseurs à cheval.

Cependant, nos succès n'étaient pas, en Allemagne, aussi brillants qu'en Italie. Jourdan et Moreau s'étaient bien avancés jusqu'aux environs de Ratisbonne, mais l'archiduc Charles, par l'habileté de ses manœuvres, empêchant leur fonction, bat Jourdan à Wurtzbourg, puis à Altenkirchen où Marceau est tué, et le rejette sur la rive gauche du Rhin. Il revient ensuite sur Moreau qui exécute une admirable retraite après avoir battu les Autrichiens le 2 octobre à Biberach. Voici, emprunté à l'ouvrage *Fastes et Conquêtes de la République*, le récit de cette action :

« Afin de ne pas être cerné par toutes les forces autrichiennes, le général Moreau, commandant l'armée de Rhin-et-Moselle, se décidait à la retraite. Les Français avaient seulement pour unique avantage de posséder des forces concentrées, mais ils n'en étaient pas moins environnés de dangers. Leur seule chance était donc de porter à leur gré leur masse réunie contre les divers corps qui les pressaient isolément de tous côtés ; ils pouvaient ainsi battre l'ennemi successivement et en détail, et le général Moreau, en profitant habilement de cette situation, sauva certainement son armée d'une perte qui paraissait certaine.

» Le corps de Naüendorf marchait dans les vallées de la Kingsig et de la Renchen pour couper le passage des Français ; il avait déjà passé Tubingen, laissant son lieutenant, le général Latour, en arrière. Moreau résolut alors d'attaquer ce dernier. Il fit donc tous ses préparatifs en conséquence ; l'aile droite était commandée par le général Férino qui devait laisser un corps de troupes destiné à être opposé au général autrichien Frœlich, sur l'Argen. Dans le même moment, le surplus des forces se porterait sur le village d'Essendorf, en poursuivant l'ennemi, après avoir passé par Waldsée.

» Le général Saint-Cyr, commandant le centre et la réserve, était chargé d'attaquer les impériaux vers Steinhausen, et ses instructions furent de faire tous ses efforts pour pousser l'ennemi jusque sur Biberach, ville considérable de la Souabe, sur la Reuss ; dans le même temps, le général Desaix, à la tête de l'aile gauche, devait attaquer l'ennemi, de l'autre côté du lac, par la route de Reildingen à Biberach. Il lui était expressément ordonné de tâcher de précéder le général Latour sur les hauteurs, près de Steinhausen.

» La principale attaque fut commencée par le centre, le 2 octobre 1796, vers 7 heures du matin, sur la route qui conduit de Reichenbach à Biberach. Une seconde

colonne fut dirigée sur l'ennemi par la droite de Schus-
senried ; une autre attaque enfin était exécutée sur Oggels-
thausen. Les Français, après un combat très animé de
part et d'autre, eurent la gloire de culbuter les Autrichiens
qui furent aussitôt vivement poursuivis. Tous les divers
mouvements avaient été calculés avec une telle précision
que celle-ci coopéra beaucoup au succès que nos troupes
remportèrent dans cette journée. »

Les trophées qui tombèrent en notre pouvoir et qui
attestèrent notre victoire furent de 5.000 prisonniers,
18 canons et 2 drapeaux.

Le 23 octobre, après une retraite que cette victoire avait
glorieusement assurée, l'armée du Rhin-et-Moselle rentrait
en France par Huningue et prenait ses quartiers d'hiver
en Alsace.

BATAILLE DE NEUWIED

(18 avril 1797)

Figure sur le drapeau du 67ᵉ de ligne

Jusqu'au mois d'avril 1797, Hoche, qui a été nommé à
la tête de l'armée de Sambre-et-Meuse dans laquelle est
venue se fondre l'armée de Rhin-et-Moselle, s'occupe de
réorganiser ses troupes. Il prend, dès les premiers jours
d'avril, une vigoureuse offensive. Franchissant le Rhin, le
5 avril, il rencontre à Neuwied l'armée autrichienne.
Après avoir fait exécuter à ses soldats 35 lieues en trois

jours, il bat complètement l'ennemi et il allait envelopper l'armée du feld-maréchal Kray, lorsque l'armistice de Léoben vint l'obliger à cesser les hostilités.

L'armée de Sambre-et-Meuse prend alors ses cantonnements aux environs de Mayence.

V

CAMPAGNE D'ÉGYPTE
(1798-1801)

—

BATAILLE DES PYRAMIDES
(21 juillet 1798)

Figure sur les drapeaux et étendards des 25ᵉ, 32ᵉ, 77ᵉ, 79ᵉ, 96ᵉ d'infanterie et 20ᵉ dragons.

Le traité de Campo-Formio avait mis fin à la première coalition. La France avait obtenu la Belgique et la ligne du Rhin, l'Autriche, la Vénétie.

L'Europe avait un instant désarmé, sauf l'Angleterre.

Bonaparte conçoit le projet d'aller l'attaquer en Orient et propose au Directoire de conquérir l'Egypte, afin de frapper la Grande-Bretagne dans les Indes.

Le 19 mai 1798, le vainqueur d'Italie s'embarque à Toulon, se fait céder l'île de Malte en passant (le 12 juin), où il laisse le général Vaubois, en repart le 19 juin et arrive le 1ᵉʳ juillet devant Alexandrie qu'il prend le 3.

Le 6 juillet, l'armée se met en marche pour Le Caire. Sur sa route, elle rencontre et bat les Mameluks de Mourad-Bey à Ramânyeh et à Chobrakyt.

Le 23 juillet, nos troupes sont devant Le Caire et le soleil levant leur montre les Pyramides !

Bonaparte, enthousiasmé, fait aligner l'armée, en parcourt le front au galop et lance à ses soldats ces paroles que l'Histoire a recueillies :

« Soldats !

« Vous allez combattre les dominateurs de l'Égypte ; songez que, du haut de ces monuments, quarante siècles vous contemplent. »

Les innombrables escadrons de Mameluks réunis dans la plaine se préparent à défendre la ville.

Bonaparte fait disposer en carrés sa petite armée que bientôt enveloppe la superbe cavalerie ennemie.

Les Mameluks, qui se croyaient sûrs de vaincre, viennent tous se briser contre nos fantassins. Dix fois ils reviennent à la charge ; dix fois ils sont repoussés et jonchent de leurs morts la plaine immense.

La tactique du général en chef avait été d'une remarquable simplicité. Il avait, pour résister à l'impétueuse cavalerie de Mourad-Bey, disposé ses demi-brigades d'infanterie en carrés par échelons, son artillerie dans les angles morts des carrés et sa cavalerie sur les ailes. Seulement, pour que cette disposition de combat réussît, il fallait des soldats éprouvés et ne se laissant pas émouvoir par la multitude de leurs adversaires. Avec les braves régiments de l'armée d'Égypte, tous anciens et brillants corps de l'armée d'Italie, il n'y avait à craindre aucune défaillance, aucune panique. Ils reçurent, avec la plus froide intrépidité, l'ennemi sur la pointe de leurs baïonnettes, et, au milieu de la tourmente équestre qui se déchaînait sur eux et autour d'eux, ils demeurèrent impassibles, inébranlables. La réelle bravoure et le superbe élan des cavaliers égyptiens ne purent avoir raison de ces murailles humaines qui, à chaque tentative, à chaque effort désespéré de leurs adversaires, s'entouraient comme d'un rideau de fumée et de flamme, et broyaient, sous leurs feux, la nombreuse cavalerie qui essayait vainement de les entamer.

Après trois heures d'une lutte acharnée, les Égyptiens se retiraient en désordre et le champ de bataille couvert de leurs morts nous appartenait.

Telle fut la bataille des Pyramides, où nos soldats surent remplacer leur fougue, leur entrain habituels, par une impassibilité et une résistance absolument remarquables.

Le lendemain, 22 juillet, Le Caire se rendait, et l'armée française — son jeune et victorieux général en tête — y faisait une triomphante entrée.

BATAILLLE DE SÉDIMAN

(7 octobre 1798)

Figure sur le drapeau du 88ᵉ régiment de ligne

Après la bataille des Pyramides (21 juillet), Mourad-Bey s'était retiré avec ses Mameluks dans la Haute-Égypte. Bientôt, il était rejoint par Desaix, à la tête de sa division qui venait de s'établir à deux lieues de la position qu'occupait son redoutable adversaire, au village de Sédiman.

Le 7 octobre, le général Desaix, informé par ses espions que Mourad-Bey a l'intention de lui livrer bataille, se dispose à l'attaquer lui-même. Au lever du soleil, sa divi-

sion formée en carré, flanquée à droite et à gauche de
deux petits carrés de 200 hommes chacun, se met en
mouvement et découvre bientôt l'ennemi. Un corps de
cavalerie de 4.000 Mameluks et de 2.000 Arabes forme
la ligne de bataille. Au premier rang, caracole l'intrépide Mourad, revêtu de vêtements étincelants de
richesse.

Toute cette cavalerie charge avec impétuosité et enveloppe notre faible division, composée seulement de trois
demi-brigades, la 21e légère et les 61e et 88. de ligne. A
l'approche des Mameluks, le général Desaix commande
aux carabiniers de la 21e légère de faire feu. Mais cette
décharge arrête trop tard la vigoureuse impulsion des
cavaliers ennemis. Un des petits carrés qui flanque
celui de la division, est enfoncé, culbuté et sabré. Toutefois, un grand nombre des soldats de ce groupe, en
voyant arriver dans leurs rangs la trombe équestre, se
sont couchés par terre et aussitôt après les cavaliers
passés ils se relèvent, fusillent ceux-ci par derrière, puis
rejoignent au pas de course le grand carré.

Mourad-Bey réunit alors toute sa cavalerie et la jette
sur un seul front du grand carré ; mais cette nouvelle
charge est complètement repoussée. Les plus intrépides
Mameluks ne pouvant se résoudre à fuir, viennent mourir
dans nos rangs, après avoir, dans leur rage impuissante,
lancé contre les Français, leurs boucliers, leurs masses et
haches d'armes, leurs fusils et même leurs pistolets. C'est
la 88e demi-brigade de ligne qui a eu l'honneur de repousser cette charge furieuse, où son chef, le colonel Cou-
roux, est blessé à l'épaule droite.

Desaix s'avance alors rapidement pour attaquer le gros

de l'armée ennemie, qui est restée retranchée à Sédiman. Mourad-Bey démasque quatre pièces d'artillerie placées sur une hauteur, dont le feu fait d'abord de grands ravages parmi nos troupes ; mais ni la mitraille, ni les nouvelles charges de toute la cavalerie turque ne peuvent arrêter l'intrépide carré, qui, marchant au pas de charge, la baïonnette en avant, chasse ou culbute tout ce qui s'oppose à son furieux élan. Le général Friant et le capitaine Rapp, aide de camp du général Desaix (plus tard général de division et pair de France), à la tête de vigoureux soldats, s'emparent des quatre pièces ennemies et les Mameluks, désespérant enfin de vaincre, s'enfuient vers le désert dans le plus grand désordre.

Le résultat de cette victoire fut la séparation de l'élément turc avec l'élément arabe et l'occupation de la fertile province du Faïoum où le général Desaix alla s'établir et reposer ses troupes de leurs longues et glorieuses fatigues.

COMBAT DE NAZARETH

(8 avril 1799)

Figure sur l'étendard du 14ᵉ dragons.

Junot, suivant les instructions qu'il avait reçues, s'était emparé de Nazareth et avait, le même jour, 6 avril 1799, envoyé dans un village, à quelque distance de cette dernière ville, un détachement de 70 chevaux

sous la conduite du cheik Daher et de son frère. Arrivé
dans la plaine qui sépare les montagnes de Naplous de
celles de Nazareth, Daher aperçut une avant-garde de
l'armée de Damas, au nombre de 5oo chevaux. Trop faible
pour aller à la rencontre de cette troupe, Daher se jeta
dans les montagnes et fit donner avis de Junot à sa rencontre et de la position dans laquelle il se trouvait.

Junot, à cette nouvelle, partit de Nazareth le 8 avril
avec 15o grenadiers du 19ᵉ de ligne, 15o grenadiers de la
2ᵉ légère, commandés par le chef de brigade Desnoyers, et
à peu près 100 cavaliers — commandés par le chef de brigade Duvivier — du 14ᵉ dragons. Il fut rejoint par le cheik
Daher et son frère et par quelques-uns de leurs cavaliers ;
mais bientôt apparut derrière lui, venant du village de
Loubi, un corps de cavalerie ennemie, composé de Mameluks, de Turkurens et de Maugrabins. Cette nouvelle
troupe paraissait forte de 2.ooo hommes au moins ; elle
marchait en masse, et, contre la coutume des Orientaux,
au petit pas et en bon ordre. On apercevait dans les
rangs une grande quantité d'étendards dont quatre on
cinq, des plus apparents, étaient portés devant les chefs.

Junot mit à profit le moment de répit que lui donna la
surprise de ses nombreux adversaires pour rétablir les
rangs et surtout ceux de la cavalerie, qui, n'ayant pas un
feu aussi redoutable à opposer que celui de l'infanterie,
avait reçu le choc des chevaux ennemis et y avait résisté
avec une fermeté digne des plus grands éloges. L'ennemi, revenu de son premier étonnement et fort de sa
supériorité, ne tarda pas à recommencer l'attaque. Junot,
en le voyant s'ébranler, rappela d'un mot à ses fantassins
que leur sang-froid venait de les sauver et qu'il importait

de le conserver. Cette exhortation était inutile : les troupes de Damas furent reçues à cette seconde charge avec plus d'intrépidité encore et perdaient 200 hommes.

Dans cette charge, un maréchal des logis du 3e dragons arracha un des principaux étendards à un cavalier ennemi qui le défendit vaillamment. Les deux guerriers restèrent plusieurs minutes corps à corps, l'un voulant enlever l'étendard, l'autre employant toutes ses forces pour le conserver. Pendant cette lutte singulière, leurs chevaux s'abattirent, mais les deux cavaliers ne vidèrent pas les arçons. Enfin, le Français, plus leste que le Mameluk, gêné par son costume, dégage sa main droite et passe son sabre à travers le corps de son adversaire, qui, en perdant la vie, tenait encore son étendard.

Une centaine des plus hardis de la troupe ennemie ne se retirèrent point avec le gros de leurs camarades, et revinrent encore escarmoucher au moment où Junot commençait lui-même son mouvement de retraite dans l'ordre le plus parfait. C'est alors seulement que quelques carabiniers de la 2e légère s'élancèrent hors des rangs pour avoir l'honneur d'un combat corps à corps avec la cavalerie ennemie. Il y eut, en effet, sept ou huit engagements partiels dans lesquels les Turcs et les Mameluks furent toujours vaincus.

BATAILLE DU MONT THABOR

(16 avril 1799)

Ne figure, nous ne savons pourquoi, sur aucun drapeau
ou étendard de l'armée.

Le général Bonaparte assiégeait Saint-Jean-d'Acre et
avait donné deux assauts au corps de la place, lorsqu'il
apprit qu'une armée venant de Damas, sous les ordres de
plusieurs pachas et composée de Turcs, de Syriens, de
Mameluks, d'Arabes de toutes les tribus, et d'insurgés
Naplouzains, se rassemblait dans les montagnes de l'Est
pour marcher au secours des assiégés.

Cette armée, disaient les habitants, était « aussi nombreuse que les étoiles du ciel et les sables de la mer », et
déjà s'avançait vers le Jourdain.

Pour s'assurer de ce qui se passait derrière lui, Bonaparte envoya le général Vial à Sour (ancienne Tyr), le
général Murat à Saaffet (ancienne Béthulie), et le général
Junot à Nazareth. Quelques jours après, il fit partir du
camp devant Acre la division du général Kléber pour
soutenir le général Junot. Mais, informé du progrès de
l'ennemi, qui avait passé le Jourdain, il se porta lui-
même sur le point attaqué avec la division du général
Bon, laissant devant Acre le reste de l'armée. On va voir
combien cette inspiration était nécessaire.

Le général Kléber, après avoir chassé de Cana les
avant-postes de l'armée des pachas, qui s'était avancée
jusque dans la plaine d'Esdrelon, tourna le mont Thabor
et se porta, le 16 avril, dans la plaine entre cette mon-

tagne et le Jourdain. Alors, il aperçut devant lui l'armée entière des ennemis, qui avait 30.000 fantassins et 20.000 cavaliers.

Cette nuée de cavaliers couvrait la plaine. L'infanterie occupait les hauteurs. Jamais armée si nombreuse ne s'était opposée aux Français, depuis leur arrivée en Égypte.

Kléber, avec ses 2.000 hommes, n'hésita pas à soutenir le combat contre tant d'ennemis. Dès que la cavalerie syrienne eut découvert cette poignée de Français, elle les enveloppa et les chargea impétueusement. Sans se laisser émouvoir, Kléber forma sa division en bataillon carré et, constamment, repoussa les nombreuses charges de cette multitude de cavaliers qui, se mouvant dans tous les sens, attaquant tantôt par masses, tantôt isolément, ressemblaient à un ouragan désordonné. Nos soldats, pareils à un rocher battu par la tempête, brisaient l'élan des agresseurs sur la pointe de leurs baïonnettes et amoncelaient autour du carré redoutable les cadavres de leurs adversaires.

Cependant, à force d'avoir à supporter des assauts, les Français, qui avaient subi beaucoup de pertes et qui luttaient depuis le commencement du jour, sentaient leur position devenir critique. Kléber se dit qu'il est perdu si des renforts ne lui arrivent pas. Tout à coup, le canon se fait entendre sur le mont Thabor. La division Bon apparaît dans le lointain, avec Bonaparte lui-même à sa tête. C'est le salut, c'est la victoire !

Les dispositions du général en chef sont bientôt prises. Embrassant le champ de bataille de son regard d'aigle, il ordonne à Vial et à Rampon de former leurs troupes en bataillon carré et, partant de deux points différents, de marcher de manière à faire, avec la division Kléber, un triangle dont l'ennemi occuperait le centre ; bref à prendre l'armée des pachas en dos et en flanc.

Cette tactique remporte un plein succès. Les soldats de Kléber, oubliant leurs angoisses et leurs fatigues, ressentent une nouvelle ardeur : ils chargent à la baïonnette et le village de Fouli est emporté. Cependant, les deux carrés de Vial et de Rampon, arrivés à portée de mitraille, démasquent leur artillerie et attaquent par derrière les Syriens, qui perdent contenance et, malgré leur nombre, n'essaient plus de se défendre. Écrasés par notre feu, terrifiés par l'ardeur de notre attaque, après avoir été émerveillés par l'énergie de notre résistance, poursuivis, frappés de toutes parts, ils fuient dans le plus grand désordre. Dans leur épouvante, ils s'entassent au passage d'un pont, se jettent à la nage dans le Jourdain et s'y noient pour la plupart. Ce bizarre assemblage de fantassins et de cavaliers de toutes les couleurs, de tous les pays, se disperse et s'évanouit comme un rêve, laissant la campagne couverte de milliers de cadavres. Fatiguée de vaincre, l'armée française s'arrête au pied du mont Thabor.

BATAILLE D'ABOUKIR
(24 juillet 1799)

Figure sur le drapeau du 69e régiment d'infanterie

Cependant, malgré ses victoires contre les Turcs, à Nazareth et au Mont Thabor, le général Bonaparte, dont l'armée devant Saint-Jean d'Acre s'épuise dans un siège impossible, eu égard aux faibles moyens d'action dont elle dispose contre cette solide forteresse, lève le siège de cette place et rentre au Caire (1).

Apprenant que les Anglais ont débarqué vers Alexandrie, sur la plage d'Aboukir, une armée turque, il se porte contre cette armée et l'anéantit.

Voici comment est retracée dans l'historique du 69e, qui seul porte sur son drapeau cette inscription, la part brillante que ce régiment prit à cette action :

« Le 24 juillet 1799, la demi-brigade se couvrit de gloire à la bataille d'Aboukir (le nom d'Aboukir est inscrit sur le drapeau) ; déjà, l'aile gauche française, après un effort infructueux contre les retranchements ennemis, pliait devant les Turcs, quand une charge de Murat et une vigoureuse offensive de la droite (Lannes), où figurait la 69e, rétablirent le combat. La 1re ligne des Turcs est enfoncée : la deuxième tombe peu après. Les 22e et 69e demi-brigades, ayant sauté dans les fossés, gravissent les parapets, emportent les retranchements et font des Turcs un affreux carnage.

» Un bataillon de la 69e contribua spécialement à l'enlèvement d'une redoute qui formait la clef de la position, avec le village et le fort d'Aboukir.

» Le chef de bataillon Bernard et le capitaine Babille furent cités à l'ordre, et Bonaparte signala à l'armée d'Égypte la bravoure exceptionnelle de la 69e demi-brigade. »

---

1. Plus tard, Napoléon dit de cette obligation de lever le siège de Saint-Jean d'Acre : « Un grain de sable arrêta ma fortune. Si Saint-Jean d'Acre fût tombée, je changeais la face du monde. Je serais aujourd'hui l'Empereur de tout l'Orient. »

A la suite de la brillante victoire d'Aboukir, Bonaparte reçoit enfin des nouvelles de France, dont il était privé depuis dix mois. Mais ces nouvelles étaient défavorables, car le Directoire, par sa négligence et son incurie, avait laissé perdre tout le fruit de nos victoires précédentes ; non seulement la France avait perdu ses conquêtes d'Italie, mais l'ennemi menaçait de nouveau nos frontières de l'Est et du Sud-Est.

Le jeune et bouillant vainqueur des Pyramides et d'Aboukir, n'hésite pas. Aussitôt connaissance prise de ces fâcheuses nouvelles, il donne l'ordre à l'amiral Ganteaume de préparer en secret deux bâtiments et, après avoir laissé à Kléber le gouvernement de l'Égypte, il s'embarquait, le 22 août 1799, presque en vue d'une frégate anglaise, sur le *Muiron* que suivait une autre frégate, la *Carrère* et deux avisos la *Revanche* et l'*Inconstant*.

Après une longue et périlleuse traversée de quarante-sept jours, il débarquait à Fréjus le 9 octobre. Le soir même, il repartait pour Paris où il arrivait le 16 suivant à 9 heures du matin. On sait quel coup d'État il allait immédiatement préparer, en acheminant la République vers le régime impérial, en lui préparant comme unique étape : le Consulat.

BATAILLE D'HÉLIOPOLIS

(20 mars 1800)

Figure sur les drapeaux et étendards
des 13°, 19°, 61° d'infanterie et 4° d'artillerie.

Nous avons dit précédemment qu'en abandonnant le sol égyptien, Bonaparte avait laissé le commandement de l'expédition au général Kléber. Mais, celui-ci mécontent de l'abandon où il était laissé, signait la convention d'El-Arish, par laquelle l'armée devait être rapatriée sur les vaisseaux anglais (24 janvier 1800). C'était peu connaître le gouvernement britannique que de lui supposer cette bienveillante clause et sa parfaite exécution. Aussi, prévoyant notre situation critique qui pouvait lui faire espérer des conditions plus léonines, ce gouvernement s'empresse-t-il de désavouer son mandataire, le Commodore Sydney, et stipule que l'armée française doit être considérée comme prisonnière de guerre et se rendre à discrétion.

Aussitôt cette violation du traité connue, le général Kléber adresse à ses troupes une proclamation énergique dont nous détachons cette phrase indignée : *Soldats, on ne répond à de telles insolences que par des victoires ; préparez-vous à combattre.*

Et sur-le-champ il fait réarmer les forts, arrêter le départ des munitions, revenir celles qui étaient parties, camper en avant du Caire les troupes qu'il avait auprès de lui, et ordonne à toutes celles de la Haute et Basse-Égypte de le joindre.

Aussitôt ses forces concentrées, le général Kléber se porte au-devant de l'armée du grand vizir Nassir-Pacha et la rencontre, le 20 mars 1800, dans la plaine d'Héliopolis, l'attaque et la met en complète déroute après un combat de quelques heures. Dans le rapport qu'il adressa au Directoire, le général Kléber signala, comme s'étant particulièrement distingués dans cette courte et brillante action, les 21e légère, 13e, 19e, 61e et 88e de ligne.

La bataille d'Héliopolis nous ouvrait de nouveau les portes du Caire, dont la population, révoltée et aidée par les soldats de Nassir-Pacha, avait chassé notre faible garnison.

Malheureusement, à l'heure où Kléber faisait entrer notre occupation dans une ère de calme, de prospérité, d'excellente gestion, au moment où l'avenir semblait s'ouvrir prospère et durable pour cette occupation, un Turc fanatique, soldé par l'Angleterre, du nom de Soliman poignardait l'illustre général. Par une singulière coïncidence, il mourait assassiné le même jour, 4 juin 1800, que tombait, mortellement frappé à Marengo, son vaillant compagnon d'armes, le glorieux Desaix.

La mort de Kléber fut un coup fatal pour notre corps d'occupation d'Égypte. Remplacé par le général Menou, le plus ancien des généraux, dont le caractère était faible, pusillanime, indécis, nos intérêts devaient vite péricliter.

Les Anglais, unissant leurs forces à celles de leurs alliés, les Turcs, nous battaient à Canope, le 21 mars 1801, puis nous obligeaient à capituler dans Alexandrie, le 30 août suivant. Quelques jours plus tard, les débris de cette armée d'Égypte, si belle, si brillante au départ, si pleine deconfiance dans ses destinées, reprenaient misérables, anémiés, réduits à quelques milliers d'hommes, la route de France, transportés par des vaisseaux anglais. La seule consolation de ces braves gens était, que dans leur conscience, ils avaient jusqu'au bout, vaillamment et dignement, accompli leur devoir.

Abandonnés par le gouvernement qui avait mission de les aider, de les soutenir, ils avaient lutté jusqu'à l'extrême limite de leurs forces et de leur volonté. Ils n'avaient rien à se reprocher, et pouvaient, au contraire, revendiquer, comme un légitime honneur, d'avoir inscrit dans le livre d'Or de l'Armée française, de nouveaux et glorieux noms de victoires.

VI

CAMPAGNE D'HELVÉTIE
(1799)

—————

SAINT-GOTHARD

(journées des 24 septembre, 2 et 4 octobre 1799)

Figure sur le drapeau du 38ᵉ régiment d'infanterie

Lorsqu'en 1879, les régiments furent consultés sur le choix des inscriptions qu'il convenait de faire figurer sur leur drapeau, le colonel Péreira, commandant le 38 d'infanterie, demanda à ce qu'on inscrivît sur le drapeau de ce régiment, le nom : SAINT-GOTHARD, 1799, qui évoquait le souvenir de la glorieuse campagne qu'à cette époque, fit en Suisse, l'ancêtre du 38ᵉ actuel, la vaillante 38ᵉ demi-brigade de ligne.

La campagne de 1799 avait été funeste pour la France. Toutes nos conquêtes en Italie étaient perdues, nos armées pouvaient à peine se maintenir dans les défilés du Piémont et défendre ainsi les frontières de la Provence et du Dauphiné. De l'autre côté du Rhin, en Suisse, Masséna par la plus brillante des défensives, disputait le terrain pied à pied, mais jusque-là il avait eu des moyens si disproportionnés avec ceux de ses adversaires, que tout annonçait une invasion prochaine de la France.

Les coups les plus importants allaient se porter en Suisse, devenue le véritable boulevard de la France par la configuration de son terrain et les forces que les alliés, Autrichiens et Russes, y avaient envoyées.

L'archiduc Charles y commandait une armée de 80.000 Austro-Russes, et bientôt Souvarow, qui avait terminé ses opérations en Italie en nous battant à Novi et en prenant Tortone, devait encore venir joindre son allié avec un corps de 25.000 hommes. Le danger était imminent et il fallait tout le talent d'un grand général pour empêcher la réunion de toutes ces forces, qui eussent accablé l'armée française. On sait que Masséna ne faillit pas à sa mission.

Pour favoriser l'attaque qu'il méditait sur la Limmat, il avait envoyé le général Lecourbe avec 12.000 hommes vers le Saint-Gothard. Ce général fit aussitôt occuper, par le général Molitor, son lieutenant, le canton de Glaris et les hautes vallées de la Linth, menaçant la gauche des alliés qu'il tenait ainsi en échec. Ce mouvement du général Lecourbe, exécuté tout d'abord dans cette intention, devint de la plus grande importance, lorsqu'on eut connaissance du mouvement de Souvarow. En effet, placé comme il l'était, le général Lecourbe se trouvait entre l'aile gauche des alliés et les Russes de Souvarow venant d'Italie.

De la résistance de ce général dépendait donc la jonction du généralissime russe avec le général autrichien Hotze et peut-être le succès des opérations de l'armée française, si cette réunion ne se produisait pas. Aussi, Lecourbe se présente partout sur le passage de Souvarow, arrêtant ses soldats à tous les obstacles, sans jamais se laisser aborder. En se repliant lentement, le général français a gagné le Pont-du-Diable dont il a coupé l'arche, embrassant le lit de la Reuss. Le 24 septembre, Souvarow tente néanmoins de forcer cet effrayant passage. Les grenadiers russes, lancés en colonne, viennent se briser contre le fameux pont et tombent, par files entières, sous la mousqueterie des soldats de Lecourbe. Ceux qui ne sont pas frappés par les balles sont précipités dans le gouffre par ceux qui les suivent. Souvarow est alors forcé de remonter le Saint-Gothard et de chercher un passage dans le lit même de la rivière, situé à 300 mètres au-dessus. Après avoir traversé, avec les plus pénibles efforts, l'affreuse vallée de la Reuss, jonchant la route de ses morts et de ses blessés, Souvarow arrive enfin à Altdorf où il espère trouver les généraux alliés. C'était le 26 septembre, mais précisément ce jour-là, Masséna remportait sur les généraux Hotze et Gortschakoff la sanglante et décisive victoire de Zurich qui sauvait la France de l'invasion.

Se voyant isolé et comme emprisonné dans cette fatale vallée de la Reuss, le général Souvarow se jette dans le Schachen-Thal dans l'espoir de rallier les débris des corps d'Hotze et de Gortschakoff. Il suit le sentier qui conduit par le col de Kinzig dans le Mutten-Thal, chemin abominable où il ne pouvait passer qu'un homme de front. L'armée mit deux jours à faire ce trajet de quelques lieues. Le premier homme était déjà à Muotta que le dernier n'avait pas encore quitté Altdorf.

Dès que le général Lecourbe eût été informé de la direction suivie par Souvarow, il prévint son collègue Molitor qui lui barre énergiquement le chemin, mais qui n'ayant pas suffisamment de monde se replie pour disputer le passage des ponts de 'Nœfels et de Mollis. Le lendemain 2 octobre, il soutient le choc des Russes avec une fermeté inébranlable et contraint ceux-ci à se replier sur Nesthal.

Le 4 octobre, Molitor reçoit l'ordre d'attaquer les Russes dans Glaris où ils se sont réfugiés, pour trouver quelques vivres, sans lesquels tout ce qui leur restait de leur armée — 15.000 hommes environ — risquait de mourir de misère et de faim. Mais, déjà pendant la nuit, Souvarow a levé son camp et, désespéré, plein de rage, s'est jeté dans le val d'Engi où l'attendaient de nouvelles épreuves. L'arrière-garde russe, vivement attaquée par nos soldats qui courent dans ces montagnes abruptes et difficiles comme de véritables chamois, se replie dans un affreux désordre, laissant encore cette vallée jonchée de morts, y abandonnant également ses malades et ses blessés. Ne pouvant pas emmener avec lui les quelques canons qu'il a conservés, Souvarow les fait jeter au fond des précipices. Enfin, le généralissime russe parvient à atteindre le Rhin, ramenant à peine la moitié de son armée.

Cette pénible et difficile campagne fit le plus grand honneur aux corps qui y prirent part, notamment aux régiments des divisions Lecourbe et Molitor qui eurent, pour ainsi dire, à combattre tous les jours, et firent preuve non seulement du plus grand courage, mais de la plus admirable endurance. Nous ne sommes donc pas étonné que le 38ᵉ actuel ait tenu, par l'inscription unique : SAINT-GOTHARD, à conserver le souvenir des hauts faits de son ancêtre pendant l'année 1799 et qui ont nom : *Muotta*, 28 mai ; *Défense du Saint-Gothard*, 28 et 29 mai ; *Amsteig*,

31 mai; *Brünnen*, 3 juillet; *Altdorf*, 14 août; *Fort de Meyen*, 15 août; *Pont-du-Diable*, 16 août; *Noëstal*, 29 août; *Défense du Saint-Gothard*, 24 septembre; *Pont-du-Diable*, 25 septembre; *Ersfeld* et *Altdorf*, 27 septembre et enfin *Schwanden*, 5 octobre. La 38ᵉ demi-brigade avait, on le voit, inscrit dans ses annales de belles pages durant cette période de notre histoire militaire.

BATAILLE DE ZURICH

(25 et 26 septembre *1799*)

Figure sur les drapeaux et les étendards des 2ᵉ, 23ᵉ, 36ᵉ, 37ᵉ, 46ᵉ, 50ᵉ, 53ᵉ, 102ᵉ, 103ᵉ, et 110ᵉ de ligne ; des 2ᵉ dragons, des 5ᵉ et 8ᵉ chasseurs à cheval ; du 9ᵉ hussards et du 2ᵉ d'artillerie.

Point de moyens, soit matériels, soit pécuniaires ; point de solde depuis plusieurs mois ! Des baïonnettes, de la poudre, des balles, l'amour de la République et la passion de vaincre : voilà les ressources qui restaient à notre armée d'Helvétie, commandée par l'intrépide Masséna. Une bataille ininterrompue de quinze jours, sur une ligne de plus de 60 lieues de développement, contre trois armées combinées (Korsakow, Hotze et Souvarow), conduites par des généraux expérimentés, occupant des positions réputées inexpugnables : voilà ses opérations.

Trois armées battues, dispersées, 20.000 prisonniers, plus de 10.000 morts ou blessés, 100 pièces de canon, 15 drapeaux, tous les bagages de l'ennemi, 9 de ses généraux tués ou pris; l'Italie et le haut du Rhin dégagés, l'Helvétie libre, le prestige de l'invincibilité des **Russes** dissipé, voilà le résultat de ses combats.

Sachant qu'il allait être attaqué, Masséna prévint l'ennemi et, le 25 septembre 1799, il attaqua lui-même le corps du général russe Korsakow qui occupait Zurich et la ligne de la Limmat.

Soult, avec 10.000 hommes, devait manœuvrer au-dessus du lac de Zurich, tandis que Masséna, avec 37.000 hommes, attaquerait Korsakow au-dessous. Ces dispositions furent si bien ordonnées, si bien exécutées, que les Russes se trouvèrent enfermés dans Zurich dès le premier jour. Le lendemain, 26 septembre, le combat fut rude; la ville de Zurich fut attaquée de tous les côtés. Mortier et Klein l'avaient abordée et étaient près d'y pénétrer. Oudinot la serrait par derrière et voulait fermer la route à Korsakow. Ce dernier finit par s'ouvrir le passage; mais, à peine son infanterie et une partie de sa cavalerie eurent-elles défilé, que les Français revinrent à la charge, coupèrent cette longue colonne et refoulèrent jusqu'aux portes de Zurich l'artillerie, les bagages, beaucoup de cavalerie et de bataillons isolés.

Au même instant, Klein et Mortier entraient dans la ville par le côté opposé. On se bat dans les rues, et finalement tout ce qui est resté dans Zurich met bas les armes. Les Russes laissent entre nos mains 100 pièces de canon, tous les bagages, le trésor de l'armée, 5.000 prisonniers et perdent 8.000 hommes. Korsakow se hâte dès lors de regagner le Rhin.

Pendant que ces événements se passaient à Zurich, Soult exécutait sa mission au-dessus du lac, avec non moins de succès que son général en chef. Il était tombé sur le corps autrichien du général Hotze, qui fut tué pendant le combat, et l'avait obligé à se retirer en toute hâte sur Saint-Gall et sur le Rhin.

D'un autre côté, les généraux Jellachich et Linken, chargés d'aller recevoir Souvarow au pied du Saint-Gothard, s'étaient retirés en apprenant tous ces désastres, et Souvarow, qui croyait déboucher en Suisse sur les flancs d'un ennemi attaqué de tous côtés, allait y trouver, comme nous venons de le dire précédemment, tous ses lieutenants dispersés, puis tomber lui-même au milieu d'une armée victorieuse.

Ainsi se termina l'ensemble des opérations connues aussi sous le nom de *bataille de Zurich*.

En quinze jours, plus de 20.000 Russes et 5.000 Autrichiens avaient succombé : les armées prêtes à envahir la France étaient chassées de la Suisse et rejetées en Allemagne.

De plus, la coalition était dissoute, car Souvarow ne voulait plus combattre avec les Autrichiens. Le héros de Rivoli avait sauvé la France d'un terrible désastre.

Le vainqueur et le vaincu, Masséna et Souvarow, s'étaient couverts d'une gloire immortelle : le premier, en exécutant l'une des plus belles opérations dont les fastes militaires de la France fassent mention ; le second, en déployant, malgré ses soixante-dix ans, une activité, une ténacité et une bravoure admirables. De pareilles défaites sont aussi glorieuses que des victoires, et l'armée russe avait le droit d'être fière de son vieux maréchal.

VII

CAMPAGNES EN ITALIE ET SUR LE RHIN
(1800)

SIÈGE DE GÊNES
(avril à juin 1800)

Figure sur les drapeaux et étendards des 2ᵉ, 3ᵉ, 24ᵉ, 41ᵉ, 55ᵉ, 63ᵉ, 73ᵉ, 74ᵉ, 78ᵉ, 83ᵉ, 97ᵉ et 106ᵉ régiments d'infanterie; des bataillons d'artillerie de forteresse.

Au mois d'avril 1800, l'armée d'Italie, sous les ordres du général Masséna, occupe les hauteurs de l'Apennin, ayant Gênes comme base d'opérations. Elle est réduite, par suite de son infériorité numérique, à la défensive ; mais grâce à la valeur des troupes qui la composent, elle va s'immortaliser par la défense de Gênes contre les Autrichiens et les Anglais.

Cette défense avait été précédée par des combats préliminaires, dont nous donnons un aperçu pour l'intelligence du récit qui concerne la défense proprement dite de Gênes.

L'ennemi avait cherché à couper nos lignes en attaquant Borgo di Fornari, mais il avait été repoussé, laissant entre nos mains 80 prisonniers. En avant de Borgo di Fornari, le capitaine Garnier, de la 2ᵉ demi-brigade, qui garde le défilé de Conigliano, empêche l'ennemi d'y

passer et favorise, par sa résistance, la retraite du général
de brigade Spital.

Le 6 avril, les Autrichiens prononcent une attaque
générale; la division Gazan, se retirant devant des forces
supérieures, prend position plus en arrière. Les 2ᵉ et
3ᵉ demi-brigades sont placées à Buzalla, poste flanqué par
la Scrivia à droite et le Monte Jovi à gauche, et de la plus
haute importance par l'embranchement des routes qui s'y
croisent.

Le 7 avril, au soir, le général en chef, craignant que la
division Gazan soit coupée de Gênes, lui envoie l'ordre
d'abandonner la Bochetta et de se replier sur cette ville.

Gênes s'étend en amphithéâtre au pied d'un contre-
fort de l'Apennin, qui projette deux arêtes s'inclinant
vers la mer dans la direction du levant et du couchant,
de manière à former un triangle, dont la base est le port.
Sur les points culminants qui entourent Gênes, s'éche-
lonnent des ouvrages détachés.

Indépendamment de ces ouvrages extérieurs, la ville
est entourée d'une enceinte continue.

Tel est le théâtre où 12.000 hommes, commandés par
un chef incomparable, vont s'illustrer en défendant à
outrance une ville étrangère, qui renfermait 75.000 habitants mal disposés, alors que, dès le début du siège,
pâles, languissants et abattus, nos soldats ne semblent
plus être que des spectres, et qu'il ne se trouve pas dans
les magasins de quoi leur assurer une seule distribution
de pain !

« Rien, dit le *Journal des opérations militaires du
siège de Gênes*, rien n'est plus digne d'éloges et d'admiration que la conduite des officiers des corps dans ce blocus.

Pénétrés de la nécessité de commander, par leur exemple, les sacrifices et les efforts que les circonstances suprêmes rendaient indispensables, ils se dévouèrent. »

Le 10 avril, la colonne du général Soult, dont faisait partie la division Gazan, marchait sur Sasello par Aquabonna, quand le général Soult est informé qu'une colonne ennemie de 8.000 hommes, venant de Montenotte, se dirige vers la Verreria, dans l'intention de couper ses communications avec celles du général en chef.

Le général Gazan prend position à Pallo et le général Poinsot, avec la 25ᵉ légère et la 2ᵉ demi-brigade, attaque à la hauteur de Sasello l'arrière-garde qui file sur la Verreria. L'ennemi, surpris par cette brusque attaque, se retire, abandonnant au général Poinsot 3 canons.

Le 11 avril, à la pointe du jour, une reconnaissance à laquelle prennent part les grenadiers de la 2ᵉ demi-brigade est poussée sur la Verreria, surprend les avant-postes ennemis et les rejette en désordre sur le corps principal établi en arrière.

Le général Soult vient attaquer cette position, et après deux heures d'un combat acharné, l'ennemi est obligé de se retirer laissant entre nos mains 2.000 prisonniers et 7 drapeaux.

Jusqu'au 19 avril, la colonne Soult de son côté, la colonne du général en chef de l'autre, tiennent la campagne et font subir à l'ennemi des échecs sérieux, malgré leur infériorité numérique.

Mais, à partir du 20 avril, l'ennemi recevant de nombreux renforts, Gênes complètement investie va subir les effets d'un terrible blocus.

Deux attaques de vive force sont tentées sur Gênes, les

23 et 3o avril, l'effort de l'ennemi se portant principalement sur les positions des Deux-Frères et de Quezzi.
L'attaque du 23 échoue, mais celle du 3o renouvelée avec
des forces plus considérables, fait tomber successivement
au pouvoir de l'assaillant le Monte-Rati, le fort de Quezzi,
puis la position des Deux-Frères.

Le général autrichien se propose d'occuper toutes les
troupes de la garnison sur un certain point pour faire
entrer dans la ville, par un autre point, des bataillons
qu'il tient en réserve.

La situation est critique. Le général en chef décide qu'il
va lui-même prendre l'offensive en y faisant coopérer la
brigade de réserve.

Il donne l'ordre au général Soult de reprendre la
position des Deux-Frères avec les 73ᵉ et 106ᵉ demi-brigades, qu'il fait soutenir par les grenadiers de la 2ᵉ demi-
brigade. Cette attaque, qui a lieu le soir, est couronnée
d'un plein succès.

Les deux bataillons de la 2ᵉ, sans les grenadiers, reçoivent l'ordre de marcher avec le général Miollis pour
reprendre le fort de Quezzi.

Le général Poinsot commence l'attaque avec le 3ᵉ de
ligne, mais cette attaque est repoussée. Le général en chef
qui assiste à cet échec, n'ayant plus en réserve que la
2ᵉ demi-brigade, ordonne au général Miollis de se mettre
en tête du 1ᵉʳ bataillon et de se diriger sur le flanc droit de
l'ennemi ; à l'adjudant-général Thiébault de se porter au
pas de charge avec les quatre premières compagnies du
2ᵉ bataillon sur son flanc gauche, pendant que les deux
bataillons de la 3ᵉ demi-brigade, ralliés par le général
Poinsot, soutiendront, au centre, le choc des Autrichiens.

Trois fois les quatre premières compagnies du 2ᵉ bataillon se lancent à l'attaque, trois fois elles sont repoussées. L'ennemi, profitant de sa supériorité numérique, parvient à envelopper cette petite colonne. C'est alors que le général en chef fait avancer les quatre dernières compagnies du 2ᵉ bataillon de la 2ᵉ demi-brigade, c'est-à-dire le reste de sa réserve. L'adjudant-général Andrieux est chargé de conduire ce demi-bataillon et le général Masséna lui-même, malgré un feu des plus meurtriers, marche, suivi de ses officiers, à la tête de cette troupe, jusqu'à ce qu'elle ait opéré sa jonction avec la colonne à la tête de laquelle l'adjudant-général Thiébault combat encore. Ce renfort décide la victoire ; l'ennemi est repoussé en abandonnant 200 prisonniers. Le 2ᵉ bataillon de la 2ᵉ demi-brigade se jette tout entier à sa poursuite et vient faire sa jonction en avant du fort de Quezzi, avec le 1ᵉʳ bataillon qui a renversé tout ce qui s'est trouvé sur son passage et a fait 350 prisonniers. Les deux dernières redoutes sur le Monte-Rati sont enlevées A 5 heures du soir, les Autrichiens, repoussés partout, sont en pleine déroute. Telle est la journée du 30 avril, la plus brillante du blocus ; elle coûte à l'ennemi plus de 4.000 hommes, dont 1.600 prisonniers.

La colonne du général Soult remonte la rive droite du Bisagno, repoussant tous les postes ennemis qu'elle rencontre jusqu'à Cassalo. En cet endroit, l'avant-garde (25ᵉ légère et 24ᵉ de ligne) traverse le Bisagno, prend le Monte-Faccio à revers, fait reculer l'ennemi, et, se laissant entraîner par son ardeur, s'éloigne trop loin des troupes de réserve. Après un combat de deux heures, elle allait succomber]devant des forces bien supérieures,

lorsque le général Poinsot arrive avec la 2ᵉ demi-brigade.

Le général Soult fait former le premier bataillon en
colonne serrée, le fait appuyer à droite et à gauche par
un autre bataillon, et le lance en avant.

L'ennemi qui se croyait vainqueur, surpris par cette
attaque si vigoureuse, s'arrête net : plus de 800 Autrichiens sont précipités du haut des rochers et un plus
grand nombre est pris dans les retranchements.

Trois jours après, le général en chef tente une nouvelle
sortie. Il se dirige cette fois sur le Monte-Creto, point
central des positions ennemies autour de Gênes. Les
troupes sont divisées en deux colonnes commandées par
les généraux Soult et Gazan.

L'attaque de gauche, où le général Spital est blessé, ne
réussit pas. A l'attaque de droite, les premières redoutes
sont enlevées, mais l'ennemi ayant reçu des réserves, le
combat devient terrible. On se bat corps à corps, le général Gauthier est blessé, ses soldats reculent.

Le général Soult fait avancer la 2ᵉ demi-brigade et la
lance sur l'ennemi qui faiblit alors, abandonnant les positions du Monte-Creto.

Nos troupes faisaient leurs préparatifs d'installation,
quand l'arrivée d'une nouvelle réserve ennemie les
surprend et les rejette en désordre hors des retranchements.

Le général Soult est frappé d'une balle qui lui fracasse
la jambe droite, au moment où il se prépare à reconduire
à l'attaque la 2ᵉ demi-brigade. Celle-ci se borne alors à
protéger la retraite de la colonne qui se retire sur Gênes.

C'est la dernière action digne d'être mentionnée, qui a eu lieu sous les murs de Gênes.

Après des privations sans nombre, qui ont rendu les soldats incapables de marcher ou de combattre, le général Masséna signe l'acte d'évacuation de Gênes, le 4 juin.

Les honneurs de la guerre sont accordés et la garnison obtient de ne pas être prisonnière. Elle quitte, le 5 juin, la ville avec armes et bagages, sous les ordres du général Gazan, et se rend à Voltri, puis à Savone, où elle opère sa jonction avec la colonne du général Suchet.

COMBAT DE STOCKACH-ENGEN

(3 mai 1800)

Figure sur les étendards du 24ᵉ dragons et du 8ᵉ hussards

Après le passage du Rhin, au printemps 1800, l'aile droite française fut chargée de déborder l'aile gauche ennemie par Stockach et Engen. Les 24ᵉ dragons et 8ᵉ hussards accomplirent alors un des plus beaux faits d'armes de la campagne.

Ces deux régiments chargèrent de flanc les Autrichiens, les poursuivant avec impétuosité, puis entrèrent avec eux dans la ville, malgré un feu violent de mousqueterie.

Toute l'infanterie autrichienne fut prise ou mise hors de combat : 4.000 prisonniers, 500 chevaux, des magasins immenses et 8 pièces de canon demeurèrent entre les mains de nos dragons et de nos hussards.

Le hussard *Fontanier* fit prisonnier, à lui seul, un colonel autrichien, malgré son énergique résistance et celle de quelques-uns des soldats qui l'accompagnaient. Ce brave hussard reçut à cette occasion un mousqueton d'honneur et, plus tard, la croix de la Légion d'honneur, lorsque cette institution fut créée.

Le général Molitor adressa au colonel *Marulaz*, du 8e hussards, ainsi qu'au colonel Trouble, du 24e dragons, un bel ordre du jour, conservé précieusement dans les archives de ces deux régiments et qui rendait hommage à leur bravoure et à leur élan.

COMBAT DE MOESKIRCH
(5 mai 1800)

Figure sur les drapeaux des 1er, 38e et 109e régiments de ligne

Après la bataille d'Engen-Stockach, livrée le 3 mai précédent, le général autrichien Kray s'était retiré sur Moëskirch, où se trouvaient de nombreux magasins et l'arrière-garde de l'archiduc Ferdinand. Le général Moreau s'y porte le 5 mai, attaque les Autrichiens qui se défendent vigoureusement jusqu'à la nuit. Le village fut pris et repris plusieurs fois. Les Français, débordés par huit bataillons, allaient être battus, quand la division Delmas, de la réserve, composée des 38e et 109e demi-bri-

gades de ligne, arriva à leur secours et rétablit le com
bat.

Pendant qu'une partie de la division Vandamme menaçait les derrières de Moëskirch, l'aile gauche du général
Kray était forcée de plier devant une attaque du général
Molitor. Mais ayant pris d'heureuses positions parallèles
au Danube, vers Krumbach, les Autrichiens reprirent
l'avantage sur les Français. Déjà, la division Delmas allait
être forcée, quand la division Bastoul vint se former à
sa gauche. Kray, avec ses réserves, chargea lui-même
plusieurs fois la ligne française, Delmas et Bastoul repous-
sèrent ses attaques, mais sans succès décisif. Enfin, l'arrivée du général Richepanse à Krumbach, décida la victoire
en notre faveur. Kray, de peur d'être tourné, effectua
sa retraite par les hauteurs de Bucheim et de Rohrdorf.
L'armée française passa la nuit sur le champ de bataille.
Ses pertes avaient été aussi fortes que celles des Autrichiens.

BATAILLE DE BIBERACH

(9 mai 1800)

Figure sur le drapeau du 1ᵉʳ régiment de ligne

Le 9 mai 1800, après les batailles d'Engen et de Moëskirch, le général Kray, qui avait repassé le Danube, poursuivi par l'armée de Moreau, est atteint par le général
Gouvion-Saint-Cyr, à Biberach. Attaqués sur leur centre

par l'infanterie du général Richepanse, les Autrichiens
étaient contenus sur leur gauche par la division Delmas.
Le général Kray, sachant qu'on signalait déjà les têtes de
colonne de Lecourbe, ordonna la retraite par Ochsenhau-
sen, pour gagner la ligne de l'Iller. Cette retraite se fit en
désordre ; l'ennemi abandonna sur le champ de bataille
2.000 hommes hors de combat et 2.000 prisonniers entre
les mains de nos soldats. Cette bataille fit grand honneur
à la 1re demi-brigade de ligne qui y prit, dans la division
Delmas, une part des plus actives.

BATAILLE DE MARENGO

(14 juin 1800)

Figure sur les drapeaux et étendards des 22ᵉ, 28ᵉ, 40ᵉ, 43ᵉ, 44ᵉ, 59ᵉ,
60ᵉ, 70ᵉ, 72ᵉ, 81ᵉ, 84ᵉ, 94ᵉ, 96ᵉ, 99ᵉ, 101ᵉ de ligne ; des 2ᵉ, 3ᵉ cuirassiers ; des 1ᵉʳ, 6ᵉ, 8ᵉ, 9ᵉ dragons ; du 21ᵉ chasseurs ; des 11ᵉ
12ᵉ hussards et du 2ᵉ d'artillerie.

Dans le plus grand secret, une armée avait été réunie
aux environs de Genève. En vue de la réalisation d'un
plan audacieux, véritable effort titanique, Bonaparte en
prend le commandement. Il veut opérer le passage du
Grand-Saint-Bernard, réputé impossible pour une armée.
Pendant 10 lieues, un étroit sentier, souvent encombré de
neige, pratiqué dans les rochers et bordé d'insondables
précipices, est le seul chemin qui existe. Il faut monter
jusqu'à 2.400 mètres d'altitude et redescendre ensuite par
une pente abrupte où la mort guette ceux qui s'y aventu-

rent, car le moindre faux pas les entraînera dans l'abîme.

Pourtant, en cinq jours — 15-20 mai 1800 — une armée de 40.000 hommes avec ses canons enfermés dans des troncs d'arbres et traînés à bras, ses affûts démontés portés à dos de mulets, atteint le but. La vaillance vient encore d'opérer un prodige. Et quel prodige ! Tout à coup, dans la vallée d'Aoste, un obstacle imprévu, le fort de Bard, situé sur un rocher qui semble inaccessible, se présente, fermant le chemin, paralysant tout effort de la volonté.

Mais en tournant le fort, en passant sous le feu de ses canons, on peut se frayer un passage par un sentier où seules les chèvres posent leurs pieds. Les fantassins s'y engagent ; les cavaliers, tirant leurs chevaux par la bride, les suivent, puis l'artillerie. L'ingénieux dévouement des canonniers a entouré d'étoupes les roues des pièces qu'il font avancer à bras. Une nuit a suffi à cette armée de héros pour triompher du formidable obstacle. Alors, des détachements envoyés par Suchet et Moreau se joignent à Bonaparte qui menace les derrières de l'armée de Mélas et entre à Milan, avant même que le général autrichien sache qu'il est en Italie.

Lorsqu'il en est instruit, comprenant le danger de sa position, Mélas veut se diriger vers Alexandrie pour rejoindre la route de Vienne. Vain projet : à Montebello, les troupes autrichiennes du général Ott se heurtent à celles du général Lannes qui les culbute et les rejette sur Alexandrie (9 juin).

La situation de l'armée autrichienne devient de plus en plus critique. Mélas, apprenant la défaite du général Ott, et voyant sa ligne d'opération coupée sur tous les points comprend qu'il lui faut à tout prix se frayer un chemin à travers l'armée française.

En conséquence, il réunit ses troupes dans les environs du village de Marengo, près d'Alexandrie.

Bonaparte poursuivant le cours de ses succès, passe la Scrivia et dispose ses divisions dans la plaine de San-Giuliano. Étonné de ne pas trouver l'ennemi rangé en bataille dans cette plaine, le général français se persuade que Mélas opère une marche de flanc et disperse ses divisions.

Cette imprudence paraît d'abord devoir lui coûter cher. Il n'a que 18.000 à 19.000 hommes à opposer aux troupes autrichiennes fortes de près de 40.000 vieux soldats, rompus au métier de la guerre.

Le 14 juin, à 8 heures du matin, les Autrichiens attaquent le village de Marengo qui est pris et repris plusieurs fois. Leurs divisions nombreuses, en s'avançant dans la plaine, où elles se développent, inquiètent les flancs de l'armée française ; quatre de nos divisions sont successivement repoussées. Bonaparte les fait soutenir pas les deux bataillons et les deux escadrons de la garde consulaire, en attendant la division commandée par Desaix. Ces vieux grenadiers, au nombre de 900 hommes seulement, se forment en carré, et, par leur fermeté, arrêtent le mouvement de l'aile gauche des Autrichiens.

La division Desaix arrive alors. A 5 heures du soir, de nouvelles dispositions sont ordonnées par Bonaparte en vue d'une deuxième bataille. Il parcourt le front de sa ligne et, s'adressant à ses troupes, avec un air de gaieté et de confiance, il leur dit : « Soldats, c'est avoir fait trop de pas en arrière ; le moment est arrivé de marcher en avant. Souvenez-vous que mon habitude est de coucher sur le champ de bataille. » Les cris de : « Vive Bonaparte! » accueillent cette courte harangue.

Le brave Desaix commence l'attaque et reçoit une balle en pleine poitrine ; il tombe. Le chef de brigade Lebrun, fils du consul, le soutient dans ses bras : « Allez, s'écrie Desaix en expirant, dites au Premier Consul que je meurs avec le regret de n'avoir pas fait assez pour vivre dans la postérité. » La mort de ce héros excite le courage des soldats ; ils se précipitent avec fureur sur les Autrichiens et, habilement secondés par la cavalerie du général Kellermann qui prend les ennemis en flanc, ils forcent le général Zach avec 5.000 grenadiers à mettre bas les armes. Les autres divisions ont un pareil succès ; les Autrichiens sont obligés de reculer devant les Français. Marengo est emporté, et le général Mélas contraint de repasser la Bormida pendant la nuit, pour aller occuper le camp d'Alexandrie.

Cette journée coûta aux Autrichiens 4.500 morts, 8.000 blessés, 7.000 prisonniers, 12 drapeaux, une trentaine de pièces d'artillerie et une capitulation dont les principaux articles étaient la restitution à la France du Piémont, de la Ligurie, de la Lombardie, la cession de 12 places fortes pour la garantie du traité et la retraite de l'armée autrichienne sur Mantoue.

Ainsi se termina cette prodigieuse campagne de vingt-sept jours, qui dura du 18 mai au 15 juin 1800.

COMBAT ET PRISE DE FELDKIRCH

(13 juillet 1800)

Figure sur le drapeau du 109ᵉ régiment de ligne

Le général Lecourbe, dans l'intention de s'emparer de Feldkirch, dans le Tyrol, où les Autrichiens avaient un camp retranché, fut détaché de l'armée du Rhin par le général Moreau.

Pendant qu'il fait tourner au loin cette position vers le pied des hautes montagnes du Vorarlberg (par Schwartzenberg et Mellan) par la division du général Laval, il marche directement sur Feldkirch avec la division Molitor, par la chaussée de Brégentz. Les avant-postes qui gardaient les premiers retranchements, à 3 lieues de la position principale, furent successivement enlevés. A une lieue de Feldkirch, les Autrichiens firent plus de résistance et ce ne fut qu'après un combat long et opiniâtre que nos troupes parvinrent à les repousser jusque sous le canon des redoutes établies sous cette ville. La nuit mit fin au combat.

Le général Jellachich, qui défendait les retranchements précités, ayant appris l'approche du général Laval, menaçant de l'envelopper, fit sa retraite pendant la nuit, et le 14 au matin, le général Molitor prenait, à la tête de la 109ᵉ demi-brigade de ligne, possession de Feldkirch.

L'armistice conclu le 15 juillet suivant entre le général Moreau et le général Kray, suspend momentanément les opérations de l'armée du Rhin.

BATAILLE DE HOHENLINDEN

(3 décembre 1800)

Figure sur les drapeaux et étendards des 4ᵉ, 8ᵉ, 16ᵉ, 27ᵉ, 42ᵉ, 48ᵉ, 89ᵉ, 103ᵉ, 108ᵉ, 110ᵉ de ligne ; des 6ᵉ, 9ᵉ, 11ᵉ cuirassiers ; des 2ᵉ, 13ᵉ dragons ; des 1ᵉʳ, 5ᵉ, 8ᵉ, 20ᵉ chasseurs ; du 4ᵉ hussards et du 6ᵉ d'artillerie.

Les Autrichiens, sous le commandement de l'archiduc Jean, y furent battus par le général Moreau.

L'armée française, fit, dans cette bataille, des prodiges de valeur et culbuta les Autrichiens avec un entrain remarquable.

Depuis le commencement de la journée, les divisions Bastoul et Legrand luttaient contre des masses d'infanterie et d'artillerie autrichiennes qui voulaient s'emparer du plateau de Hohenlinden. Les troupes françaises, inférieures de moitié à celles de l'ennemi, avaient, de plus, le désavantage de la position, car la tête des ravins boisés, par laquelle les Autrichiens débouchaient dans la petite plaine de Hohenlinden, dominait notre position et permettait d'y faire un feu plongeant.

Vers 2 heures de l'après-midi, les deux divisions françaises, d'abord accablées par le nombre, avaient perdu un peu de terrain. Abandonnant la lisière du bois, elles s'étaient repliées dans la plaine, mais avec une superbe et solide attitude, et montrant à l'ennemi une héroïque fermeté.

Deux demi-brigades, la 51ᵉ et la 42ᵉ, avaient surtout à combattre des forces de beaucoup supérieures en nombre,

et faisant un feu nourri sur l'infanterie, croisant la baïonnette sur la cavalerie, opposaient à toutes les attaques une
vigoureuse résistance. Dans ce moment décisif, la division Bastoul et la 89ᵉ demi-brigade s'élancent sur les assaillants.

Ces hommes là sont à nous, s'écrient ces braves soldats, *marchons !* On marche en effet, on culbute les
Autrichiens ; l'impulsion victorieuse communiquée à ces
troupes, double soudainement leur ardeur et leur force.

C'est le général Richepanse, qui décida du sort de la
journée, en tombant, par une manœuvre hardie et avec une
audace inouïe, sur les derrières de l'armée ennemie, au
beau milieu d'une forêt.

Sa colonne reçue vigoureusement par les Autrichiens,
sur la route de Hohenlinden, était décimée par la mitraille.
Le général se porte à la tête des grenadiers de la 48ᵉ demi-
brigade, fait cesser le feu et leur dit en montrant les
bataillons hongrois: *Grenadiers, que pensez-vous de
ces gens-là ? — Ils sont f...chus, mon Général*, répondent
ces braves. — *Ils sont morts*, réplique Richepanse,
formez la colonne !

Nos pertes furent grandes, mais l'ennemi culbuté,
écrasé, s'enfuit de toutes parts dans le plus grand
désordre. Des corps égarés, ne sachant où fuir, tombent
entre les mains de notre armée victorieuse et mettent bas
les armes.

Les Autrichiens laissèrent sur le champ de bataille
8.000 hommes tués ou blessés, 12.000 prisonniers,
87 canons, 300 voitures d'artillerie avec bagages.

Le rapport du général Moreau au Directoire se terminait ainsi :

« Tous ont fait leur devoir ; je ne puis donner d'éloges particuliers à aucune des armes : artillerie, infanterie, cavalerie, méritent les plus grands éloges. »

Deux mois après, l'armée française, ayant franchi l'Inn, la Salza, la Traün, pris Lintz sur le Danube, Steyer sur l'Ens, était aux portes de Vienne.

L'Autriche, vaincue en Italie par Bonaparte, sur le Danube par le général Moreau, accepta les conditions de la paix qui lui furent imposées au traité de Lunéville, le 9 février 1801.

COMBAT DE VALLEGGIO

(26 décembre 1800)

Figure sur le drapeau du 52ᵉ régiment de ligne

La brillante victoire de Marengo nous avait rendus maîtres de toute l'Italie septentrionale, mais l'Autriche, qui ne pouvait se résigner à la défaite, fit échouer les négociations entamées à Lunéville, et, bientôt, en plein hiver, les opérations militaires furent reprises.

Le 26 décembre, le Mincio est franchi par notre armée, commandée par le général Brune. C'est la 52ᵉ demi-brigade de ligne qui forme l'avant-garde de cette armée, et qui a l'honneur de voir ses trois compagnies de grenadiers franchir les premières le fleuve italien. Dès 7 heures du matin, la fusillade commence avec les postes autrichiens de la rive gauche.

A neuf heures du matin, le premier pont est terminé. La 52ᵉ franchit la rivière et forme ses colonnes d'attaque contre l'ennemi, qui était établi sur un plateau couronné par deux redoutes armées d'une puissante artillerie.

Nos colonnes s'avancent dans le plus grand calme, sans tirer un coup de fusil, l'arme au bras et au son de la charge. L'ennemi, étonné d'une aussi ferme contenance, recule légèrement. Nos soldats en profitent pour fondre sur lui avec impétuosité. En un clin d'œil, les premières lignes autrichiennes sont culbutées et mises en fuite, mais la 52ᵉ vient ensuite se heurter à un corps de 12.000 hommes qui, cachés derrière la crête de la hauteur que les Français viennent d'escalader, se montrent tout à coup.

Une lutte violente ne tarde pas à s'engager. Nos soldats se battent avec héroïsme, mais la supériorité numérique de l'ennemi est telle que la 52ᵉ, malgré sa bravoure, est obligée de céder le terrain, après avoir subi de grandes pertes. Le commandant *Arundel*, du 1ᵉʳ bataillon, et son adjudant-major, le capitaine *Richard*, sont tués. Le commandant *Debègues*, du 3ᵉ bataillon, est grièvement blessé ; son adjudant-major, le capitaine *Warconsin*, est frappé mortellement à ses côtés.

Mais la division Boudet arrive et rétablit le combat. Cette fois, rien ne résiste à la furieuse attaque des nôtres. L'ennemi est culbuté de toutes parts et cherche son salut dans une retraite désordonnée. Le sergent *Mangon*, de la 52ᵉ, force un colonel autrichien à lui remettre son épée. Le sous-lieutenant *Maurié*, du même régiment, après avoir désarmé quatre grenadiers hongrois, enlève un obusier dont les servants prennent la fuite. Le soldat *Berland* encloue une pièce de canon après avoir mis en déroute 7 autrichiens ; le tambour *Fouquet* s'empare d'une autre pièce de canon. Le caporal *Hyme* fait 13 prisonniers, le soldat *Brillant* en fait 15 et le soldat *Cresson* 5, enfin le sergent *Poirier* oblige plusieurs grenadiers hongrois à mettre bas les armes.

La journée n'est cependant pas finie. La 52e, après ce beau succès, marche sur le village de Valleggio, soutenue par les grenadiers de la division Boudet. Cette position est bien défendue par l'ennemi et la lutte est extrêmement vive sur ce point. Enfin, notre élan triomphe de tous les obstacles. Le village est pris, mais de nouveaux renforts arrivent à l'ennemi qui nous déloge de Valleggio. Trois fois le bourg est pris et repris par nous et les Autrichiens. Chaque rue, chaque maison est le théâtre d'une lutte sanglante et héroïque de part et d'autre. La lutte dura ainsi jusqu'à la nuit qui vint mettre un terme à cette furieuse mêlée. Valleggio devenait définitivement notre possession et les Autrichiens, profitant de l'obscurité, se mettaient en retraite, abandonnant de nombreux prisonniers aux braves soldats de la 52e demi-brigade et des régiments de la division Boudet.

Quatre canons, 1 obusier et 900 prisonniers furent pour la 52e les trophées de cette brillante journée, et le nom de Valleggio fut, par ordre du Premier Consul, inscrit sur le drapeau du régiment. Le même décret décerna un sabre d'honneur au sous-lieutenant *Catinaud* et un fusil d'honneur aux soldats *Berland*, *Cresson*, *Piécoub* et *Rigorau*, des baguettes d'honneur au tambour *Fouquet* (1).

---

1. *Historique du 52e régiment d'infanterie*, par le capitaine Gerthoffer.

VIII

EXPÉDITION DE SAINT-DOMINGUE
(1801 à 1803)

Figure sur les drapeaux des 31ᵉ et 110ᵉ de ligne

Après le décret de la Convention abolissant l'esclavage, les noirs s'étaient rendus maîtres de Saint-Domingue, notre plus belle colonie des Antilles. Ils avaient pris pour chef Toussaint-Louverture qui, nommé gouverneur par Bonaparte en 1799, s'était déclaré indépendant en 1801. Un corps expéditionnaire de 22.000 hommes est réuni sous les ordres du général Leclerc, qui s'embarque avec ses troupes au mois de novembre 1801.

Malheureusement, cette expédition devait avoir une issue fatale, malgré le courage déployé en maintes circonstances par nos troupes, notamment par les 31ᵉ, 68ᵉ et 110ᵉ demi-brigades. Nous citerons, parmi les principaux faits d'armes de cette expédition, la prise de Port-au-Prince enlevé par nos soldats aux nègres révoltés de Toussaint-Louverture qui est pris et envoyé en France ; la prise du Grand-Morne et le combat de Poteau-Brésillet, dans le courant de l'année 1802. La fièvre jaune éclate alors terrible. Le général en chef Leclerc succombe l'un des premiers au cruel fléau.

Les Anglais viennent alors prêter appui aux forces insurrectionnelles et, après de longues luttes, le général

Rochambeau, qui a pris le commandement des débris du corps expéditionnaire, est contraint, en novembre 1803, de capituler. Ce qui reste de nos soldats est fait prisonnier par les Anglais. L'indépendance de l'Ile, sous le nom de République d'Haïti, est alors reconnue. Deux mille hommes à peine, des 22.000 embarqués en 1801, revoient la France.

CHAPITRE II

L'ÉPOPÉE IMPÉRIALE

D'AUSTERLITZ A WATERLOO (1805-1815)

EXPOSÉ GÉNÉRAL

I. — PREMIÈRE CAMPAGNE D'AUTRICHE (1805).

II. — CAMPAGNE DE PRUSSE (1806).

III. — CAMPAGNE DE POLOGNE (1807).

IV. — DEUXIÈME CAMPAGNE D'AUTRICHE (1809).

V. — CAMPAGNE DE RUSSIE (1812).

VI. — CAMPAGNES D'ESPAGNE ET DE PORTUGAL (1807-1814).

VII. — CAMPAGNE D'ALLEMAGNE (1813).

VIII. — CAMPAGNE DE FRANCE (1814).

IX. — LES CENT-JOURS (1815).

D'AUSTERLITZ A WATERLOO
(1805-1815)

EXPOSÉ GÉNÉRAL

Le 18 mai 1804, le Sénat avait proclamé le Premier Consul Bonaparte, empereur, sous le nom de Napoléon Ier. Un plébiscite avait approuvé la nouvelle dynastie. L'ordre de la Légion d'honneur avait été créé pour récompenser les services militaires et civils. La dignité de maréchal de France avait été rétablie et le nouveau souverain avait conféré ce titre à ses principaux compagnons d'armes des guerres précédentes : *Berthier, Murat, Davout, Ney, Soult, Victor, Lannes, Brune, Bessières, Bernadotte, Augereau,* ainsi qu'aux vieux généraux de la République, *Serrurier, Pérignon, Jourdan, Kellermann* et *Moncey*.

L'Empereur, en paix avec l'Europe, songe alors à tourner ses forces vers l'Angleterre qui venait de rompre le traité d'Amiens, en refusant d'évacuer Malte et en s'emparant, sans déclaration de guerre, de nombreux navires français et hollandais.

En conséquence, Napoléon rassemble sur les côtes de la Manche, aux camps de Boulogne et de Saint-Omer, une armée formidable, destinée à envahir les îles britanniques. Il cherche en même temps à amener dans la Manche une flotte considérable pour assurer le passage du détroit. Mais ses amiraux, de Villeneuve et Ganteaume, sont bloqués tous les deux par les forces anglaises, au Ferrol et à Brest. Le débarquement de nos troupes n'est plus possible. Toutefois, le gouvernement britannique, effrayé de ces projets d'invasion, forme contre nous, grâce à son or, une troisième coalition comprenant l'Autriche, la Russie. la Suède et le royaume de Naples.

Napoléon organise rapidement la Grande Armée qui comprend 150.000 fantassins, 40.000 cavaliers et 340 bouches à feu, répartis en sept corps d'infanterie, le 1er (Bernadotte), le 2e (Marmont), le 3e (Davout), le 4e (Soult), le 5e (Lannes), le 6e (Ney), le 7e (Augereau) et un corps de cavalerie de réserve, commandé par Murat.

L'Autriche seule est prête à ce moment. Elle va supporter les premiers coups de Napoléon. Elle a deux grandes armées de 80.000 hommes, l'une en Italie avec l'archiduc Charles, l'autre sur le Danube avec le feld-maréchal Mack ; ces deux armées sont reliées entre elles par un corps de 25.000 hommes, dans le Tyrol, sous les ordres de l'archiduc Jean. En Italie, la France a 40.000 hommes avec Masséna sur l'Adige et 20.000 à Tarente avec Gouvion-Saint-Cyr.

Napoléon prend alors la résolution de détruire, successivement, les armées ennemies, échelonnées à de trop grandes distances les unes des autres dans la vallée du Danube. Il concentre secrètement et rapidement la Grande Armée sur les bords du Rhin. Pour tromper Mack et le retenir sous la place d'Ulm, des démonstrations sont faites par Lannes (5e corps) et Murat (réserve de cavalerie) devant les défilés de la Forêt Noire. Pendant ce temps, l'Empereur tourne les Autrichiens par le nord avec ses autres corps qui longent le versant septentrional des Alpes de Souabe pour arriver sur le Danube, à Donawerth, Neubourg et Ingolstadt, sur les derrières de l'ennemi.

Le feld-maréchal Mack est complètement tourné et, après le combat d'Elchingen, il est enfermé dans Ulm. Il capitule le 17 octobre.

Napoléon, libre de ses mouvements, se dirige maintenant sur Vienne en chassant devant lui le général russe Kutusoff qui va rejoindre, à Olmutz, les empereurs Alexandre et François-Joseph. Vienne est surprise et l'Empereur, après y avoir laissé une garnison française, se dirige sur la Moravie. Dans la plaine d'Austerlitz, il remporte, sur l'armée austro-russe, une éclatante victoire qui oblige l'Autriche à une paix désastreuse.

En 1806, a lieu la campagne de Prusse qui ajoute un fleuron de gloire à la couronne impériale et une auréole de bravoure et de bonheur à la Grande Armée. Après la double victoire d'Auerstædt et d'Iéna, Napoléon entre triomphant dans Berlin. Il marche ensuite contre l'armée russe et la défait successivement à Eylau et à Friedland. Par le traité de paix qui fut signé à Tilsitt, la Prusse perd la moitié de son territoire et un traité offensif et défensif est signé entre la France et la Russie.

La paix semblait cette fois assurée pour longtemps et le génie si complexe de l'Empereur pouvait s'exercer en toute liberté dans les travaux et les réformes pacifiques. Malheureusement, des dissentiments survenus entre le roi d'Espagne Charles IV et son fils Ferdinand, suggèrent à Napoléon le désir de placer sur le trône espagnol son frère Joseph, alors roi de Naples. Pour satisfaire son ambition, il provoque la guerre, en entrant avec son armée

sur le territoire de la Péninsule. La nation espagnole se
soulève alors tout entière et Napoléon se voit contraint
d'entreprendre une guerre longue, difficile, meurtrière, où
viendront successivement s'épuiser et périr les meilleurs
et les plus solides éléments de ses armées. Guerre funeste
qui lui porta malheur et fut la cause la plus directe de sa
chute.

Pendant qu'au delà des Pyrénées nos soldats combat-
taient avec des alternatives de succès et de revers, l'Autriche, profitant de nos embarras en Espagne, reprenait
les armes, grâce aux secours financiers de l'Angleterre.
Napoléon marche donc vers le Danube, bombarde Vienne,
s'en empare, puis, remportant successivement les batailles
d'Eckmüll, d'Essling et de Wagram, il dicte à l'Autriche
le traité de Vienne qui enlevait à celle-ci l'Istrie, la Croatie, la Carniole, la Gallicie et l'obligeait à payer à la
France une indemnité de guerre de 200 millions, puis,
suprême et dernière humiliation, faisait sauter les remparts de Vienne.

L'étonnante fortune du grand homme de guerre touchait cependant à son terme. L'empereur Alexandre de
Russie — mécontent du mariage de Napoléon avec Marie-
Louise d'Autriche et de l'agrandissement, assuré par le
traité de Vienne, du grand-duché de Varsovie, de la réunion à la France, en dépit de tous droits, du Hanovre,
des villes Hanséatiques et surtout du duché d'Oldenbourg
appartenant à un de ses parents — dénonce le blocus continental et ouvre ses ports aux marchandises anglaises.
L'Empereur ayant déclaré la guerre à la Russie, franchit
le Niémen à la tête de 400.000 hommes, appuyés par
une réserve de 200.000 autres, et envahit le territoire russe.

Il bat successivement les armées qui lui sont opposées, à Mohilow, à Vitepsk, à Smolensk et à la Moskowa où il remporte une sanglante victoire — la plus sanglante du siècle — qui lui ouvre les portes de Moscou. Mais un vaste incendie, allumé par les Russes, détruisant les deux tiers de la ville, oblige les Français à l'abandonner.

Napoléon se décide alors à la retraite. Entreprise au moment d'une saison exceptionnellement rigoureuse et qui devint de jour en jour plus inclémente, cette retraite s'accomplit d'une façon désastreuse. Chaque étape fut marquée par des milliers de cadavres. Le froid, la faim, la maladie et les misères de toutes sortes eurent vite raison de nos malheureux soldats qui laissèrent plus de 3oo.ooo des leurs dans les steppes glacées de la Russie. C'est à peine si 4o.ooo hommes repassèrent le Niémen; tout le reste de cette magnifique armée avait succombé ou était resté prisonnier des Russes.

Cette déplorable retraite fut le signal d'un soulèvement général des nations de l'Europe contre la France. Mais le génie de l'Empereur se révèle de nouveau. Il n'a plus d'armée: en moins de trois mois, son activité, sa vigilance, ses admirables facultés d'organisateur et de préparateur à la guerre lui en font une nouvelle, presque aussi nombreuse que celle qui vient de succomber en Russie. Fièrement, il rejette le gant lancé par l'Europe et, avec cette armée, il envahit l'Allemagne, remporte les brillantes victoires de Lutzen et de Bautzen qui obligent ses adversaires à conclure l'armistice de Pleswitz.

Il profite de ce répit pour réorganiser ses troupes. Il a 4oo.ooo hommes sur pied, dont 3oo.ooo sont en première ligne. L'armistice de Pleswitz étant dénoncé par la

Russie et la Prusse, Napoléon marche sur les coalisés, les bat à Goldberg et à Dresde, mais perd le bénéfice de ces victoires par les défaites de Kulm et de la Kasbach, infligées à ses lieutenants. Enfin, l'insuccès de la bataille de Leipsick, où notre armée est non seulement accablée par des forces très supérieures, mais encore trahie par ses alliés — les Saxons passant à l'ennemi, en pleine bataille — le contraint à repasser le Rhin.

La France se trouve alors envahie de tous côtés par les armées de l'Europe entière, coalisée contre elle. La campagne de France commence sublime, admirable, invraisemblable même, tellement les superbes facultés guerrières de Napoléon surent, avec des éléments amoindris, fatigués, découragés, faire chaque jour face et tenir tête à ses innombrables adversaires. Il remporte dans cette campagne, victoire sur victoire, mais cette fois encore le nombre, fatalement, devait avoir raison du génie. Les alliés arrivèrent sous Paris le 30 mars 1814 et, le lendemain, ils y entraient après un combat acharné et glorieux pour les quelques milliers des nôtres qui résistèrent à leurs nombreux adversaires.

Napoléon abdique et la Restauration de la branche aînée des Bourbons s'accomplit sous les auspices des souverains alliés. Louis XVIII monte sur le trône et l'Empereur est interné à l'île d'Elbe. Moins d'un an après, il s'en échappait, arrivait en France à l'improviste où « son aigle volait bientôt, de clocher en clocher, jusqu'aux tours de Notre-Dame ». L'armée abandonne aussitôt le roi Louis XVIII, pour se rallier à son ancien chef auquel elle a conservé tout son culte, toute son admiration. Le roi se réfugie en Belgique et les alliés reconstituent immédiatement, contre leur redoutable ennemi, une coalition dans laquelle entrent la Russie, l'Angleterre, la Prusse et l'Autriche.

Napoléon, pour empêcher la jonction de ses ennemis, fond sur la Belgique, bat les Prussiens à Fleurus, ou plus exactement à Ligny, et se porte ensuite contre les Anglais dans les plaines de Waterloo et de Mont-Saint-Jean. Après une lutte remarquable de bravoure et dans laquelle la victoire nous appartint jusqu'au soir, l'arrivée inopinée des corps prussiens de Bülow et de Blücher, nous enleva finalement le succès et transforma en déroute une journée qui méritait d'être nôtre.

C'était la fortune mobile et changeante qui se refusait décidément à sourire davantage à celui qu'elle avait si longtemps, si merveilleusement servi. Cette fois, Napoléon le comprit. De nouveau, il abdiqua et alla se remettre — ironie du sort — entre les mains des Anglais, ses pires ennemis. L'île de Sainte-Hélène, telle fut la triste et malsaine résidence que la magnanimité et la grandeur d'âme du gouvernement britannique trouvèrent à offrir au grand, au génial adversaire qui s'était si franchement, si volontairement livré.

Il ne vécut pas longtemps dans ce séjour, dont l'aridité et l'étroitesse semblaient faites pour dessécher sa pensée, pour étouffer sa sublime intelligence ! Le 5 mai 1821, dans sa cinquante-troisième année, affaibli par le chagrin, miné par le cruel retour des choses d'ici-bas, l'homme qui, vingt ans durant, avait étonné, stupéfié le monde, par ses étonnantes victoires, par ses glorieuses conquêtes, dont l'Europe même avait paru trop exiguë à sa prestigieuse ambition, terminait sa vie sur un âpre rocher, exilé à jamais des siens et de l'humanité.

Ses merveilleux succès lui servirent de glorieux linceul, et, malgré des fautes indéniables, son étincelant génie rayonnera, tant que durera le monde, dans les fastes guerrières de toutes les nations.

Ce sont ces étapes de vaillance et d'honneur qui constituent l'Épopée impériale. Toutes étincellent sur les emblèmes de notre armée. Nous allons les retracer en détail, pour rendre le vibrant et juste hommage dû par tout Français, par tout soldat, à la mémoire du plus grand capitaine et de ses vaillants compagnons d'armes, qui portèrent si haut la renommée militaire de notre pays.

I

PREMIÈRE CAMPAGNE D'AUTRICHE

(1805)

Napoléon ayant vu son plan d'invasion en Angleterre inexécutable, se retourna contre l'Autriche. Par son ordre, l'armée d'Angleterre est dirigée sur l'Allemagne. Vingt mille chariots transportent, comme par enchantement, des hauteurs d'Ambleteuse et des plaines de Saint-Omer sur les bords du Rhin, cette armée qui, pour la première fois, reçoit le nom de *Grande* et qui le justifia par ses victoires.

Les 25 et 26 septembre 1805, la Grande Armée passe le Rhin et marche vers la Forêt Noire. Napoléon la commande et, sous ses ordres, marchent, à la tête des corps d'armée, les nouveaux maréchaux : Bernadotte, Ney, Davout, Soult, Lannes, Marmont, Augereau. La cavalerie est commandée par Murat. Berthier est major-général de ces magnifiques troupes.

Le 6 octobre, le pont de Munster, sur le Danube, est enlevé par nos troupes. Le 7, c'est le pont du Lech qui est surpris par notre cavalerie. Le 8, les dragons de Murat et les grenadiers d'Oudinot battent complètement un corps autrichien de 10.000 hommes. Les 13 et 14 octobre se livrent des combats autour d'Ulm, notamment à Elchingen qui est enlevé par Ney. Le 17, a lieu la capitulation d'Ulm qui nous livrait toute une armée autrichienne et son chef le général Mack. Nous retraçons ces succès dans les lignes qui suivent.

COMBAT D'ELCHINGEN ET CAPITULATION D'ULM
(13, 14 et 17 octobre 1805)

Figure sur les drapeaux des 69ᵉ, 39ᵉ et 76ᵉ régiments d'infanterie

Cependant, l'investissement de Mack par le Sud était effectué, il restait à le compléter au Nord et sur la rive gauche du fleuve. Ce résultat fut atteint par le combat d'Elchingen, où Ney et le 69ᵉ se couvrirent de gloire.

Le 13 octobre, l'Empereur se porta au quartier général du maréchal Ney, et ordonna de resserrer encore plus l'armée ennemie, en s'emparant du pont et de la position d'Elchingen (rive gauche).

Le même soir, l'armée française était à 2 lieues d'Ulm, formant un cercle autour de la place et partout en présence des postes avancés de l'ennemi. Napoléon donna l'ordre d'attaquer sur tous les points. Le 14 au matin, l'empereur alla lui-même faire une reconnaissance et s'avança jusqu'au château d'Adelhausen, à 1.500 toises de la tête du pont.

De ce point élevé, il pouvait observer le mouvement des nombreux tirailleurs français qui, dans toutes les directions, refoulaient vers la place les avant-postes autrichiens, et l'attaque, par le 6ᵉ corps, du pont et de la position d'Elchingen.

Cette position était formidable. Le village d'Elchingen s'élève en amphithéâtre sur le flanc d'une colline au bord du Danube. Il est entouré de jardins, clos de murs, formant des terrasses superposées. Un vaste couvent couronne la hauteur.

Le 14 octobre, à la pointe du jour, la division Loyson, du 6ᵉ corps (Ney), qui venait la veille de battre complètement l'ennemi au combat d'Elchingen, se met en marche pour déboucher par le pont d'Elchingen.

La 1ʳᵉ brigade (6ᵉ léger et 39ᵉ de ligne) ouvre le feu sur la rive droite. Le pont réparé sous sa protection, le maréchal Ney le franchit aussitôt à la tête du 69ᵉ et aux cris de « Vive l'empereur ! » Le 6ᵉ léger s'établit à la chapelle Saint-Volfgang, dans l'abbaye d'Elchingen, à la tuilerie, où il fit 600 prisonniers. Les autres troupes de la division prennent position le long des bois qui bordent le pied de la hauteur. Le 69ᵉ tient la gauche. L'ennemi défait dans un premier engagement, sa cavalerie veut profiter du moment où la division Loyson arrive en colonnes et se déploie de l'autre côté du bois, pour attaquer.

Le général, faisant former chacun de ses régiments en carré, attend cette cavalerie de pied ferme et la reçoit avec le feu le mieux dirigé. C'est en vain qu'elle redouble

ses efforts, elle est obligée de se replier. Le général
Roguet, avec les 76ᵉ et 69ᵉ, se dirige par la grande route,
pénètre dans le bois de Morizen et prend position en
avant du chemin communiquant à Kesselbrunn. Là, il
soutient encore le choc de la cavalerie ennemie qui
est de nouveau repoussée. La division Loyson se déve-
loppe sur le plateau d'Haslach et reste dans cette position.

Dans la nuit du 14 au 15 octobre, Napoléon fait occuper
par Ney les hauteurs au nord d'Ulm, et Lannes passe sur
la rive gauche du Danube pour prendre les positions
abandonnées par Ney à l'est de la ville, vers Haslach.

Le 15 au matin, Lannes et Ney attaquent les hauteurs
fortifiées du Michelsberg, qui dominent la ville. Ils en
sont complètement maîtres le soir même.

Le 17, le général Mack capitulait, nous livrant une
place de premier ordre avec 35.000 prisonniers, 100 canons et 90 drapeaux.

BATAILLE DE CALDIERO

(28, 29 et 30 octobre 1805)

Figure sur les drapeaux des 20ᵉ, 29ᵉ, 56ᵉ, 79ᵉ, 89ᵉ régiments de ligne,
sur les étendards des 29ᵉ et 30ᵉ dragons.

En Italie, le général Masséna avait, lui aussi, pris une
vigoureuse offensive et poursuivait l'archiduc Charles, en

retraite sur Vienne. Il le joint à Caldiero et lui livre une furieuse bataille qui dura trois jours, les 28, 29 et 30 octobre.

Dès le 17 octobre, jour de la capitulation d'Ulm, le maréchal Masséna avait pris l'offensive en attaquant le pont et la ville de Vérone qui sont enlevés après un violent combat. Il passe ensuite l'Adige et suit l'ennemi qui vient se retrancher dans la forte position de Caldiero, la transformant en camp retranché au moyen de redoutes, de batteries et de retranchements palissadés.

Malgré l'infériorité du nombre (40.000 hommes contre 100.000), l'armée française engage une bataille acharnée.

Les Autrichiens firent une défense des plus énergiques et perdirent 6.000 hommes. Ils réussirent à garder leurs positions, mais, si nombreux qu'ils fussent, ne purent déloger les Français de celles qu'ils avaient prises en face d'eux.

Le lendemain, 1er novembre, l'archiduc Charles, rappelé en Allemagne, se mettait en retraite et Masséna, maître de la route de Vicence, le poussait vigoureusement traversait les Alpes à sa suite et lui enlevant ses arrière-gardes, se joignait au général Gouvion-Saint-Cyr pour former l'aile droite de la Grande Armée qui, bientôt, terminait la campagne par le coup de foudre d'Austerlitz.

BATAILLE D'AUSTERLITZ

(2 décembre 1805)

Figure sur les drapeaux et étendards des 3ᵉ, 9ᵉ, 14ᵉ, 17ᵉ, 18ᵉ, 28ᵉ, 30ᵉ, 33ᵉ, 34ᵉ, 36ᵉ, 40ᵉ, 45ᵉ, 46ᵉ, 48ᵉ, 54ᵉ, 55ᵉ, 57ᵉ, 64ᵉ, 75ᵉ, 88ᵉ, 90ᵉ, 92ᵉ, 94ᵉ, 95ᵉ et 108ᵉ de ligne ; des 1ᵉʳ, 2ᵉ, 3ᵉ, 5ᵉ, 9ᵉ, 10ᵉ, 11ᵉ et 12ᵉ cuirassiers ; des 1ᵉʳ, 2ᵉ, 3ᵉ, 5ᵉ, 6ᵉ, 8ᵉ, 9ᵉ, 10ᵉ, 11ᵉ, 12ᵉ, 13ᵉ, 22ᵉ, 25ᵉ, 26ᵉ et 27ᵉ dragons ; des 1ᵉʳ, 5ᵉ, 11ᵉ, 12ᵉ, 13ᵉ et 16ᵉ chasseurs à cheval ; des 2ᵉ, 4ᵉ, 8ᵉ et 11ᵉ hussards ; des 3ᵉ et 8ᵉ d'artillerie.

Le 2 décembre 1805 est une date à jamais mémorable dans les annales militaires de la France et on peut ajouter de l'humanité elle-même. Jamais, en effet, l'esprit humain ne s'illustra par une aussi belle combinaison de bataille. L'art terrible de la guerre atteignit ce jour-là son apogée.

Lorsqu'on veut exprimer ce que la stratégie et le courage ont produit de plus parfait, ce nom d'Austerlitz vient immédiatement à l'esprit.

Le plus grand capitaine de l'Histoire commandait la plus belle armée qu'il y eût jamais eu au monde. De cette association admirable, — le génie de Napoléon et l'héroïsme de la Grande Armée — résulta la prodigieuse journée d'Austerlitz.

Ici, l'histoire positive devient plus grandiose, plus merveilleuse que la légende et l'épopée.

L'armée qui avait quitté le camp de Boulogne pour se diriger vers l'Autriche était, comme l'ont reconnu tous les historiens, la mieux organisée, la plus solide, la plus entraînée qu'il fût possible d'imaginer. « Les jeunes soldats, exercés depuis deux ans dans les camps et mêlés dans les cadres aux vieux combattants de la Révolution, étaient devenus dignes de leurs aînés, par la résolution, la discipline, la confiance en eux-mêmes et dans leur général ; car l'Empereur restait toujours, pour l'armée, le général Bonaparte. Il suffit de deux mots pour caractériser cette armée : « Elle n'avait ni malades, ni traînards. Tout y était valeur effective. »

La veille d'Austerlitz, pendant la nuit, Napoléon parcourut son camp pour jeter un coup d'œil sur les dispositions qu'il avait si bien prises. Son plan était d'une simplicité et d'une précision extraordinaires. Il avait su pénétrer la tactique de ses adversaires et n'avait pas craint de l'apprendre à ses soldats, qu'il rendait ainsi, plus intimement encore, ses collaborateurs :

« Soldats, leur disait-il dans une proclamation célèbre, l'armée russe se présente devant nous pour venger l'armée autrichienne d'Ulm ; les positions que nous occupons sont formidables, et, pendant que les bataillons ennemis marcheront pour tourner ma droite, ils présenteront le flanc. La victoire ne saurait hésiter ! »

On juge de l'effet produit sur la Grande Armée par un bulletin pareil ! Un vieux grenadier s'approcha de Napoléon qui chevauchait sur le front de l'armée, et lui dit : « Je te promets que nous t'amènerons demain les drapeaux et les canons des ennemis pour fêter l'anniversaire de ton couronnement. »

Et les soldats, prenant la paille de leurs bivouacs en guise de torches, allumèrent une immense illumination pour célébrer l'anniversaire de leur chef, le soldat couronné. Ce fut une profonde stupéfaction, mêlée de terreur, pour le camp ennemi, que l'aspect soudain, inexpliqué, de cette traînée de flammes au milieu de la nuit...

Le lendemain, un magnifique lever de soleil éclaira le champ de bataille où nos armes allaient se couvrir d'une gloire immortelle.

Ce fut le soleil d'Austerlitz !

Les Austro-Russes attaquèrent l'armée française et tout se passa suivant les prévisions géniales de Napoléon.

Notre centre était soutenu par une réserve de vingt bataillons de grenadiers de la garde et de la division Oudinot. Le général russe Kutusof, croyant les deux ailes de l'armée française plus fortes que le centre, dirigea ses principales masses vers ce dernier point, afin d'isoler l'aile droite, qu'il se flattait d'envelopper entièrement.

Le maréchal Lannes, commandant l'aile gauche et soutenu par la cavalerie de Murat, défendit la forte position du Santon et enleva aux ennemis en déroute presque tous leurs équipages sur la route de Wischau. Au centre, le général Bernadotte, attaqué par la garde russe, repoussa ce corps d'élite et le fit poursuivre par la cavalerie de la garde française.

Pendant ces beaux faits d'armes à notre centre et à notre gauche, le maréchal Soult, à notre droite, chassait les colonnes ennemies de Pratzen, Sokolnitz et Telnitz. Durant la désastreuse retraite des Austro-Russes, 6.000 hommes se noyèrent en traversant l'étang de Solkonitz, dont la glace fut crevée par nos boulets. Un parc de 50 pièces d'artillerie, escorté par 4 bataillons russes et un grand nombre de fuyards, fut englouti dans le lac d'Augezd. Une autre colonne perdit encore une grande quantité d'hommes, en fuyant par le lac de Mœnitz.

Il était 4 h. 1/2 du soir. La nuit seule sauva la gauche des Austro-Russes d'une perte totale.

Les alliés eurent, dans cette journée, 40.000 hommes tués et hors de combat. Quinze généraux et plus de 400 officiers furent faits prisonniers.

Quant à la Grande Armée française, elle acheta cette belle victoire par une perte de 2.000 morts et 5.000 blessés.

Vingt mille soldats formant la réserve n'avaient pas brûlé une seule cartouche.

Quarante drapeaux, les étendards de la garde impériale de Russie, 120 pièces de canon furent les trophées de cette lutte si glorieuse pour nos armes.

« Il faudrait une puissance encore plus grande que la mienne pour récompenser tant de braves gens ! s'écria Napoléon dans ses transports de joie.

» Il suffira de dire : *J'étais à la bataille d'Austerlitz !* pour que l'on réponde : *Voilà un brave !* »

Jamais les troupes françaises ne portèrent plus haut la juste confiance qu'elles avaient en elles-mêmes ; aussi, la vigueur de leur attaque, le sang-froid et l'intrépidité de leur résistance, leur irrésistible élan ne laissèrent pas un seul instant la victoire douteuse.

Cette victoire décisive eut immédiatement raison de l'Autriche qui s'empressa de conclure la paix en signant le traité de Presbourg (26 décembre 1805) qui nous livrait la Vénétie, l'Istrie et la Dalmatie que Napoléon réunit à son royaume d'Italie ; le Tyrol et la Souabe autrichienne qui servirent à agrandir les domaines des ducs de Bade, de Wurtemberg et de Bavière. Ces deux derniers furent déclarés rois et portent encore ce titre. En réalité, l'Autriche perdait 4 millions de sujets sur 24 millions. Le vieil empire germanique était dissous. Napoléon organisait la Confédération du Rhin qui plaçait les États d'Allemagne sous la protection de la France. A la même époque, Gouvion-Saint-Cyr s'emparait du royaume de Naples dont le frère de Napoléon, Joseph-Bonaparte, devenait le souverain.

Tels étaient les importants résultats acquis par nous dans cette courte et mémorable campagne de 1805. On va voir que celles de 1806 et de 1807 contre la Prusse et la Russie ne lui cédèrent en rien sous le rapport des succès, de la gloire et des avantages territoriaux conquis.

II

CAMPAGNE DE PRUSSE
(1806)

BATAILLE D'AUERSTÆDT
(14 octobre 1806)

Figure sur les drapeaux des 12ᵉ, 17ᵉ, 25ᵉ, 48ᵉ,
85ᵉ, 108ᵉ et 111ᵉ d'infanterie.

Découragée par notre admirable campagne de 1794, la Prusse avait renoncé à la lutte et signé le traité de Bâle, en avril 1795. Elle ne reprit les armes que onze ans plus tard, en 1806.

Le roi, ses ministres, ses vieux généraux, gardaient bien le souvenir des défaites que les jeunes héros républicains avaient infligées aux armées pourtant si solides et si disciplinées de la Prusse, en 1792, 1793 et 1794. Et, depuis, ils avaient assisté à la série des victoires de nos généraux, en Italie, en Allemagne, en Autriche, en Égypte.

Ils avaient vu apparaître l'éblouissante étoile napoléonienne. Enfin, on était au lendemain d'Austerlitz !

Malgré cela, le parti militaire à Berlin ne doutait pas de la supériorité de l'armée prussienne sur cette armée française qui s'appellera immortellement la Grande Armée !

Et la Prusse déclara la guerre à la France. Elle entendait avoir l'offensive et nous surprendre avant que nous fussions concentrés, puis nous rejeter du Mein — où nous étions restés cantonnés — jusque sur le Rhin.

Le généralissime prussien, Brunswick, donna l'crdre du mouvement général pour le 10 octobre 1806. Dès le 8 octobre, les colonnes françaises avaient franchi les montagnes et atteint la rive gauche de la Haute-Saale.

Le 9 octobre, notre avant-garde, conduite par Murat et Bernadotte, après avoir passé la Saale, battait à Schleitz un corps prussien.

Le 10 octobre, à Saalfeld, le maréchal Lannes rencontrait une division prussienne commandée par le neveu du Grand Frédéric, le prince Louis de Prusse, guerrier ardent qui avait poussé à la lutte contre la France et qui devait en être une des premières victimes. Il fut tué, dans cette journée, par un maréchal des logis de hussards. Sa division fut anéantie.

La nouvelle de ce grave échec provoqua quelque désordre dans le grand corps d'armée du prince de Hohenlohe, qui se rejeta sur Iéna.

Le 13 octobre, Brunswick essaie de déjouer le plan de Napoléon, qu'il soupçonne enfin et qui consiste à lui couper la retraite. Il tente de traverser le pont de la Saale à Naumbourg. Mais Davout, l'illustre Davout, l'avait prévenu.

Le 3e corps, qu'il commandait, fort de 26.000 hommes et composé des trois immortelles divisions : Morand (13e léger, 17e, 30e, 51e, 61e de ligne), Friant (15e léger, 33e, 48e, 108e, 111e de ligne) et Gudin (12e, 21e, 25e, 85e de ligne), allait lutter contre une armée de 54.000 fantassins et 12.000 cavaliers, armée fière de sa vieille réputation et dont le courage, soutenu par la présence et la valeur personnelle du souverain, était excité au plus haut degré.

Après avoir passé la Saale, le maréchal Davout, trouvant le défilé qui conduit au plateau d'Hassen-Haussen, dépourvu de toutes troupes ennemies, se hâte de s'en emparer. Du côté prussien, Blücher, à la première nouvelle de l'arrivée de nos troupes, reçoit l'ordre de prendre 25 escadrons, une batterie d'artillerie à cheval et d'attaquer la cavalerie française, qui vient de déboucher sur le plateau.

Un brouillard épais ne permet pas de distinguer les objets à portée de pistolet. Le maréchal Davout, ayant franchi le défilé avec son état-major, ordonne au colonel Burke de se porter en avant avec quelques pelotons de cavalerie. Celui-ci exécute aussitôt cet ordre, et il venait à peine de dépasser le village d'Hassen-Haussen, qu'il se trouve face à face avec l'avant-garde de Blücher. Le colonel Burke soutient alors avec vigueur la charge de deux escadrons du régiment de la Reine, fait quelques prisonniers et, ramené finalement par des forces supérieures, rallie son détachement Il se reporte alors en arrière, soutenu par les 25e et 85e de ligne, qui se forment en carrés pour résister à la nuée de cavaliers qui emplissent la plaine.

Le général Blücher lance cette cavalerie sur les carrés français et la fait, en même temps, appuyer par les feux d'une batterie à cheval et par un bataillon de grenadiers ; mais, foudroyés par notre artillerie qui venait d'entrer en ligne, les escadrons prussiens se replient en désordre, abandonnant leurs canons dont s'emparent, dans une brillante charge à la baïonnette, les voltigeurs du 25e de ligne.

La vigueur avec laquelle nos troupes avaient repoussé cette première attaque en imposa à l'ennemi. Le duc de Brunswick fut d'avis de faire déployer l'armée en bataille et de ne continuer la marche en avant que lorsque le brouillard serait dissipé. Mais le roi, qui venait d'arriver sur le champ de bataille, en jugea autrement, ne pensant avoir affaire qu'à des forces peu considérables. Sur son ordre, les divisions Watersleben et Orange précipitent leur marche, pendant que la division Schmettau se déploie devant Hassen-Haussen et que la cavalerie de Blücher se forme à la gauche de cette division.

Le maréchal Davout, voyant que cette cavalerie menaçait de déborder sa droite, fait immédiatement avancer les 12ᵉ et 21ᵉ de ligne en soutien des 25ᵉ et 85ᵉ et, cette infanterie garnissant les abords du village d'Hassen-Haussen, ouvre immédiatement un feu des plus intenses contre la division Schmettau, pendant que ses carrés repoussent les charges réitérées de la cavalerie de Blücher. Le combat devient, dès ce moment, rude et sanglant. Le général Gudin et ses brigadiers, passant d'un carré dans l'autre de leurs régiments, animaient leurs braves soldats, dont aucun des bataillons ne fut entamé. Après avoir fait des pertes nombreuses, la cavalerie ennemie se retire dans le plus grand désordre, poursuivie par la brigade légère du 3ᵉ corps.

Pendant que les 12ᵉ, 21ᵉ, 25ᵉ et 85ᵉ de ligne contenaient ainsi à la droite, avec autant d'intrépidité que de succès, les efforts de l'infanterie de Schmettau et de la cavalerie de Blücher, le roi de Prusse pressait l'arrivée des deux autres divisions retardées dans le défilé d'Auerstædt.

Bientôt, la division Watersleben débouche du village de Gernstedt, marchant droit contre les troupes du général Gudin, dont l'opiniâtre courage résistait toujours à l'immense supériorité du nombre.

La division Friant, arrivée à ce moment, se porte à la droite de la division Gudin et l'aide à continuer la lutte héroïque qu'elle seule soutenait depuis le matin. C'est en vain que le duc de Brunswick, à la tête d'un bataillon de grenadiers, essaye d'enlever Hassen-Haussen; il trouve partout une muraille de fer qui s'oppose à l'élan de ses troupes. Il est, alors, mortellement blessé, et tombe à côté du général Schmettau, atteint deux fois, lui aussi, à l'attaque de notre formidable position d'Hassen-Haussen. La fermeté de la division Gudin fut la véritable cause du succès des Français. Ces héroïques soldats allaient néanmoins succomber, lorsque la division Morand, que Davout fait arriver au pas de course, vint s'appuyer à la gauche de la division Gudin.

La fin de la brillante journée d'Auerstædt appartient à cette dernière division qui, après une lutte meurtrière, oblige le roi de Prusse à ordonner la retraite. Cette retraite se trouve précipitée ensuite par les mouvements de la division Friant qui commence à déborder et à envelopper la gauche ennemie.

Profitant du succès de ses deux ailes, le maréchal Davout fait avancer le centre de son corps d'armée; la division Gudin attaque et force le village de Tauchwitz et s'avance à la hauteur des autres. Devant cette marche offensive de tout notre 3e corps, les trois divisions prussiennes se retirent en désordre, ayant perdu la moitié de leur force effective et abandonné, sur les hauteurs d'Hassen-Haussen, la plus grande partie de leur artillerie.

Le général Kalkreuth, avec les deux divisions qui étaient restées inactives, forme sa ligne en arrière de Tauchwitz et de Rehausen. Toute la cavalerie ralliée par Blücher, est placée en seconde ligne et l'artillerie dont disposent ces deux divisions est en avant, sur le front de la nouvelle ligne de bataille prise par les Prussiens.

C'est là qu'eut lieu la dernière résistance, celle du désespoir, car tout était perdu si Kalkreuth n'arrêtait pas la marche victorieuse des nôtres. Mais rien ne devait plus s'opposer au succès de nos bataillons

La division Gudin débouche sur le plateau d'Eckartzberg, pendant que la division Morand tourne une des divisions de réserve qui formait la gauche ennemie. Cette fois, les Prussiens, débordés sur leurs ailes, écrasés à leur centre, se décident à la retraite qui s'opère sous la poursuite acharnée de l'infanterie de la division Morand et de la brigade de cavalerie Viallannes.

Le feu cessa vers 5 heures du soir. Avec trois divisions d'infanterie et trois régiments de chasseurs à cheval, le maréchal Davout remportait une victoire complète sur la principale armée prussienne, soutenue par ses réserves d'élite, par une nombreuse cavalerie et une artillerie trois fois plus forte que la sienne.

Les trois divisions Morand, Friant et Gudin, désormais célèbres dans les fastes de notre histoire militaire, se trouvaient réunies le soir, entre Eckartzberg et Auerstædt. Elles bivouaquèrent sur le champ de bataille, ayant leur vaillant maréchal au milieu d'elles.

Si cette journée fut glorieuse, elle fut aussi sanglante :

270 officiers, 7.000 hommes hors de combat ; les généraux Morand et Gudin blessés et la moitié des colonels tués ou atteints de blessures graves, tel était le bilan des pertes du 3ᵉ corps, qui en avait infligé de plus terribles encore à l'armée prussienne. Cette dernière laissait sur le terrain 10.000 tués ou blessés et entre nos mains 3.000 prisonniers, 15 drapeaux et 118 canons.

Le 17 octobre suivant, l'Empereur écrivait ce qui suit à l'intrépide commandant du 3ᵉ corps :

« Monsieur le Maréchal,

» Témoignez ma satisfaction à tout votre corps d'armée et à vos généraux ; ils ont acquis pour jamais des droits à mon estime et à ma reconnaissance. Aussi, voulant octroyer la plus belle récompense qui existe pour des Français, j'ai ordonné que ce corps entrerait le premier à Berlin, le 25 octobre. »

BATAILLE D'IÉNA
(14 octobre 1806)

Figure sur les drapeaux et étendards des 4ᵉ, 24ᵉ, 27ᵉ, 34ᵉ, 36ᵉ, 43ᵉ, 50ᵉ, 64ᵉ, 75ᵉ, 76ᵉ, 81ᵉ, 82ᵉ, 91ᵉ, 92ᵉ, 96ᵉ, 100ᵉ, 103ᵉ, et 105ᵉ de ligne ; du 12ᵉ cuirassiers ; des 1ᵉʳ, 2ᵉ, 3ᵉ, 13ᵉ, 20ᵉ, 21ᵉ, 22ᵉ, et 26ᵉ dragons ; des 7ᵉ, 10ᵉ, 13ᵉ, 16ᵉ, 20ᵉ et 21ᵉ chasseurs ; des 3ᵉ, 5ᵉ, 7ᵉ, 8ᵉ et 9ᵉ hussards et du 6ᵉ d'artillerie.

Le 13 octobre, à 2 heures de l'après-midi, l'Empereur arriva à Iéna, et, sur un petit plateau qu'occupait notre avant-garde, il aperçut les dispositions de l'ennemi qui paraissait manœuvrer pour attaquer le lendemain et forcer les divers débouchés de la Saale. L'ennemi défendait en forces, par une position inexpugnable, la chaussée d'Iéna à Weymar, et paraissait penser que les Français ne pourraient déboucher dans la plaine sans avoir forcé ce passage. Il ne semblait pas possible, en effet, de faire monter l'artillerie sur le plateau, qui, d'ailleurs était si petit que quatre bataillons pouvaient à peine s'y déployer. On fit travailler toute la nuit à un chemin dans le roc et l'on parvint à établir l'artillerie sur la hauteur.

Le maréchal Davout reçut l'ordre de déboucher par Naumbourg pour défendre les défilés de Kœsen, si l'ennemi voulait marcher sur Naumbourg, ou pour se rendre à Apolda pour le prendre à dos, s'il restait dans la position où il était. On sait quel brillant combat il livrait le lendemain à Auerstædt et combien, par son admirable solidité, il contribuait à assurer les éclatants succès de cette mémorable et glorieuse campagne.

Le corps du maréchal Bernadotte fut destiné à déboucher de Dornbourg pour tomber sur les derrières de l'ennemi, soit qu'il se portât en forces sur Naumbourg, soit qu'il se dirigeât sur Iéna.

La grosse cavalerie, qui n'avait pas encore rejoint l'armée, ne pouvait opérer sa jonction que vers midi, et la cavalerie de la garde impériale était à trente-six heures de distance, quelques fortes marches qu'elle eût faites depuis son départ de Paris. Mais il est des moments à la guerre où aucune considération ne doit balancer l'avantage de prévenir l'ennemi et de l'attaquer le premier. L'Empereur fit ranger sur le plateau qu'occupait l'avant-garde ennemie, vis-à-vis de laquelle il était en position, tout le corps du maréchal Lannes. Au sommet du plateau se tenait le maréchal Lefebvre, avec l'infanterie de la garde impériale formée en bataillons carrés.

Au petit jour, un brouillard épais se leva qui obscurcissait les moindres mouvements. On ne se voyait pas à cinquante mètres. Ce brouillard donna aux Français le temps de compléter leurs préparatifs sur le plateau. Bientôt, Lannes eut débusqué l'avant-garde de Hohenlohe des défilés dont elle tenait la tête et se logea, à gauche, dans le village de Lutzerode et, à droite, dans celui de Klosewitz. Le prince de Hohenlohe, avec ses troupes campées à Kappellendorf, se porta contre lui. Pendant deux heures, Napoléon ne fit qu'entretenir le combat jusqu'à l'arrivée des corps de Soult, d'Augereau et de sa cavalerie, ainsi que du gros du maréchal Ney. Tous pouvant enfin déboucher ensemble, Augereau sur Isserstedt, Ney et Lannes au centre sur Wierzenheiligen, Soult sur la gauche de l'armée ennemie, les Prussiens plièrent devant ce redoutable effort et furent bientôt mis en déroute. Le général Rüchel eut beau arriver de Weimar, au pas de course, au secours de Hohenlohe, il se fit culbuter en attaquant de front avec ses 20.000 hommes, au lieu de chercher à couvrir la retraite.

Napoléon, qui commandait en personne, avait pris des mesures si précises, des précautions si sages, que la lutte ne pouvait être un instant incertaine. Les Prussiens se mirent alors en pleine retraite. Tout d'abord, ils exécutent leur mouvement rétrograde avec ordre et régularité ; mais, attaqués avec une vigueur incroyable par Murat qui vient d'apparaître sur le champ de bataille avec toute sa cavalerie, ils se mettent en pleine déroute, et la plus horrible confusion règne bientôt dans leurs rangs sabrés, culbutés, écrasés par nos dragons et nos cuirassiers.

La victoire, planant sur la ligne française, étendait ses ailes d'un bout à l'autre du champ de bataille ; les Prussiens vaincus, débandés, affolés, ne se défendaient même plus ; ils ne cherchaient qu'à fuir pour éviter le terrible contact de notre cavalerie.

Du côté des Français, cette brillante victoire ne coûtait que 1.100 tués et 3.000 blessés, parmi lesquels le général Conroux. Au nombre des officiers généraux et colonels tués, tant à Iéna qu'à Auerstædt, citons le général de Billy, les colonels Vergès du 21ᵉ de ligne, de la Mothe du 36ᵉ, Nicolas du 61ᵉ, Higonet du 108ᵉ, Harispe du 16ᵉ léger, Marigny du 20ᵉ chasseurs à cheval et Barbenègre du 9ᵉ hussards. Le maréchal Lannes eut la poitrine rasée d'un biscaïen, mais ne fut pas blessé.

L'Empereur, dans son bulletin, déclare que dans cette journée l'infanterie française donna les preuves d'une valeur et d'une intrépidité telles, qu'elle pouvait, à juste titre, se considérer comme la première infanterie du monde. Il reconnaît également qu'à Iéna, la cavalerie avait été admirable, notamment les brigades des généraux Durosnel et de Colbert. Il cite, dans ce même bulletin, comme s'étant tout particulièrement distingués par leur entrain et leur bravoure, les 7ᵉ, 12ᵉ et 20ᵉ dragons, et le 3ᵉ hussards.

Éperdus, les Prussiens fugitifs d'Iéna et d'Auerstædt coururent se réfugier dans les montagnes du Hartz et de la forêt de Thuringe. Il ne restait plus un bataillon, plus une batterie, plus un drapeau de cette armée qui avait

passé pour la première de l'Europe et qui venait de s'évanouir comme un rêve. Jamais il n'y eut de plus glorieuses,
ni de plus décisives victoires, dans l'histoire d'aucun pays,
que celles d'Iéna et d'Auerstædt. Jamais la supériorité
d'une armée sur une autre armée, d'un peuple sur un
autre peuple, ne s'affirma d'une manière aussi prompte,
aussi écrasante, aussi péremptoire !

Toute la monarchie prussienne était à notre merci. La
Grande Armée s'en empara au pas de charge.

Dès le 15, Murat courait avec ses dragons à Erfurt,
suivi par Ney et Soult, pourchassait à travers la Thuringe
les lamentables restes de l'armée prussienne. Mortier
allait opérer l'expropriation de la maison de Hesse,
s'emparer de ses États — au nom de la France — et licen-
cier son armée de 32.000 hommes.

Le soir même du 15, Erfurt, qui renfermait 14.000 à
15.000 fuyards, dont 6.000 blessés, capitula à la première
sommation de Murat et de Ney.

Le général prussien Blücher avait conservé quelque
cavalerie, qu'il sauva par un stratagème : il parlementa
avec le général Klein, envoyé à sa poursuite, et lui affirma,
en parlant d'une fausse lettre écrite, disait-il, par Napoléon au roi de Prusse, qu'un armistice venait d'être signé.
Blücher ne dut qu'à cette indélicate ruse de guerre de
pouvoir se retirer sur Greussen.

Mais, heureusement, Soult suivait. Il rejoignit les fugitifs et, moins naïf que Klein, ne se laissa pas prendre à
leurs racontars, attaqua Greussen, l'emporta de vive force,
et ramassa encore des prisonniers, des chevaux et des
canons. Toutes les routes étaient jonchées de débris de
l'armée prussienne. On y avait déjà recueilli plus de

200 bouches à feu et plusieurs milliers de prisonniers. Il y avait à peine huit jours que cette campagne extraordinaire était commencée !

Le 20 octobre, les maréchaux Davout, Lannes et Bernadotte franchirent l'Elbe, six jours après Iéna et Auerstædt !

Le 24 actobre, Napoléon faisait son entrée à Postdam, et, le lendemain, en récompense de l'héroïque journée d'Auerstædt, le corps du maréchal Davout entrait le premier à Berlin et recevait des mains des magistrats les clefs de la capitale. Le 27, Napoléon y entrait à son tour comme un nouvel Alexandre, comme un nouveau César, entouré de sa garde, suivi par les magnifiques cuirassiers d'Hautpoul et de Nansouty.

Le 25, Spandau, place forte de premier ordre, avait capitulé sans coup férir, sur une simple sommation du maréchal Lannes qui avait fait toute sa garnison prisonnière et s'était emparé de 300 bouches à feu, de 100.000 fusils et d'une quantité de munitions.

Le prince de Hohenlohe, avec les restes démoralisés de son armée, était arrivé à Magdebourg ; il ne put s'y maintenir et reprit sa fuite vers l'Oder. Enveloppé à Prenzlow, après un combat de cavalerie à Zehdenich, par Murat et par Lannes, il fut obligé, se trouvant sans munitions et au milieu de troupes arrivées au dernier degré de l'abattement, de signer, le 28 octobre, une capitulation qui constitua prisonniers de guerre 14.000 hommes d'infanterie et 2.000 hommes de cavalerie prussienne.

Cependant, les cavaliers du général Milliaud parvenaient à rattraper quelques escadrons et bataillons prussiens échappés à la capitulation de Prenzlow et leur faisaient mettre bas les armes.

Le général Lassalle, avec ses hussards et ses chasseurs, arrivait jusque sous les murs de Stettin, ville forte défendue par 6.000 hommes et une immense artillerie ; il osa, avec sa cavalerie légère, sommer Stettin de se rendre et telle était la prostration des Prussiens, telle était la terreur que leur inspiraient les Français, que cette sommation fut exécutée immédiatement, le 29 octobre.

Blücher, avec les 20,000 hommes qui lui restaient, capitula dans Lubeck, le 7 novembre. Le 8 novembre, la grande place de Magdebourg se rendait également à Ney, avec un corps d'armée de 22.000 hommes.

En un mois, la Prusse avait été, en quelque sorte, effacée du rang des nations. Elle avait perdu deux grandes batailles rangées, une foule de combats ; 180.000 hommes lui avaient été pris, étaient morts ou dispersés ; les généraux prussiens avaient capitulé à Erfurt, à Spandau, à Prenzlow, à Lubeck, à Stettin, à Magdebourg ; il ne restait plus au roi de Prusse un grenadier, ni une forteresse, ni un drapeau, ni un fusil. Frappée comme par la foudre, la monarchie prussienne, en moins d'un mois, avait cessé d'exister !

Le lendemain de son entrée à Berlin, l'Empereur, passant la revue du corps d'armée du maréchal Davout, campé dans la plaine de Biesdorf, sur la route de Francfort, après avoir fait, dans les trois divisions et la brigade de cavalerie, de nombreuses promotions, et distribué cinq cents décorations de la Légion d'honneur, fit appeler près de lui les généraux, officiers et sous-officiers, et leur dit :

« J'ai voulu vous réunir pour vous témoigner, moi-même, toute ma satisfaction de la belle conduite que vous avez tenue à la bataille du 14 octobre. J'ai perdu des braves, je les regrette comme mes propres enfants, mais enfin ils sont morts au champ d'honneur, en vrais soldats. Vous m'avez rendu un service signalé en cette circonstance, et c'est particulièrement à la brillante conduite du 3ᵉ corps que sont dus les résultats superbes que vous voyez. Dites donc à vos soldats que j'ai été satisfait de leur courage et qu'ils ont tous acquis des droits à ma reconnaissance et à mes bienfaits. »

— Sire, répondit le maréchal Davout, le 3ᵉ corps d'armée sera pour vous, dans toutes les circonstances, ce que fut pour César la 10ᵉ légion.

III

CAMPAGNE DE POLOGNE
(1807)

BATAILLE D'EYLAU
(8 février 1807

Figure sur les drapeaux et étendards des 28°, 44°, 51°, 55°, 91°, 105°, d'infanterie; du 1er cuirassiers; des 4°, 5°, 9°, 10°, 14°, 21°, 22°, 26° dragons; des 2° et 16° chasseurs; des 1er et 3° hussards.

Après ses brillantes victoires contre la Prusse, Napoléon avait fait hiverner son armée en Pologne, non sans avoir pourtant battu les Russes à Pultuck et à Golymin, le 26 décembre 1806. Ceux-ci ne voulant pas entamer de négociations de paix, l'Empereur maintenait la Grande Armée sur le pied de guerre, s'attendant, d'un moment à l'autre, à être attaqué par les Russes, très en nombre sur son front. En effet, dès janvier 1807, le général Benningsen, commandant les forces moscovites, prend l'offensive à la tête de 80.000 hommes. Napoléon va le tourner et le jeter dans la Baltique, quand une dépêche interceptée avertit le général russe du danger qu'il court. Il bat en retraite, mais serré de près par Napoléon, il est forcé de livrer bataille dans la plaine d'Eylau où il avait concentré toutes ses forces. Le 8 février au matin, il prélude à la terrible lutte par le feu de ses 400 pièces d'artillerie.

Assurément, la bataille d'Eylau fut l'une des plus sanglantes du siècle. Ce jour-là, les éléments s'étaient mis d'accord avec les hommes pour rendre plus effrayantes encore les diverses péripéties de la lutte. Une neige épaisse couvrait le sol. Des rafales de vent et des tourbillons de neige venaient, par intervalles, fouetter le visage de nos soldats et obscurcir l'atmosphère, de façon à produire entre les adversaires des rencontres inattendues et des chocs d'une violence inusitée. Le rôle du corps d'armée du maréchal Davout y fut surtout considérable. Parti de Bartenstein la nuit, il se trouva de bonne heure en mesure d'agir sur la gauche des Russes. La division Morand, qui marchait en tête, leur enlève le village de Serpollen au moment où leur droite se jetait sur notre centre, vers Eylau, avec la prétention de nous couper.

Après avoir ainsi rétabli l'équilibre et permis à Napoléon de reprendre l'offensive au centre, Davout continue à se rabattre de plus en plus, à l'aide de ses deux autres divisions, sur le flanc gauche des Russes, resserrant l'espace déjà restreint sur lequel ils ont entassé leurs 80.000 combattants et contribuant ainsi à rendre plus destructeur le feu de notre artillerie, moins nombreuse, mais mieux postée que la leur. Malheureusement, le corps d'Augereau, qui marche sur le centre de l'armée russe, aveuglé par une tourmente de neige, vient donner tout entier dans les masses compactes de l'ennemi et, en moinsd'une heure se trouve à peu près anéanti. Des régiments sont pour ainsi dire détruits jusqu'au dernier homme. Les Russes, profitant de ce succès, marchent en colonnes profondes sur le village d'Eylau, où se trouve l'Empereur avec la garde impériale et la réserve de cavalerie. Voyant se dessiner le mouvement offensif des Russes, devant lesquels se replient successivement toutes nos lignes d'infanterie ou d'artillerie, Napoléon court à Murat et lui dit : « Vas-tu nous laisser enlever par ces gens ? » — Non, Sire, s'écrie l'intrépide entraîneur d'hommes et, se dirigeant vers les 80 escadrons qu'il a sous la main, il les lance tous successivement, cuirassiers, dragons, hussards, chasseurs, grenadiers à cheval de la garde, contre les redoutables masses d'infanterie russe. Celles-ci opposent tout d'abord une solide résistance à ce flot équestre, mais l'élan de notre cavalerie est irrésistible et finalement les lignes d'infanterie russe sont sabrées et anéanties.

A ce moment, Davout a terminé son mouvement de conversion et il déborde complètement la gauche de l'ennemi pendant que le corps de Ney tombe sur son flanc droit et le rejette, en désordre, sur la rivière de l'Alle. Le général Beningsen se décide alors à la retraite, laissant sur le champ de bataille 26.000 hommes tués, blessés ou prisonniers ; 16 drapeaux et 24 canons sont également tombés entre les mains de nos soldats. De notre côté, les pertes étaient cruelles et sérieuses : 18.000 hommes, dont les deux tiers appartenaient au corps du maréchal Augereau, gisaient également, tués ou blessés, dans la plaine d'Eylau et l'un de nos plus brillants généraux de cavalerie, le général d'Hautpoul, avait payé de sa vie son brillant courage. Le 14 juin, à Friedland, les deux armées allaient de nouveau se rencontrer. Cette fois le succès était plus décisif, il terminait la campagne de 1807.

SIÈGE DE DANTZIG

(1807)

Figure sur les drapeaux et étendards du 87ᵉ de ligne, de la Légion
de la Garde républicaine ; du 19ᵉ chasseurs à cheval et du bataillon d'artillerie de forteresse.

La bataille d'Eylau, ayant fait échouer tous les projets
que les Russes avaient formés contre la Basse-Vistule, mit
les Français en situation d'investir Dantzig et de commencer le siège de cette place.

Le maréchal Lefebvre fut chargé de cette opération et
eut la gloire de forcer la garnison à capituler.

Au début, l'armée assiégeante se composait de 18.000
hommes, d'un régiment d'infanterie française (le 12ᵉ léger,
actuellement 87ᵉ de ligne), de 2 bataillons de la Légion de
la Garde de Paris, des 19ᵉ et 23ᵉ chasseurs, de régiments
polonais, badois et saxons. le tout commandé par le vieux
maréchal Lefebvre, soldat très brave mais général fort
médiocre, ayant heureusement pour adjoints le général
de Chasseloup-Laubat, commandant le génie et le général
de Lariboisière, commandant l'artillerie.

La tranchée fut ouverte dans la nuit du 1ᵉʳ au 2 avril,
en face Hagelsberg, ouvrage extérieur choisi pour point
d'attaque. Après plusieurs combats opiniâtres, ayant pour
objet de repousser les sorties des assiégés ou de s'emparer des positions indispensables pour la construction des
travaux, le feu commença dans la journée du 23 avril.

Dans la nuit du 6 au 7 mai, nos troupes s'emparèrent de
l'île de Holm, qui commandait à la fois la Vistule et le

canal de Haake, c'est-à-dire les deux issues vers la mer.
Les travaux d'approche, retardés par la nature des fortifications, progressaient néanmoins, lorsque les souverains
alliés se décidèrent à faire une tentative pour sauver
Dantzig. En apprenant leurs préparatifs, l'Empereur
s'empressa d'envoyer des renforts au maréchal Lefebvre.
Un corps de réserve avait été formé sous les ordres de
Lannes, avec les grenadiers d'Oudinot et la division Verdier. Napoléon prescrivit de se porter sur Dantzig, de
ne pas prendre part aux travaux du siège, mais de se
tenir prêt à combattre les troupes russes qui allaient attaquer nos positions de Nehrung. Le général Gardanne et le
général Schram, qui commandaient les troupes de Nehrung, résistèrent victorieusement et l'intervention de
Lannes et d'Oudinot, à la tête de 4 bataillons de grenadiers, décida les Russes à s'éloigner, laissant 2.000 des
leurs sur le terrain.

Après cette infructueuse tentative de l'ennemi pour
sauver la place, les jours de celle-ci étaient comptés.
L'assaut était fixé au 21 mai, lorsque le maréchal
Kalkreuth, commandant les troupes assiégées, demanda à
capituler, aux mêmes conditions que lui-même avait
accordées à la division de Mayence, en 1793. Le maréchal
Lefebvre s'empressa de souscrire à ces conditions que
Napoléon ratifia. La capitulation fut signée le 26 mai 1807,
et, le même jour, nos troupes entrèrent dans la place, dont
le général Rapp, un des aides de camp de l'Empereur, fut
nommé gouverneur. Le maréchal Lefebvre fut, lui, récom-
pensé par le titre de maréchal de Dantzig.

La garnison de Dantzig était, au début du siège, forte de
20.000 hommes ; 8.000 seulement restaient encore sous

les armes au moment de la capitulation et défilèrent devant notre armée.

Pendant la durée de ce siège, se signalèrent particulièrement les bataillons de la Garde de Paris, devenue aujourd'hui la Garde Républicaine, et c'est à la bravoure qu'ils déployèrent devant Dantzig, en 1807, que la légion actuelle, héritière naturelle des gloire de son aînée, doit de voir figurer, dans les plis de son drapeau, le glorieux nom de Dantzig.

BATAILLE D'HEILSBERG

(11 et 12 juin 1807)

Figure sur le drapeau du 105ᵉ d'infanterie; sur les étendards du 4ᵉ cuirassiers; des 8ᵉ et 12ᵉ dragons et du 7ᵉ hussards.

Le 11 juin, lendemain de sa victoire de Guttstadt, l'armée française se dirigea vers Heilsberg. Après avoir enlevé plusieurs camps abandonnés par l'ennemi, elle découvrit l'avant-garde russe forte de 15 à 18.000 hommes. On gagna insensiblement du terrain par des charges de cavalerie, fournies principalement par les 4ᵉ cuirassiers, 8ᵉ et 12ᵉ dragons, 2ᵉ et 7ᵉ hussards.

Heilsberg renfermait toute l'armée russe. Ne voulant pas la laisser échapper, Napoléon installa ses troupes dans des positions en avant de la ville. Plusieurs combats partiels s'engagèrent, les 11 et 12 juin, entre les armées en présence. Cependant, le 12, la division Verdier et le corps du maréchal Lannes étaient parvenus à refouler l'ennemi dans la place et dans son camp retranché.

Le lendemain, soit qu'elle se défiât de ses retranchements, soit qu'elle cédât à l'intimidation causée par les succès consécutifs de nos troupes, l'armée russe abandonna Heilsberg et ses positions défensives autour de cette ville, battant en retraite, en longeant la rive droite de l'Alle.

Les Français prirent alors possession de la ville. Ils y trouvèrent un stock considérable d'approvisionnements, et plus de 4.000 ennemis, blessés, éclopés et malades. Ces journées des 10 et 12 juin auguraient favorablement pour le succès de la grande et décisive bataille qui allait se livrer le surlendemain devant Friedland.

BATAILLE DE FRIEDLAND

(14 juin 1807)

Figure sur les drapeaux et étendards des 8ᵉ, 15ᵉ, 24ᵉ, 32ᵉ, 39ᵉ, 45ᵉ, 54ᵉ, 58ᵉ, 59ᵉ, 63ᵉ, 69ᵉ, 76ᵉ, 77ᵉ, 79ᵉ, 84ᵉ, 87ᵉ, 94ᵉ, 100ᵉ et 111ᵉ de ligne; des 1ᵉʳ, 3ᵉ, 6ᵉ, 10ᵉ, 11ᵉ, 20ᵉ, 26ᵉ, 27ᵉ dragons; des 5ᵉ, 10ᵉ, 15ᵉ chasseurs; des 2ᵉ, 3ᵉ, 4ᵉ hussards; des 1ᵉʳ et 8ᵉ d'artillerie et de la Légion de la Garde Républicaine.

Le 14 juin 1807, à 2 h. 1/2 du matin, les grenadiers, commandés par le général Oudinot et formant l'avant-garde du maréchal Lannes, débouchèrent du village de Posthenen et commencèrent l'attaque contre les Prussiens et les Russes.

Napoléon, entendant le canon, s'écria : *C'est un jour de bonheur ; c'est l'anniversaire de Marengo!*

En même temps, le maréchal Mortier, à l'extrême-gauche, appuyé au village d'Heinrichsdorf, reconnaît l'aile droite ennemie. Cependant, toutes nos forces n'étaient pas encore en ligne, et notre adversaire, profitant de sa supériorité numérique, voulut nous forcer à filer sur Kœnigsberg. Une violente canonnade s'engagea de toutes parts et dura sans interruption jusqu'à 5 heures du matin. Plusieurs belles charges furent exécutées par les divisions de cavalerie Grouchy et Nansouty ; l'ennemi fut repoussé de tous les côtés.

Enfin, à 5 heures, les différents corps d'armée étaient à leur place. A droite, s'appuyant à la forêt de Sortlack, le maréchal Ney ; au centre, au village de Posthenen et s'étendant vers la gauche à Heinrichsdorf. le maréchal Lannes ; à gauche, s'appuyant à ce dernier village, le général Mortier. Le corps du général Victor et la garde formaient la réserve. La cavalerie du général Grouchy soutenait la gauche, celle du général Latour-Maubourg était en réserve derrière la droite ; la division de dragons du général Lahoussaye en réserve derrière le centre.

Celui des alliés était en avant de Friedland, appuyé à cette ville, où se trouvaient ses ponts sur l'Alle ; sa gauche s'étendait jusqu'à la forêt de Sortlack et sa droite, à la hauteur de Heinrichsdorf, en arrière de ce village. Le champ de bataille avait plus d'une lieue

Napoléon résolut de forcer l'ennemi par sa gauche, afin de l'acculer sur Friedland, où la difficulté du passage sur la rive droite de l'Alle devait lui causer un encombrement désastreux.

Vers 5 h. 1/2, Ney court à l'ennemi avec les divisions Marchand et Bisson. La cavalerie russe le déborde, mais Latour-Maubourg la repousse et Ney peut continuer son mouvement. Cependant, le général Sénarmont portait, à quatre cents pas en avant de la ligne, une batterie de 3o pièces et écrasait sous la mitraille les masses ennemies. L'aile gauche des alliés, attaquée de front et de flanc, culbutée et pressée par nos charges à la baïonnette, se réfugia sous Friedland, après une grande perte d'hommes tués ou noyés.

Voyant l'ennemi fuir sur Friedland, l'intrépide et bouillant Ney fait faire un quart de conversion à son aile gauche et la porte sur le ravin qui entoure cette ville. Là était embusquée la garde impériale d'Alexandre Ier. A l'approche de nos colonnes, elle débouche courageusement et fait une charge si vigoureuse que notre élan en est un instant ébranlé. Mais l'héroïque division Dupont marche sur la garde russe et la disperse avec sa fougue irrésistible.

Le but de Napoléon était atteint. L'aile gauche ennemie était acculée sur Friedland, resserrée dans un espace étroit entre l'Alle et un ruisseau qui coupait en deux son champ de bataille.

Mitraillé de tous côtés, incapable même d'exercer sa bravoure, l'ennemi cherche son salut dans une retraite forcée. Nos bataillons emportent Friedland et les alliés fuient de toutes parts, s'efforçant de passer la rivière et laissant en notre pouvoir beaucoup d'artillerie et de prisonniers.

A notre centre et à notre gauche, l'ennemi, impuissant à nous entamer, vint trouver la mort sur nos baïonnettes.

La défaite de l'aile gauche de l'armée alliée laissait sa droite sans appui au milieu de la plaine. Le général Korsakow, qui la commandait, se mit donc en retraite sur Friedland, croyant encore y trouver une arrière-garde pour y conserver le passage; mais, en fuyant affolée, l'aile gauche avait brûlé ses ponts ! Heureusement pour Korsakow, au moment où il allait mettre bas les armes devant les Français, il découvrit un gué qui lui permit de passer l'Alle. La moitié de ce corps d'armée, néanmoins, se noya, fut tuée ou prise. Toute l'artillerie, sauf un très petit nombre de pièces, resta sur la rive gauche.

La victoire était complète : 17.000 morts, parmi les alliés, couvraient le champ de bataille. Soixante-dix pièces de canon, une quantité de caissons, plusieurs drapeaux et 20.000 prisonniers étaient en notre pouvoir.

Cette éclatante victoire, qui célébra si glorieusement l'anniversaire de Marengo, fut la dernière action de la mémorable campagne de 1807, qui se termina par la conclusion de la première alliance franco-russe et la paix de Tilsitt.

IV

DEUXIÈME CAMPAGNE D'AUTRICHE
(1809)

L'Autriche, en 1809, ruinée par l'armée formidable qu'elle est obligée d'entretenir, est entraînée à une nouvelle lutte par sa situation financière, par les événements d'Espagne qui, absorbant une partie de la Grande Armée, lui font espérer une revanche, enfin par notre cruelle ennemie, l'Angleterre, qui lui ouvre un emprunt de 100 millions.

En outre, n'a-t-elle pas pour alliés occultes, pour auxiliaires à peine déguisés, tous les souverains de l'Europe. La Prusse et la Russie vont jusqu'à lui permettre une neutralité bienveillante et, même plus tard, en cas de réussite, leur décisive coopération.

L'Autriche, éblouie d'espérances, confiante en de meilleures destinées, — car elle sent que notre armée, pour si vaillante et si bien dirigée qu'elle soit, n'a plus cette admirable pépinière de vieux soldats, qu'elle est composée d'éléments jeunes et disparates, — n'hésite pas à nous déclarer la guerre. La suite va lui prouver qu'une fois encore elle eut tort et qu'elle avait mal auguré de la force victorieuse que nous allions lui opposer.

RATISBONNE

(18 et 19 avril 1809)

Figure sur le drapeau du 65ᵉ de ligne

Au mois de janvier 1808, le 65ᵉ allait prendre la garnison de Dantzig, et après être resté dans cette place jusqu'au mois de septembre, il entrait dans la 2ᵉ division (Morand) du 3ᵉ corps commandé par le maréchal Davout, duc d'Auerstædt. Le 1ᵉʳ avril 1809, ce corps se met en mouvement pour se porter vers Jugolstadt et passer le Danube. Le mouvement s'accomplit et le 3ᵉ corps arrive à Ratisbonne. Il manœuvre sur la rive gauche du Danube jusqu'au 18 avril.

Le 18 au matin, le général Klénau, commandant l'avant-garde du 2ᵉ corps de l'armée autrichienne, se présente sur la rive gauche du Danube. Le maréchal Davout envoie le 65ᵉ de ligne contre lui. Il était 2 heures de l'après-midi environ. Le 65ᵉ passe le Regen, affluent du Danube, et s'élance sur l'ennemi. L'attaque est vive, mais la résistance énergique. Pendant plus de deux heures, l'action se prolonge. Enfin, d'un dernier effort, nos soldats ont raison des Autrichiens qui se retirent. La place de Ratisbonne était dégagée.

Le lendemain, le 65ᵉ a le périlleux honneur de garder

seul la ville de Ratisbonne, avec l'ordre du maréchal
Davout de tenir coûte que coûte.

Vers les 2 heures de l'après-midi, le corps entier des
généraux Kollowrath et Klénau attaque le faubourg de
Stadt-am-Hoff, défendu énergiquement par les soldats du
65e. Ceux-ci accablés par des forces très supérieures et
criblés par la mitraille ennemie résistent vigoureusement,
mais, finalement, ils sont obligés à la retraite. Ils rentrent dans Ratisbonne après avoir levé les ponts-
levis.

Dix minutes après, le pont se rabaissait et une charge
des plus vigoureuses était exécutée par le 65e, ayant son
brave colonel Coutard à sa tête.

Cette brusque sortie a le plus grand succès. On se bat
à coups de fusil, à coups de baïonnette, à coups de
crosse, à coups de poing, à coup de pied. C'est un pêle-
mêle inouï où nos soldats luttent dans la proportion
de un contre quatre.

Cependant, les Autrichiens, malgré leur énorme supériorité numérique, finissent par plier et par se débander.
Sous la poussée des nôtres, ils fuient en déroute, abandonnant au 65e plus de 400 prisonniers, dont 10 officiers,
le drapeau du régiment de Froën et 3 guidons.

C'était un admirable fait d'armes. Malheureusement, le
lendemain, l'ennemi revient en forces très considérables.
Une armée autrichienne tout entière bloque le 65e de
ligne. 36.000 hommes en entourent 1.500 dont plus de 600
sont blessés. Que pouvaient faire ces braves ?

Le commandant de l'armée ennemie, le prince de Lichtenstein envoie au colonel Coutard un de ses aides de
camp, pour lui offrir une capitulation honorable. Celui-ci

résiste d'abord, il essaye de gagner du temps, espérant un renfort qui ne vient pas. Enfin, à bout d'arguments, après deux heures de tergiversations, ne voyant rien arriver à son secours et comprenant bien que la lutte est folle en pareille situation, il capitule; mais il obtient pour lui et sa troupe les honneurs de la guerre.

Cependant, le maréchal Davout gagnait le même jour la bataille d'Eckmüll et la puissante division du 65e, qui avait tenu les corps de Kollowrath et de Lichstentein occupés devant Ratisbonne, avait puissamment contribué au succès de la journée. Le lendemain 20 avril, le maréchal Lannes rentrait en vainqueur dans Ratisbonne après une chaude mêlée où l'Empereur recevait sa première et sa seule blessure. Le 65e était délivré. L'aigle du régiment avait été enterrée ainsi que les deux drapeaux pris l'avant-veille à l'ennemi. Ils furent ainsi sauvés tous les trois. Quant au 65e, ses cadres étant prisonniers sur parole, ils ne pouvaient plus combattre les Autrichiens. Le colonel, dans son entrevue avec l'Empereur, lui demanda l'autorisation de prendre des hommes dans le dépôt général de Strasbourg, de faire venir tout ce qui était disponible au dépôt du régiment à Gand, et, aussitôt les cadres remplis, d'envoyer le 65e en Espagne.

Huit jours après, le régiment se réorganisait déjà, et à la paix de Vienne, en août 1809, le 65e était redevenu un des plus beaux régiments de l'armée.

L'Empereur, pour récompenser le régiment, ordonna d'y prendre 40 hommes pour sa garde.

BATAILLE D'ECKMULL

(22 avril 1809)

Figure sur les drapeaux et étendards des 10ᵉ et 11ᵉ cuirassiers

Tandis que Napoléon écrasait, le 20 avril, à Lanshut, le centre de l'armée autrichienne et le coupait en deux tronçons, le maréchal Davout, à sa gauche, à la tête des divisions Friant et Saint-Hilaire, rencontrait, dans la matinée du même jour, l'arrière-garde de l'aile droite autrichienne, sur un plateau boisé entre les villages de Schneidart et de Päring. Tambours battant, notre avant-garde, dirigée par le maréchal en personne, se jette sur ces deux villages qui sont enlevés par le 10ᵉ léger et le 48ᵉ de ligne. Dans le seul village de Päring, ce dernier régiment recueille 400 prisonniers.

Il est midi, et c'est l'heure même où Napoléon apprend, à Landshut, le sort de Ratisbonne tombée aux mains de l'ennemi. Il se dirige aussitôt sur cette ville, et rencontre, à Eckmüll, l'archiduc Charles qui, à la tête de 76.000 hommes, lui en barre le chemin. Il lance alors le corps du maréchal Davout sur le village d'Unter-Leuchling, chef de la position autrichienne. Le 10ᵉ léger, qui est chargé d'enlever le village en question, perd en un instant plus de 500 hommes, tués ou blessés. Cependant, il ne se trouble pas, continue son mouvement en avant, pénètre dans Unter-Leuchling, y tue à la baïonnette tout ce qui lui résiste et y fait plusieurs centaines de prisonniers.

De nombreux renforts ennemis arrivent pour reprendre cette position si importante, mais le général Friant lance contre eux les 48ᵉ et 111ᵉ de ligne, conduits par le général Barbanègre. Ces deux vaillants régiments se jettent aussitôt sur les Autrichiens qu'ils culbutent en un clin d'œil.

L'archiduc Charles renonce alors à la lutte. Ayant le Danube à dos, il ne veut pas courir le danger d'y être acculé et fait poser un pont, un peu au-dessous de Ratisbonne, afin de passer sur la rive gauche du fleuve. Ce pont est terminé dans la journée du 23, et les divers corps de l'armée autrichienne le traversent successivement. Il était temps, car si Ratisbonne n'avait pas été prise quelques jours auparavant, les troupes de l'archiduc Charles, enserrées dans une impasse, étaient faites prisonnières sans qu'un seul homme pût s'échapper.

Le lendemain 23, Ratisbonne tombait entre nos mains. C'est au cours de l'attaque de cette ville que Napoléon était atteint de l'unique blessure qu'il ait jamais reçue durant ses innombrables apparitions sur les champs de bataille. Une balle l'avait touché au cou-de-pied. La blessure, heureusement, était peu grave. Pansé sur le champ, il remontait à cheval, passant devant les troupes, afin de leur montrer que l'accident dont il venait d'être victime n'avait aucune gravité. La ville enlevée, nos soldats y délivrèrent la plus grande partie du 65ᵉ, fait prisonnier quelques jours auparavant et que les Autrichiens, dans leur précipitation à fuir, n'avaient pas songé à emmener.

En quatre jours, du 19 au 23 avril, l'Empereur avait détruit ou pris environ 60.000 hommes à l'armée ennemie et la route de Vienne, par la rive droite du Danube, était ouverte. La brillante et rapide victoire d'Eckmüll valut au principal auteur de ce succès, le maréchal Davout, déjà duc d'Auerstædt, le titre de prince d'Eckmüll.

BATAILLE D'ESSLING

(22 mai 1809)

Figure sur les drapeau et étendard du 56ᵉ de ligne
et du 7ᵉ cuirassiers

Mais si les Autrichiens n'avaient pu sauver leur capitale, ils entendaient continuer à se défendre, et leur nombreuse armée était venue se déployer sur les bords du Danube, à quelques lieues de Vienne. Pour atteindre leurs adversaires, les Français avaient à exécuter une des opérations les plus difficiles de la guerre, le passage d'un grand fleuve, le Danube. L'île Lobau avait été choisie pour ce passage et, le 20 mai, trois divisions, avec Lannes et Masséna, et de la cavalerie, parviennent à passer sur la rive gauche, se déployant sur la gauche du village d'Essling, qu'elles occupent fortement.

Le 22 mai, à 7 heures du matin, les Autrichiens prennent l'offensive et viennent assaillir avec vigueur la position d'Essling. Jusqu'à 9 heures, leurs attaques sont contenues. De nouvelles troupes françaises ont passé le fleuve et Napoléon, à son tour, prend l'offensive. Les régiments du 2ᵉ corps, commandés par le maréchal Lannes, se forment en colonnes par échelons et se portent droit sur le centre de la position autrichienne. La cavalerie, formée en escadrons serrés en masses, se place dans les intervalles et un peu en arrière de l'infanterie, afin de la soutenir au moment décisif.

Nos colonnes d'attaque s'avançaient dans le meilleur ordre; leur front, garni d'artillerie, faisait un grand ravage dans les lignes ennemies. Une partie du centre autrichien était déjà mis en déroute, lorsqu'on vint annoncer à l'Empereur la rupture des grands ponts du Danube. Une crue subite des eaux les avait emportés et l'armée se trouvait séparée de ses munitions, de ses réserves et de tous ses magasins. Napoléon voit, avec surprise et regret tout à la fois, la victoire lui échapper, au moment où il était sur le point de la saisir. Mais les événements lui commandaient impérieusement — pour le moment du moins — de se retirer de la lutte.

Il ordonne donc à ses colonnes de suspendre leurs mouvements offensifs et de regagner lentement leurs positions d'Essling et d'Aspern. Le feu des Français se ralentit alors, tandis que celui des Autrichiens se ranime. Une ligne immense de 200 pièces de canon est établie par l'ennemi, et ces nombreuses batteries viennent battre nos régiments d'une véritable tempête de fer et de plomb. Nos soldats, l'arme au bras, sous ce feu épouvantable, ne tiraient qu'à longs intervalles, car leurs munitions étaient presque épuisées ; le maréchal Lannes parcourait incessamment les rangs de ses troupes, les animant de la voix et de l'exemple. Tout à coup il tombe, les genoux fracassés par un boulet, et un de ses divisionnaires, le brave général de Saint-Hilaire, est également mortellement atteint. Les Autrichiens nous voyant ébranlés se jettent furieusement sur Essling, qui est défendu avec un acharnement sans égal. Jusqu'à 9 heures du soir, le village est pris et repris treize fois. A la dernière phase de cette sanglante lutte, les Français restaient, enfin, maîtres d'Essling et l'ennemi lassé se décidait à la retraite. Couvertes par la possession de ce village, nos troupes peuvent repasser sur les ponts rétablis à grand'peine dans l'île Lobau, et ce mouvement rétrograde s'accomplit avec le plus grand ordre et sans être inquiété par les Autrichiens.

L'Empereur réorganise son armée dans l'île Lobau. Il fait venir des conscrits de France et appelle à lui l'armée d'Italie qui venait de battre à Raab l'archiduc Jean. L'île Lobau avait été fortifiée d'une manière formidable et, au commencement de juillet, Napoléon disposait de 150.000 soldats et de 150 bouches à feu. C'était assez pour préparer et pour assurer la décisive victoire de Wagram.

BATAILLE DE RAAB

(14 juin 1809)

Figure sur le drapeau du 112ᵉ régiment de ligne

L'armée du prince Eugène, venant d'Italie, entre le 5 juin en Hongrie, afin d'opérer sa jonction sous Vienne avec la Grande Armée.

Le 14 juin, les Français sont en présence de l'armée de l'archiduc Jean, laquelle, grossie des contingents hongrois, a pris position sur les hauteurs qui masquent la ville de Raab et se prépare à livrer une action décisive.

A 11 heures du matin, 35.000 Français se rangent en bataille et se préparent à attaquer 55.000 Autrichiens. L'action commence aussitôt avec un acharnement incroyable. La brigade Desaix (62ᵉ et 112ᵉ de ligne), de la division Durutte, attaque le village de Szabadeghi que protègent deux batteries. Dès le premier choc, les tirailleurs ennemis sont repoussés et nos régiments s'avancent à la baïonnette. Ils sont accueillis par une violente fusillade partie des lignes ennemies rangées en bataille, face à notre attaque.

Sous cette grêle de balles, le 112ᵉ de ligne rétrograde, mais le 62ᵉ arrive à son aide et met le plus complet désordre dans les rangs autrichiens. Le 112ᵉ se rallie et revient à la charge. En un clin d'œil, le village de Szabadeghi est enlevé à la baïonnette, mais la ferme de Kismegyer, qui a été transformée en redoute par l'ennemi, tient nos troupes en échec pendant plusieurs heures.

L'infanterie du général Seras, formée sur deux lignes, marche, sous une pluie de projectiles, à l'attaque de cette redoutable position. Trois fois elle s'élance la baïonnette basse, trois fois elle voit son élan se briser devant le feu terrible qui la décime.

Cependant, le succès de la journée dépend de la prise de cette position. Le prince Eugène ordonne alors une nouvelle attaque et envoie une brigade de renfort au général Seras. Cette brigade prend de front la ferme, tandis que Seras la menace de revers. Au moment où les Français approchent, ils essuient, par toutes les ouvertures, un feu si intense, si meurtrier, qu'en quelques minutes ils perdent

36 officiers et 640 hommes de troupe, tués ou blessés.

Le brave général Seras replie sa première ligne sur la seconde, puis, quand ses vaillants soldats ont repris haleine, il leur adresse quelques paroles énergiques et les ramène, l'épée à la main, faisant battre la charge et parcourir la zone dangereuse au pas de course.

Jamais attaque ne fut plus vive, ni plus vigoureuse. En quelques minutes, nos troupes sont au pied de la ferme, les murs sont escaladés et les portes enfoncées par la hache des sapeurs, et les soldats, pénétrant enfin dans la position, vengent, sur les malheureux et héroïques défenseurs de la ferme, la mort des 700 à 800 hommes qui ont péri sous ses murs. La ferme est incendiée et un grand nombre d'Autrichiens qui n'ont pu s'enfuir, périssent asphyxiés ou brûlés vifs dans cet effroyable sinistre. La victoire est gagnée, mais elle a coûté cher à nos soldats qui comptent plus de 2.000 hommes hors de combat. De leur côté, les Autrichiens laissent sur le champ de bataille 4.000 des leurs et, entre les mains des troupes du prince Eugène, 3.000 prisonniers environ, 4 drapeaux et 6 canons.

LE COMBAT DE GRAETZ

(25 juin 1809)

Figure sur le drapeau du 84ᵉ de ligne avec la mention : « Un contre dix. »

Le colonel Gambin, qui commandait le 84ᵉ, informé par une reconnaissance que l'ennemi n'était pas éloigné, forme

son avant-garde de la compagnie de voltigeurs du
1er bataillon, avec ordre de fouiller tous les chemins. En
même temps, la compagnie de voltigeurs du 2e bataillon
devait suivre le chemin qui longe la Mür et conduit à
Graetz.

Ce détachement, qui avait l'ordre de passer sous les
murs de la ville, en se rendant à la place Jiacomini où
devaient se réunir les deux bataillons, fut arrêté dans sa
marche par une résistance inattendue. L'ennemi, très
supérieur en nombre, l'attendait et le cernait en un instant
de tous côtés.

L'avant-garde et les deux bataillons prirent le chemin de
gauche afin de pouvoir dérober leur marche aux troupes
du fort. A peine l'avant-garde eut-elle marché une
demi-heure, qu'elle rencontra les premiers postes de cavalerie ennemie. Ils furent repoussés de toutes parts par
nos voltigeurs et se retirèrent dans le faubourg de Graben
où déjà se trouvait retranché un gros corps de troupe
ennemie. Mais ce dernier fut battu par les deux compagnies de grenadiers du régiment qu'on avait adjointes à
la compagnie de voltigeurs de l'avant-garde, et poursuivi
sans coup férir jusqu'au faubourg de Fustenfal où l'élan
de nos soldats fut arrêté par de nombreuses troupes autrichiennes, qui s'étaient solidement retranchées dans le
cimetière de Saint-Léonard.

Il est alors minuit; le colonel Gambin, après avoir
pris ses précautions, donne le signal de l'attaque. Celle-ci
est si violente que tout ce qui ne peut rentrer dans le cimetière des troupes autrichiennes est tué ou blessé.

Mais, dans cet enclos, l'ennemi est si fortement retranché
qu'on ne peut aller plus loin, et qu'il faut s'arrêter à cet

obstacle. Cependant, le colonel a reconnu un passage par
lequel on peut aborder l'ennemi sans trop de danger. Il y
lance la 3ᵉ compagnie du 1ᵉʳ bataillon comme tête de
colonne. Le reste du 84ᵉ reçoit également l'ordre de prêter
son appui à l'attaque de vive force qui se prépare.

En un instant, la charge est battue, nos soldats enlevés
par leurs officiers qui, tous, se montrent d'une héroïque
bravoure, se précipitent à la baïonnette sur les Autrichiens. Surpris de cette brusque agression, l'ennemi se
replie en désordre et abandonne la position, laissant sur
place un grand nombre de tués et de blessés.

Cependant, les autrichiens gardaient toujours les hauteurs qui commandent la ville de Graetz, et ils y étaient
en nombre tel, qu'il n'était guère possible aux deux bataillons du 84ᵉ d'approcher. On dut tirailler toute la nuit sans
pouvoir avancer d'un pas.

Quand le jour parut, on vit les forces imposantes auxquelles on avait affaire, et toute la journée du 25 se
passa dans un combat ininterrompu, l'ennemi cherchant à envelopper nos deux petits bataillons, et ceux-ci,
par de vigoureux mouvements offensifs, essayant de
le débusquer de ses positions. Mais la lutte était vraiment trop inégale, le 84ᵉ n'avait plus de cartouches et,
seule, la baïonnette lui restait pour se faire jour à travers
les masses autrichiennes dont les flots pressés semblaient d'instant en instant vouloir le submerger. Vers
5 heures du soir, apparurent tout à coup le 3ᵉ bataillon
du 84ᵉ et deux bataillons du 92ᵉ de ligne que le général
Broussier envoyait au secours des troupes engagées.
C'était non seulement le salut, mais c'était aussi la victoire.

Les Autrichiens, attaqués avec un irrésistible entrain, cédèrent cette fois le terrain et abandonnèrent leurs positions, laissant entre nos mains un grand nombre de prisonniers.

Cette brillante journée valut au régiment quatre-vingt-quinze nominations dans l'ordre de la Légion d'honneur et la glorieuse devise de *un contre dix* que l'Empereur ordonna d'inscrire sur son drapeau qui la porte encore aujourd'hui.

Les deux bataillons du 84ᵉ avaient, du reste, payé cher leur gloire : 33 tués, 153 blessés et 58 prisonniers, tel était le sanglant bilan de leurs pertes. Mais, en revanche, près de 1.500 Autrichiens étaient laissés sur le champ de bataille.

BATAILLE DE WAGRAM
(6 juillet 1809)

Figure sur les drapeaux et étendards des 3ᵉ, 4ᵉ, 5ᵉ, 9ᵉ, 11ᵉ, 12ᵉ 13ᵉ, 16ᵉ, 19ᵉ, 21ᵉ, 23ᵉ, 25ᵉ, 29ᵉ, 30ᵉ, 33ᵉ, 35ᵉ, 52ᵉ, 60ᵉ, 61ᵉ, 62ᵉ, 67ᵉ, 72ᵉ, 78ᵉ, 80ᵉ, 83ᵉ, 88ᵉ, 93ᵉ, 98ᵉ, 99ᵉ, 102ᵉ, 105ᵉ, 106ᵉ, 111ᵉ, 112ᵉ d'infanterie; des 4ᵉ, 5ᵉ, 6ᵉ, 8ᵉ cuirassiers; des 7ᵉ, 23ᵉ, 28ᵉ, 29ᵉ, 30ᵉ dragons; des 1ᵉ 2ᵉ, 3ᵉ, 6ᵉ, 8ᵉ, 9ᵉ, 11ᵉ, 14ᵉ, 16ᵉ, 19ᵉ, 20ᵉ chasseurs; des 8ᵉ, 9ᵉ, 11ᵉ hussards et du 5ᵉ d'artillerie.

Le 5 juillet, au matin, nos corps d'armée débouchent à l'est de l'île Lobau et se déploient à droite des formidables positions d'Enzersdorff occupées par les Autrichiens. Ceux-ci, se voyant débordés sur leur droite, se replient derrière le Russbach, du village de Neusiedel à celui de Wagram. Ils se déploient dans la plaine en avant de ce dernier village, face à l'est, couvrant, de leurs nombreux bataillons, tout le plateau qui s'étend d'Aspern à Wagram.

Le 6 au matin, les Autrichiens prennent vigoureusement l'offensive, et il faut toute la journée pour le déroulement complet de ce grand drame auquel concourent 325.000 hommes et 1.100 pièces de canon. L'armée française comptait dans ces chiffres 150.000 hommes et 540 canons.

L'idée générale de Napoléon est de se concentrer à gauche, de contenir l'ennemi et d'agir avec sa droite en conversant sur son centre de façon à détacher les Autrichiens de Vienne qu'ils occupent encore, pour les rejeter sur les routes de la Moravie et de la Bohême. C'est pourquoi il accumule ses forces principales sur son centre, autour de Rachsdorff, pour être à même de répondre aux imprévus de la bataille et charge Davout — qu'il renforce des trois corps de cavalerie Montbrun, Grouchy et Espagne — du soin de diriger, comme il l'a si bien fait à Eylau, le mouvement de sa droite, dont dépend à ses yeux le succès de la journée.

La gauche ennemie, objectif de Davout, est formée du corps de Bellegarde ; elle occupe les superbes hauteurs de Neusiendel dont les abords sont couverts, comme celles de Wagram auxquelles elles se relient, par le ruisseau profond du Russbach. Bellegarde s'appuie à Hohenzollern qui occupe les hauteurs de Wagram. Le 6, dès 4 heures du matin, Rosemberg se jette sur les villages situés le long du Russbach et en arrière desquels les divisions de Davout ont passé la nuit. De sérieux combats se livrent dans ces villages qui sont pris et repris plusieurs fois. Enfin Davout en reste maître. Il y laisse les divisions Gudin et Puthod et se porte au delà du ruisseau, avec Morand et Friant, en vue de procéder à l'assaut des hauteurs de Neusiedel. Morand est en première ligne : placée à sa droite, la cavalerie doit l'appuyer en débordant la gauche des Autrichiens. Alors s'engage entre Davout et l'aile gauche ennemie une action opiniâtre et difficile qui se soutient avec des chances variées jusqu'au milieu du jour, et dans laquelle le 30ᵉ justifie sa belle réputation au milieu des régiments de cette vaillante division qui supporte un instant tous les efforts de Rosemberg. L'ennemi a l'avantage du terrain et se sert longtemps, avec succès, des baraques de son camp pour empêcher notre cavalerie de charger sur le plateau.

Les autres points du champ de bataille sont également le théâtre d'émouvantes péripéties. L'archiduc Charles a conçu le plan de forcer notre aile gauche et de nous couper la retraite vers nos ponts. On voit en effet une redoutable colonne ennemie, commandée par Klénau, débusquer de Wagram, nous enlever Aspern et nous rejeter sur Essling. Mais Masséna, qui commande sur cette partie du champ de bataille, se porte sur Essling avec la division Carra-Saint-Cyr, ramène les divisions Legrand et Boudet sur Aspern qu'il arrache aux grenadiers d'Aspre. Il réussit à battre Klénau et à le forcer à la retraite, vaillamment secondé par ses cavaliers à la tête desquels l'intrépide Lassalle trouve la mort.

Au centre, nous étions rejetés d'Aderklaa et exposés aux efforts de Lichtenstein et de Bellegarde. Napoléon se porte sur ce point et rétablit le combat, puis enfonce à son tour le centre ennemi, en faisant agir contre lui une batterie de 100 pièces commandée par Drouot et une colonne puissante commandée par Macdonald, tous les deux restés célèbres dans nos annales.

Ces avantages étaient enfin complétés par les succès de notre droite. Davout a réussi à porter successivement ses quatre divisions sur les hauteurs. Il tient maintenant, par suite des dispositions du terrain, le corps de Bellegarde sous ses feux croisés et sous les charges de sa nombreuse cavalerie. Bellegarde appelle à l'aide Hohenzollern. Malgré les renforts qu'envoie ce dernier, il ne peut maintenir sa position et, à 3 heures, notre drapeau flotte sur la tour de Nieusiedel. A cette vue, Napoléon s'écrie : « La victoire est à nous », consacrant par ces mots la gloire nouvelle acquise par Davout et ses immortelles divisions. Pour confirmer ce succès, il lance le corps Oudinot sur Hohenzollern qui est chassé de Baumersdorf et de Wagram. L'ennemi, n'ayant plus un seul corps intact, se met en retraite sur toute la ligne. Atteint le 11 à Znaïm, il est de nouveau battu et obtient un armistice qui sert de base au traité de Vienne par lequel l'Autriche cédait à la France, l'Istrie, la Croatie, la Carniole ; à notre alliée, la Bavière, elle donnait le pays de Salzbourg, Braunau et les districts sur l'Inn ; à la Pologne, la Gallicie occidendale. Outre ces abandons de territoire, l'Autriche avait à payer 200.000.000 de contributions de guerre et voyait, sur l'ordre du vainqueur, sauter les murs de Vienne, sa capitale.

V

CAMPAGNE DE RUSSIE
(1812)

Dans l'exposé général sur l'épopée impériale, nous avons indiqué pour quelles causes cette campagne avait été entreprise.

L'empereur Alexandre Ier, mécontent du mariage de Napoléon avec Marie-Louise, il avait vu avec peine l'agrandissement du Grand-Duché de Varsovie, agrandissement stipulé par le traité de Vienne. Puis ce fut le comble, lorsque Napoléon, violant tous les traités, réunit à la France le Hanovre, les villes hanséatiques, et surtout le duché d'Oldenbourg qui appartenait à un parent d'Alexandre. Ce dernier dénonce alors le blocus continental que l'empereur Napoléon avait fait mettre à exécution par toutes les grandes puissances, afin de ruiner la situation commerciale de l'Angleterre et de l'affamer dans ses îles et ses colonies.

En mai 1812, après de longs pourparlers qui n'aboutissent pas, la guerre entre la France et la Russie est déclarée d'un commun accord.

La France compte pour alliés l'Autriche, la Prusse, le Danemark et la Suisse, alliés forcés et conséquemment peu sûrs. Napoléon met sur pied une armée de

6oo.ooo hommes, dont les trois quarts appartiennent à diverses nationalités, et dont les éléments se désagrègent bien vite, dès l'entrée en campagne. L'armée est divisée en huit corps d'infanterie, commandés par Davout, Oudinot, Ney, le prince Eugène, Poniatowski, Gouvion-Saint-Cyr, Reynier et Jérôme, frère de l'Empereur et roi de Westphalie. La garde impériale — jeune et vieille garde — est placée sous les ordres des maréchaux Lefebvre et Mortier. La cavalerie forme quatre corps commandés par Nansouty, Montbrun, Grouchy et Latour-Maubourg. De plus, à l'aile gauche, se trouve Macdonald avec un corps de 35.ooo Prussiens et Français, et, à la droite, le général Schwartzenberg avec 3o.ooo autrichiens.

La Russie a réuni 4oo.ooo hommes, dont 23o.ooo en première ligne, divisés en trois armées : la première armée de l'Ouest sous les ordres de Barclay de Tolly ; la deuxième armée de l'Ouest, commandée par le prince Bragation ; la troisième plus au sud, en Volhynie, placée sous les ordres du général Tormasoff.

Le 24 juin 1812, le centre de l'armée franchit le Niémen à Kowno. Napoléon cherche à couper en deux la longue ligne formée en arrière de la frontière par les deux premières armées russes et à accabler chaque partie séparément. Le 28, il entre à Wilna. Barclay se retire dans le camp retranché de Drissa et Bragation derrière le Haut-Dniéper. Pour empêcher leur jonction, l'Empereur envoie Davout contre Bragation que le roi Jérôme doit attaquer par le sud, mais ce dernier perd du temps et n'atteint que l'arrière-garde russe à Neswije. Il est remplacé par Junot. Bragation passe la Bérézina à Bobruisk et se dirige sur Mohilew pour rejoindre Barclay à Witespk.

Malheureusement, l'Empereur perd quinze jours à Wilna pour organiser les approvisionnements et ramasser traînards et maraudeurs qui, déjà au nombre de 3o.ooo, ravagent le pays. Ces maraudeurs, hâtons-nous de le dire, appartenaient tous, à de très rares exceptions, aux éléments étrangers constituant une forte partie de la Grande Armée et qui, dans cette campagne néfaste, furent certainement plus nuisibles qu'utiles. Toujours ils furent les premiers — aux jours des privations et des rigueurs de la température — à semer l'indiscipline et le désordre.

Le 19 juillet, Barclay quitte Drissa, laisse Wittgenstein pour garder la route de Saint-Pétersbourg et se dirige sur Witepsk. Son arrière-garde résiste deux jours à Ostrowno, à l'avant-garde de Napoléon. Le 27, Barclay apprend que Bragation, après avoir remonté la rive droite du Dniéper et livré combat au maréchal Davout à Mohilew, le 23, se retire sur Smolensk. Il abandonne alors Witepsk et va se joindre à Bragation.

L'armée française se repose à Witepsk qu'elle occupe, et se réorganise. Déjà, elle a perdu 15o.ooo hommes, la plupart des étrangers n'ayant pas suivi et étant partis par bandes pour regagner leurs pays de Prusse ou d'Autriche.

Napoléon marche ensuite sur Smolensk dont il s'empare le 17 août, après un combat sanglant où se signale brillamment le 127e de ligne. A notre aile droite, Schwartzenberg et Reynier battent le général russe Tormasoff à Gorodeczna, le 12 août, et, à l'aile gauche, le général Gouvion-Saint Cyr remporte un succès sur Wigttgenstein, le 18 août, à Polotsk ; enfin, Macdonald investit Riga.

Les Russes reculent toujours, en incendiant les villes, en ravageant le pays, en faisant enfin un véritable désert devant notre armée. Le 19 août a lieu un sanglant combat à Valoutina, entre l'avant-garde française, commandée par le maréchal Davout, et l'arrière-garde russe ; le brave général Gudin, l'un des illustres divisionnaires du corps Davout. y est tué, et c'est une perte regrettable pour l'armée française.

Le général Barclay est désavoué par l'Empereur de Russie pour sa constante retraite devant les Français ; il est remplacé par le vieux Kutusoff, qui s'arrête à Borodino pour livrer bataille. Il a 140.000 hommes sous la main et Napoléon 130.000. Nous retraçons dans tous ses détails cette formidable action, la plus meurtrière du siècle. Elle nous livrait Moscou, la ville sainte.

BATAILLE DE LA MOSKOWA

(7 septembre 1812)

Figure sur les drapeaux et étendards des 9ᵉ, 17ᵉ, 18ᵉ, 21ᵉ, 30ᵉ, 33ᵉ, 35ᵉ, 46ᵉ, 53ᵉ, 57ᵉ, 72ᵉ, 82ᵉ, 83ᵉ, 88ᵉ, 93ᵉ, 99ᵉ, 108ᵉ, 111ᵉ, 113ᵉ, 124, 127ᵉ de ligne ; des 1ᵉʳ, 2ᵉ, 3ᵉ, 5ᵉ, 6ᵉ, 8ᵉ, 9ᵉ, 10ᵉ, 11ᵉ, 12ᵉ cuirassiers ; des 7ᵉ, 13ᵉ, 16ᵉ, 17ᵉ, 18ᵉ, 23ᵉ, 28ᵉ, 30ᵉ dragons ; des 1ᵉʳ, 2ᵉ, 4ᵉ, 6ᵉ, 8ᵉ, 9ᵉ, 11ᵉ, 19ᵉ chasseurs ; des 5ᵉ, 6ᵉ, 7ᵉ, 9ᵉ, 10ᵉ hussards ; des 1ᵉʳ, 2ᵉ et 9ᵉ d'artillerie.

Comme à Wagram, près de 300.000 hommes et plus de 1.000 pièces de canon sont en présence. Mais la lutte sera plus acharnée et surtout plus sanglante, car les deux

armées sont concentrées sur un front d'une lieue à
à peine, et les Russes ont hérissé le terrain d'ouvrages
défensifs.

Parmi les défenses les plus importantes de leur première ligne, on remarque : sur leur centre, une sorte de
grand bastion en terre, que l'histoire de nos guerres a
popularisé sous le nom de grande redoute de la Moskowa ;
vers la gauche, le village de Séménoffskoïe, puis un plateau, armé de trois flèches, séparé de ce village par un
ravin. Ces ouvrages marquent les points du champ de
bataille où s'échangeront les coups les plus rudes et où les
divisions de Davout seront appelées à s'illustrer encore.
Car les divisions Morand et Gudin, momentanément placées à l'aile gauche, aux ordres du prince Eugène, seront
chargées d'enlever la grande redoute, tandis que les
autres laissées à Davout pour former, avec le corps de
Ney, le centre de la ligne, seront chargées d'attaquer les
flèches de Séménoffskoïe. L'aile droite est d'ailleurs formée des corps de Junot et de Poniatowski.

Dans l'armée de Kutusoff, l'aile droite se compose des
renforts que vient d'amener Miloradowitch ; le centre et
l'aile gauche sont respectivement formés par les corps
ayant appartenu aux armées de Barclay, de Tolly et de
Bagration. Barclay appuie sa gauche à la grande redoute.
Bagration y appuie sa droite et son front est couvert par
les défenses de Séménoffskoïe.

Le 7, au point du jour, une canonnade générale dirigée
sur les ouvrages russes donne le signal de l'attaque. Le
village de Borodino est enlevé pour servir de pivot à
toute la ligne, puis Davout marche sur les flèches de Séménoffskoïe. Les grenadiers de Woronzoff les défendent et une

puissante artillerie balaye le plateau dont elle couronne le sommet. La division Compans, qui marche en tête, est foudroyée à bout portant. Toutefois, le 57e, enlevé par le maréchal Davout, se loge dans la flèche de droite. La division Desaix appuie celle de Compans; mais elle est ramenée et la position du 57e est des plus critiques. Ney, accouru avec les divisions Rasout et Redru, raffermissait la situation, quand les grenadiers de Mecklembourg, soutenus par une puissante cavalerie, arrivent au secours des grenadiers de Woronzoff. Les divisions de Ney sont ramenées à leur tour, mais Davout et le 57e ne peuvent plus être délogés de la redoute conquise. Murat fait alors donner les corps de cavalerie Nansouty et de Latour-Maubourg. Grâce à cette intervention, les divisions de Ney et de Davout reprennent l'offensive; les trois flèches sont emportées et les Russes rejetés au dehors du ravin, sur le village de Séménoffskoïe.

Au même moment (10 heures), la grande redoute va leur être arrachée. Point d'appui commun de Barclay et de Bagration, elle paraît inexpugnable, au sommet bien en relief du plateau que commande Borodino et la Kolocza et que couronnent les rangs épais de deux corps d'armée. La division Likatcheff, du corps de Doctoroff, est établie à sa droite ; celle de Paskiewitch est établie à sa gauche et en occupe l'intérieur. Elle est armée de 24 pièces de gros calibre et toute l'artillerie des deux corps d'armée est en mesure de battre ses approches.

La division Morand reçoit l'ordre d'attaquer cette position formidable. Franchissant la Kolocza, elle marche sous le feu de 80 pièces, gravit au pas mesuré les pentes qui la défilent un instant, puis débouche résolument sur le plateau, s'avance en partie dissimulée par le nuage de fumée qui l'enveloppe, et soudain, quand elle est à bonne portée pour donner l'assaut, le 3o^e, ayant à sa tête le général Bonamy, s'élance dans la redoute, pendant que les autres régiments de la division, passant à droite et à gauche, abordent avec un élan irrésistible les lignes qui combattent à découvert. Tout plie sous le choc de ces vaillantes troupes, qu'encadrent les vétérans d'Auerstædt, d'Eylau et de Wagram. La division Paskiewitch ne présente plus, en quelques instants, dit Butturlin, que des colonnes informes; les défenseurs de la redoute sont expulsés ou tués à coup de baïonnette par le 3o^e, qui, par ce vigoureux fait d'armes — l'un des plus célèbres dont l'histoire de nos guerres fasse mention — a mérité l'honneur de voir le nom de la Moskowa inscrit sur son drapeau.

Barclay et Bagration sentent que non seulement la victoire est attachée à la possession des deux positions qui viennent de leur échapper, mais que s'ils ne parviennent pas à fermer la trouée, sitôt ouverte sur leur centre, l'armée russe est perdue. Aussi demandent-ils à grands cris des renforts à Kutusoff, resserrant, en les attendant, leurs lignes entre ces deux points.

Vers la grande redoute, le jeune général Kutaïsof, commandant l'artillerie de Barclay, fait pleuvoir sur la division Morand une grêle de boulets et de mitraille et ramène au combat la division Paskiewitch. Le vieux Yermolof, chef d'état-major de Barclay, se met de son côté à la tête de la division Likatcheff encore intacte, et tous les deux marchent sur la grande redoute, d'où l'on vient d'emporter Morand grièvement blessé.

Le 3o⁰ y est resté seul, sans canons, mal abrité sur le revers des déblais, contre la formidable artillerie qui balaie le plateau et qui contraint les autres corps de la division à se reporter en arrière. Tout à coup, Yermolof et Kutaïsof s'abattent sur lui, avec leurs deux divisions suivies des corps de cavalerie Korf et Krentz, qui chargent à droite et à gauche, l'isolant de tout appui. Le brave 3o⁰ tient ferme. Yermolof et Kutaïsof tombent sous ses balles, ce dernier frappé mortellement, et leurs têtes de colonnes jonchent le sol. Ecrasé par un tel poids, le 3o⁰ se voit contraint de lâcher prise, ayant perdu la moitié de son effectif et 44 officiers, dont 21 tués, parmi lesquels deux chefs de bataillon. L'intrépide Bonamy reste dans la redoute, percé de plusieurs coups de baïonnette.

Vers Séménoffskoïe, Bagration a juré de mourir ou de reprendre les trois flèches. Il ramène au combat les grenadiers de Woronzof et de Mecklembourg, avec ses corps de cavalerie et les fait appuyer par deux divisions fraîches, prince de Wurtemberg à droite, Konownintzin à gauche, et par les cinq régiments de cuirassiers de la garde. Il donne pour objectif à toutes ces masses le plateau des trois flèches. Les quatre divisions de Ney et de Davout, qui combattent depuis le matin, pourraient succomber sous un tel choc, mais Bagration ne les prendra pas au dépourvu. A leur droite déjà s'est établie la division Marchand et à leur gauche paraît celle de Friant.

Traversant le ravin de Séménoffskoïe, l'intrépide Friant parvient à déployer sa division sous la mitraille, à hauteur du village en ruines. Son mouvement paralyse d'abord celui de l'infanterie des Russes, puis, formant en carrés

ses deux brigades, il oppose à leur cavalerie deux cita-
delles inexpugnables. La fermeté de cette troupe d'élite,
qui donne aux cavaliers de Latour-Maubourg, de Nansouty et de Montbrun, le temps de tomber sur le flanc des
masses russes, impressionne vivement Murat qui a pris
place dans un de ces carrés et s'écrie : « Soldats de Friant,
vous êtes des héros. »

La lutte est formidable. « Rien dans la mémoire de ces
gens de guerre ne ressemble, dit Thiers, à ce qu'ils ont
sous leurs yeux. » Spectacle vraiment fabuleux, en effet,
que cette gigantesque mêlée, concentrée sur ce coin relativement restreint du champ de bataille, et dans laquelle
12 divisions d'infanterie et 20.000 cavaliers se heurtent
au fracas de 350 pièces d'artillerie.

Des deux côtés, on voit tomber les combattants les plus
illustres. Chez nous, Montbrun est enlevé par un boulet ;
Davout et Friant ont dû quitter le champ de bataille grièvement blessés ; du côté des Russes, c'est le tour de
Bagration, l'idole de leur armée, qu'on emporte frappé à
mort. Mais Ney et Murat, qui ne furent jamais plus pro-
digieux d'activité et de bravoure, restent invulnérables.
Leur présence au milieu des troupes rend nos soldats
invincibles. Les Russes renoncent à la possession du plateau des trois flèches et se retirent au delà du village de
Séménoffskoïe.

Napoléon veut alors porter le coup décisif, en s'appuyant
sur la position conquise, pour agir de flanc sur la grande
redoute. Il marche sur Séménoffskoïe avec une division
de la garde; il y appelle les divisions de Junot, rendues
disponibles par les succès marqués de notre aile droite,
et y envoie toutes les réserves d'artillerie. Cette artillerie

vient border toutes les arêtes du terrain autour du village de Séménoffskoïe et derrière elle, dans le ravin, se masse toute la cavalerie de l'armée y compris celle de Grouchy qui n'a pas encore donné.

De son côté, Kutusoff resserre son ordre de bataille ; il double Likatcheff par Kaptziewich, derrière la grande redoute, Raëffskoï par Ostermann, entre la grande redoute et Séménoffskoïe, et fait avancer ses dernières réserves avec toute la garde. Pour gagner le temps nécessaire à ces dispositions, il emploie les Cosaques de Platoff à une vigoureuse démonstration sur notre extrême gauche. Cette diversion réussit à retarder l'exécution des mouvements prescrits par Napoléon. Mais Ney et Murat profitent de ce retard pour battre en brèche les lignes et les colonnes russes avec les 300 pièces qu'ils ont réunies autour de Séménoffskoïe. De telle sorte que l'incident qui nous a préoccupés sur la gauche étant éclairci, ils trouvent les masses ennemies suffisamment ébranlées pour espérer de les renverser, à l'aide d'un mouvement général de la cavalerie. D'après les ordres de Murat, Caulaincourt, qui a remplacé Montbrun, devra charger en avant et à gauche de Séménoffskoïe ; Latour-Maubourg chargera à la droite de Caulaincourt ; Grouchy les appuiera tous les deux.

. Au signal de Murat, Caulaincourt part à la tête de trois régiments de cuirassiers et de deux régiments de carabiniers. Tout plie devant cette véritable tempête qui s'ouvre en un instant une large trouée à travers les débris de Raëffskoï et d'Ostermann. Bientôt, Caulaincourt s'aperçoit qu'il dépasse la grande redoute. Il rabat à gauche et tombe à revers sur les divisions de Likatcheff et de Kaptziewich. En même temps, les divisions Morand, Gudin et Broussier — qui voient le mouvement de nos cuirassiers dont les casques étincellent à leurs yeux par-dessus les lignes russes — s'élancent à leur rencontre.

Le 9ᵉ de ligne, de la division Broussier, enlevé par le prince Eugène, et rouvrant le glorieux chemin tracé par le 3oᵉ, franchit les parapets de la terrible redoute, au moment où l'héroïque Caulaincourt y entrait par la gorge avec le 5ᵉ cuirassiers et payait de sa vie ce fait d'armes légendaire. La division Kaptziewich est enfoncée; celle de Likatcheff est taillée en pièces à coups de sabre et de baïonnette et son vieux chef est fait prisonnier. La garde à cheval russe fait de nobles efforts pour rétablir le combat, mais elle est ramenée par les cavaliers de Grouchy. Alors, les divisions Morand, Gudin et Broussier se déploient au delà de la grande redoute, tandis que Ney et Murat gagnent rapidement du terrain vers le centre du champ de bataille.

La victoire est décidée. Napoléon se contente de la confirmer en accablant de sa puissante artillerie l'ennemi en retraite, cela pour ménager sa réserve en vue des difficultés qu'il est prudent de prévoir si loin de sa base d'opération.

Jamais, a-t-il dit dans ses *Mémoires*, il ne vit briller dans son armée « autant de mérite » qu'à la bataille de la Moskowa. Cet hommage était justifié, car si la victoire y fut certaine, malgré la valeur de l'ennemi et les obstacles redoutables qu'il sut nous opposer, c'est que le dévouement à la Patrie n'y connut pas de bornes. Trente mille de nos soldats avaient été atteints par le fer ou le feu. **Dans ce nombre, nous comptions, chiffre qui** n'a jamais été égalé dans aucune bataille, 37 colonels et 47 généraux tués ou blessés.

Le 15 septembre, notre armée entre à Moscou qu'incendient, par ordre du gouverneur Rotopschine, les forçats, dont les prisons ont été ouvertes. Les Français s'installent au milieu des ruines et demeurent un mois dans l'inaction.

L'Empereur se décide à la retraite. Les Russes, en voyant l'armée française reprendre la même route que celle par laquelle ils sont venus, route ruinée et ravagée s'il en fut, adoptent un système de poursuite parallèle : Kutusoff se tient sur notre flanc gauche, Milodarowitch suit notre arrière-garde, pendant que des corps de cavalerie légère et de cosaques voltigent autour de notre flanc droit. Les 18 et 19 octobre, le maréchal Gouvion-Saint-Cyr livre à Polostk une sanglante action que nous allons retracer, car elle figure sur six drapeaux de notre armée actuelle et perpétue un beau fait d'armes qui ne devait pas avoir de lendemain.

BATAILLE DE POLOSTK

(18 et 19 octobre 1812)

Figure sur les drapeaux et étendards des 2ᵉ, 37ᵉ, 123ᵉ et 128ᵉ de ligne; des 15ᵉ et 19ᵉ dragons et du 7ᵉ chasseurs à cheval.

Le 17 octobre, l'ennemi, après une lutte acharnée, s'empare d'un poste détaché occupé par quelques centaines d'hommes en avant de Polostk.

Le 18, à 6 heures du matin, les trois divisions du 2ᵉ corps étaient en bataille sur le front de bandière. Les 6ᵉ et 8ᵉ corps étaient établis sur la rive gauche de la Dwina, le 9ᵉ sur la rive droite. Les Russes, qu'on attendait dans la direction de Saint-Pétersbourg, voulurent prendre à revers les défenseurs de Polostk. Ils franchirent à gué la Polota à une dizaine de kilomètres en amont de Polostk et firent leurs attaques, leur aile droite appuyée à la Polota et leur gauche à la route de Witebsk, à hauteur de Strouwnia où nous avions une tête de pont.

L'aile gauche russe, accueillie sur ce pont par une vigoureuse canonnade, fut rejetée en désordre sur le centre et l'aile droite qui attaquaient à ce moment la division Legrand. La 6ᵉ division appuyait sa droite à la 8ᵉ division et sa gauche à une petite redoute nommée redoute nᵒ 7. Le 128ᵉ, qui occupait la redoute nᵒ 8, le long de la Polota, reçut les attaques furieuses du 26ᵉ régiment de chasseurs à pied russes et des hussards de Grodno dont les assauts ne purent réussir à l'enlever.

Pendant plusieurs heures, 30.000 Russes s'acharnèrent sans succès contre ces deux petites divisions disposant de 5 escadrons et de quelques pièces de campagne et mettant à peine en ligne 7.000 à 8.000 hommes. Le maréchal Gouvion-Saint-Cyr, dans ses *Mémoires*, ne peut se refuser à rendre un juste tribut d'éloges aux braves troupes des 6ᵉ et 8ᵉ divisions.

Après des alternatives de succès et de revers, la division suisse de Merle, qui se montra ce jour-là la digne émule des 6ᵉ et 8ᵉ divisions, repoussa également les Russes et, dans la soirée, les troupes de

Witgenstein se repliaient dans toutes les directions après avoir éprouvé des pertes énormes.

Le lendemain, 19 octobre, la division Corbineau, lancée à sa découverte, annonçait l'approche d'une armée ennemie dans la direction de la Drissa et demandait des secours. Un détachement, aux ordres du général Arney, envoyé pour la soutenir, fut ramené, et ne parvint, qu'au prix d'efforts inouïs et de pertes cruelles, à arrêter l'ennemi à une lieue de Polostk. C'était le corps de Steingel, fort d'environ 14.000 hommes.

Craignant d'être bloqué dans Polostk, le maréchal donna l'ordre de battre en retraite pendant la nuit. Les trois divisions se retirèrent par échelons dans le plus grand silence, et ce mouvement eût pu s'effectuer absolument à l'insu de l'ennemi, sans l'imprudence d'un régiment de la 6ᵉ division qui mit le feu à ses baraquements. Les Russes aperçurent, à la lueur des flammes, ce mouvement de retraite et attaquèrent aussitôt. Ils approchèrent sans coup férir du corps de place ; mais lorsqu'ils arrivèrent dans la zone éclairée par les maisons incendiées, ils furent accueillis par une terrible fusillade qui leur fit essuyer des pertes incroyables. Une sortie vigoureuse acheva ce carnage à l'arme blanche ; la retraite sur la rive gauche s'opéra sans encombre et les points furent rompus. Dès lors commença la longue et pénible retraite de l'armée vers la Bérézina.

COMBAT DE MALO-JAROSLAWETZ
(24 octobre 1812)

Figure sur le drapeau du 106ᵉ de ligne

BATAILLE DE KRASNOÉ
(17 et 18 novembre 1812)

Figure sur le drapeau du 129ᵉ de ligne et l'étendard
du 3ᵉ chasseurs à cheval

Notre armée, constamment entourée, fait à partir de ce moment des pertes énormes. Elle combat successivement à Malo-Jaroslawetz le 24 octobre, à Wiasma le 3 novembre ; le 9, elle parvient à Smolensk, réduite à 36.000 hommes. Elle repart le 14, divisée en quatre corps, sous les ordres de Napoléon, d'Eugène, de Davout et de Ney qui est toujours à l'arrière-garde. Le froid descend à 21 degrés, les vivres sont épuisés. Plus de 30.000 chevaux périssent en peu de jours. Notre artillerie et nos transports sont abandonnés. Le 17 novembre, à Krasnoé, Kutusoff nous attaque et coupe Ney du reste de l'armée. Ce combat figure sur le drapeau du 129ᵉ de ligne et l'étendard du 3ᵉ chasseurs à cheval qui y firent des prodiges de valeur. Le lendemain 18, l'héroïque Ney attaque, avec les 7.000 hommes qui lui restent, les 50.000 Russes de Kutusoff qui lui barrent la retraite. Repoussé il s'échappe, franchit le Dniéper sur la glace et rejoint l'armée à Orcha le 20.

BATAILLE DE LA BÉRÉZINA

(28 et 29 novembre 1812)

Figure sur les drapeaux et étendards des 123ᵉ, 124ᵉ, 125ᵉ, 126ᵉ, 127ᵉ, 128ᵉ, 129ᵉ et 131ᵉ de ligne et du 7ᵉ cuirassiers.

Pour mettre le comble à nos désastres, les corps laissés par Napoléon à son extrême droite et à son extrême gauche ont été défaits. Gouvion-Saint-Cyr a été séparé de Macdonald par Wittgenstein qui s'est emparé de Witepsk. Une armée russe nouvelle vient d'entrer en campagne, elle est commandée par le général Tchitchakoff et se dirige vers la Bérézina pour nous en disputer le passage et fait alors jonction avec Wittgenstein. De sorte que le 22 novembre, quand notre armée s'approche de la Bérézina, elle trouve Tchitchakoff sur la rive droite avec 40.000 hommes, Wittgenstein s'avançant par la rive gauche sur son flanc droit et enfin Kutusoff qui menace ses derrières. La situation semble désespérée. Heureusement, le 25 novembre, on découvre un point de passage à Studzianka. Le 26 novembre, les pontonniers du général Éblé se mettent à l'œuvre pour jeter des ponts; ils entrent jusqu'à mi-corps dans l'eau, dont ils ont préalablement cassé la glace, et se dévouent d'une façon admirable pour sauver les débris de notre armée.

Vers 1 heure de l'après-midi, le premier pont était construit. Le petit corps du maréchal Oudinot franchit la Bérézina, précédé par la division Legrand.

En voyant défiler les troupes avec autant d'ordre que d'ardeur, l'Empereur augura bien du succès de la journée.

En effet, dès qu'il se trouve de l'autre côté de la rivière, Oudinot marche droit sur Czaplitz. Ce dernier, plus fort du double que son adversaire, fut en un clin d'œil culbuté de son excellente position et se replia sur Stakowa. Là, secouru par la division Pahlem, il reprit l'offensive ; mais ses assauts réitérés ne purent triompher de la résistance du 2ᵉ corps, qui conserva ses positions jusqu'à la nuit et prit possession de Zembrin, point de passage important où la route de Wilna traverse des marais assez étendus sur trois points étroits.

Le 28 au jour (8 heures), l'amiral Tchitchakow, qui s'était porté dans la nuit sur Stakowa avec 20.000 fantassins et 2.000 chevaux, attaque Oudinot, soutenu par Ney. Ces derniers sont réduits à 7.000 fantassins et 1.200 chevaux.

Une des premières victimes fut le maréchal Oudinot lui-même, qui tomba grièvement blessé et fut emporté par ses aides de camp. Ney le remplaça, réunissant sous son commandement les débris des 2ᵉ et 3ᵉ corps.

Ces braves troupes résistèrent victorieusement à toutes les attaques de Tchitchakow et n'eurent même pas besoin des secours de la garde placée en réserve. Les 1ᵉʳ et 2ᵉ corps purent filer sur Zembin sans encombre.

Victor, sur l'autre rive, soutenait également un glorieux et victorieux combat.

Les Russes, battus sur les deux rives, perdirent de 10.000 à 12.000 hommes tués ou blessés. De notre côté, nous eûmes environ 28.000 hommes tués, blessés ou faits prisonniers ; mais sur ce nombre il faut compter 12.000 ou 15.000 hommes appartenant à cette cohue désarmée qui s'entassa sur les ponts dans la journée du 28 et périt écrasée sous les pieds des chevaux sous les roues de l'artillerie, ou sous les boulets russes qui labouraient leurs masses profondes. Bon nombre périrent noyés dans la rivière, et le reste, n'ayant pu franchir la Bérézina avant l'incendie des ponts, fut pris.

Dans les combats livrés par Ney et Victor, les Russes eurent certainement des pertes doubles des nôtres. Les régiments désignés plus haut se couvrirent de gloire.

Le lendemain, aux ordres de Ney, les débris des 2e, 3e et 9e corps restaient à l'arrière-garde et se dévouaient pour sauver l'armée.

Victor prit le commandement à son tour, et, dès lors, Ney et Victor alternent chaque jour dans le commandement de cette poignée de braves, représentant les seuls éléments de résistance de cette immense armée. Les malheureuses divisions ne comptaient plus que 200 hommes environ.

Les débris de l'armée se dirigent sur Wilna par Zembin. A Smorgoni, Napoléon apprend, par un courrier venu de France, le mouvement révolutionnaire tenté à Paris, par le général Mallet, pour le renverser. Il quitte aussitôt l'armée et cède le commandement à Murat (5 décembre). Le froid atteint alors 30 degrés Réaumur. Il n'y a plus de retraite. C'est une déroute complète, effroyable. L'intrépide Ney, toujours à l'arrière-garde, lutte jusqu'à la fin et passe le Niémen le dernier, le 23 décembre 1812.

Trois cent mille hommes ont péri par le feu, la misère ou le froid. Tout le reste de cette superbe et grande armée, moins 40.000 hommes réunis plus tard sur l'Elbe, est prisonnier des Russes, environ 100.000 hommes.

VI

CAMPAGNES D'ESPAGNE ET DE PORTUGAL

(1807 à 1814)

Le Portugal, fidèle allié de l'Angleterre, avait refusé d'adhérer au blocus continental. Napoléon concluait alors avec l'Espagne un traité d'alliance contre le Portugal, traité dans lequel l'Espagne consentait à laisser passer sur son territoire les troupes françaises destinées à envahir le royaume voisin. Junot qui commande nos troupes, conquiert rapidement le pays et entre dans Lisbonne sans coup férir. Mais l'occupation du Portugal par nos soldats n'allait pas être de longue durée.

L'année suivante, cédant aux calculs d'une fâcheuse ambition, l'empereur Napoléon qui était alors en paix avec l'Europe, songe à placer un de ses frères sur le trône d'Espagne. Il profite de la mésintelligence régnant entre le roi Charles IV et son fils, le prince héritier Ferdinand, et oblige le premier à abdiquer en faveur de son frère Joseph, qui cède alors le royaume de Naples à Murat, beau-frère de Napoléon. On sait, en effet, que ce général avait épousé Caroline, sœur de l'Empereur.

Les moines, au nom de la liberté et de l'indépendance nationales, soulèvent l'Espagne tout entière. Les Espagnols prennent les armes, mais ils sont battus par Bessières, le 14 juillet 1808, à Medina del Rio Seco, ce qui permet à Joseph d'entrer dans Madrid. Cette victoire a bientôt son revers : c'est la capitulation du général Dupont à Baylen, le 20 juillet suivant. Dix-huit mille Français y sont faits prisonniers et transportés sur le rocher de Cabrera, où ils mourront successivement de faim et de misère.

Tous nos corps se replient. Joseph abandonne Madrid. Le général anglais Wellesley (plus tard duc de Wellington) conquiert le Portugal (août). En septembre 1808, nous ne possédons plus en Espagne que les provinces au nord de l'Èbre.

Mais la paix de Tilsitt (octobre 1807), que Napoléon signait avec la Russie et l'Autriche, lui permettait d'emmener la Grande Armée en Espagne où des coups décisifs allaient être portés.

Tout cède alors devant nos soldats. Nous remportons, sur les Anglo-Espagnols, une série de victoires. Victoire de Soult à Burgos (10 novembre), de Victor et Lefebvre à Espinosa sur Blacke, de Lannes et Moncey à Tudela sur Palafox et Castaños.

L'empereur entre dans Madrid le 4 décembre, après l'enlèvement du défilé de Somo-Sierra par la cavalerie (30 novembre). Puis, Soult poursuit l'armée anglaise commandée par Moore, qui est vaincu et tué à la Corogne (16 janvier 1809). Toute la Galice se soumet.

Saragosse, défendue par Palafox, capitule après une résistance héroïque de cinquante jours (21 février).

Gouvion-Saint-Cyr conquit la Catalogne par une très belle campagne et les victoires de Llinas, Molins del Rey et Wals (décembre 1808).

Napoléon quitte l'Espagne pour combattre la cinquième coalition (campagne de 1809 contre l'Autriche).

Après le départ de Napoléon, il n'y a plus de direction, plus d'entente entre les généraux qui se jalousent. Soult fait une expédition malheureuse en Portugal (1809).

Alors, Wellington porte la guerre en Espagne. Joseph lui livre la bataille indécise de Talaveyra, le 28 juillet. Soult survenant, Wellington rentre en Portugal. Après sa retraite, les Espagnols sont battus partout. Sébastiani défait Venegas à Almonacid, le 11 août. Suchet soumet complètement l'Aragon. En Catalogne, Augereau prend Gérone après un siège dè six mois, et malgré une défense encore plus courageuse, plus acharnée que celle de Saragosse (10 décembre).

Soult et Mortier mettent en complète déroute 60.000 Espagnols à Ocaña (19 novembre).

Les discordes des généraux, rendus indépendants par Napoléon, font échouer tous ses plans d'opérations.

Soult pacifie l'Andalousie, où il s'établit en souverain (1810).

Masséna fait à son tour une expédition en Portugal, s'empare d'Almeïda, le 27 août, échoue à l'attaque de Busaco, le 27 septembre, et vient se heurter contre les lignes de Torres-Vedras (9 octobre). Masséna se fortifie en face du formidable camp retranché de Torres-Vedras, à Santarem, où il reste cinq mois. Soult se porte à son secours et prend Olivenza et Badajoz (22 janvier-10 mars 1811), mais il est rappelé en Andalousie par une attaque des alliés. Masséna, dont les troupes sont sans vivres et décimées par la maladie, bat en retraite, poursuivi par Wellington. Bataille de Fuentès de Oñoro (5 mai).

Beresford, avec les Portugais, prend Olivenza (mai 1811). Wellington le rejoint. Marmont (successeur de Masséna) et Soult se réunissent, forcent les généraux anglais à rentrer en Portugal, puis se séparent. Wellington en profite pour s'emparer de Ciudad-Rodrigo (20 janvier 1812) et de Badajoz (6 avril).

Suchet montre plus d'habileté dans les provinces de l'est. En 1810, il fait capituler Lérida, Méquinenza et Morella, puis, en 1811, Tortose. Il enlève ensuite Tarragone, après un siège qui est le plus terrible de cette guerre (28 juin).

Enfin, Suchet défait Blacke à Sagonte, le 25 octobre, l'enferme dans Valence et le fait capituler avec 20.000 hommes, le 9 janvier 1812.

Wellington, après s'être placé entre Marmont et Soult, s'empare de Salamanque et bat Marmont *aux Arapiles* (22 juillet 1812), puis il entre à Madrid. Joseph recule sur Valence. Soult le rejoint et chasse les Anglais de la capitale. Wellington se retire en Portugal.

En 1813, les Français sont affaiblis par les renforts envoyés en Allemagne. Wellington saisit ce moment pour reprendre l'offensive avec 90.000 hommes. Joseph essaie de concentrer à Burgos ses forces disséminées, mais il est contraint de se retirer à Vitoria où Wellington le défait complètement (21 juin). L'Espagne es perdue. Les Français passent les Pyrénées. Les Anglais se portent jusque sur la Bidassoa. Soult reçoit le commandement de l'armée, avec des pouvoirs illimités.

Il ne tarde pas à prendre l'offensive, et livre la bataille acharnée de Zubiry, puis se retire derrière les Pyrénées (30 juillet). Alors, Pampelune et Saint-Sébastien capitulent, après une défense désespérée (août), et, deux mois après, Wellington envahit la France.

Soult n'avait plus à lui opposer que 40.000 hommes contre ses 120.000 soldats. Le 27 février 1814, il livre la bataille d'Orthez, puis exécute une habile retraite sur Toulouse, sous les murs de laquelle il livre une dernière et victorieuse bataille, le 10 avril, malheureusement sans effet efficace, étant donné les progrès que l'invasion étrangère avait faits sur le sol national.

A cette époque, Paris avait capitulé et tous nos départements du Nord, de l'Est et du Sud-Est jusqu'à Lyon, étaient au pouvoir des coalisés. La bataille de Toulouse fut la dernière action de cette funeste campagne, impolitique et odieuse tout à la fois. Elle fut aussi la cause la plus directe des revers de Napoléon, en épuisant, de 1808 à 1814, nos effectifs, et en enlevant successivement à nos régiments leurs meilleurs officiers et leurs meilleurs soldats. L'Espagne et le Portugal coûtaient à la France la perte de plus de 200.000 hommes. Voici quelles sont les principales inscriptions qui rappellent sur les drapeaux et étendards de notre armée des jours qui ne furent pas sans honneur ni sans gloire.

BATAILLE DE MEDINA DEL RIO SECO
(14 juillet 1808)

Figure sur le drapeau du 120° régiment de ligne

Lorsque les premières hostilités commencèrent en Espagne, en 1808, l'armée française, stationnée dans ce

royaume,ne dépassait pas l'effectif de 75.000 combattants.
Napoléon, aveuglé par de fausses notions sur le caractère
de la nation espagnole, avait de prime abord pensé
qu'ayant déjà pour lui le roi Charles IV, le prince de la
Paix, et quelques milliers d'hommes attachés à la vieille
Cour, il lui suffisait de cette armée, relativement faible,
pour s'assurer de la Péninsule. Plus tard, lorsque rete-
nant prisonnière en France la famille royale d'Espagne,
il eut donné à ce pays son frère pour roi, il supposait toujours que le peuple espagnol, se voyant privé de ses souverains, préférerait le gouvernement d'un étranger aux
fléaux d'une guerre sur son territoire. Mais un soulèvement général, inattendu, spontané, admirable dans son
héroïsme, vint dessiller les yeux du Grand Conquérant
auquel rien, jusqu'alors, n'avait pu résister. Il commença
cette guerre d'extermination, faite d'embûches, de trai-
trises, de ruses quotidiennes et qui fut la cause première
— on pourrait même dire la cause principale — de sa
chute.

L'insurrection de Madrid (2 mai 1808) fut le signal d'une
insurrection générale dans toute la Péninsule. La capitale
étant au pouvoir des Français, une junte suprême, représentant le gouvernement, s'établit à Séville et organise
dans toutes les provinces la révolte que ses proclama-
tions déclarent « sainte et du devoir de tout Espagnol. »

Cependant, au premier signal du danger, l'armée française s'était mise en mouvement dans toutes les directions pour arrêter les progrès de cette formidable insurrection. Pendant tout le mois de juin 1808, différentes
actions ont lieu dans chaque province, mais elles sont en
général de peu d'importance. Parmi les plus remarquables

nous citerons : la prise de Cordoue par le général Dupont
qui, quelques mois plus tard, devait si honteusement
capituler avec toutes ses troupes à Baylen, l'attaque de
Valence et le commencement du premier siège de Saragosse. La bataille de Medina del Rio Seco — livrée le
14 juillet 1808, par le maréchal Bessières, à la tête d'un
corps de 15.000 hommes, contre le général Culesta commandant 45.000 Espagnols — est au nombre de ces actions
de guerre.

Le 14 juillet, à la pointe du jour, l'armée française trouve
l'armée ennemie en position sur les hauteurs de Medina
del Rio Seco. Sans s'étonner de la disproportion numérique de ses troupes par rapport à celle de l'ennemi, le
maréchal Bessières ordonne immédiatement l'attaque, et
l'action s'engage, vive et acharnée, sur toute la ligne. Pendant six heures, on combat vaillamment de part et
d'autre. Mais les gardes wallonnes et quelques vieux régiments espagnols, imparfaitement soutenus par les jeunes
contingents de leur armée, plient sous le choc impétueux
des escadrons français superbement lancés par le général
Lassalle. La première ligne ennemie culbutée, renversée,
laisse à découvert la seconde ligne espagnole qui se porte
en avant pour arrêter le torrent qui la menace à son
tour. Elle réussit un instant à contenir les nôtres, mais
Bessières, lançant sur elle 300 cavaliers qu'il tenait en
réserve, grenadiers et chasseurs de la garde impériale,
culbute la cavalerie ennemie, pendant que les généraux
Merle et Mouton abordent résolument les masses qui leur
sont opposées. Devant cette double attaque, les Espagnols
ne tiennent pas longtemps. Enfoncés de toutes parts, ils
se dispersent sur le plateau de Medina del Rio Seco et

fuyent dans la direction de cette ville. C'est alors que
Lassalle ramassant toute sa cavalerie, se précipite comme
un ouragan sur cette foule désordonnée de fuyards et en
fait un sanglant carnage.

Tandis que notre cavalerie sabrait ainsi l'armée ennemie, notre infanterie se portait sur la ville et le général
Mouton y entrait victorieusement à la tête du 4ᵉ léger et
du 15ᵉ de ligne. Pendant quelques heures, la cité espagnole, abandonnée à la discrétion de nos soldats, eut à
subir un pillage en règle comme une ville prise d'assaut et
les moines — qui, de leur couvent, avaient fait feu sur nos
troupes — furent tous passés au fil de l'épée.

Cette brillante victoire, résultant d'une attaque aussi
bien conçue que vigoureusement exécutée, ne nous avait
coûté que quelques centaines d'hommes tués, ou blessés.
Elle soumit tout le Nord de l'Espagne, et ralentit, pour
quelques temps du moins, l'ardeur des insurgés. Elle
ouvrait enfin la route de Madrid au roi Joseph qui
quelques jours après faisait son entrée dans sa nouvelle
capitale.

COMBAT ET PRISE DE BURGOS

(10 novembre 1808)

**Figure sur les drapeaux des 119ᵉ et 130ᵉ de ligne et de la
Légion de la Garde Républicaine**

L'insurrection espagnole du 2 mai 1808 avait forcé les
troupes françaises, peu préparées à une telle résistance,
à se rapprocher des frontières de la France pour y

attendre des forces capables de reprendre l'offensive avec quelques chances de succès.

L'empereur Napoléon, accoutumé à maîtriser la fortune partout où il commandait en personne, pensa que sa présence dans la Péninsule espagnole, en accélérant les événements, y ramènerait bientôt la tranquillité. Parti de Paris, le 29 octobre, il arriva à l'armée d'Espagne dans les premiers jours de novembre et ouvrit aussitôt une nouvelle campagne.

L'armée espagnole était divisée en trois corps principaux. Celui du centre, appelé armée d'Estramadure (20.000 hommes), occupait Burgos, à l'embranchement des routes de Valladolid et de Madrid. Napoléon — ayant donné le commandement de la cavalerie au maréchal Bessières, duc d'Istrie, celui du 2ᵉ corps au maréchal Soult — marcha sur cette ville.

Le 10 novembre, à la pointe du jour, le maréchal Soult, à la tête de la division Mouton, se mit en mouvement. Arrivés à Gamonal, nos troupes furent accueillies par le feu de 30 pièces de canon, disposées pour nous disputer le passage et soutenues par une nombreuse infanterie.

La division Mouton, aidée par l'artillerie, aborde l'ennemi avec la plus grande résolution, culbutant les gardes espagnoles et Wallons au premier choc. Le maréchal Bessières, de son côté, débordant les deux ailes de l'armée ennemie, avec sa cavalerie, fait sabrer les bataillons espagnols qui fuient en désordre. Au bout d'une heure de combat, l'armée ennemie était en pleine retraite laissant 3.000 tués ou blessés sur le champ de bataille, 3.000 prisonniers entre nos mains, 25 pièces de canon et 12 drapeaux. Nos troupes entrèrent pêle-mêle avec les fuyards dans la ville de Burgos, et la cavalerie française poursuivit les troupes espagnoles jusqu'à la nuit tombante.

Le succès de cette action fut surtout dû aux heureuses dispositions du général Mouton, plus tard comte Lobau, et aux régiments placés sous ses ordres, notamment les 119e, 130e et la légion de la Garde de Paris qui accomplirent ce jour-là des prodiges de valeur.

BATAILLE DE TUDELA

(23 novembre 1808)

Figure sur les drapeaux des 116e et 117e de ligne

La bataille livrée devant Burgos et le combat d'Espinosa avaient détruit ou dispersé les armées d'Estramadure et de Galice, formant le centre et la gauche de la grande armée espagnole qui, pleine de confiance, s'avançait vers les Pyrénées qu'elle espérait bien franchir à bref délai.

Son aile droite, forte de 50.000 hommes et composée des corps levés en Andalousie et en Castille, dans les royaumes de Valence et d'Aragon, était à cette date intacte. Elle avait pour chefs les généraux Castanos et Palafox. L'empereur Napoléon, qui marchait sur Madrid, donna l'ordre aux maréchaux Lannes et Moncey de se porter à sa rencontre et de lui faire éprouver le même sort qu'aux troupes ennemies battues à Burgos et à Espinosa.

Le 22 novembre, les deux corps d'armée français font leur jonction et se dirigent sur l'ennemi qu'ils rencontrent le lendemain 23, la droite en avant de Tudela, la gauche près du village de Cascante, occupant ainsi une ligne de 6 kilomètres environ.

Cet ordre de bataille, vicieux même pour des troupes manœuvrières et aguerries, ôtait aux Espagnols les moyens de renforcer promptement les points attaqués par des masses et fut une des principales causes de leur défaite.

A 9 heures du matin, nos colonnes se déployèrent. Le maréchal Lannes fit porter sur le centre de l'ennemi la division Maurice Mathieu qui, se présentant en colonne serrée, l'enfonça du premier choc. La division de la cavalerie du général Lefebvre-Desnoëttes passe aussitôt par cette trouée et, opérant un quart de conversion à gauche, elle enveloppe toute la droite de l'ennemi; la gauche ne fit pas une longue résistance.

Le village de Cascante, où se tenait le général Castanos, fut emporté par la brigade Lagrange (116e et 117e d'infanterie), et toute l'armée espagnole mise en déroute s'enfuit, abandonnant sur le champ de bataille 4.000 tués et blessés, 3.000 prisonniers, 30 canons et 7 drapeaux.

Ce fut, à la suite de cette action malheureuse, que le général Palafox se jeta dans Saragosse avec 10.000 hommes qu'il était parvenu à rallier, et où il soutint un siège à jamais célèbre.

SIÈGE ET PRISE DE SARAGOSSE

(21 février 1809)

Figure sur les drapeaux et étendards des 40°, 44°, 103°,
114°, 115°, 116°, 117°, 121° de ligne et 3° d'artillerie.

Après la victoire de Tudela, le 3° corps d'armée, aux
ordres du maréchal Moncey, s'était avancé sur Saragosse
pour en faire le siège. Cette ville était défendue par une
garnison nombreuse et la presque totalité de sa population qu'enflammaient le zèle, l'ardeur et les véhéments
discours des moines et du clergé séculier de cette cité. La
mission de défendre cette place importante avait été
confiée à un officier général connu pour son patriotisme
et son courage, le général Palafox, et on lui doit cette justice, c'est qu'il ne faillit pas à sa tâche.

Bientôt, le corps du maréchal Moncey fut renforcé par
les deux divisions constituant le corps du maréchal Mortier. L'armée de siège fut jugée alors assez nombreuse
pour investir Saragosse sur les deux rives. Les deux corps
d'armée, 3° et 5° de l'armée d'Espagne, allaient avoir une
rude mission à accomplir, car la place était admirablement pourvue en défenses de tous genres et comptait
environ 60.000 défenseurs résolus à s'ensevelir plutôt sous
les ruines de leur ville qu'à se rendre. Nos troupes arrivèrent sous le canon de la place, le 20 décembre 1808.
Le 21 elles s'emparaient, après un brillant combat, d'un
ouvrage avancé établi sur le Monte-Torrero ; malheureusement, elles échouaient dans une attaque de vive force
sur le faubourg situé sur la rive gauche de l'Èbre. Dans

cette action, les 21e léger et 100e de ligne étaient fort éprouvés. On fut donc réduit à bloquer ce faubourg. Tout se trouvait prêt pour l'ouverture de la tranchée dès le 28 décembre et les travaux commencèrent dans la nuit du 29 au 30. La parallèle de droite fut ouverte à 160 mètres environ du fort Saint-Joseph ; celle du centre s'ouvrit à 140 mètres de la tête du pont de la Huerva ; enfin, celle de gauche fut dirigée contre le château de l'Inquisition.

Le 31 septembre, les parallèles de droite et du centre étaient presque terminées, lorsque les Espagnols firent sur toute la ligne une sortie vigoureuse qui, d'ailleurs, fut complètement repoussée par nos troupes de première ligne.

Le 2 janvier, le général Junot, duc d'Abrantès, remplaçait le maréchal Moncey dans le commandement du 3e corps.

Le 9, toutes nos batteries de siège étaient terminées, armées et prêtes à faire feu sur les défenses de la place. Le 10, au point du jour, elles furent démasquées, et le soir elles avaient réduit au silence l'artillerie adverse, établie au fort Saint-Joseph et au pont de la Huerva. Le 11, le feu des batteries assiégeantes fut continué avec vivacité ; la brèche de Saint-Joseph fut jugée praticable et l'assaut ordonné pour 4 heures du soir. Il réussit sans trop de pertes de notre côté. Peu à peu, l'ennemi se trouvait resserré dans la place et toutes ses sorties ayant échoué successivement, sa position commençait à devenir critique.

Le 22 janvier, le maréchal Lannes venait prendre la direction des opérations et réunissait sous son unique commandement les corps du maréchal Mortier et du duc

d'Abrantès. Cette décision allait donner plus d'ensemble
et plus d'unité dans la marche des opérations du siège.
Aussitôt son arrivée, le maréchal Lannes prescrivit
d'attaquer l'armée de secours du marquis de Lazan qui
s'avançait pour dégager Saragosse ; le maréchal Mortier
attaqua et culbuta celle-ci à Nostra-Señora de Magallon et
les opérations du siège reprirent immédiatement une
nouvelle activité. Dans la nuit du 22 au 23, nouvelle sortie
de la garnison et nouvel échec pour elle. Les travaux
continuèrent alors de notre côté avec une nouvelle
vigueur. Le 26, toutes nos batteries contre la ville étaient
terminées et 50 bouches à feu ouvrirent dès le matin un
feu violent. Deux brèches furent immédiatement praticables. l'une au mur d'enceinte, l'autre en face de Saint-
Joseph ; une troisième brèche avait été également ouverte
au couvent des Augustins.

Le 27, la totalité des troupes assiégeantes prend les
armes et l'assaut est ordonné. La forte position du couvent
de Santa-Ingracia est emportée après un meurtrier combat ainsi que le couvent des Capucins. Ces deux ouvrages
redoutables sont immédiatement occupés par nos troupes
et leurs travaux de défense retournés contre l'ennemi. On
avait le pied dans la ville, mais allait commencer à présent
le périlleux devoir d'enlever — pour ainsi dire, une à
une — les maisons de l'indomptable Saragosse.

Peu à peu, nos soldats s'emparèrent d'îlots de maisons
dont la prise en possession exigeait un siège en règle. C'est
dans cette phase du siège que se signalèrent surtout les habitants, plus ardents, plus fanatisés encore contre nous que
les soldats chargés de défendre leur ville. On remarquait
des religieux et des femmes en grand nombre, circulant au

milieu de la plus vive fusillade, excitant leurs combattants et leur distribuant des cartouches. Mais le paroxysme de ces furieux échoua devant la bravoure froide et résolue de nos hommes et partout l'ennemi dut successivement céder toutes ses positions.

La journée du 1er février fut signalée notamment par les progrès des assiégeants ; malheureusement ils eurent à déplorer la mort d'un de leurs meilleurs chefs, le général Lacoste, commandant du génie. Il fut remplacé par un officier supérieur de même arme, le colonel Rogniat qui fit, lui aussi, preuve d'une grande sagacité dans la conduite des opérations.

Enfin, après vingt jours de combats incessants, nos soldats avaient réussi à s'emparer des deux tiers de Saragosse, mais au prix des plus cruels sacrifices. La junte municipale fit alors des ouvertures de reddition au maréchal Lannes qui exigea que la ville se rendît à discrétion.

Le 21, les Français occupèrent tous les postes ; la garnison mit bas les armes et défila devant notre armée bien affaiblie, mais finalement victorieuse.

Ainsi se termina un des sièges les plus mémorables qu'on puisse lire dans l'histoire ancienne et moderne, après cinquante-deux jours de tranchée ouverte, dont vingt-neuf pour entrer dans la place et vingt-trois autres de combats de maison en maison. Nos pertes s'élevaient à plus de 3.000 hommes tués ou blessés ; quant à la garnison et à la population de Saragosse, elle comptait plus de 40.000 victimes, dont une bonne moitié avait péri de maladies et de privations. Tous les régiments de notre armée s'étaient particulièrement distingués dans ce siège long et meurtrier, mais il faut notamment citer les 14ᵉ, 40ᵉ, 44ᵉ, 103ᵉ, 114ᵉ. 115ᵉ, 116ᵉ, 117ᵉ et 121ᵉ de ligne, la plupart appartenant au 3ᵉ corps d'armée.

BATAILLE D'OPORTO

(29 mars 1809)

**Figure sur les drapeaux des 66ᵉ, 70ᵉ et 122ᵉ de ligne
et sur l'étendard du 22ᵉ dragons.**

Ce beau fait d'armes se rattache à la deuxième expédition faite par nos troupes, commandées par le maréchal Soult, en Portugal, dont nous avons mentionné, plus haut, les causes et les suites.

Le maréchal Soult, étant arrivé le 27 mars 1809 devant la ville d'Oporto, fit sommer l'évêque de cette ville d'en ouvrir les portes. Celui-ci s'y refusa énergiquement, et même le général Foy, qui avait été envoyé dans cette cité en qualité de négociateur, faillit être massacré par la populace portugaise.

Le maréchal Soult se décida alors à attaquer Oporto, que défendait une armée de secours composée de soldats réguliers, de milices et de paysans armés. Le 29 mars, à 7 heures du matin, il ordonne l'attaque du camp ennemi. Immédiatement, la canonnade et la fusillade s'engagent sur toute la ligne. Le général français dirige sa première attaque de manière à tourner l'aile droite des Portugais. La division aborde vigoureusement le centre ennemi. Les

70e et 66e de ligne, après avoir franchi les retranchements et les ouvrages avancés qui défendent le camp adverse enfoncent les troupes portugaises et les mettent en pleine déroute. Aussitôt que le passage est ouvert, notre cavalerie se précipite à la poursuite des fuyards dont elle fait un grand carnage, entre avec eux dans Oporto et le 22e dragons, les charge jusqu'à la rivière du Douro qui traverse la ville. Un pont, que les Portugais voulaient couper, rompit sous le nombre des soldats ennemis qui s'y précipitaient et la plupart d'entre eux périrent dans le Douro.

Pendant quelques instants, la lutte se continua dans l'intérieur de la ville, mais nos troupes finirent par triompher de toute résistance. A 8 heures du soir, le pont sur le Duero étant réparé, l'infanterie du maréchal Soult put alors s'établir sur la rive gauche et des reconnaissances de cavalerie furent envoyées dans toutes les directions pour disperser les détachements ennemis qui s'opposaient à la marche de nos troupes.

Cependant, cette victoire devait être stérile. En effet, le maréchal Soult, livré à ses propres forces et menacé par deux armées anglaise et portugaise, ainsi que par la population du pays tout entière, insurgée contre nous, ne put dépasser Oporto. Forcé à la retraite, il sut opérer celle-ci dans le plus grand ordre, conservant ses drapeaux, ses canons et ses chevaux et rentra en Espagne, dans la province de Galice.

BATAILLE D'OCANA

(19 novembre 1809)

Figure sur le drapeau du 58ᵉ régiment de ligne
et sur les étendards des 12ᵉ, 21ᵉ dragons et du 21ᵉ chasseurs.

L'occasion s'offrit enfin de se mesurer, le 21 novembre 1809, à une armée régulière. Les Espagnols se décidaient à tenter une action vigoureuse.

Ils avaient rassemblé en Andalousie tous leurs détachements du Midi, et bientôt 60.000 hommes, sous les ordres d'Oreizaga, débouchaient de la sierra Morena et marchaient directement sur Madrid.

Soult prit le commandement des troupes françaises et se porta au-devant de l'ennemi. Il le surprit au passage du Tage et le refoula jusqu'à Ocana, où il l'obligea à accepter la bataille, le 19 novembre 1809. La lutte fut vive, mais courte. En quelques heures, l'armée espagnole était dispersée : on lui prit 30.000 hommes, ses canons, ses drapeaux, ses bagages.

C'est notamment dans cette action d'Ocana que la réputation de nos dragons d'Espagne fut portée à son comble. Ils se trouvaient, avec le 7ᵉ régiment d'infanterie polonaise, auprès de cette localité, lorsque le 17 novembre, l'avant-garde espagnole, composée de nombreux escadrons d'une cavalerie d'élite, vint les attaquer. Le général Milhaud, par des charges habilement dirigées, attira cette cavalerie sous le feu du régiment polonais formé en carré et, profitant du moment où elle était ébranlée, il se jeta sur elle avec ses dragons et la culbuta complètement.

L'effet produit fut tel que, quelques jours après, la cavalerie espagnole n'osa plus se mesurer avec la nôtre sur le champ de bataille d'Ocana et s'enfuit au lieu de couvrir la retraite de son armée qui laissa aux mains de la cavalerie française 20.000 prisonniers, 50 canons, 30 drapeaux et des approvisionnements de toute nature et de toute espèce.

Telle fut l'issue de la mémorable bataille d'Ocana, où près de 60.000 Espagnols furent dispersés et anéantis par 30.000 Français. Le maréchal Mortier cita, dans son rapport à l'Empereur, comme s'étant particulièrement distingués dans cette journée : le général Girard, blessé en chargeant à la tête de sa division ; les généraux de brigade Beauregard et Chauvel, les colonels Raymond du 34e, Chassereau du 40e, Pécheux du 64e, Weylaude du 88e, Briche du 10e hussards, Steemhault du 21e chasseurs, Bouchu commandant l'artillerie du 5e corps et un grand nombre d'officiers supérieurs ou subalternes. Le sergent Romblat du 64e, qui avait enlevé un drapeau à l'ennemi, fut également cité et fait, quelques jours après, chevalier de la Légion d'honneur.

COMBAT D'ALBA DE TORMÈS

(28 novembre 1809)

Figure sur les étendards des 11ᵉ, 25ᵉ dragons et du 15ᵉ chasseurs

Le 28 novembre, l'arrière-garde de l'armée espagnole qui s'était mise en retraite après sa défaite d'Ocana fut atteinte par le général Lorcet sur la route de Salamanque, près d'Alba de Tormès. Les Espagnols voyant qu'ils n'avaient affaire qu'à une avant-garde commencèrent eux-mêmes l'attaque. Le général Lorcet se retira alors sur le gros de cavalerie qui le suivait. La confiance de l'ennemi s'accrut par ce mouvement rétrograde des nôtres. Mais le général Kellermann, qui arrivait sur le lieu de l'action, fit avancer les 3ᵉ et 6ᵉ dragons, commandés par le général Millet, en lui donnant l'ordre de se diriger sur la droite du plateau, pendant qu'avec les 11ᵉ et 25ᵉ régiments de même arme et le 15ᵉ chasseurs, il se portait lui-même directement sur le plateau.

L'attaque générale de la ligne ennemie fut exécutée avec tant de vigueur et d'impétuosité par nos cavaliers, que les Espagnols lâchèrent pied presque aussitôt et repassèrent les rives de la Tormès dans le plus grand désordre, nous abandonnant 5 pièces de canon.

Une seconde ligne d'infanterie ennemie accueillit alors notre cavalerie par un feu si bien nourri que celle-ci dut exécuter, en très bon ordre d'ailleurs, un mouvement rétrograde. Le général Kellermann, loin de s'intimider des forces qui lui étaient opposées, rassemble une colonne formée des 15ᵉ et 25ᵉ dragons et la lance à la charge sur l'infanterie espagnole qui se retire sur un plateau en arrière. Dans cette charge, le 25ᵉ dragons enlevait cinq canons à l'ennemi. La nuit était arrivée, lorsque survint l'infanterie de la brigade Maucune que le général Kellermann lança immédiatement à l'attaque des hauteurs occupées par les Espagnols. Cette attaque fut si prompte et si bien menée que l'infanterie ennemie, qui s'était formée en carrés, ne tint pas même au premier choc et se dispersa dans les ravins pour échapper plus promptement à la poursuite de leurs adversaires qui entraient sans coup férir dans la ville d'Alba de Tormès, complètement abandonnée par l'ennemi.

Le lendemain, l'armée française, toujours poursuivant les troupes espagnoles, entrait dans Salamanque.

SIÈGE ET PRISE DE LÉRIDA

(avril et mai 1810)

Figure sur les drapeaux et étendards des 114ᵉ, 115ᵉ, 116ᵉ et 117ᵉ de ligne et du 13ᵉ cuirassiers.

Après une infructueuse tentative sur Valence, le général Suchet s'était porté devant Lérida pour en faire le siège. Son corps, complété à 30.000 hommes, ne pouvait guère fournir que 22.000 à 23.000 combattants; il en avait laissé environ 10.000 à la garde de l'Aragon, et avec 12.000 à 13.000 hommes il s'était dirigé sur Lérida, dont il avait formé l'investissement sur les deux rives de la Sègre. La place de Lérida est située au pied d'un rocher

que surmonte un château fort, bâti entre ce rocher et la
Sègre; elle est protégée par les eaux de cette rivière, et
de tous les côtés par les feux plongeant du château. Cette
cité renfermait alors 18.000 âmes d'une population
fanatique, plus une garnison de 700 à 800 hommes commandée par Garcia-Conde. Elle ne manquait ni de vivres
ni de munitions et pouvait supporter un long siège.

C'est un habile officier du génie, le général Haxo, qui
avait reçu la difficile mission de préparer le siège de cette
ville. Il fit ouvrir la tranchée par le nord-est, afin d'attaquer la place entre la rivière et le château, et par son côté
le plus peuplé pour soumettre à une plus rude épreuve
le courage des habitants.

Pendant qu'on se disposait à ouvrir cette tranchée, une
lettre interceptée apprenait au général Suchet que le
général espagnol O'Donnell arrivait avec les troupes de
Catalogne et d'Aragon pour faire lever le siège. Le
22 avril, ce général n'était plus qu'à une journée de
marche de Lérida. Le commandant des troupes françaises
prit alors ses dispositions de manière à tenir tête à l'ennemi du dehors comme à celui du dedans.

Le 23 avril, en effet, le général O'Donnell paraissait
devant Lérida. Il était précédé d'une avant-garde d'infanterie et de cavalerie légère et marchait en deux
colonnes, fortes ensemble de 10.000 hommes environ. Le
feu s'engage aussitôt entre cette troupe et nos avant-
postes. Le général Harispe se porte alors au-devant de
l'ennemi avec le 4ᵉ hussards et deux compagnies des
115ᵉ et 117ᵉ de ligne. Il aborde l'avant-garde ennemie,
la charge et la culbute au loin dans la plaine. Ce premier
avantage lui donnait le temps de revenir vers la ville

pour contenir la garnison qui, réunie en masse, commençait à déboucher par le pont de la Sègre. Le général
Harispe, avec le brave 117ᵉ, aborde cette garnison à la
baïonnette, la refoule sur le pont et l'oblige à rentrer
dans la place.

Ces deux actions rapides avaient donné le temps à la
division Musnier de passer la Sègre et d'arriver sur
le champ de bataille. L'infanterie de ce général, précédée par le 13ᵉ cuirassiers, s'avance en colonne sur
l'armée espagnole qu'elle attaque en flanc. Nos cuirassiers
du 13ᵉ chargent aussitôt la cavalerie ennemie, la culbutent,
continuent leur charge, enfoncent les carrés des gardes
wallonnes, et, en quelques instants, soutenus par l'infanterie, font mettre bas les armes à près de 6.000 hommes.
Le reste se précipite à toutes jambes vers les routes de la
Catalogne, abandonnant entre les mains des nôtres quantité de canons, drapeaux et bagages.

Après ce brillant combat, on n'avait plus à craindre
que le siège fut troublé. La tranchée est, en conséquence,
ouverte le 29 avril. Les travaux d'approche sont dirigés
sur deux bastions, ceux de Carmen et de la Madeleine.
Le 12 mai, notre feu éteignait celui de la place et on attaquait les redoutes extérieures brillamment enlevées à la
suite d'un vif et rapide combat.

Le 13, on donnait l'assaut au corps même de la place.
Deux colonnes commandées par le général Habert et le
colonel Rouelle fondaient des tranchées sur les brèches et
les gravissaient malgré un feu terrible de front et de flanc.
Après une sanglante action, ces colonnes pénétraient en
ville, poussant, pêle-mêle devant elle, garnison et population qui se réfugiaient dans la citadelle de la ville. Toute

la nuit, le général Suchet faisait accabler d'obus, de bombes et de mitraille cette étroite enceinte, remplie d'hommes, de femmes et d'enfants qui poussaient des cris affreux. Quelque dévoués que fussent le commandant et la garnison, il leur était impossible d'abriter et de nourrir cette population et de la laisser mourir sous leurs yeux, frappée par nos projectiles. Le 14 mai, à midi, le gouverneur Garcia-Conde arbora le drapeau blanc et rendit sa garnison prisonnière de guerre.

Ce beau siège nous avait coûté un mois d'investissement et quinze jours de tranchée ouverte. Nos pertes étaient de 700 hommes tués et blessés, mais elle nous procurait la place la plus importante de l'Aragon, 7.000 prisonniers, 150 bouches à feu, 1 million de cartouches et une quantité considérable de vivres et de munitions.

SIÈGE ET PRISE DE CIUDAD-RODRIGO
(juin-juillet 1810)

Figure sur le drapeau du 159ᵉ de ligne et l'étendard du 25ᵉ dragons

Tandis que le maréchal Soult assiégeait Cadix et Badajoz, et le général Suchet les places de l'Aragon, le maréchal Masséna entrait une troisième fois en Portugal et allait mettre le siège devant l'importante place de Ciudad-Rodrigo.

Le premier ouvrage défensif que le maréchal donna l'ordre d'enlever, dès l'ouverture de la tranchée, fut le couvent de Santa-Cruz qui, par sa position, gênait beaucoup la droite de nos attaques. En conséquence, dans la nuit du 21 au 22 juin, 300 grenadiers, formés en deux colonnes, furent lancés sur cette position qu'ils ne purent enlever qu'en partie après un sanglant et terrible combat.

Le lendemain 23 et jours suivants, nos canons entrèrent en ligne, faisant un feu d'enfer sur les ouvrages extérieurs et le mur d'enceinte. Le 28, la brèche semblant praticable, le maréchal Masséna fait sommer le gouverneur de se rendre, mais celui-ci résiste aux injonctions du maréchal, alléguant que la place est encore parfaitement défendable. Le siège continue alors, et, de part et d'autre, l'ardeur et le courage sont égaux.

Le 9 juillet, le maréchal trouvant les travaux assez avancés et les brèches praticables sur bien des points, donne des ordres pour un assaut immédiat. Dès 4 heures du matin, nos batteries vomissent, sur la malheureuse ville de Ciudad-Rodrigo, une véritable trombe de boulets et d'obus. A 4 heures de l'après-midi, deux colonnes d'assaut s'élancent jusqu'au pied de la première brèche; elles s'apprêtaient à la franchir, lorsque le gouverneur, le général Herrasti, paraît sur la seconde brèche, y arborant lui-même le drapeau blanc. Il s'abouche sur les ruines de ses murailles avec le maréchal Ney qui lui serre la main comme à un brave soldat et lui accorde les honneurs dus à sa belle défense.

Les conditions arrêtées, nos troupes entrèrent dans la place qui laissait, entre les mains de nos soldats, 3.500 prisonniers, 120 bouches à feu, beaucoup de cartouches, de poudre et de fusils anglais. Nos pertes, durant ce siège, s'élevèrent à 200 tués et 1.000 blessés.

BATAILLE DE FUENTÈS DE ONORO
(5 mai 1811)

Figure sur le drapeau du 66ᵉ de ligne et l'étendard du 20ᵉ chasseurs

Masséna, obligé d'abandonner le Portugal, se retirait sur Almeida, lorsque arrivé à Fuentès de Onoro, le 3 mai 1811, il trouve l'armée anglaise établie dans une forte position et disposée à lui barrer le chemin. Le maréchal prend immédiatement ses dispositions. Après une action préparatoire, livrée le 3 mai, dans laquelle les 3ᵉ, 6ᵉ et 20ᵉ chasseurs à cheval, conduits par le général Fournier-Sarlovèze, firent des prodiges de valeur, rejetant les premières lignes ennemies sur le village de Fuentès de Onoro, le maréchal prend, le 5 mai, l'offensive.

Le mouvement de l'armée française commença dès l'aurore. Notre cavalerie a d'abord l'avantage. Elle culbute les escadrons ennemis sur leur infanterie, mais celle-ci, heureusement disposée, arrête par des feux bien dirigés nos cavaliers victorieux. Masséna voyant la droite anglaise entamée, ordonne aux divisions Marchand et Mermet de seconder l'effort de notre cavalerie et de se porter sur Fuentès de Onoro qu'elles prendront à revers.

Le général Montbrun, de son côté, s'élance sur les carrés anglais avec tous les escadrons qu'il peut réunir, dragons, hussards et chasseurs. Cette charge est admirable. En un clin d'œil, le carré de gauche est enfoncé. Le général Fournier-Sarlovèze, superbe de bravoure et d'entrain, pénètre lui-même dans celui du centre. 1.5oo hommes d'infanterie anglaise se rendent, et le colonel Kill remet son épée. Seul, le carré de droite, protégé par un pli de terrain, échappe au désastre et ne peut être entamé par les escadrons du général Wathier.

En ce moment, de nouvelles décharges de mitraille tombent comme grêle sur nos cavaliers; l'intrépide général Fournier-Sarlovèze est blessé et son cheval tué sous lui; nos soldats perdent à leur tour contenance et sont à leur tour chargés par la cavalerie anglaise qui arrivait au secours de son infanterie. Le général Montbrun demande alors l'appui de la cavalerie de la Garde, mais la Garde ne veut obéir qu'aux ordres de son chef, le maréchal Bessières, qu'on ne sait où trouver sur ce vaste champ de bataille. D'un autre côté, les divisions d'infanterie Marchand et Mermet, mal dirigées par le général Loison, se jettent trop à droite et sont dans l'impossibilité de secourir la cavalerie du général Montbrun.

Profitant de ces fâcheux contretemps, la droite anglaise se reforme. Le maréchal Masséna, voulant réparer les fautes commises, prépare, contre cette droite de son adversaire, une nouvelle attaque qu'il espère décisive, mais au moment de la commencer, le général Éblé, commandant l'artillerie, vient annoncer au maréchal que les munitions manquent. La bataille est alors suspendue, et nos troupes couchent sur le champ de bataille, bivouaquant à portée de fusil de l'armée ennemie. L'action est donc demeurée indécise, par suite d'obstacles imprévus et d'actes de mauvaise volonté évidents. Il est certain que si les habiles dispositions prises par le maréchal Masséna avaient été secondées, nous étions vainqueurs.

Le lendemain 6, le maréchal était décidé, plus que jamais, à reprendre l'action. A cet effet, les attelages de l'artillerie sont, toute la journée, employés à chercher des munitions à Ciudad-Rodrigo, mais l'ennemi, non plus, ne perd pas de temps et s'établit formidablement dans ses lignes. En vain, le maréchal insiste-t-il pour recommencer la bataille; ses lieutenants lui font entrevoir le découragement de l'armée qui se trouve en fort mauvaise situation physique et morale pour entamer de nouveau une lutte difficile et singulièrement redoutable. Devant ces raisons plus ou moins réelles, mais qui dénotaient, de la part de l'entourage de l'ancien vainqueur de Rivoli, un parti pris peu rassurant pour la conduite ultérieure des opérations, le maréchal continue sa retraite, ordonnant de faire sauter Almeida et se retire sur Salamanque.

COMBAT D'ALBUFERA

(15 mai 1811)

Figure sur l'étendard du 20ᵉ dragons

Le 15 mai 1811, le maréchal Soult partit de Séville avec son corps d'armée fort de 18.000 hommes et se porta sur l'Albufera, où il se trouva en présence de l'armée ennemie, composée de deux divisions anglaises de 10.000 hommes, 8.000 Portugais et 3.000 Espagnols. En outre, les forces devaient être renforcées par un corps espagnol de 9.000 hommes commandé par le général

Blacke. Le duc de Dalmatie donne l'ordre de combattre aussitôt, afin de livrer l'action avant l'arrivée des réserves attendues par son adversaire.

Le village d'Albufera est attaqué par la brigade de cavalerie du général Briche, et le gros de nos troupes se porte en même temps sur la droite de l'armée ennemie, commandée par le général anglais Beresford. Bientôt, cette droite est débordée par la cavalerie du général de Latour-Maubourg, et l'infanterie du général Girard, s'avançant au pas de charge, culbute à son tour les Anglo-Espagnols qui abandonnent successivement leurs positions, laissant entre les mains de nos soldats un grand nombre de prisonniers.

Sur ces entrefaites, le général Blacke avait rejoint le corps d'armée du général Beresford. Leurs forces réunies, de beaucoup supérieures aux nôtres, débordent sur nos ailes, menacées d'être complètement tournées.

Le maréchal Soult fait alors cesser la poursuite de la première ligne espagnole qui vient d'être rompue et dispersée, et fait concentrer toutes ses troupes sur les positions qu'elles ont conquises si brillamment. Cependant, l'ennemi avançait sur nos lignes. Un combat sanglant et très vif s'engage aussitôt. Notre cavalerie charge avec une superbe impétuosité les masses anglo-espagnoles; tour à tour, le 2ᵉ hussards, le 1ᵉʳ lanciers polonais, les 4ᵉ et 20ᵉ dragons s'élancent dans cette furieuse mêlée. Trois brigades d'infanterie anglaise sont successivement détruites et les généraux ennemis, estimant notre position trop solidement défendue pour être enlevée, ordonnent la retraite. Ils laissaient entre nos mains 2.000 prisonniers, 6 canons et 6 drapeaux appartenant aux 3ᵉ, 48ᵉ et

66ᵉ régiments d'infanterie anglaise. Leurs pertes, en tués
et blessés, s'élevaient à 7.000 hommes environ; les nôtres
n'excédaient pas 3.000 hommes, mais nous avions à
regretter la mort de deux vaillants officiers, les généraux
de brigade Werlé et Pépin. La cavalerie avait été magnifique de courage et le succès de la journée lui était dû
en grande partie.

SIÈGE ET PRISE DE TARRAGONE

(mai et juin 1811)

Figure sur les drapeaux des 42ᵉ, 113ᵉ, 115ᵉ, 116ᵉ, 117ᵉ et 141ᵉ de ligne.

En juin 1811, le général Suchet qui gouvernait la province d'Aragon prend la résolution de faire le siège de
Tarragone, place très importante qui, située aux bords
de la mer, servait de grand dépôt d'approvisionnements
et de munitions aux troupes anglo-espagnoles.

Cette ville bâtie sur un rocher, d'un côté baignée par la
Méditerranée, de l'autre par le ruisseau de Francoli, se
divise en ville haute, et ville basse; celle-ci située au pied
de la ville haute, était défendue par une enceinte bas-
tionnée, régulièrement et puissamment fortifiée. Au-
dessus de l'amphithéâtre formé par les deux villes, on
voyait un fort dit de l'Olivo, dominant tous les environs
de ses feux et communiquant avec la ville par un
aqueduc. Quatre cents pièces de gros calibre garnis-

saient ces trois étages de fortification. 18.000 hommes
de bonnes troupes, commandées par le brave général
espagnol Contreras, en formaient la garnison, qu'une
population fanatique et dévouée, comme à Saragosse,
était résolue à seconder de toutes ses forces. En outre,
la flotte anglaise pouvait sans cesse renouveler le matériel de la place, soit en munitions, soit en vivres et y
remplacer les hommes hors de combat par des contingents amenés de Catalogne ou de Valence. Jamais la
lutte ne s'était présentée sous un aspect plus redoutable.

Tandis que le général Suchet faisait commencer les
tranchées d'approche devant la ville basse, deux des plus
braves régiments de l'armée de siège, les 7e et 16e de ligne,
sous les ordres du général Salme, entreprenaient l'attaque
du fort de l'Olivo. Ces deux régiments, après des travaux
d'une difficulté inouïe et des pertes sensibles, étaient
parvenus à disposer une batterie de brèche très puissante et à lui faire battre de ses feux incessants la
terrible et inexpugnable redoute. Le 30 mai, la brèche
ayant été reconnue praticable, le signal de l'assaut de
l'Olivo est donné au milieu de la nuit. Ce sont les 7e et
16e de ligne qui avaient sollicité l'honneur d'exécuter cette
attaque, car ayant été constamment à la peine, ils dési-
raient aussi être à la gloire. Les deux régiments se précipitent à l'assaut, une colonne courant droit à la brèche et
l'autre tournant à gauche afin d'assaillir le fort par la
gorge. Les sapeurs du génie et les grenadiers du 16e escaladent le mur, sautent dans le fort et ouvrent la porte à
la seconde colonne, qui entre baïonnette baissée. Pendant
ce temps, la colonne du 7e de ligne qui a abordé direc-

tement la brèche, place ses échelles contre les remparts et
les voltigeurs de ce régiment sont également en un clin
d'œil dans l'intérieur de l'ouvrage où ils donnent la main à
leurs camarades du 16ᵉ. Le combat devient terrible,
car les Espagnols, plus nombreux que les nôtres, résistent avec l'énergie du désespoir. Ils abandonnent le fort
proprement dit et se retranchent dans le réduit où ils
luttent avec une opiniâtreté et une ardeur sans égale.
Le général Harispe arrive alors avec des troupes de
réserve au secours des nôtres et tous, redoublant d'efforts,
finissent par pénétrer dans le réduit où chaque défenseur est passé au fil de l'épée. On trouva dans le fort
une cinquantaine de pièces qu'on s'empressa de retourner
immédiatement contre la place.

Maître de l'Olivo, le général Suchet fit pousser avec une
grande activité les travaux d'approche contre la ville
basse. Dans la nuit du 7 au 8 juin, trois petites colonnes
d'infanterie enlèvent également d'assaut le fort Francoli,
situé au bord de la mer; puis, le 16 suivant, on s'empare
de la lunette dite du Prince. A ce moment, il ne restait
plus d'obstacle intermédiaire à vaincre pour aborder
les deux bastions Saint-Charles et des Chanoines. Des
batteries de brèches sont alors établies contre ces ouvrages
ainsi que contre le fort Royal. Quarante-quatre pièces de
siège entretiennent le feu pendant que l'on continue le travail des tranchées. De son côté, l'artillerie de la place
— plus du double de la nôtre — faisait rage et criblait de
ses boulets et de sa mitraille, nos braves soldats.

Le 21 juin, toutes nos batteries tirent contre la place
dont l'artillerie riposte avec une semblable énergie. Le
soir, trois brèches sont reconnues praticables, l'une au

bastion Saint-Charles, l'autre au bastion des Chanoines, la troisième, enfin, au fort Royal. L'assaut de la ville basse est alors décidé. Le soir à 7 heures, trois colonnes s'élancent à la fois sur les trois brèches. La première, composée des compagnies d'élite des 116e, 117e et 121e de ligne, sous les ordres du colonel de génie Bouvier, se porte vers la brèche du bastion des Chanoines. Pendant ce temps, une seconde colonne, composée d'hommes d'élite pris aux 1er, 5e léger et au 42e de ligne, se dirige vers le bastion Saint-Charles. Les deux positions sont emportées après un combat acharné. Les colonnes se rejoignent et pénètrent dans la ville basse. La lutte y devient terrible, il faut emporter d'assaut chaque maison, puis emporter également le fort Royal. Heureusement, une troisième colonne de réserve est amenée par l'aide-de-camp du général en chef, le commandant de Rigny; elle se compose de détachements des 5e léger, 42e, 115e et 121e de ligne. Cette colonne achève la déroute des Espagnols qui sont repoussés finalement jusque dans la ville haute. L'assaut avait, du reste, été rapidement mené. Commencé à 7 heures du soir, il était fini à 8. Nous avions en notre possession près d'une centaine de bouches à feu, une immense quantité de munitions que l'ennemi nous avait abandonnées. Celui-ci comptait également beaucoup de morts et blessés, mais très peu de prisonniers vivants. Nous perdions, pour notre part, 500 hommes hors de combat.

Il restait maintenant à attaquer la ville haute. On accéléra la construction d'une nouvelle et puissante batterie de brèche qui fut complètement armée dans la nuit du 27 au 28 juin. Dès l'aurore, on ouvre le feu. Vers 3 heures de l'après-midi la brèche paraît être praticable. A 5 heures du soir, le général Suchet ordonne l'assaut qui est confié à 1.500 hommes pris parmi les compagnies d'élite des 1er, 5e légers, des 14e, 42e, 114e, 115e, 116e, 117e, 121e de ligne et du 1er régiment de la Vistule. Ces forces sont mises sous les ordres du général Habert, le vainqueur de Lérida. Une réserve d'égale force se tient prête à intervenir, elle est commandée par le général Ficatier. Enfin, à gauche, et sur la face nord faisant angle avec la face ouest que nous attaquions, le général Montmarie doit, à la tête des 116e et 117e, enlever, par escalade, la porte du Rosaire.

L'attaque est menée avec une superbe ardeur. Les Espagnols se défendent en désespérés. C'est une lutte corps à corps où nos soldats, comme leurs adversaires, déploient une rage et une bravoure égales. Enfin, nos troupes se font jour à travers les masses des défenseurs, elles pénètrent dans la ville, où une nouvelle résistance les attend, surtout dans l'importante rue de la Rambla, qui a été solidement barricadée. La cathédrale est également le théâtre d'une lutte sanglante où tous les Espagnols tombent sous les coups des nôtres, rendus furieux par la résistance qui leur est si obstinément opposée. Seuls une centaine de blessés trouvent grâce devant eux. En ce moment, 8.000 hommes — dernier reste vivant de la garnison — sortis par la porte de Barcelone, cherchent à se sauver du côté de la mer. On les pousse sur le général Harispe qui, leur barrant le chemin, les oblige à mettre bas les armes.

Tarragone, après ce dernier et furieux assaut, était enfin entre nos mains. Ce siège nous avait coûté des pertes sensibles, au total 4.500 hommes dont 1.000 à 1.200 tués et 1.500 blessés, incapables désormais de rentrer dans le rang. Dans ce siège de deux mois, nos troupes avaient ouvert neuf brèches et livré cinq assauts, dont trois avaient été des plus terribles. Quant aux Espagnols, ils laissaient entre nos mains 10.000 prisonniers et comptaient plus de 6.000 hommes tués ou blessés.

La prise de Tarragone est demeurée, à bon droit, un des faits d'armes les plus remarquables de la longue et sanglante guerre d'Espagne ; elle fut surtout due à la haute intelligence du général Suchet qui s'y montra homme de guerre de premier ordre. Cette perte ôtait à l'insurrection catalane son principal appui, en la séparant de la rébellion de la province de Valence. Elle eut dans toute la Péninsule un grand effet moral dont le résultat eût été important, si tout avait été prêt pour accabler les Espagnols par un grand concours de forces.

BATAILLE ET PRISE DE SAGONTE
(25 octobre 1811)

Figure sur les drapeaux et étendards des 16ᵉ et 114ᵉ régiments de ligne, des 13ᵉ cuirassiers et 24ᵉ dragons.

Tarragone emportée d'assaut le 28 juin 1811, le général Suchet trouva dans la prise de cette place son bâton de maréchal de France. Cette importante opération terminée, toutes les troupes qui y avaient été employées,

notamment les 16e, 113e, 114e, 115e, 117e de ligne, le 13e cuirassiers et les 21' et 24e dragons, revinrent dans le Bas-
Aragon et tout se prépara pour la conquête du royaume
de Valence, seule partie de l'Espagne qui, ainsi que la
province de Murcie, n'avait point encore été occupée par
nos troupes. Celles-ci reprirent leurs anciens cantonnements, allant faire de temps à autre des reconnaissances
sur Teruel, où l'ennemi poussait, sans qu'on pût jamais le
rencontrer, certaines pointes audacieuses.

Le 25 octobre, le maréchal Suchet reçut avis que le
général espagnol Blacke venait de quitter sa position sur
le Guadalquivir et s'avançait avec 30.000 hommes pour
faire lever le siège de Sagonte. L'armée française, forte
d'environ 12.000 hommes, se porta alors à sa rencontre.

Les Espagnols s'avançaient avec résolution et en très
bon ordre. Forts de leur supériorité numérique, ils étaient
en outre exaltés par une proclamation énergique de leur
général en chef, leur promettant la victoire et leur
disant que les habitants de Valence et les défenseurs de
Sagonte auraient les yeux fixés sur eux pendant la bataille,
et qu'ils mettaient tout leur espoir dans leur courage et
dans leur dévouement. Jamais, en effet, armée ne pût être
mieux placée pour recevoir un pareil stimulant ; derrière
elle, une superbe ville de 100.000 âmes, dont les acclamations et les bénédictions devaient récompenser son
triomphe ou lui offrir, en cas d'insuccès, une retraite
assurée ; en face d'elle, Sagonte à sauver d'une perte
imminente, Sagonte dont elle voyait les murailles et
dont le canon ne cessait de se faire entendre comme pour
l'appeler et l'exciter encore à vaincre.

Notre position n'était pas, tant s'en faut, aussi belle ;

outre notre infériorité numérique très sensible, nous avions à dos le fort de Sagonte et des défilés qui, en cas de défaite, auraient rendu la retraite désastreuse ; mais l'armée avait confiance dans son chef, le vaillant Suchet, et elle s'avançait au-devant de l'ennemi avec l'assurance et le calme d'une troupe déjà sûre du succès.

Dès le début de l'action, l'ennemi porta ses premiers efforts sur nos ailes et déborda celle de droite qu'il fit reculer. Il occupait le village de Pouzol, qui se trouve sur la grande route de Valence, et, en arrière de ce village, se trouvait presque toute sa cavalerie, sous les ordres du général Caro. Le 13e cuirassiers, en avançant, arriva à hauteur de Pouzol, sur la droite, ayant à la sienne le 3e régiment de la Vistule et en avant le 4e hussards, qui se porta alors vers une forêt de caroubiers cachant à nos soldats la cavalerie espagnole. Le 1er escadron du 13e cuirassiers se joint alors au 4e hussards dont il appuie le mouvement offensif. En même temps, le 3e escadron du régiment est dirigé vers l'autre côté du village de Pouzol, où l'on suppose en avoir besoin. Le 2e escadron reste seul en réserve. Quelques minutes se sont à peine écoulées depuis l'exécution de ces mouvements, qu'un bruit formidable de cris, de clameurs se font entendre et l'on voit le 1er escadron du 13e cuirassiers, et le 4e hussards fuir dans le plus grand désordre, vigoureusement ramenés par toute la cavalerie du général Caro. Cette cavalerie, composée de 1.500 chevaux, arrivait, elle aussi en désordre, rompue par une course à toute bride à travers les caroubiers. A cette vue, le 2e escadron du 13e cuirassiers, sous les ordres du capitaine *de Gonneville*, loin de se laisser ébranler, part au signal donné

par son chef et se précipite sur l'ennemi. Tout ce qui
se trouve en face de lui est littéralement broyé et, en
moins de quelques minutes, la masse de cavalerie espagnole, brisée, morcelée, fuit dans toutes les directions,
serrée de près par les cuirassiers du 13ᵉ qui, s'acharnant
après elle, y creusent à coups de sabre de nombreux et
sanglants sillons.

Trois canons, tombés tout d'abord aux mains de
l'ennemi, sont repris par les cuirassiers du 13ᵉ, et cinq
pièces espagnoles sont enlevées ; le général Caro, atteint
d'un coup de sabre à la tête, est renversé de cheval et
demeure prisonnier. Cette belle charge, dont l'honneur
revenait tout entier au brave 13ᵉ, avait porté le coup
décisif de la journée et rompu l'attaque de l'ennemi. A
leur tour, nos régiments d'infanterie s'étaient vigoureusement portés en avant et avaient culbuté l'armée espagnole qui laissait sur le terrain un millier d'hommes
tués ou blessés et, entre les mains du maréchal Suchet,
près de 5.000 prisonniers, dont 2 généraux, 40 officiers
supérieurs et 230 officiers de troupes, 4 drapeaux, 12 canons et plus de 4.000 fusils.

Sagonte capitulait le lendemain.

SIÈGE ET PRISE DE VALENCE

(janvier 1812)

Figure sur les drapeaux des 20ᵉ et 60ᵉ de ligne

Le maréchal Suchet avait fixé au 26 décembre le complet investissement de Valence. En effet, pendant qu'une partie de la division Habert masquait le faubourg de Serrana, le reste de cette division se portait à gauche, passait le fleuve vers son embouchure, venait se ployer autour de Valence, qu'elle enveloppait du côté de la mer, et prenait position vis-à-vis du mont Olivete. Au centre, les Italiens du général Palombini traversaient le Guadalaviar à gué, et, sous le feu le plus vif, attaquaient le village de Mislata, fortement défendu et surtout protégé par un canal profond, plus difficile à franchir que le fleuve lui-même.

Pour seconder ce mouvement et envelopper complètement Valence, le général Harispe, avec sa division, avait franchi le Quadalaviar au-dessus du village de Manissès, tandis que le général Reille allait s'établir sur la rive gauche du fleuve. Pendant ce mouvement circulaire autour de Valence, nos dragons battaient l'estrade et mettaient en déroute les insurgés du général Mahy et de Villa-Campa.

L'opération de l'investissement fut immédiatement suivie de l'ouverture de la tranchée au sud et à l'ouest de la ville. Le général anglais Blake, qui avait mission de défendre cette cité, ne voyant autour de lui rien de préparé pour une défense à outrance, abandonna la ligne des défenses extérieures et se retira dans l'enceinte.

Le maréchal Suchet qui avait parfaitement discerné et l'embarras de son adversaire et la lassitude des habitants, se porte aussitôt sous les murs de la place, y dispose une batterie de mortiers et fait ouvrir le feu, moins pour détruire une cité dont il tenait à respecter les richesses, que pour effrayer les habitants. Après quelques heures d'un bombardement platonique, il somma le général Blake de se rendre. Celui-ci fit une réponse négative, mais cependant équivoque. On bombarda encore sans interrompre les pourparlers. Enfin, le 9 janvier 1812, l'armée anglo-espagnole se rendit prisonnière de guerre. Elle se composait de 18.000 hommes. Le lendemain, le maréchal Suchet faisait dans Valence une entrée triomphale. Ajoutons, en terminant, que le 20ᵉ de ligne, qui bénéficie de l'inscription *Valence* sur son drapeau, et qui appartenait à la division Reille, du corps de siège, mérita d'être cité pour son intrépidité et prit une part active aux travaux d'attaque contre la place. Il s'acquit même une telle réputation de valeur et *frappait si dru* que l'armée lui décerna le surnom de *Régiment des Grosses Bottes* (cuirassiers) (Historique du corps).

BATAILLE DES ARAPILES

(22 juillet 1812)

Figure sur les drapeaux des 118ᵉ, 119ᵉ, 120ᵉ et 122ᵉ de ligne

Au printemps de 1812, une partie de la Vieille Castille, le royaume de Léon et la province de Salamanque, était occupée par l'armée française, dite de Portugal, que commandait le maréchal Marmont. Elle avait surtout pour mission de tenir tête à l'armée anglo-portugaise, commandée par Wellington et de s'opposer à la marche de cette armée si elle essayait de se jeter dans la Vieille Castille, et de couper notre ligne de communication avec nos autres forces occupant le territoire espagnol.

Dès les premiers jours de mai, Marmont — voyant les projets du général anglais se dessiner nettement vers l'objectif indiqué ci-dessus, et n'étant pas en force suffisante pour opposer une résistance durable aux efforts de son adversaire, très supérieur en nombre — demanda instamment des secours au roi Joseph. Celui-ci fit prévenir le maréchal Soult, qui disposait de l'armée d'Andalousie, et le maréchal Cafarelli, qui commandait l'armée du Nord, d'avoir à se porter au secours du maréchal Marmont. Mais ces deux officiers généraux, soit mauvaise volonté, soit imprévoyance, ne tinrent aucun compte des ordres reçus et laissèrent leurs compagnons d'armes aux prises avec toute l'armée anglo-portugaise. Les résultats de cette conduite à l'égard d'un de leurs collègues ne se firent pas attendre. En effet, les 18 et 19 mai, le général anglais Hill, lieutenant de Wellington, surprenait et emportait les ouvrages fortifiés élevés autour du pont d'Almaraz, qui reliait les communications de Marmont d'une rive du Tage à l'autre, et, dans les premiers jours de juin, le général Wellington s'emparait à son tour de Salamanque. Marmont battit donc en retraite, repassant le Douro dans la nuit du 16 au 17 juillet. Sa situation était assez favorable et le prudent général anglais ne semblait pas vouloir autrement inquiéter son adversaire.

Dans la nuit du 19 au 20 juillet, Marmont franchit la Guarena et se trouva tout à coup en face des Anglais qui ne tardèrent pas à battre en retraite. Ils marchaient en masses serrées le long d'un plateau assez étendu, tandis que notre armée, se tenant à la même hauteur, s'avançait sur un plateau parallèle. Les deux positions se rejoignirent à un village où nos troupes eurent l'avantage d'arriver les premières. Le 21, elles franchirent la Tormès, à une lieue et demie au-dessus de Salamanque, et s'établirent en face des hauteurs des Arapiles sur lesquelles les Anglais avaient solidement établi leurs camps. Marmont connaissant le danger qu'il y avait à les assaillir dans des positions où leur manière de combattre les rendait redoutables, était fermement résolu à ne pas leur livrer bataille. Cependant, le 22 au matin, il fit enlever le Grand-Arapile dans le but de contrecarrer les communications de son adversaire. Le général Wellington, de son côté, renforçait sa gauche et portait son centre, fort de 20.000 hommes d'infanterie, vis-à-vis du nôtre, entre le Petit-Arapile et le village de ce nom, afin de pouvoir rester maître de ses mouvements, sans être exposé à nous trouver sur son chemin. En réalité, les deux adversaires ne semblaient pas vouloir en venir aux mains.

Cependant, vers midi, le maréchal Marmont, croyant l'occasion favorable, voulut enlever l'arrière-garde ennemie et porta son centre et sa gauche en avant. Un de ses lieutenants, le général Maucune, eut alors le tort de s'engager à fond contre les divisions anglaises du centre, croyant déjà les Anglais en pleine retraite. Le maréchal Marmont vit la faute qui venait d'être commise par son sous-ordre. Il s'élança à cheval pour aller contenir l'ardeur de celui-ci, mais il était à peine en selle, qu'un obus lui fracassait le bras et lui labourait le flanc. Il désigna alors le général Bonnet pour le remplacer dans son commandement. A ce moment, la lutte s'engageait avec fureur. Les généraux Maucune et Sarrut, après avoir acculé les Anglais au village des Arapiles, se voyaient à leur tour, faute de forces suffisantes, obligés de plier devant la supériorité numérique de leurs adversaires et surtout devant sa redoutable artillerie. Le Grand-Arapile, que nous occupions, devint le but des attaques anglaises et tomba au pouvoir de l'ennemi, après une lutte terrible, où, de part et d'autre, des prodiges de valeur furent accomplis. Tous nos généraux sont successivement mis hors de combat. Du côté des Anglais, les pertes sont également cruelles, le maréchal Beresford, les généraux Cole et Leith reçoivent des blessures plus ou moins graves.

Le commandement de nos troupes passa au général Clauzel, lui aussi blessé, mais qui put néanmoins ramener nos troupes vers le plateau qu'elles n'auraient pas dû abandonner. Les anglais essayèrent à leur tour de nous enlever cette dernière position, mais tous leurs efforts se brisèrent devant l'intrépidité et la solidité de nos régiments. C'est dans cette dernière phase du combat que s'illustrèrent, d'héroïque façon, les vaillants 118ᵉ, 119ᵉ, 120ᵉ et 122ᵉ de ligne, et c'est avec un légitime orgueil que leurs descendants d'aujourd'hui peuvent contempler sur leurs drapeaux l'inscription *Les Arapiles*, leurs anciens y ont fait noblement honneur. La division Foy se couvrit de gloire dans ce mouvement de retraite bien conçu et sagement exécuté; par ses feux, elle joncha la plaine de cadavres anglais et se retira la dernière dans le plus grand ordre.

Les pertes furent d'ailleurs égales dans cette lutte que n'avait pas voulu le général français, mais qui procura à notre adversaire un succès inespéré, bien que sanglant. Six mille hommes tués et blessés, de part et d'autre, tel fut le résultat de cette action qui commença la ruine de nos opérations en Espagne. Nous étions forcés de revenir en arrière et nous laissions, de ce fait, toute la Castille ouverte aux entreprises de Wellington.

VII

CAMPAGNE D'ALLEMAGNE
(1813)

BATAILLE DE LUTZEN
(1ᵉʳ mai 1813)

Figure sur les drapeaux et étendards des 10ᵉ, 22ᵉ, 23ᵉ, 50ᵉ, 62ᵉ, 67ᵉ, 80ᵉ, 83ᵉ, 89ᵉ, 97ᵉ, 98ᵉ, 112ᵉ, 113ᵉ, 121ᵉ, 122ᵉ, 123ᵉ, 124ᵉ, 128ᵉ, 131ᵉ, 132ᵉ, 134ᵉ, 135ᵉ, 136ᵉ, 137ᵉ, 138ᵉ, 139ᵉ, 140ᵉ, 141ᵉ, 142ᵉ, 144ᵉ et 145ᵉ de ligne ; 4ᵉ régiment d'artillerie et artillerie de marine.

Après notre désastreuse retraite de Russie, Napoléon avait dû se refaire une armée, armée composée en immense majorité de recrues et de jeunes soldats venus en toute hâte des dépôts de France pour grossir les effectifs délabrés qui stationnaient encore dans les places fortes de la Vistule et de l'Oder.

En moins de deux mois, Napoléon a réuni plus de 500.000 hommes. Il forme sur-le-champ 12 corps d'armée comprenant ensemble 160.000 hommes avec 600 bouches à feu, et il va avoir à lutter contre un nombre à peu près égal d'adversaires.

Les hostilités commencent au mois d'avril 1813. L'armée française marche sur Leipzig ; deux combats brillants ont lieu à Weissenfels (29 avril) et dans le défilé de Poserna, où l'illustre Bessières est tué le 1ᵉʳ mai.

Le lendemain fut le jour de Lutzen. L'armée se remettait en marche sur Leipzig, lorsque les alliés débouchèrent de Pégau et de Zwenkau, contre le corps de Ney, c'est-à-dire sur notre flanc droit. Ils avaient espéré par là gagner notre arrière-garde. Une terrible bataille s'engagea et Ney se trouva dans une situation désespérée. Les villages de Kaya, Gorschen et Rahna furent pris et repris à la baïonnette sur les Prussiens. Nos jeunes soldats ne voulaient pas reculer ; ils se cramponnaient aux cris de : « Vive l'Empereur ! » Aucun blessé ne passait devant lui sans l'acclamer. L'enthousiasme de la victoire éclatait sur leurs figures ensanglantées ; les rangs se reformaient sans cesse, les colonnes d'attaque s'épaississaient et chargeaient avec fureur. Le brave général Girard tombait grièvement blessé et refusait d'abandonner le champ de bataille, déclarant vouloir mourir en combattant, puisque « le moment était arrivé, pour les Français qui avaient du cœur, de vaincre ou de périr ». A ses côtés tombaient bientôt, à leur tour, blessés, le général Goris et le colonel Bertrand.

Les forces humaines ont des limites. Nous étions perdus ; le génie de l'Empereur nous sauva. Tandis que Ney s'épuisait à contenir l'effort de l'ennemi, l'armée avait exécuté un changement de direction à droite et s'apprêtait à l'enserrer dans un formidable demi-cercle. Mais les villages à l'attaque desquels Blücher s'acharnait étaient les clefs du champ de bataille ; ils se trouvaient au centre qu'il voulait enfoncer : déjà il était maître de Kaya qui couvrait Lutzen et la route de Leipzig. Après cinq assauts désespérés, le désordre se mettait dans nos rangs : « Où allez-vous ? dit l'Empereur aux soldats qui se déban-

daient. Ne voyez-vous pas que la bataille est gagnée ?
Allons, ralliez-vous là ! » en leur montrant un arbre à
deux cents pas de distance, et, en effet, ils s'y rallièrent.
Soudain, un frémissement parcourut nos lignes, un cri
s'éleva : « La Garde ! la Garde ! » Elle arrivait et, sans
tirer, elle s'engouffra, la baïonnette basse, dans le village
qu'elle emporta.

Les alliés profitèrent de la nuit pour repasser l'Elster,
d'où ils se dirigèrent, les Prussiens sur Dresde, les Russes
sur Meissen, pour mettre l'Elbe entre eux et nous.

Le 3e corps comptait 2.757 tués et 16.898 blessés, dont
500 et 3.800 de la 10e division.

Quelle hécatombe ! Le 4 mai, le maréchal Ney, en
adressant à l'Empereur un relevé général des pertes de
son corps, lui disait : « Je me suis occupé, hier, de la réor-
ganisation des brigades et des régiments. Deux généraux
de division et quatre de brigade ayant été blessés, il ne se
trouve qu'une brigade sur huit qui ait à sa tête un officier
général ; les autres sont commandées par des colonels et
même par des majors.

» La 10e division est commandée par le général Vande-
dem en attendant le successeur du général Girard. La
brigade du général Goris est commandée par le major
Bernard... »

Le corps Ney resta le 3 mai sur le champ de bataille
pour relever les blessés. Le lendemain, il fit son entrée à
Leipzig. Cet honneur lui était bien dû. L'Empereur avait
invité le maréchal à « faire faire toilette à ses troupes et à
entrer avec autant de pompe militaire qu'il pourrait. » Le
général Albert y vint remplacer le brave Girard.

Telle fut cette célèbre bataille de Lutzen que, dans sa

proclamation, l'Empereur déclara devoir être « mise au-
dessus de celles d'Austerlitz, d'Iéna, de Friedland et de la
Moskowa. » Ney l'a dit d'ailleurs : « Je n'avais que des
bataillons de conscrits ; je doute que j'eusse pu faire la
même chose avec les vieux grenadiers de la garde. »

BATAILLE DE BAUTZEN

(20 et 21 mai 1813)

Figure sur les drapeaux et étendards des 6ᵉ, 7ᵉ, 13ᵉ, 101ᵉ, 112ᵉ, 113ᵉ,
124ᵉ, 128ᵉ, 131ᵉ, 132ᵉ, 133ᵉ, 134ᵉ, 136ᵉ, 137ᵉ, 138ᵉ, 139ᵉ, 140ᵉ, 141ᵉ, 142ᵉ,
144ᵉ, 149ᵉ, 156ᵉ de ligne; des 15ᵉ, 17ᵉ, 19ᵉ dragons et 10ᵉ hussards.

« L'empereur Alexandre et le roi de Prusse, dit le
Bulletin officiel de la Grande Armée, attribuaient la
perte de la bataille de Lutzen à des fautes que leurs généraux avaient commises dans la direction des forces combinées. »

Ils résolurent donc de réunir toutes leurs troupes en un
même point, et choisirent la position de Bautzen et
d'Hochkirch, déjà célèbre dans l'histoire de la guerre de
Sept ans.

A cette position, forte par elle-même, « ils ajou-
tèrent tout ce que l'art pouvait fournir de moyens » et
se fièrent ensuite aux chances d'une nouvelle bataille,
dont toutes les probabilités leur paraissaient être en leur
faveur.

Les forces combinées des armées alliées s'élevaient à environ 160.000 hommes.

Le 19 au soir, alors que la division Lorencez se trouvait concentrée aux environs de Gaussig, la position de la gauche de l'armée ennemie, c'est-à-dire de la portion qui se trouvait opposée au 12e corps, s'appuyait à des montagnes boisées et perpendiculaires au cours de la Sprée, à peu près à une lieue au sud de Bautzen, qui soutenait son centre.

Tout son front était couvert par la Sprée. Mais ce n'était là qu'une première position. En arrière, à 2.000 toises (1), on apercevait, sur de hautes collines de la terre fraîchement remuée. Ces travaux marquaient la deuxième ligne de défense, dont la gauche était encore appuyée aux mêmes montagnes et fort en avant du village de Hochkirch, « où l'on avait fait tant de travaux que l'on pouvait les considérer comme des places fortes » (2). De là une double bataille : celle qui porte particulièrement le nom de Bautzen, et celle de Wurschen, qui eut lieu le 21.

Le front de l'armée ennemie, soit dans la première, soit dans la deuxième ligne, pouvait avoir une lieue et demie.

D'après ce que nous venons de dire, il est facile de concevoir comment, malgré une bataille perdue comme celle de Lutzen et huit jours de retraite, l'ennemi pouvait encore avoir des espérances dans les chances de la fortune. — « Nous ne voulons ni avancer, ni reculer », dit un

---

1. Deux mille toises ou 3.898 mètres.
2. *Bulletin officiel.*

officier russe à qui on demandait ce qu'ils voulaient faire.
— « Vous êtes maîtres du premier point, répondit un officier français ; dans peu de jours, l'événement prouvera si
vous êtes maîtres de l'autre. »

Le 20, à 8 heures du matin, l'Empereur se porta sur
les hauteurs en arrière de Bautzen et envoya l'ordre au
duc de Reggio de passer la Sprée et d'aborder les montagnes auxquelles était appuyée la gauche de l'ennemi.
Cet ordre ne parvint au maréchal Oudinot qu'un peu
avant midi. Le 12e corps se porte aussitôt en avant. Le
point choisi par le maréchal pour passer la Sprée
était le village de Sinkwitz, où il savait qu'elle était
guéable.

À midi, la canonnade commença. Le corps d'armée
avait devant lui les Russes de Gortschakoff. C'est la
13e division et la division bavaroise qui attaquent. Les
postes cosaques se retirent à leur approche, les tirailleurs
défendant, à l'abri des rochers, les abords de la rivière ;
ceux-ci repoussés, les troupes passent par deux gués et
deux petits ponts, puis montent au pas de charge pour
enlever un plateau peu élevé, couronné de sapins. Une
lutte terrible s'engage, à la suite de laquelle les deux divisions s'emparent de la position qu'occupait l'ennemi.

Cependant, la division Lorencez se porte à l'attaque de
la position, s'en empare après une lutte acharnée et s'ent
fonce ensuite à travers les bois qui sont entre Bautzen et
la Bohême. Le général Gruyer poursuit une troupe d'environ 900 cosaques et 200 cuirassiers, qui sont forcés de
passer la Sprée à la nage.

Pendant ce temps, le reste du corps d'armée rejetait
l'ennemi en arrière de Boblitz et, après s'être emparé de

la haute montagne qui domine Denkwitz, le poursuivait jusqu'au delà du plateau de Grübnitz, où les Bavarois et la réserve prirent position. « La nuit vint nous y surprendre, mais le feu le plus vif continua jusqu'à 11 heures du soir », dit le maréchal Oudinot dans son rapport.

La division Lorencez, après avoir repoussé l'ennemi dans les montagnes à notre droite, revint prendre position à leur naissance, à la hauteur de Denkwitz. L'ennemi était rejeté sur sa seconde position; l'Empereur était à Bautzen. Les espérances des alliés n'étaient plus les mêmes, ils commençaient à comprendre la possibilité d'être forcés dans leurs positions et devaient avoir le présage de leur défaite.

Ce n'était plus derrière leurs retranchements que devait se décider le destin de la bataille, car, obligés par un mouvement enveloppant du maréchal Ney de jeter une grande partie de leurs forces sur leur droite, ils se voyaient contraints de combattre sur un terrain qu'ils n'avaient pas étudié.

Le lendemain, la bataille commença dès qu'il fit jour. Ce fut le 12e corps qui eut à supporter la première attaque et, à 5 heures du matin, le duc de Reggio soutenait une vive fusillade sur les hauteurs que défendait la gauche de l'ennemi, car les Russes, sentant l'importance de cette position, avaient placé là une forte partie de leur armée, afin que leur gauche ne fût pas tournée. Le maréchal Oudinot avait reçu l'ordre de l'Empereur d'entretenir ce combat dans le but d'empêcher l'ennemi de se dégarnir sur ce point et de lui masquer la véritable attaque que le maréchal Ney devait faire sur leur droite, attaque dont le résultat ne pouvait pas se faire sentir avant midi ou 1 heure.

Les tentatives de l'ennemi, pour reprendre la position dont s'était emparé le 12ᵉ corps la veille, s'étendaient sur toute la surface de la montagne ; il s'était avancé avec de l'artillerie et une nombreuse infanterie ; aussi, tout le corps d'armée se trouva-t-il bientôt engagé. Une partie de la division du général Lorencez, dans laquelle se trouvait le 4ᵉ bataillon du 156ᵉ, séparé momentanément du reste du régiment, reçut encore ce jour-là l'ordre d'empêcher les Russes de tourner la position.

« Elle culbuta l'ennemi, dit le maréchal Oudinot dans son rapport, mais les ravins, les bois et les abattis donnaient à l'ennemi de grands avantages, et il fallut toute la valeur des 52ᵉ et 137ᵉ régiments pour résister à des feux si vifs de mousqueterie et à une artillerie qui ne pouvait pas être avantageusement battue par la nôtre, parce que la nature du terrain qui était à notre disposition ne permettait pas de tirer autrement que de bas en haut, l'ennemi, au contraire, avait depuis longtemps pratiqué des chemins pour amener la sienne sur les hauteurs. »

Le duc de Reggio continue le récit du combat en ces termes :

« La division Lorencez, souffrant beaucoup malgré ses succès, fut soutenue par la division Raglowitch. Et tout marchait en avant, lorsque l'excès de fatigue des soldats de la 13ᵉ division et le manque de cartouches, qu'il était fort difficile de leur faire arriver dans la montagne, les mirent dans le cas de céder du terrain à des colonnes de troupes fraîches que l'ennemi poussait en avant. Ils abandonnent petit à petit le plateau, qu'ils avaient conservé pendant dix-huit heures contre des forces très supérieures. »

C'est à ce moment que le duc de Reggio, se voyant forcé d'abandonner une position si chèrement défendue, se détermine à faire un changement de front, la droite en arrière, faisant face à la montagne. Aussitôt, il fait placer son artillerie au pivot pour protéger le mouvement qui s'exécute à angle droit sur deux lignes avec une réserve au centre ; le 4e bataillon du régiment occupe tout à fait l'aile droite. « Ces jeunes troupes, dit le maréchal, l'exécutèrent dans la perfection sous le feu le plus vif (1).

» En descendant de la montagne, les troupes se rallièrent, et je les formai en bataillons carrés qui devinrent ma réserve.

» L'ennemi tenta plusieurs fois de descendre le plateau et de gagner du terrain, mais mon artillerie lui fit chaque fois abandonner ce projet. Dans ce moment arrive la nouvelle du succès de la gauche ; alors la joie et les cris de : « Vive l'Empereur ! » rendirent aux troupes toute leur vigueur ; les trois divisions marchèrent en avant, et la lisière du bois fut enlevée pour la sixième fois. Ce fut dans ce moment que le général Lorencez fut blessé d'une balle et d'un boulet ; je donnai au général Brun le commandement de la division, et il poursuivit les succès de cette division. »

Cependant, les alliés, apprenant que leur position est tournée par la droite, commencent une retraite qui se

---

1. « On ne saurait donner trop d'éloges sur la manière calme avec laquelle ce changement de front fut exécuté », dit le général Brun dans son *Précis historique*.

change bientôt en déroute. Ils s'enfuient dans toutes les directions et par tous les chemins. On ne retrouva leurs premiers postes qu'au delà de Weissemberg, et ils n'opposèrent de résistance que sur les hauteurs situées en arrière de Reichenbach.

A la fin du récit de la victoire de Bautzen, le baron Fain, secrétaire du cabinet à cette époque, cite l'anecdote suivante, qui donne l'appréciation de Napoléon lui-même sur la valeur et le courage des troupes qui prirent part à cette bataille :

« Déjà la nuit étend ses voiles sur ce vaste champ de carnage et de gloire. Le repos et le sommeil y descendent pour quelques heures. Mais Napoléon veille dans sa tente ; profondément ému des preuves de dévouement que l'armée vient de lui donner, il dicte les dispositions suivantes : « Un monument sera élevé sur le mont Cenis.
« A l'endroit le plus apparent on lira : l'empereur Napo-
« léon, du champ de bataille de Wurtschen, a ordonné
« l'érection de ce monument comme un témoignage de
« sa reconnaissance envers les peuples de France et
« d'Italie. Ce monument transmettra, d'âge en âge, le
« souvenir de cette grande époque, où, en trois mois,
« 1.200.000 hommes ont couru aux armes pour assurer
« l'intégrité du territoire de l'empire français. »

BATAILLE DE WURTSCHEN

(21 mai 1813)

Figure sur les drapeaux des 145ᵉ et 151ᵉ de ligne

Cette bataille est la même que celle de Bautzen. On désigne uniquement par le nom de Wurtschen l'action qui eut lieu le 21 mai, mais en réalité, les deux journées du 20 et 21 mai 1813 sont plus communément connues sous le nom de bataille de Bautzen.

La victoire obtenue par Napoléon dans les journées des 20 et 21 mai sur les troupes de la coalition, détermine les alliés à signer l'armistice de Pleswitz, le 4 juin. Cet armistice doit durer jusqu'au 10 août seulement, car les négociations diplomatiques n'ont pu aboutir. Les victoires de Wellington sur notre armée d'Espagne encouragent nos ennemis qui font échouer le Congrès de Prague. Cette fois, l'Autriche se joint à la coalition.

BATAILLE DE GOLDBERG

(23 août 1813)

Figure sur les drapeaux des 135ᵉ, 146ᵉ, 147ᵉ, 148ᵉ, 149ᵉ, 150ᵉ et 153ᵉ de ligne

Napoléon a organisé ses troupes. Il a 400.000 hommes sur pied, dont 300.000 en première ligne : 30.000 avec Davout à Hambourg; 80.000 avec Oudinot à Wittenberg;

190.000 sous ses ordres directs, réunis de Dresde à Liegnitz.

Les alliés forment trois armées : 1° l'Armée du Nord (130.000 hommes) commandée par Bernadotte, sur le Havel ; 2° l'armée de Bohême (230.000 hommes) sous les ordres du prince de Schwartzenberg, ayant son centre à Prague ; 3° l'armée de Silésie (120.000 hommes), commandée par Blücher, sur la rive droite de l'Oder, soit 480.000 hommes en première ligne. La coalition possède d'ailleurs un million d'hommes sur pied.

Napoléon veut reprendre l'offensive, quand il apprend que Blücher a repoussé derrière le Bober deux corps français. Il court à leur secours avec la garde impériale et toute la cavalerie disponible et, dans les journées des 21, 22 et 23 août, il refoule — dans le brillant combat de Goldberg — Blücher derrière la Katzbach. Malheureusement, Dresde était menacée. L'Empereur y revient aussitôt, emmenant Ney avec lui et laissant, avec mission de contenir Blücher, le corps Ney, dont Souham prend le commandement, et les corps de Lauriston et de Macdonald, sous les ordres du duc de Tarente.

BATAILLE DE DRESDE

(26 et 27 août 1813)

Figure sur les drapeaux et étendards du 86° de ligne; des 4° et 7° cuirassiers; des 7°, 15°, 17°, 19° et 23° dragons; du 14° chasseurs; des 6°, 10° et 14° hussards.

Dans la journée du 26 août, le maréchal Gouvion-Saint-Cyr défend, avec succès, Dresde contre les efforts réunis des Russes, des Autrichiens et des Prussiens.

Le 27 août, le corps Victor est placé sous les ordres de Murat qui commande l'aile droite et a pour mission de tourner les Autrichiens par leur gauche, en les poussant vers la vallée étroite de Plauen, que forme la Weisseritz, affluent gauche de l'Elbe.

Les trois divisions du 2° corps, marchant une partie de la nuit et le matin par un brouillard épais, viennent se placer au pied des hauteurs qu'occupent les Autrichiens.

A 11 heures, malgré la pluie qui ne cesse de tomber toute la journée, le 2° corps se porte en avant.

Rien n'arrête l'élan de ces jeunes soldats conduits, il est vrai, par des officiers vigoureux : ni la mitraille que lancent 50 pièces de canon, ni la fusillade bien nourrie des Autrichiens postés derrière les murs des jardins et des maisons. A 2 heures, le désastre de l'aile gauche ennemie est complet; 2.000 Autrichiens sont pris dans la vallée de Plauen.

Le 2° corps poursuit l'ennemi et arrive à Freyberg, mais les Autrichiens, les Russes et les Prussiens s'étant

reformés, opèrent leur concentration de façon à couper
la ligne de retraite de la Grande Armée sur le Rhin.
Napoléon réunit alors ses forces autour de Leipsig.

Dans cette brillante action, l'armée ennemie avait eu
33.000 hommes hors de combat, dont 18.000 prisonniers ; 49 canons étaient tombés entre les mains de nos
soldats. Quant à nos pertes, elles se chiffraient par 8 à
10.000 hommes. Un boulet français tue Moreau, l'ancien
héros deHohenlinden, marchant alors contre sa patrie,
après avoir acquis tant de noble et juste gloire. Il expire
au milieu des rangs ennemis, après trois jours de cruelles
souffrances.

Par malheur, l'effet de cette belle victoire est effacé par
la destruction du corps de Vandamme à Kulm, le 30 août
suivant. Celui-ci, envoyé à la poursuite de l'ennemi, se
laisse surprendre et entourer à Kulm et nous perdons
là 5 à 6.000 hommes hors de combat, 7.000 prisonniers
et 50 canons.

BATAILLE DE LEIPSIG

(16, 18 et 19 octobre 1813)

Figure sur les drapeaux des 133ᵉ et 140ᵉ de ligne

Les coalisés forment d'abord autour de Dresde un
demi-cercle allant de Wittenberg, par Bautzen, à Tœplitz,
et qui se resserre de plus en plus autour des Français
acculés sur l'Elbe. Ils envoient Benningsen derrière
Dresde pour fermer la route de France. Le 3 octobre, le

demi-cercle qu'ils formaient sur la rive droite de l'Elbe est transporté sur la rive gauche, mais n'est pas complètement achevé.

Napoléon laisse malheureusement 3o.ooo hommes avec Gouvion-Saint-Cyr dans Dresde, où ils sont bientôt assiégés et où ils capitulent le 11 novembre.

L'Empereur charge Murat de garder les approches de Leipzig contre l'armée de Bohême, et se réunit à Ney pour battre Blücher (9 octobre). Mais ce dernier court sur Zerbig où il se joint à Bernadotte, et tous deux se portent à Halle. En même temps, les Autrichiens ont fait des progrès, malgré Murat. Leur gauche est à Altenbourg ; leur centre descend la Pleiss et leur droite arrive à Colditz. La route de France va être fermée. Napoléon songe à porter la guerre en Prusse, quand il apprend que la Bavière se joint à la coalition.

Alors, en deux jours, l'Empereur concentre son armée à Leipzig. Il n'a plus que 160.000 hommes à opposer aux 3oo ooo hommes des alliés qui sont réunis seulement le 17.

La grande *bataille des nations* commence le 16, d'un côté entre Napoléon et Schwarzenberg, aux villages de Liebertwolkwitz, de Vachau et de Mark-Kleeberg, c'est-à-dire au sud du champ de bataille ; d'un autre côté, au nord, à Mœckern, entre Blücher et Marmont, renforcé plus tard par Ney.

Schwarzenberg forme cinq colonnes qui attaquent de front et débordent les ailes de l'armée de Napoléon. Vachau, à notre centre, est pris et repris cinq fois, mais nous reste enfin. A midi, l'Empereur prend, à son tour, l'offensive contre le centre ennemi qu'il est sur le point de percer, lorsqu'il est arrêté par des succès qu'obtient la gauche autrichienne au pont de Dolitz. Cette première bataille reste indécise.

A Mockern, Marmont, attaqué par les 60.000 hommes de Blücher, se replie en ordre derrière la Partha.

La journée du 17 se passe en préparatifs de combat.

Le 18, les alliés prennent l'offensive : l'armée de Bohême contre notre armée du sud, les deux armées de Bernadotte et de Blücher contre notre armée du nord.

A notre armée du nord, 12.000 Saxons font défection et déchargent leur artillerie sur nous en passant à l'ennemi. Malgré tout, nous conservons nos positions.

L'Empereur ordonne la retraite, car les munitions vont manquer. Elle a lieu le 19, pendant que les alliés emportent la ville. La destruction trop hâtive du pont de Lindenau sur l'Elster fait perdre 20.000 hommes et 150 canons. Le maréchal Poniastowki se noie dans l'Elster.

Cette terrible bataille de trois jours nous coûtait 50.000 hommes dont 20.000 tués ; les alliés avaient 60.000 tués ou blessés.

BATAILLE DE HANAU

(30 octobre 1813)

Figure sur les drapeaux et les étendards des 101°, 135°, 137°, 141° régiments de ligne, du 8° cuirassiers, des 16° et 18° dragons, et du 7° hussards.

Le surlendemain avait lieu le combat de Hanau, dans lequel Napoléon écrasa les Bavarois, commandés par de

Wrede, qui se retira, avec ses 40.000 hommes, derrière la Kintzig. Le 31, le général Bertrand arriva sur le théâtre de la lutte. Le maréchal Marmont, qui avait enlevé Hanau le matin, confia, en se retirant, la garde de ce poste au 4e corps.

« A peine, dit le général dans son rapport, la division Guilleminot avait-elle relevé le duc de Raguse sur la Kintzig, que l'ennemi a emmené 32 pièces de canon.

« Trois fois il a essayé de passer à gué sur les longerons du pont, qui étaient mal coupés, trois fois il a été chargé à la baïonnette et renversé dans la rivière. Bon nombre ont été noyés et on a fait une centaine de prisonniers.

« La division du général Guilleminot s'est conduite avec beaucoup de vigueur. L'ennemi a été aussi repoussé à un pont situé au-dessus de celui que j'avais fait couper et garder. L'engagement s'est prolongé jusqu'à 2 heures de la nuit, mais toujours sans que l'ennemi ait pu déboucher sur aucun pont. »

VIII

CAMPAGNE DE FRANCE
(1814)

En janvier 1814, la France, épuisée par vingt ans de guerre ininterrompue, se trouvait en présence de la plus formidable coalition qui ait jamais menacé l'existence d'une nation. Toute l'Europe était armée contre nous ; 100.000 Anglais, Espagnols et Portugais, conduits par Wellington, franchissaient les Pyrénées, poussant devant eux les maréchaux Soult et Suchet ; 80.000 Austro-Hongrois et Italiens, sous les ordres de Bellegarde et de Bubna, luttaient en Lombardie contre le prince Eugène, cherchant à se frayer un passage à travers les Alpes, jusqu'à Lyon ; 12.000 Hollandais, 8.000 Anglais et 80.000 Suédois et Hanovriens s'avançaient par la Hollande, le Bas-Rhin et la Belgique, pendant que les armées ennemies de Bohême et de Silésie, qui comptaient plus de 300.000 combattants, débouchaient au pied des Vosges et se préparaient à envahir la Champagne. Enfin, 400.000 autres soldats étrangers s'organisaient ou étaient en marche vers nos frontières.

Dans la nuit du 23 janvier 1814, Napoléon, après avoir nommé l'impératrice Marie-Louise, régente, et son frère Joseph, lieutenant général de l'Empire, quittait les Tuileries, pour aller commencer cette campagne formidable et désespérée, dont les actions furent, en grande majorité, si glorieuses pour nos troupes que la plupart d'entre elles figurent, à bon droit, sur les emblèmes de nos régiments. Nous allons donc successivement retracer ces actions qui sont un éternel honneur pour les corps qui y prirent part, tellement furent admirables leur courage et leur patriotisme, dans cette lutte si complètement disproportionnée.

COMBAT DE ROSNAY

(2 février 1814)

Figure sur le drapeau du 132ᵉ de ligne avec cette mention :
UN CONTRE HUIT

Le 2 février 1814, l'armée française, quittant le champ de bataille de la Rothière, se replie sur Troyes ; il lui faut passer l'Aube au pont de Lesmont. La division de la Grange, à laquelle appartient le 132ᵉ de ligne, est chargée de couvrir le mouvement ; elle occupe d'abord la rive droite de la Voire, petit affluent de l'Aube, à hauteur de Rosnay. L'ennemi déploie contre elle des forces considérables et entame une vigoureuse canonnade.

Le maréchal Marmont fait passer alors la Voire à la division de la Grange ; le 132ᵉ qui marche en queue passe le pont en bon ordre, comme à la manœuvre

Il faut ensuite détruire le pont pour empêcher l'ennemi de l'utiliser à son tour, mais les outils font défaut. La gelée avait donné la dureté de la pierre à la terre qui recouvrait le pont et ce ne fut qu'avec beaucoup de peine qu'on parvint à y faire une coupure.

Ceci fait, le 132ᵉ est placé à 500 mètres environ du pont en situation d'attente ; mais sur sa droite se trouvait un autre passage qu'on n'avait pas eu le temps de détruire. L'ennemi en profite et bientôt une masse de 3.000 ou 4.000 hommes a franchi la Voire, les uns sur cette passerelle et les autres sur le premier pont qu'on n'avait détruit qu'imparfaitement. La première ligne de la division va être tournée et se retire en désordre. C'est à ce moment qu'eut lieu un beau fait d'armes qui illustra le 132ᵉ et lui valut sur son drapeau cette fière inscription : Rosnay, 1814, UN CONTRE HUIT.

Voici comment, dans ses *Mémoires*, le maréchal Marmont retrace ce glorieux épisode :

... « Je courus aux fuyards et cherchai à les rallier, mais inutilement. Alors, je pris le parti de me rendre aussitôt au 132ᵉ, fort de 300 hommes environ, en réserve et formé en colonnes ; quelques paroles suffirent pour l'exalter. Immédiatement après, il se mit en mouvement, battant la charge. Je me plaçai à dix pas en avant avec quelques officiers. J'envoyai l'ordre à la cavalerie de faire simultanément une marche sur le flanc de la montagne. Ce mouvement offensif du 132ᵉ et de la cavalerie fit revenir les fuyards sur leurs pas et rejoindre leurs rangs. J'arrivai avec mon monde, le 132ᵉ en tête, à l'extrémité du plateau au moment même où la tête ennemie l'attaquait du côté de la rivière. La culbuter fut l'affaire d'un moment. Écrasé par notre feu, assailli par la cavalerie, ce qui ne fut pas tué fut pris ou noyé. L'ennemi perdait environ 3.000 hommes. »

Parmi les officiers qui entraînèrent le 132ᵉ à la suite du maréchal Marmont, nous citerons le commandant *Ranchon* qui se distingua brillamment. Ancien tambour-major, cet officier supérieur avait jadis par son courage mérité l'épaulette de sous-lieutenant.

BATAILLE DE CHAMPAUBERT

(10 février 1814)

Figure sur les drapeaux et étendards des 142ᵉ, 144ᵉ de ligne ; du 3ᵉ cuirassiers ; des 15ᵉ, 17ᵉ, 18ᵉ, 19ᵉ dragons ; des 9ᵉ, 14ᵉ chasseurs ; du 6ᵉ hussards.

Parmi les éventualités sur lesquelles Napoléon fondait l'espoir de contrebalancer l'énorme supériorité des envahisseurs, il comptait, avant tout, sur les fautes que pourraient commettre les généraux ennemis. Il prévoyait que ceux-ci ne tarderaient pas à diviser leurs forces et que Blücher se séparerait de Schwartzemberg, afin de conserver toute la liberté de ses mouvements et de son initiative, naturellement plus entreprenante que celle de son allié russe. Il donnait, du reste, bientôt raison à la profonde prévoyance de son redoutable adversaire, en se portant de la Seine sur la Marne avec 60.000 hommes.

Napoléon allait lui faire payer cher sa présomptueuse confiance. Par un hasard heureux, ou plutôt par une inconcevable imprévoyance des alliés, le pont de Champaubert — qui était pour eux le défaut de la cuirasse — n'était gardé que par 6.000 Russes du corps Olsouwieff.

Si l'Empereur parvenait à le forcer, il se trouvait en plein
cœur des colonnes russes et prussiennes. Aussi, le 7 février,
il donnait l'ordre à Marmont de marcher de Nogent sur
Sézanne; le 8 février, il avait acheminé les troupes de Ney
dans la même direction; le 9, lui-même s'y était porté
avec la vieille garde. Il avait donc ainsi sous la main
30.000 hommes de ses meilleures troupes. Le 10 février, son armée arrive sur le Petit-Morin, petite rivière
dont les tirailleurs d'Olsouwieff garnissaient les bords; ils
sont en un clin d'œil dispersés. Au delà du Petit-Morin
s'ouvre un vallon au fond duquel est situé le village de
Baye; puis, en remontant ce vallon, on débouche sur une
sorte de plateau où est situé Champaubert. Olsouwieff
avait disposé sur les flancs de ce plateau 24 pièces de
canon que nos troupes enlevèrent au pas de charge. La
garde, en même temps, s'emparait du village de Baunais
occupé sur notre gauche par les Russes; nous pûmes
alors nous déployer sur le plateau et prendre nos dispositions pour nous rendre maîtres de la route de Montmirail
qui traversait, à une lieue devant nous, le village de Champaubert. La possession de cette route était pour notre armée
de la plus haute importance, car on coupait ainsi Blücher
de Châlons et de sa ligne de retraite, s'il s'était déjà porté
en avant sur notre gauche, et on l'isolait de ses lieutenants
qui l'avaient devancé, s'il était resté en arrière sur notre
droite. Napoléon se trouvait ainsi au sein même de l'armée de Silésie, avec la certitude presque absolue de la
détruire pièce à pièce. Déjà Olsouwieff, sachant que l'Empereur se portait en personne sur lui, battait précipitamment en retraite. Les Russes chargés à la fois par la
cavalerie de Marmont, par celle du général de Girardin

et par les cuirassiers du général Doumerc se jetèrent en
désordre dans Champaubert. Mais Marmont y pénètre
aussitôt, baïonnette basse, avec la division Ricard, tandis
que les cuirassiers de Doumerc, tournant à droite, cou-
paient les communications avec Châlons. Olsouwieff, dans
sa détresse, va s'acculer à un étang bordé de bois,
mais les troupes du général Ricard, débouchant de Champaubert, fondent impétueusement sur les Russes ; nos cuirassiers les chargent en même temps, rompant et hachant
leur infanterie ; lutte courte, décisive, car pas un détachement de ces ennemis n'échappa à nos soldats. Le corps
d'Olsouwieff est complètement anéanti ; il compte à la
fin de l'action 1.500 tués ou blessés et 3.000 prisonniers
ainsi que 20 bouches à feu tombent entre nos mains. Le
général Olsouwieff et tout son état-major tués ou pris,
tels furent les trophées de cette brillante journée qui n'était
que le prélude de combats plus glorieux encore.

BATAILLE DE MONTMIRAIL
(11 février 1814)

Figure sur les drapeaux et étendards des 130ᵉ, 136ᵉ, 138ᵉ,
142ᵉ, 144ᵉ de ligne et du 14ᵉ chasseurs à cheval (ex-1ᵉʳ lanciers).

Après la victoire de Champaubert, Napoléon avait
pris la route de Montmirail où il arrivait avec le gros de
son armée, à 10 heures du matin, ayant eu soin de diriger un corps sur Châlons pour contenir les colonnes
ennemies qui s'étaient jetées de ce côté. Déjà, le général

de Nansouty avait pris position avec la cavalerie de la garde et contenait de son côté l'armée russe du général Sacken qui commençait à se déployer. Instruit du désastre de l'autre armée russe à Champaubert, Sacken avait quitté La Ferté-sous-Jouarre à 10 heures du soir, le 10 février, et marché toute la nuit du 10 au 11. Le général York avait également quitté Château-Thierry pour se joindre à Sacken. Napoléon ordonne alors au maréchal Ney de s'établir dans le village de Marchais d'où l'ennemi se préparait à déboucher. Ney y plaça la division du général Ricard qui se défendit avec la plus rare intrépidité.

Ayant pris ensuite toutes ses dispositions, l'Empereur donna l'ordre au général Friant de se porter, avec quatre bataillons, sur la ferme de l'Épine-au-Bois — de l'occupation de laquelle dépendait le sort de la bataille —et de l'enlever à tout prix. En même temps, le maréchal Mortier, avec six bataillons de la vieille garde, allait appuyer à droite l'attaque du général Friant. Sacken, qui avait également compris que la ferme de l'Épine-au-Bois était la clef de la position, l'avait mise dans un formidable état de défense : 40 pièces de canon la protégeaient, et un triple rang de tirailleurs, garnissant les haies, s'était formé en avant des masses d'infanterie. Après s'être nettement rendu compte des difficultés, Napoléon résolut de faciliter l'attaque en faisant exécuter divers mouvements qui forcèrent l'ennemi à dégarnir son centre. Alors, le général Friant, enlevant ses quatre bataillons, se précipite avec eux sur la ferme. Son irruption fut si rapide que l'ennemi se montra tout déconcerté ; les tirailleurs s'empressèrent de se retirer sur les réserves d'infanterie, qui furent aussi-

tôt attaquées par les nôtres. Le général Guyot se porte,
de la gauche de la ferme sur la droite, à la tête du 1er lanciers, des dragons et des grenadiers à cheval de la garde ;
ces soldats d'élite se ruent comme un ouragan sur les derrières des réserves russes, les rompent, y jettent le plus
grand désordre, et tuent ou blessent tout ce qui s'oppose
à leur marche. Bientôt, l'ennemi enfoncé de toutes parts,
se trouve dans une déroute complète.

Le maréchal Mortier — avec six bataillons de la brigade
Michel, la division des Gardes d'honneur, le général Bertrand et le maréchal Lefebvre à la tête de deux bataillons
de la vieille garde — achève sa défaite. Les Russes
battent en retraite de tous côtés, après avoir éprouvé des
pertes considérables en hommes, en bagages et en munitions.

BATAILLE DE VAUCHAMPS

(14 février 1814)

Figure sur les étendards des 2e cuirassiers, 16e dragons
et 10e hussards.

Le 13, le feld-maréchal Blücher se porte avec des forces
considérables sur Montmirail, où il aurait dû, d'ailleurs, se
porter beaucoup plus tôt pour prêter, le 11, son puissant
secours à son allié russe. Le corps du maréchal Marmont,
qui occupait cette petite ville depuis la victoire de
l'avant-veille, se retire alors pour éviter d'être enveloppé
et coupé de ses communications avec les autres troupes

françaises. C'est pourquoi Napoléon, instruit de ce mouvement, ordonne à la division Friant et à la cavalerie du général de Saint-Germain de se porter de Vieux-Maisons sur Montmirail, puis il part lui-même de Château-Thierry avec le reste de ses troupes, laissant à Raucourt, sur la route de Soissons, le corps du maréchal Mortier, avec les divisions de cavalerie Christiani, Colbert et Defrance, pour observer les corps d'York et de Sacken. A 8 heures du matin, il arrivait à Montmirail.

L'infanterie ennemie occupait Vauchamps et avait jeté des tirailleurs en avant, dans la partie boisée qui est au sud-est de ce village. Le reste des troupes ennemies était disposé à 600 mètres en arrière de ces lignes de tirailleurs. Napoléon ordonne aussitôt au maréchal Marmont d'enlever Vauchamps et au général Grouchy de tourner avec ses dragons la droite de l'ennemi ; toute la garde est placée en réserve sur la grand'route. Le feld-maréchal prussien ne pensait pas que la principale attaque dût être dirigée sur sa droite ; il ignorait même complètement la position de l'Empereur, ainsi que les dernières défaites de ses lieutenants. Comme il venait d'apprendre qu'une colonne d'infanterie française se dirigeait de Sézanne sur Montmirail, il crut au contraire sa gauche menacée par Napoléon.

A 10 heures, la première brigade de la division Ricard s'approchait sur la droite par le bois de Beaumont, tandis que la seconde attaquait, de front, Vauchamps. Après avoir repoussé cette attaque, l'ennemi commit l'imprudence de se lancer à sa poursuite, mais, chargé par les escadrons d'escorte du duc de Raguse et de l'Empereur, il fut rompu et rejeté en désordre au delà de Vauchamps.

Un bataillon prussien qui s'était jeté dans une ferme, à gauche de cette localité, fut fait prisonnier par deux compagnies de fusiliers-chasseurs de la garde.

Au moment où Blücher voyait sa position de Vauchamps enlevée, ses cuirassiers et ses hussards étaient culbutés par la cavalerie des généraux Lefebvre-Desnouettes et Laferrière. Ses derrières, en outre, étaient menacés par les troupes du général Grouchy qui achevait son mouvement enveloppant. Enfin, sur son front, il était vigoureusement attaqué par le gros de nos forces. Blücher ordonne alors la retraite, qu'il fait protéger par des bataillons d'infanterie disposés en carrés par échelons ; mais il n'a pas plutôt dépassé Janvilliers, que le terrain, entièrement découvert, permet à Grouchy qui a complètement achevé son mouvement tournant, de sabrer ces carrés et de les rompre sur plusieurs points. Près de 3.000 Prussiens sont obligés de mettre bas les armes et 4 pièces de canon, 5 caissons tombent entre les mains de nos cavaliers. Pendant cette action, notre infanterie entrait au pas de charge dans Frontentières.

Le feld-maréchal Blücher veut encore résister. Il dispose ce qui lui reste d'infanterie en carrés, mais le général Grouchy, avec les divisions Doumerc, Bordesoulle et Saint-Germain, sabre de nouveau ces carrés dont la destruction est achevée par la cavalerie de la Garde. La déroute des Prussiens devient alors complète, et si la nuit n'était pas venue favoriser la fuite des bataillons ennemis, aucun d'eux n'aurait échappé à une totale destruction. Le soir, la division Lagrange du corps Marmont entrait dans Étoges d'où elle chassait les troupes du général russe Ouroussow ; 600 hommes et 8 pièces de canon tombaient en notre pouvoir dans ce dernier et brillant engagement.

La journée de Vauchamps ne coûtait à notre armée que 600 hommes hors de combat ; elle lui valait en revanche 15 pièces d'artillerie, 10 drapeaux et 2.000 prisonniers. L'ennemi perdait, en outre, près de 7.000 des siens tués ou blessés.

BATAILLE DE MONTEREAU
(18 février 1814)

Figure sur les étendards des 3ᵉ et 13ᵉ hussards

Dans la nuit du 17 au 18 février, Napoléon prend toutes ses dispositions pour attaquer, avec succès, la forte position occupée par les alliés devant Montereau. Le général Pajol, ayant reçu l'ordre de s'ébranler du Châtelet au point du jour, repousse plusieurs escadrons ennemis qui voulaient s'opposer à sa marche ; cette cavalerie se retire sous la protection de son infanterie embusquée dans le bois de Valence ; celle-ci chargée à son tour est également obligée à la retraite. Le général Pajol aurait continué sa marche, si la plaine n'avait été couverte par la cavalerie prussienne, très supérieure en nombre. Il se borne à faire mettre en batterie toute son artillerie disponible, 24 pièces au total, et à déployer les régiments d'infanterie de la division Pacthod.

A 9 heures du matin, le maréchal Victor arrivait au pied de la hauteur de Surville. Il y trouve le prince de Wurtemberg, établi sur deux fortes lignes, entre Villaron et Saint-Martin. L'attaque de ces positions est aussitôt ordonnée à nos troupes. La division Château, du corps Victor, s'empare d'abord de Villaron, mais, n'étant pas soutenue, elle est obligée de se replier. La division Duhesme, qui vient d'arriver sur le champ de bataille, attaque à son tour la position de Villaron. Le combat s'engage, long et meurtrier, sans résultats appréciables de notre côté. Dans la plaine, le général Pajol se maintenait toujours. Enfin, arrive, avec le corps de réserve, le général Gérard qui, sur l'ordre de l'Empereur, prend la direction de l'action. Cet officier général fait aussitôt avancer les quarante pièces de canon attachées à ses divisions d'infanterie et éteint, grâce aux feux redoutables de cette artillerie, la canonnade ennemie. Sur ces entrefaites, Napoléon arrivait au galop, venant de Nangis ; il ordonne sur-le-champ de gravir le plateau de Surville. Le gros de nos troupes, formant environ une masse de 28.000 combattants, s'ébranle de toutes parts ; en même temps, le général Delort accourt du bois de Valence et pousse, sur la route de Melun, une brillante charge contre le flanc des alliés dont il met en désordre plusieurs bataillons. Les Austro-Wurtembergeois sont débordés et culbutés dans un défilé situé entre les hauteurs de Surville et la Seine. Ils entrent alors pêle-mêle dans Montereau où les habitants se servent de tous les moyens pour augmenter leur désordre et aggraver leurs pertes.

Ils veulent faire, tour à tour, sauter les ponts établis sur l'Yonne et sur la Seine, mais, décimés par notre artillerie, ils n'y réussissent point, et nos troupes s'emparent de ces points. La cavalerie des généraux Delort et Coëtlosquet précipite la fuite des vaincus et la division Duhesme, entrant à son tour dans Montereau, achève la déroute des alliés.

A la nuit, l'Empereur établit son quartier général au château de Surville ; la garde occupe Montereau ; les corps Gérard et Victor établissent leurs bivouacs au Faussard ; la division Pacthod demeure sur la rive droite de la Seine.

Cette victoire qui fit dire à Napoléon : « Mon cœur est soulagé, je viens de sauver la capitale de mon empire ! » nous donna 3.000 prisonniers, 4 drapeaux et 6 canons. Les pertes des alliés furent de 3.000 hommes, tués ou blessés ; les nôtres s'élevèrent à 2.500 hommes hors de combat. Le général Delort avait été grièvement blessé et nous avions à regretter la perte de l'intrépide général Château, tué à l'attaque des lignes de Villaron.

BATAILLE D'ARCIS-SUR-AUBE

(20 mars 1814)

Figure sur les drapeaux des 118ᵉ et 130ᵉ de ligne

Le 24 février, à la suite de nouvelles manœuvres, l'Empereur reprend Troyes pendant que Blücher, après avoir réorganisé son armée, marchait sur Paris, en suivant le cours de la Marne et en refoulant successivement les maréchaux Marmont et Mortier, laissés par Napoléon pour défendre le chemin de la capitale. Celui-ci apprenant le mouvement de retraite de ses lieutenants, s'élance à la suite de Blücher, l'enveloppe et le mettait dans la position la plus critique lorsqu'il apprend la reddition de Soissons qui lui enlevait tout le bénéfice qu'il comptait tirer d'un plan hardiment conçu et jusque-là très heureusement exécuté. Irrité, déconcerté par cet événement qui changeait si gravement la situation, l'Empereur franchit l'Aisne, continuant à suivre son ennemi, gagne sur lui la bataille de Craonne (7 mars) — victoire sans grands résultats du reste — livre la sanglante et douteuse bataille de Laon (9 et 10 mars) et bat en retraite sur Soissons, ayant fait des pertes moindres que celles des Prussiens et des Russes, mais qui lui étaient infiniment plus sensibles. eu égard à son petit nombre de troupes.

La prise de Reims et l'anéantissement du corps ennemi, commandé par l'émigré Saint-Priest, ne furent pour Napoléon qu'un dédommagement insuffisant qui ne lui rendirent pas la position qu'il avait après Montmirail et Montereau. Toutefois, le duel extraordinaire que ce grand génie livrait, avec de si faibles forces, aux innombrables masses de 5 armées alliées, ne pouvait plus longtemps se prolonger. Le 20 mars, il défit ses ennemis à la bataille d'Arcis-sur-Aube, la dernière qu'il dirigeait dans cette merveilleuse et néfaste campagne :

Le 19 mars, Napoléon marche sur Provins où il espéré tomber sur les colonnes assez désunies du prince de Schwartzenberg. Mais celui-ci, inquiet de se trouver si prêt de son redoutable adversaire, avait rappelé autour de lui, dans la journée du 18, ses forces trop dispersées. Napoléon, avec sa prodigieuse justesse de coup d'œil, s'est bien vite rendu compte de cette prudente manœuvre ;

aussi, a-t-il résolu de jouer le tout pour le tout. Il sait par expérience qu'en se jetant résolument au milieu de troupes en mouvement, on n'a qu'une faible résistance à vaincre. Il traverse l'Aube sur le pont de Plancy et se porte vers la Seine, ordonnant aux maréchaux Oudinot et Macdonald, ainsi qu'au général Gérard, de remonter vers lui par Provins, Villenauxe, Anglure, Plancy et de le rejoindre à Arcis, par la rive droite de l'Aube. Le maréchal Ney devait aussi le retrouver au même point avec sa jeune garde ainsi que le général Friant avec la vieille garde. Napoléon arrive donc le 20 avec la cavalerie de la garde, en remontant l'Aube par la rive gauche.

Vers 2 heures de l'après-midi, toutes les dispositions sont prises. C'est alors que les cosaques du général Kaisarow, se voyant en nombre, chargent la cavalerie française dont ils ébranlent assez sérieusement les divisions Colbert et Exelmans. Napoléon fait partir en toute hâte la brigade de chasseurs à pied de la vieille garde, commandée par le général Pelet. Traversant Arcis, sous un ouragan de mitraille, cette brigade vient se déployer en avant et face à l'ennemi que sa fière attitude contient. A la gauche, le maréchal Ney défend Torcy et s'y maintient malgré les efforts incessants des masses innombrables de l'ennemi. Le combat prend sur ce point et vers Arcis une intensité telle que les deux localités deviennent la proie des flammes.

A la chute du jour, une colonne — débouchant inopinément de la route de Plancy à Arcis — cause d'abord quelque inquiétude à l'Empereur, mais cette inquiétude est bientôt dissipée, lorsqu'il reconnaît le général Lefebvre-

Desnouettes, amenant de Paris 4.5oo hommes de jeune garde et 2.5oo chevaux qui sont placés en seconde ligne à droite d'Arcis. Vers 9 heures du soir, le général Sébastiani, voulant profiter de ce renfort, exécute une charge générale sur le plateau et parvient à culbuter la gauche de l'ennemi.

Les Français eurent donc tout l'avantage et tout l'honneur de cette journée, malgré les efforts d'un ennemi très supérieur (dix fois plus nombreux environ). Ils restèrent maîtres du défilé d'Arcis et la jonction des troupes de Napoléon avec celles du maréchal Macdonald s'effectua le lendemain. Cependant, devant le nombre des troupes alliées, qui allait sans cesse grossissant, l'Empereur, pour éviter à nos troupes un enveloppement complet, fit repasser à ses corps d'armée les ponts d'Arcis. Ceux-ci, soutenus à l'arrière-garde par les régiments du maréchal Oudinot et du général Sébastiani opérèrent leur mouvement rétrograde dans le plus grand ordre, se dirigeant sur Saint-Dizier où, dans la journée du 23 mars, s'établirent l'infanterie de la garde et le quartier impérial.

Le but de Napoléon, en faisant cette pointe sur Saint-Dizier, au risque de découvrir Paris, était de prendre position sur les derrières de la grande armée alliée, de la séparer de ses magasins, de ses parcs de réserve, de ses convois et de ses équipages, et de la placer ainsi dans une situation des plus critique. Il voulait se porter ainsi vers les places frontières pour y recueillir des forces et pour attirer les alliés sur ses pas.

On sait ce qui arriva. Au lieu de suivre l'Empereur, les coalisés centralisèrent toutes leurs forces et marchèrent sur Paris en culbutant sur leur route Marmont, Mortier et les autres lieutenants de Napoléon. Quand celui-ci, instruit de ces mouvements, voulut accourir en poste pour organiser la défense de la capitale, il était trop tard, Paris était aux mains de l'ennemi.

Nous allons maintenant retracer les principales phases de la défense de cette ville. C'est la dernière inscription des batailles et actions de guerre de la campagne de 1814 qui figure sur les drapeaux de quelques-uns de nos régiments et notamment sur celui de l'École polytechnique dont les élèves de cette glorieuse époque firent preuve du plus noble et du plus courageux patriotisme.

BATAILLE DE PARIS

(30 mars 1814)

Figure sur les drapeaux des 127ᵉ et 136ᵉ de ligne et de l'École polytechnique

Le 29 mars, les alliés avaient afflué sur Paris par toutes les routes du nord et de l'est menant à cette grande cité. Cependant, dans cette terrible extrémité, les maréchaux Marmont et Mortier qui ont ramené dans cette ville leurs corps d'armée, en réunissent les débris, auxquels se joignent quelques milliers d'hommes des dépôts, 10.000 gardes nationaux parisiens et plusieurs compagnies d'artillerie spontanément formées par les braves élèves de l'École polytechnique.

A la tête d'environ 30.000 hommes, les maréchaux Mortier et Marmont engagent la lutte vers 5 heures du matin. Jamais soldats et citoyens ne déployèrent autant de valeur que dans cette défense si inégale, si disproportionnée. Les villages de Pantin et de Romainville sont pris et repris plusieurs fois, et finalement demeurent entre les mains des nôtres. Mais ni le roi Joseph, ni le général Clarke, ministre de la Guerre, n'avaient su organiser la défense matérielle de la capitale. Le ministre avait même refusé à 20.000 braves citoyens les fusils qu'ils demandaient pour marcher à l'ennemi.

A midi, la grande ville et la petite armée qui la défendait étaient littéralement enveloppées par les masses ennemies qui ne cessaient d'arriver de tous les points. Successivement, les alliés, grâce à leur nombre, s'emparent, après une héroïque résistance de la part des nôtres, des hauteurs de Mont-Louis, de Belleville, de Ménilmontant, de la Villette, des Buttes-Chaumont.

A la barrière Clichy, le vieux maréchal Moncey s'illustre par une héroïque défense. Mais que pouvaient 30.000 hommes contre les 180.000 coalisés qui les entouraient d'un cercle de fer et de feu. Une suspension d'armes intervient dans laquelle il est décidé, entre les comtes Orlow et Paër, représentant les alliés, et le maréchal Marmont, commandant les forces de la défense, que les alliés entreraient à Paris le lendemain 31 mars, dès 5 heures du matin, et que notre armée se retirerait avec ses armes et bagages. Elle avait la nuit entière pour accomplir cette évacuation. L'armée remit alors à la garde nationale parisienne les barrières ; les autres postes de l'intérieur furent également évacués par la troupe régulière et confiés à la milice urbaine. Le général Barclay de Tolly, commandant en chef de l'armée russe, prit ses quartiers à Romainville, et son armée bivouaqua en avant de Pantin et dans Belleville, Ménilmontant et Mont-Louis ; l'armée de Silésie établit ses bivouacs à Montmartre et dans les environs ; les corps du prince de Wurtemberg et du comte Giulay à Saint-Maur et à Charenton ; les troupes du général Emmanuel aux Thermes, à la Porte Maillot, à Auteuil et à Boulogne.

La bataille de Paris coûtait 18.000 hommes, tués ou blessés, aux alliés et 4.000 aux Français. Le 31, au matin, les troupes coalisées entraient dans la capitale. Le Sénat proclamait alors la déchéance de l'Empereur.

BATAILLE DE TOULOUSE

(10 avril 1814)

Figure sur les drapeaux des 10°, 115° et 120° de ligne.

Après tous les combats qu'elle avait eu à soutenir sur l'Adour depuis qu'elle était repassée en France, l'armée d'Espagne, sous les ordres du maréchal Soult, réduite à 30.000 hommes et 3.000 chevaux environ, était arrivée le 24 mars sous les murs de Toulouse. Le maréchal, qui avait pris la résolution de résister dans cette position aux 65.000 ennemis qui le poursuivaient, jugea avec raison qu'il ne pouvait rétablir un certain équilibre entre des forces aussi disproportionnées, sans avoir recours à des travaux de défense de fortification passagère. Il mit donc à profit tous les accidents de terrain pour rendre sa position redoutable, et ses troupes travaillèrent à leurs retranchements respectifs avec une telle ardeur, qu'en peu de jours, elles eurent achevé les ouvrages qui formaient le système de défense arrêté par leur commandant en chef.

Lord Wellington, à la tête de l'armée anglo-espagnole, arrivait de son côté devant Toulouse, le 27 mars, c'est-à-dire trois jours après l'armée française. Il fut huit jours avant de trouver un endroit favorable pour faire passer la Garonne à ses troupes, ce qui permit aux nôtres de mettre la dernière main à leurs travaux définitifs.

Enfin, après avoir longtemps hésité, le général en chef ennemi se décida à exécuter son passage en aval de Toulouse, près de Grenade, et ce passage, d'abord retardé par une crue de la Garonne, ne fut complètement terminé que le 8 avril.

Le 10, vers 6 heures du matin, les forces ennemies s'ébranlèrent sur tous les points, sur la rive gauche de la Garonne. Le général anglais Hill, avec trois divisions, s'avança contre les défenses que nos troupes avaient établies en avant du faubourg Saint-Cyprien. Sur la rive droite, le général Picton, se formant près de l'embouchure du canal, attaqua les nôtres vers 7 heures du matin et les repoussa jusqu'à la tête du Pont Jumeau, à la jonction du nouveau canal avec l'ancien, mais là, tous ses efforts vinrent se briser contre l'intrépide défense de deux bataillons appartenant à la brigade Berlier.

D'un autre côté, le maréchal Beresford, qui venait de passer l'Ers, à la tête des divisions Cole, Picton et Cotton, remontait cette rivière sur trois colonnes pour déborder notre droite. Ces mouvements étaient appuyés par le feu d'une nombreuse artillerie, postée sur les hauteurs qui dominent la vallée de l'Ers.

Les Espagnols du général Freyre appuyaient à leur tour cette double opération, en attaquant de front la droite de notre ligne de bataille. Mais, accueillis par le feu terrible de notre brigade Saint-Pol, ils étaient contraints de s'arrêter. Assaillis à la baïonnette par les brigades des généraux Harispe, d'Armagnac et Darricau, ils étaient complètement culbutés et ramenés par nos soldats à plus de 1 kilomètre en arrière de leur point de départ.

Malgré cet échec éprouvé sur sa gauche, où les Espagnols venaient de perdre plus de 1.000 hommes, hors de combat, Wellington ne changeait rien à son plan d'attaque, invitant seulement ses généraux à redoubler d'efforts pour déloger nos troupes de leurs fortes positions.

C'est alors que sur la rive droite de la Garonne, le général Picton lançait ses régiments à l'attaque du Pont-Jumeau. A son tour, il était repoussé par les troupes de la brigade Berlier, qui lui infligeaient des pertes considérables. D'un autre côté, le général d'Alten, avec ses Anglo-Hanovriens, était arrêté vigoureusement dans son mouvement offensif, par le 31e léger, posté dans le couvent des Minimes. Sur toute la ligne, l'armée ennemie était, vers midi, contenue par la vigoureuse défensive de nos intrépides soldats.

A cette heure, le maréchal Soult, jugeant avec raison que les hauteurs de Montaudran allaient devenir le point important de la lutte, donnait l'ordre de retirer du faubourg Saint-Cyprien la brigade Rouget, de la division

Maransin, pour la porter sur ce point. Cette troupe ne put arriver à temps.

L'échec éprouvé par le général Freyre et le manque d'artillerie avaient suspendu la marche du maréchal Beresford. Voyant que ses pièces n'arrivaient pas, au lieu d'attaquer les retranchements du Calvinet, comme il en avait l'ordre, il calcula qu'il lui serait peut-être plus facile de les tourner, en continuant de se diriger sur Montaudran. Ce mouvement, laissant un grand vide au milieu de la ligne de bataille, offrait au maréchal Soult l'occasion de couper le corps du maréchal Beresford, en faisant descendre une ou deux divisions entre le plateau et l'Ers. C'est pourquoi le duc de Dalmatie, loin de mettre obstacle aux dispositions de l'ennemi, le laissa opérer son mouvement sans nullement l'inquiéter. Toutefois, lorsqu'il le vit sur le point de prendre l'initiative, il voulut le prévenir et prescrivit à la division Taupin de marcher, soutenue par la brigade Leseur, à la rencontre des troupes anglaises, tandis que le 21e chasseurs à cheval, guidé par le général Clausel, chercherait à lui couper ses communications, en se portant en avant et que le général Berton chargerait par le flanc gauche.

Malheureusement, par suite d'un ordre mal donné et plus mal interprété encore, la division Taupin, au lieu de marcher résolument à l'ennemi, se met en désordre au moment précis d'aborder la ligne anglaise. Les généraux Cole et Clinton prennent alors l'offensive, culbutant notre 12e léger, qui entraîne dans sa déroute les régiments qui le suivaient. A son tour, la brigade Leseur est écrasée par les forces très supérieures qui l'assaillent. Le général Taupin est mortellement blessé et le général d'Autune, chargé de défendre la redoute élevée sur la croupe de la colline de Montaudran, n'ayant qu'une poignée d'hommes pour repousser l'assaut dont il est menacé par la divion Picton, abandonne son poste. La redoute est alors enlevée par l'ennemi qui amène de l'artillerie sur la hauteur et attaque en flanc les redoutes du Calvinet.

Dans cette extrémité, le maréchal Soult, de concert avec le général Clausel, change de front de bataille et prend une nouvelle ligne appuyée, d'une part, aux retranchements du pont des Demoiselles, et de l'autre, aux redoutes du Calvinet. Le combat redouble de violence; les redoutes sont défendues avec la plus vive opiniâtreté. Successivement, les généraux Harispe et Baurot sont grièvement blessés au cours de cette belle défense, et ce n'est qu'à 5 heures du soir, que le 45ᵉ, brûlant ses dernières cartouches, évacue la position.

Les redoutes du Calvinet emportées, le maréchal Beresford marche sur celles de la Pujade, qui offrent également une résistance acharnée. Mais l'ennemi a pour lui l'avantage du nombre et, après une lutte héroïque du général Lamoraudière et de ses soldats, ces positions sont également ment enlevées par l'ennemi. Les vainqueurs s'arrêtent après ce dernier et sanglant effort et n'osent refouler notre armée sur le canal. Dans cette position, maître encore du faubourg Saint-Étienne, le maréchal Soult a sa retraite assurée, et se trouve en mesure d'accepter une nouvelle bataille.

Le général en chef ennemi, redevable de ce succès à la témérité du maréchal Beresford, doute pourtant de sa bonne fortune, et loin d'enlever Toulouse le lendemain, il ne songe, dans la journée du 11, qu'aux moyens de se maintenir sur la chaîne de collines qui domine cette ville. Quant au maréchal Soult, tout en paraissant faire des préparatifs de défense, il ordonne pour la nuit du 11 au 12, la retraite sur Castelnaudary, et le 12 au matin, il ne reste dans Toulouse que 1.500 blessés ou malades.

Dans cette action très glorieuse pour nos armes, car nos soldats avaient combattu dans un état d'infériorité numérique tel qu'on ne s'explique que difficilement leur suprême résistance, nous comptions une perte de 3.230 hommes, hors de combat. Les alliés avaient eu 4.458 des leurs, tués ou blessés. La retraite du maréchal Soult s'opéra avec le plus grand ordre. Prévenu de la capitulation de Paris et de l'abdication de l'empereur Napoléon, il adressa, le 19 avril, sa soumission au nouvel ordre de choses établi, et cet acte d'adhésion mit fin, dans cette région, aux hostilités.

Le 3 mai 1814, le roi Louis XVIII fait son entrée dans Paris et le 30 mai suivant signe le traité de Paris qui réduit la France à ses limites de 1792.

La première Restauration dura du 6 avril 1814 au 19 mars 1815. A cette date, Napoléon, qu'on avait exilé à l'île d'Elbe et qui avait débarqué au golfe Juan, le 1er mars précédent, accomplissait à travers le pays, une marche triomphale qui obligeait les Bourbons à se réfugier en Belgique. L'Empereur faisait, le 20 mars, sa rentrée dans Paris, où l'armée et le peuple l'acclamaient.

IX

LES CENT JOURS
(1815)

BATAILLE DE FLEURUS OU DE LIGNY (1)
(16 juin 1815)

Figure sur les drapeaux et étendards des 40ᵉ, 59ᵉ et 63ᵉ de ligne, du 9ᵉ cuirassiers, des 16ᵉ et 18ᵉ dragons.

Aussitôt la rentrée de l'Empereur Napoléon dans la capitale et le départ des Bourbons pour la Belgique, les souverains alliés réunis à Vienne pour faire le partage de l'Europe, font trêve à leurs divergences et renouent leur formidable coalition contre la France qui va, une fois encore, se trouver isolée et payer sa gloire d'antan.

Une armée française — comprenant cinq corps d'infanterie et quatre corps de cavalerie, sous les ordres directs de Napoléon qui a, en outre, la garde impériale pour suprême réserve — est réunie, le 14 juin 1815, derrière la forêt de Beaumont, prête à déboucher sur le point de jonction des deux armées alliées. Ces dernières, une armée

---

1. C'est improprement qu'on a désigné — en 1880 — sous le nom de bataille de Fleurus, la journée du 16 juin 1815 dont l'action a eu surtout pour théâtre les villages de Ligny et de Saint-Amand. Cette appellation de Fleurus a, en outre, le défaut de se confondre avec la première bataille de Fleurus, livrée le 26 juin 1794. Enfin, elle est en opposition avec la vérité historique.

anglaise et une armée prussienne, commandées par Wellington et Blücher — s'avançant pour franchir notre frontière — forment un ensemble de 235.000 combattants.

Le 15, notre armée, marchant en trois colonnes, franchit la Sambre et après le passage se divise en deux masses. Celle de gauche, avec Ney, doit pousser l'ennemi et atteindre les Quatre-Bras ; celle de droite, avec Grouchy, marche sur Fleurus, vers la droite des Prussiens.

Napoléon a suivi Grouchy. Il a 69.000 hommes. Blücher a trois corps comprenant 90.000 hommes. L'Empereur cherche à séparer les Prussiens des Anglais — en s'emparant des deux villages de Saint-Amand — et à culbuter le centre de l'ennemi.

Vandamme commence l'attaque vers 3 heures de l'après-midi, en se portant contre Saint-Amand. Arrivé à la portée de ce village, il est reçu par le feu de 12 pièces. Les trois bataillons qui le défendaient, n'en sont pas moins culbutés ; mais, lorsqu'il s'agit de déboucher, nos colonnes sont criblées par un feu de mitraille tellement violent, qu'elles battent en retraite. A leur suite, les Prussiens rentrent dans le village, mais une nouvelle attaque les en chasse.

Cependant, Blücher voulait à tout prix garder la position de Saint-Amand, car sa possession assurait le débouché du corps de Bulow. En conséquence, il ordonne au général Pirch, qui commande son 2e corps, de tenter un dernier et suprême effort sur ce point.

Deux brigades prussiennes sont aussitôt lancées sur Saint-Amand. Tout d'abord, elles voient leurs efforts se briser contre la solidité de nos troupes, mais, au prix de pertes cruelles, elles parviennent enfin à s'établir dans le village et dans le cimetière. A peine y sont-elles, que la vieille garde qui servait de réserve au 3ᵉ corps (Vandamme) est lancée sur Saint-Amand par l'Empereur, et que, définitivement, la position reste entre nos mains.

En même temps qu'avait lieu, à Saint-Amand, cette terrible lutte, une action semblable avait pour théâtre le village de Ligny attaqué par notre 114ᵉ corps (Gérard). Quatre fois les troupes de ce corps d'armée s'élancent sur Ligny, quatre fois elles sont repoussées ; mais, à la tombée de la nuit, Napoléon fait avancer une batterie de 40 pièces qui foudroie le village, et lance ce qui lui reste de sa garde sur Ligny qui cette fois est pris et solidement occupé par nos troupes. La victoire était à nous ; seulement elle n'était pas complète, parce que le 1ᵉʳ corps (Drouet d'Erlon), s'étant trompé de direction, n'avait pas paru sur le champ de bataille où il était chargé de prendre à revers l'armée de Blücher.

Le surlendemain, se livrait la sanglante bataille de Waterloo, où jamais nos soldats ne déployèrent plus de téméraire courage, plus d'admirable élan, plus de tenace solidité. Elle fut perdue par une suite de fatalités plus inexplicables les unes que les autres. L'implacabilité du Destin avait fixé au génie militaire — qui, durant vingt ans, avait illuminé le monde de son fulgurant éclat — une infranchissable barrière et mis un terme à son cycle sanglant.

Ainsi l'épopée glorieuse, commencée le 22 septembre 1792 sur le champ de bataille de Valmy, se termina le 18 juin 1815, presque à son point de départ, dans les plaines de Waterloo. A travers tous les pays d'Europe, nos drapeaux victorieux ont tour à tour flotté sur les dômes de toutes les capitales. Vienne, Berlin, Turin, Milan, Rome, Venise, Naples, Madrid, Lisbonne, Dresde, Munich, Stuttgart, Moscou virent nos soldats défiler après en avoir, dans maintes batailles, forcé glorieusement l'entrée.

Le destin, longtemps favorable à nos armées, devait fatalement un jour nous être contraire. A force de violer la victoire, Napoléon avait fini par la voir s'échapper et se réfugier dans les bras de l'Europe entière, coalisée contre nous. Devant une lutte si inégale, la France devait succomber, mais succomber avec honneur et gloire, en infligeant à ses ennemis innombrables, jusqu'à la dernière journée, jusqu'à la dernière heure, de sanglants échecs.

CHAPITRE III

LES CAMPAGNES CONTEMPORAINES

Exposé général

LES CAMPAGNES CONTEMPORAINES

EXPOSÉ GÉNÉRAL

A la période glorieuse des guerres de la Première République et du Premier Empire, que nous venons de retracer, va succéder, avec la Restauration et la Monarchie de Juillet, une ère de paix qui ne sera interrompue que par de courtes et brillantes campagnes. C'est d'abord celle d'Espagne en 1823, dont nous expliquerons plus loin les causes (1).

Après cette expédition, la France tira de nouveau son épée pour délivrer la Grèce du joug turc. En 1825, les Hellènes s'étaient révoltés contre l'oppression des Turcs et avaient cherché à recouvrer leur indépendance. L'Europe, plus impressionnable, plus généreuse surtout, qu'à l'heure actuelle, s'émut au récit des atrocités commises à Scio, à Missolonghi par les cruels soldats du sultan Mahmoud. En 1827, la France, l'Angleterre et la Russie font donc alliance et détruisent la flotte turque à Navarin. L'année suivante, 15.000 Français, commandés par le général Maison, s'emparent de la Morée, en expulsent les Turcs et assurent l'indépendance de la Grèce qui est solennellement reconnue pour royaume, le 20 mars 1830.

Ce fut, comme la campagne d'Espagne, une expédition de probité que fit notre brave armée contre un adversaire

---

1. V. paragr. I.

barbare. Le résultat n'en fut pas douteux, et les Turcs promptement chassés, sans même essayer une résistance sérieuse, des places et des villes fortes qu'ils occupaient, Modon, Patras et le château de Morée, renoncèrent à imposer leur joug à la Grèce. Le souvenir de cette courte, mais très intéressante campagne, n'est évoqué sur nos drapeaux actuels que par l'inscription : *Château de Morée* qui figure sur celui du 3e régiment du génie.

Viennent ensuite les campagnes d'Alger en 1830, de Belgique en 1832, puis les guerres d'Afrique de 1830 à 1890, dont nous donnons également un résumé rapide (1).

En avril 1849, eut lieu la campagne de Rome.

Au commencement de l'année 1849, les Romains s'étaient insurgés contre l'autorité temporelle du pape Pie IX et l'avaient chassé de ses États, puis ils avaient proclamé la République. Le Souverain Pontife eut alors recours à la France, comme étant la principale puissance catholique de l'Europe. Le gouvernement français ne fut pas insensible à cet appel. Sur son ordre, un corps expéditionnaire, comprenant d'abord un effectif de 10.000 hommes, porté plus tard à 30.000, fut dirigé sur Rome, sous les ordres du général Oudinot de Reggio, fils du célèbre maréchal du Premier Empire.

Les Romains se défendirent courageusement et il fallut à nos troupes faire le siège de la Ville Éternelle. Ce siège dura un mois, du 2 juin au 2 juillet 1849. Toutefois, il est juste de reconnaître que notre corps expéditionnaire s'efforça de ménager la ville et qu'il ne s'attaqua qu'aux remparts, ce qui rendit son rôle plus long et plus difficile.

---

1. V. paragr. II, III et IV.

Le succès couronna ses efforts, et, le 3 juillet, la municipe romaine signait une honorable capitulation et livrait à nos régiments l'entrée des portes de la ville, où nos troupes allaient successivement séjourner de 1849 à 1870.

Aucun de nos drapeaux ou étendards actuels ne relate, par un fait de guerre, cette campagne qui, certainement, ne fut pas sans mérite, ni sans gloire. En 1852, à la distribution des drapeaux à l'armée, l'inscription *Rome* figurait cependant sur les emblèmes des régiments qui s'étaient le plus distingués sous les murs de cette ville, sur ceux des 20e, 33e, 36e, 53e, 66e de ligne, 16e, 22e et 25e légers, sur l'unique drapeau des chasseurs à pied et sur les étendards des 1er chasseurs à cheval et du 11e dragons.

Le gouvernement impérial constitué au nom et sur la promesse de cette belle parole : « L'Empire, c'est la paix » ne tint pas précisément son engagement pacifique. Dès 1854, nous lui voyons ouvrir les hostilités avec la Russie ; puis en 1859 avec l'Autriche ; en 1860 avec la Chine ; en 1862 avec le Mexique et finir, en 1870, par la néfaste guerre franco-allemande. A chacun des chapitres qui concernent ces campagnes, nous en expliquons les causes; il est donc inutile d'y revenir ici. Nous allons voir par ce qui suit, que les campagnes contemporaines ont moissonné autant de lauriers et d'honneur que celles qui les avaient précédées.

I

CAMPAGNE D'ESPAGNE
(1823)

Cette campagne ne figure sur nos drapeaux actuels que par une seule inscription, celle de MATARO, portée sur l'étendard du 18ᵉ chasseurs à cheval.

L'ère des campagnes contemporaines s'ouvre sur la campagne de 1823. Les Cortès espagnoles ayant déposé leur roi légitime Ferdinand VII et l'ayant interné à Cadix, le roi Louis XVIII demande et obtient de la Sainte Alliance (1), l'autorisation de délivrer son cousin et de le replacer sur le trône.

Cette expédition ne fut pas à proprement parler une guerre, mais une série de mouvements exécutés par des divisions et des brigades réparties sur tout le territoire espagnol. Toutefois, l'armée française qui avait franchi la frontière pyrénéenne avait été constituée et organisée fortement. Elle se composait, en effet, de six corps d'armée, quatre de première ligne, commandés, le premier par le

---

1. La Sainte Alliance fut une sorte de pacte mystique auquel adhérèrent l'empereur de Russie, le roi de Prusse et l'empereur d'Autriche. Elle fut signée par ces souverains, à Paris, le 26 décembre 1815, et son but était surtout de se protéger, entre souverains, contre les velléités d'indépendance de leurs peuples. Le roi Louis XVIII y fit également adhésion l'année suivante.

maréchal Oudinot, le deuxième par le général Molitor, le troisième par le prince de Hohenlohe, le quatrième par le maréchal Moncey, et deux de réserve, commandés, le premier par le général Bordesoulle, comprenant les corps de la garde royale; le deuxième par le maréchal de Lauriston. Le généralissime de cette imposante armée forte de 100.000 hommes, était le duc d'Angoulême, fils aîné du comte d'Artois, plus tard Charles X. Il avait pour *ad latus* le général Guilleminot qu'il avait choisi pour son chef d'état-major général.

On n'a enregistré le souvenir de cette expédition sur nos drapeaux que par un fait d'armes insignifiant (Mataro). On aurait, à notre avis, pu mieux faire et la prise du Trocadéro, qui fut superbe, méritait certainement d'être relatée sur les drapeaux des 34e et 36e régiments d'infanterie qui y prirent une part très brillante. Cette affaire glorieuse pour nos armes, après les tristesses de la campagne de France et les deuils de Waterloo, devait donc être signalée, ne fût-ce qu'à titre de première et brillante étape, dans la route glorieuse qu'allait parcourir notre armée, pendant quarante années.

Les voltigeurs du 9e léger (84e actuel) traversèrent la Bidassoa le 7 avril et trouvèrent, sur la rive gauche du cours d'eau, un rassemblement d'officiers français en demi-solde et de réfugiés qui essayèrent de soulever nos soldats. Mais ceux-ci, fidèles à la discipline, ne se laissèrent pas influencer et dispersèrent promptement la troupe rebelle. Ce fut le premier engagement de cette campagne.

Le 1er corps se porta sur Vitoria où il entra le 17 mai. La division Bourcke, détachée sur la droite de l'armée, se dirigea parallèlement à la côte pour repousser l'armée de Galice; elle parvint ainsi jusqu'à la Corogne, en soumettant tout le pays. Pendant ce temps, la division Habert, du 3ᵉ corps, opérait dans les Asturies. Tout était terminé dans ces deux provinces à la fin d'août.

La division Obert, qui formait la gauche du 1ᵉʳ corps, enleuait, à l'aide de son avant-garde, composée des 20ᵉ de ligne, 9ᵉ chasseurs et 5ᵉ hussards, le pont de Logroño le 28 avril. Le duc d'Angoulême entre dans Burgos le 9 mai et conclut, le 17 suivant, avec le gouvernement constitutionnel, une convention, aux termes de laquelle il fit son entrée le 21 dans Madrid. Les Cortès avaient évacué cette ville pour se réfugier à Cadix où elles avaient emmené le roi Ferdinand VII. La convention portait également que les Français ne pouvaient attaquer l'armée constitutionnelle avant le 26 mai. Ce délai expiré, le général Vallin, avec le 20ᵉ chasseurs et le 9ᵉ léger, culbuta l'arrière-garde espagnole à Talavera de la Reina. Le duc d'Angoulême forma alors, avec le Iᵉʳ corps de réserve (Bordesoulle) et une partie du Iᵉʳ corps, l'armée d'Andalousie, chargée de marcher sur Cadix. Elle se dirigea sur cette ville en deux colonnes, celle de la garde royale, commandée par le général de Bordesoulle, et celle des troupes de ligne, sous les ordres du général de Bourmont.

De son côté, le 2ᵉ corps (général Molitor), après avoir passé la Bidassoa, s'emparait de Jaca et faisait son entrée dans Saragosse le 26 avril. Il se dirigeait ensuite sur Valence, dont il prenait possession le 13 juin, après le combat d'Alcira, puis occupait successivement Murcie et Grenade. Il livrait, enfin, le 28 juillet, un brillant combat à l'armée constitutionnelle du général Ballestero à Campillo del Arenas. Dans cette action, les 1e et 11e de ligne faisaient prisonnière une partie du régiment d'Aragon.

Dans sa marche sur Cadix, l'armée d'Andalousie eut quelques engagements à soutenir dans la sierra Morena où le général Bordesoulle défit complètement les troupes qui s'opposaient à sa marche. Au pont de l'Arzobispo et au village de San Lucar, le général de Bourmont avait également raison de la résistance de l'ennemi. Enfin, le 16 août, les deux colonnes opéraient leur jonction devant Cadix où eurent lieu les opérations les plus sérieuses de la campagne, et notamment l'attaque du Trocadéro. Cette position importante était couverte par une première ligne de retranchements, en avant de laquelle s'étendait un canal de 4 pieds de profondeur, large de plus de 70 mètres. Les troupes chargées de s'emparer de ces retranchements étaient formées sur trois colonnes. Dans la nuit du 30 au 31 août, elles franchirent le canal et s'élancèrent dans les ouvrages ennemis, aux cris de : « Vive le Roi ! Vive la France ! »

La seconde ligne de retranchements aurait sans doute pu être forcée si le duc des Cars, qui commandait l'attaque, n'eût craint d'engager les troupes dans un combat de nuit et s'il n'eût été arrêté, en outre, par cette considération, que les armes et les cartouches avaient été trempées pendant la traversée du canal.

Au jour, les pontonniers jetèrent sur ce canal une passerelle que le duc d'Angoulême franchit le premier à la tête de nouvelles troupes. Il donna ensuite l'ordre d'attaquer le village de Saint-Joseph qui pouvait être regardé comme la clef de la position. Ce village fut enlevé par les 34e et 36e de ligne qu'appuyait un bataillon de la garde.

Voici d'ailleurs, d'après l'historique du 34ᵉ, la relation détaillée des deux principaux faits d'armes qui eurent lieu devant Cadix les 16 et 31 août 1823.

« Le 16 août, à 5 heures du matin, 8.000 Espagnols, soutenus par la forte artillerie de la place et le feu de neuf chaloupes canonnières, sortent de l'île de Léon et du Trocadéro, pour se porter à la fois sur les divers points de notre ligne d'investissement, depuis Puerto-Réal, jusqu'à Chiclana. La colonne de droite, forte de 2.000 hommes, passe le canal du fort Santi-Pietri. Trois autres colonnes débouchent par le pont de Suazo; l'une d'elles, forte d'environ 3.000 hommes, avec de l'artillerie, se dirige sur Chiclana; une seconde, de 1.500 hommes envi‑ ron, se porte sur la redoute de Bellune; enfin, la dernière, d'égale force, marche sur le moulin d'Osio, retranché, crénelé et occupé par une compagnie de voltigeurs du 34ᵉ. Afin d'augmenter la confiance de l'ennemi, le général Bordesoulle avait ordonné, qu'à l'exception de nos postes fortifiés, les troupes eussent à paraître céder devant l'attitude offensive de l'ennemi, afin d'attirer celui-ci hors de la portée de ses batteries et de l'empêcher, en le tour‑ nant, de rentrer dans ses retranchements. L'impétuosité de nos soldats qui, pour la première fois, trouvaient l'occa‑ sion de se mesurer sérieusement avec les Espagnols, ne permit qu'imparfaitement la réussite de ce plan. La colonne sortie de la Caracca se porte sur la Venta-Nueva; aussitôt, une compagnie du 34ᵉ s'élance sur elle, et le mouvement offensif des Espagnols s'arrête net. D'un autre côté, la colonne destinée à attaquer le moulin d'Osio, appuyée par une chaloupe canonnière, est si vigoureuse‑ ment reçue par les voltigeurs du 34ᵉ, qu'elle jonche en un instant le terrain de ses morts et de ses blessés. Toutes les autres tentatives de l'ennemi sur les différents points de notre front d'attaque, échouent également devant la ferme attitude et la solidité de nos soldats. L'ennemi rentre dans la place ayant perdu 1.500 hommes tués, blessés ou prisonniers. Notre perte ne s'élevait qu'à 16 hommes de troupe tués et 65 blessés. Dans son rapport au duc d'Angoulême, le général Bordesoulle citait avec éloge le 36e de ligne pour sa belle conduite et portait à l'ordre du corps de siège les militaires du régiment dont les noms suivent : le colonel de *Farincourt*, le capitaine *Barbette*, le lieutenant *Motet*, le sous-lieutenant *Meunier*, le sergent *Fitzcher*, et le voltigeur *Hameu*. »

Quelques jours après ce brillant engagement, le duc d'Angoulême, qui venait d'arriver devant Cadix, prenait la haute direction du siège de cette place, et sa présence donnait une nouvelle impulsion aux travaux d'attaque. Le projet du généralissime était, avant tout, de s'emparer de l'ouvrage important du Trocadéro, situé sur un isthme que les assiégés avaient cherché à rendre inexpugnable par de nombreux et solides travaux.

Cet isthme était coupé par un canal de 70 mètres de largeur, profond et vaseux : 1.700 hommes, élite de la garnison, défendaient ces ouvrages, perfectionnant sans relâche les moyens de défense. La grande distance séparant le Trocadéro de Puerto-Réal, notre point d'extrême attaque, la nature du terrain couvert d'arbustes, de plantes marines et semé de trous fangeux, rendaient impossible l'arrivée en ordre de nos troupes dans une offensive contre l'ennemi. La force des choses détermina alors le duc d'Angoulême à faire ouvrir la tranchée devant cette importante position.

La deuxième parallèle fut établie à 40 mètres de l'ennemi et, de suite, armée de puissantes batteries.

Le 30, à la pointe du jour, nos canons ouvrirent un feu vigoureux dans le but d'intimider les Espagnols et de préparer l'attaque de vive force que le général avait arrêtée pour la nuit du 30 au 31. Des ordres furent donnés en conséquence au général Bordesoulle qui prit les dispositions suivantes :

Quatorze compagnies d'élite furent réunies ; celles des 3ᵉ, 6ᵉ et 7ⁿ régiments de la garde royale formèrent le premier échelon ; celles des deux bataillons du 34ᵉ et des deux bataillons du 36ᵉ composèrent le second échelon. Derrière ces colonnes, marchaient, en seconde ligne, les bataillons de fusilliers de régiments de la garde et ceux du 34ᵉ. Les deux bataillons du 36ᵉ formaient la réserve. Enfin, chaque échelon était guidé par des officiers qui, dans les nuits précédentes, avaient reconnu les passages les moins difficiles du canal.

Le 31, vers 1 h. 1/2 du matin, les troupes entrent dans la tranchée, la suivent dans le plus grand silence jusqu'à son couronnement, où le lieutenant-colonel Dupeau, du génie, avait pris toutes les mesures nécessaires pour assurer le placement facile des troupes et leur prompte sortie des ouvrages de contre-approche.

Dès leur arrivée au couronnement de la tranchée, les colonnes d'attaque se massent successivement, puis sortent en silence, se dirigeant droit sur les positions de l'ennemi. Elles sont à 60 mètres des lignes espagnoles qu'on s'aperçoit seulement de notre attaque, à la soudaine apparition de nos têtes de colonne. Constamment sous les armes, à marée basse, les Espagnols couvrent d'un ouragan de fer et de plomb l'espace de 40 mètres environ existant entre notre tranchée extrême et la coupure qui isole le Trocadéro. Mais nos braves soldats s'élancent au pas de course, la baïonnette basse, dans la coupure remplie d'eau, la traversent rapidement sous le feu le plus violent et se précipitent sur les retranchements aux cris de *Vive la France!* obligeant, par leur brillante impétuosité, les troupes qui les défendent à se replier. Le général Gougeon, qui dirige la deuxième colonne, envoie en même temps quatre compagnies de la garde et du 34° pour longer la partie gauche de l'ennemi, la tourner et l'attaquer de flanc. Celles-ci exécutent ce mouvement malgré un feu très violent, chassent les Espagnols de leurs positions et s'emparent de deux canons. Cette manœuvre est exactement répétée sur le flanc droit et réussit tout aussi bien.

Ces premiers succès obtenus, le général duc d'Escars, qui marche à la tête de la deuxième colonne, après avoir soutenu les troupes d'attaque, se porte sur les réserves ennemies retranchées au moulin de la Guerra; celles-ci se replient également devant l'élan de nos soldats et gagnent les maisons du Trocadéro où elles se retranchent.

Le colonel de Farincourt, se mettant alors à la tête des deux premiers bataillons du 34°, le dirige sur ces maisons et en déloge les troupes constitutionnelles après un court et sanglant combat où se signalent le sergent *Strasser* qui, s'élançant le premier dans une batterie, s'empare d'un canon et le clairon *Epp* qui, blessé au bras droit, n'en cesse pas moins de sonner la charge, en tenant son clairon de la main gauche. Le fort Saint-Louis et les magasins du Trocadéro furent enlevés de même, et toute la garnison fut prise, à l'exception de quelques soldats qui parvinrent à gagner des barques espagnoles. Pendant ce temps, l'escadre française s'était emparée du fort Santa-Pietra, et l'artillerie de terre, de concert avec celle de la flotte, commença le bombardement de Cadix.

Riégo, le chef des constitutionnels, avait été envoyé dans les provinces de Grenade et de Murcie pour rassembler les débris du général Ballesteros : il fut battu et mis en fuite à Iaën par le général de Bonnemains, commandant l'avant-garde du 2ᵉ corps ; la troupe qui l'accompagnait dans sa fuite fut dispersée à Iodar par les chasseurs de la garde royale. Lui-même, tombé dans les mains des bandes royalistes espagnoles, fut jugé sommairement et fusillé.

Les constitutionnels, considérant comme impossible une plus longue résistance, rendirent à la liberté le roi Ferdinand VII, qui fut reçu solennellement au quartier général du duc d'Angoulême, le 1ᵉʳ octobre. La place de Cadix et l'île de Léon furent remises, le lendemain, à l'armée française.

La guerre était virtuellement terminée. Pendant que le 2ᵉ corps et l'armée d'Andalousie opéraient dans les provinces du sud, le maréchal Moncey avait fait, dans la Catalogne, une brillante campagne avec le 4ᵉ corps, fort de 21.000 hommes. Il avait obligé le chef constitutionnel Mina à se réfugier en Cerdagne et avait investi les places de Barcelone, de Tarragone et de Figuières. Cette ville capitula le 4 septembre, Tarragone, le 29 octobre et Barcelone, le 2 novembre. Le maréchal de Lauriston avait, en même temps, assiégé et pris Pampelune et battu les troupes constitutionnelles de la Navarre, à Tramaced.

A la date du 12 novembre, il n'existait plus, en Espagne, un seul point où l'autorité de Ferdinand VII fut contestée. Quant à l'armée du duc d'Angoulême, qui fit son entrée solennelle dans Paris, le 2 décembre 1823, elle fut largement récompensée de cette campagne à demi-guerrière et à demi-politique. Le général Molitor fut nommé maréchal de France.

Un corps d'occupation français demeura en Espagne jusqu'en 1828 pour affermir, par sa présence, l'autorité toujours chancelante du monarque que nous venions de replacer sur son trône et pour réprimer toutes les tentatives insurrectionnelles dirigées contre son gouvernement.

II

EXPÉDITION D'ALGER
(1830)

Figure sur les drapeaux et étendards des 6ᵉ, 15ᵉ, 17ᵉ, 20ᵉ, 29ᵉ, 35ᵉ 37ᵉ, 49ᵉ et 77ᵉ de ligne ; du 12ᵉ chasseurs à cheval ; du 7ᵉ d'artillerie ; des 1ᵉʳ et 3ᵉ génie.

L'expédition d'Alger avait été résolue par le roi Charles X pour purger la Méditerranée des forbans qui l'infestaient, et aussi pour venger l'affront fait à notre consul, M. Deval, par le dey d'Alger Hussein, lequel, au cours d'observations diplomatiques présentées par notre représentant, l'avait souffleté de son éventail.

Une armée composée de trois divisions d'infanterie, pourvue d'un équipage de siège et d'approvisionnements considérables de toute nature, fut embarquée dans la première quinzaine de mai 1830 et fit voile, le 27, vers les côtes d'Afrique. Cette armée était placée sous le commandement du général de Bourmont et la flotte qui la transportait était sous les ordres du vice-amiral Duperré. Les divisions d'infanterie comprenaient chacune trois brigades, formées de deux régiments à deux bataillons de 750 hommes. L'effectif total de l'armée de débarquement s'élevait à 35.000 hommes.

La conquête de la capitale barbaresque fut évidemment plus difficile et plus ardue que la campagne de

Morée, mais on doit reconnaître que le général de Bourmont, alors ministre de la Guerre, qui s'était réservé la
direction de cette expédition, l'avait organisée de main
de maître. Il avait lui-même préparé son armée, choisi
ses régiments, trié sur le volet ses collaborateurs, prévu
tous les besoins, tous les hasards d'une pareille entreprise. Militaire soigneux, attentif, esprit éclairé et sagace,
son expédition est restée à bon droit un chef-d'œuvre
d'organisation et de préparation.

Voici la liste des régiments qui firent cette belle et
brillante campagne. Tous ne portent pas sur leur drapeau
l'inscription *Alger,* mais tous la méritent au même titre.
Seule l'exiguïté du nombre d'inscriptions devant être
portées sur chaque emblème explique cette exclusion :

Infanterie : 3e, 6e, 14e, 15e, 17e, 20e, 21e, 23e, 28e, 29e, 30e,
34e, 35e, 37e, 48e et 49e régiments de ligne à deux bataillons,
et un bataillon des 1er, 2e, 4e et 9e légers, formant deux
régiments de marche d'infanterie légère à deux bataillons
également.

Cavalerie : 12e chasseurs à cheval.

Artillerie : Batteries des 1er, 2e, 3e, 5e, 7e et 8e régiments.

Génie : 12 compagnies de sapeurs et de mineurs des
1er et 3e régiments.

Le 14 juin, à la pointe du jour, la flotte française arrivait en vue d'Alger. Les navires de la 2e escadre, ayant à
bord la 1re division, se forment en ligne parallèle au
rivage. La 1re escadre et la réserve s'établissent en
arrière. Au signal du débarquement, toutes les chaloupes
sont mises à l'eau, et, en un clin d'œil, les 1re et 2e divisions
sont placées dans les chaloupes. Lorsque tout fut disposé,

les remorqueurs entraînèrent vers le rivage les bateaux
chargés de soldats et d'artillerie. Les brigades Achard et
Poret de Morvan sont les premières à s'aligner sur la
plage.

La première division, une fois formée, se dispose à
marcher immédiatement contre les dunes occupées par les
Arabes, dont l'artillerie faisait un feu assez nourri. L'ennemi avait pris, en dehors de la presqu'île de Sidi-Ferruch, une position que défendaient trois batteries échelonnées. Il montrait 7.000 à 8.000 Arabes ; les Turcs
servaient l'artillerie. Différer l'attaque, c'eût été exposer
l'armée à des pertes considérables. Le général Berthezène donna donc l'ordre de s'avancer par bataillons en
masse vers la gauche de la position que l'ennemi occupait,
et de tourner ses batteries.

Le terrain n'était que faiblement accidenté ; mais les
fortes broussailles dont il était couvert rendaient la
marche difficile. L'ardeur de nos soldats triompha de ces
obstacles. Ils s'élancent au pas accéléré, chassant devant
eux une horde de cavaliers arabes qui cherchaient à
s'opposer à leur passage, et se trouvent en une seconde au
pied des redoutes. Pour seconder ce mouvement, l'amiral
Duperré faisait prendre d'écharpe les batteries ennemies
par l'artillerie des bateaux à vapeur le *Nageur* et le
Sphinx qui se trouvaient dans la baie de l'ouest, et par
celle de la corvette la *Bayonnaise* et des bricks la *Badine*
et l'*Actéon*, mouillés dans la baie orientale. Les feux
combinés de ces cinq navires, partant des deux côtés de
la presqu'île, firent de grands ravages dans les rangs
ennemis et y semèrent l'épouvante. Les redoutes ainsi
attaquées furent tournées et enlevées. Deux jeunes

officiers du 3ᵉ de ligne, MM. de Bourmont et Bessières, y entrèrent les premiers, et les hommes qui les défendaient se retirèrent précipitamment dans le plus grand désordre.

Ce premier succès, d'un si favorable augure et qui inspira tant de confiance à nos troupes, ne nous coûta qu'une centaine d'hommes mis hors de combat. Onze pièces de canon et deux mortiers ciselés, ayant appartenu à l'armée de Charles-Quint, furent les trophées de cette journée.

Le 19 juin, vers 3 heures du matin, les hauteurs environnantes se trouvèrent couvertes d'Arabes ; il était évident qu'une affaire sérieuse se préparait. Au début de l'attaque, nos tirailleurs durent se replier un instant devant l'intensité du feu ennemi ; mais on forma bien vite des colonnes de soutien, et après des efforts énergiques, on marcha en avant jusqu'au camp de Staouëli, où s'étaient concentrées toutes les forces du dey d'Alger. Là, un combat acharné s'engage qui dure peu, car les Arabes ne tiennent qu'un instant et le camp tombe en notre pouvoir.

Le soir même, les troupes des 1ʳᵉ et 2ᵉ divisions s'établissaient sur l'emplacement du camp arabe, et les tentes qui s'y trouvaient leur servirent d'abri.

Des approvisionnements de toute espèce furent également découverts et distribués à nos soldats qui, vivant de viandes salées depuis leur embarquement, trouvèrent, dans une nourriture fraîche et abondante, une agréable et saine diversion.

La victoire de Staouëli assurait, pour ainsi dire, le succès de l'expédition. Elle inspirait à nos soldats une confiance sans borne et nous donnait un très grand ascendant sur l'esprit des Arabes.

Maîtres du camp de Staouëli, les troupes du corps expéditionnaire s'empressèrent de le fortifier. Une route spacieuse fut ouverte pour relier le nouveau camp à la presqu'île de Sidi-Ferruch. Pendant qu'on attendait l'artillerie de siège, les Arabes avaient repris courage et, le 24 au matin, on vit les Turcs, au nombre de 8.000 environ, escortés d'innombrables bandes de Bédouins, couronner les collines qui terminent, à l'est, la plaine de Staouëli. Ils descendirent en assez bon ordre, présentant une ligne de bataille fort étendue. Dès que les premiers feux d'avant-postes furent engagés, le général en chef, voulant faire cesser ce genre de combat, ordonna au général Berthezène de se porter avec ses trois brigades et une batterie de campagne sur la route d'Alger.

Aussitôt que nos bataillons, disposés en colonne, eurent débouché dans la plaine, l'ennemi prit la fuite sur tous les points. La division Berthezène continua à s'avancer dans un pays découvert et peu accidenté. Après une heure de marche, la 1ʳᵉ division franchit deux petits cours d'eau qui coulent vers le nord; sur le bord du premier de ces cours d'eau, on trouva deux ou trois maisons en ruines et des huttes construites en pierre et en terre glaise. C'est le marabout de Sidi-Khalef qui a donné son nom à la seconde bataille que livrèrent nos troupes en Algérie.

Cachés derrière ces massifs, les Arabes faisaient un feu très vif; mais dès que nos bataillons parvenaient à les aborder à la baïonnette, ils les délogeaient presque sans résistance. Cependant, vers le soir, l'armée algérienne, sous le commandement du bey de Tittery, parvint à se rallier sur un plateau dont l'accès était défendu par un profond ravin. Le général en chef donna l'ordre d'attaquer et d'enlever cette position. La 1re division se porta donc en avant. Les tirailleurs arabes, bien que protégés par la hauteur et l'épaisseur des haies, se repliaient sur leurs réserves dès qu'ils avaient échangé leur premier feu ; mais notre artillerie, qui avait surmonté avec une merveilleuse rapidité toutes les difficultés du terrain, se mit en batterie et quelques obus bien dirigés suffirent pour disperser les masses qui essayaient de se maintenir sur la hauteur. Ce nouveau succès nous fit gagner deux lieues de terrain et ne nous coûta qu'un très petit nombre d'hommes.

On arriva ainsi presque aux abords du Fort-l'Empereur, position formidable qui couvre Alger. Pendant la journée du 28 juin, le feu s'engagea de nouveau sur tout le développement de notre front. Mais la nouvelle de l'entier débarquement du matériel de siège décida le général en chef à faire cesser ces engagements partiels et à prendre énergiquement l'offensive.

Le 28 juin, dans la soirée, le quartier général fut transporté à Fontaine-Chapelle et on résolut d'escalader, dès le lendemain, à la pointe du jour, les hauteurs occupées par l'ennemi et d'investir, aussitôt après leur enlèvement, Alger et le Fort-l'Empereur. La brigade Poret de Morvan reçut l'ordre de garder, au camp de Fontaine-Chapelle, le parc d'artillerie de siège.

Le 29 juin, les hauteurs furent enlevées ; le 30, la tranchée était ouverte.

Enfin, le 4 juillet, le Fort-l'Empereur sautait et le 5, Alger, vaincue, ouvrait ses portes à nos soldats.

III

CAMPAGNE DE BELGIQUE
(1832)

———

Figure sur les drapeaux des 5ᵉ, 7ᵉ, 12ᵉ, 22ᵉ, 41ᵉ, 58ᵉ, 65ᵉ, 94ᵉ 95ᵉ d'infanterie et du 1ᵉʳ génie; sur les étendards des 1ᵉʳ et 11ᵉ d'artillerie.

La campagne contre Anvers, en 1832, fut l'exécution d'un programme arrêté d'avance entre les grandes puissances qui avaient décidé l'indépendance de la Belgique, l'avaient reconnue comme État et résolu d'évacuer par la force la citadelle d'Anvers que détenaient, au mépris des clauses du traité de Londres, les troupes hollandaises. La France d'alors, toujours prête à l'action, fut chargée de l'expédition. Celle-ci fut confiée au maréchal Gérard, l'un des brillants divisionnaires de Napoléon Iᵉʳ. Le siège de la citadelle d'Anvers qu'il eut à diriger n'ajouta rien à la gloire du brave maréchal. L'artillerie et le génie, dans la personne de leurs chefs, les généraux Neigre et Haxo, se disputèrent l'honneur de faire brèche à coups de canon, ou par la mine, dans les murs de la forteresse, et il fut démontré qu'un général en chef doit avoir, sur ses sous-ordres, la supériorité du grade et du caractère. Ce chef, heureusement, était maréchal et s'appelait Gérard; sans cela, les généraux Neigre et Haxo, au lieu d'agir, auraient discuté, six mois durant, la supériorité respective de l'artillerie et du génie. Le maréchal les mit vite d'accord et le siège fut lestement mené. Commencé le 29 novembre 1832, il était terminé le 23 décembre suivant, par la reddition, sans conditions, de la citadelle.

Ce siège démontra une fois de plus les qualités de bravoure et d'entrain des troupes françaises. En effet, malgré sa brièveté (30 novembre au 23 décembre), cette opération présenta de nombreuses difficultés. On était au cœur de l'hiver. La tranchée fut ouverte sur un terrain très mou de sa nature et qui, de plus, était constamment détrempé par des pluies continuelles. En certains endroits, on enfonçait d'un demi-mètre dans la boue. Malgré ces épreuves, l'ardeur et la gaieté du soldat furent inébranlables. Sa vigilance ne se relâcha pas un instant et l'ennemi le trouva prêt à repousser toutes les attaques.

Le principal fait d'armes de ce siège fut la prise d'assaut de la lunette Saint-Laurent par des compagnies des 58e et 65e de ligne. Le 14 décembre, à 5 heures du matin, la mine pratiquée à l'escarpe de la lunette Saint-Laurent ayant fait explosion, les compagnies désignées d'avance pour l'assaut montent en silence au sommet de la brèche, et, sans tirer, s'élancent à la baïonnette sur les troupes hollandaises qui occupent l'intérieur de la lunette.

En même temps, une compagnie de voltigeurs du 65e, commandée par le capitaine Montigny, partant de la droite et 25 grenadiers, commandés par le lieutenant Roullet, partant de la gauche, se portent sur la gorge de l'ouvrage pour l'escalader et fermer la retraite à l'ennemi.

L'attaque fut si vive, dit l'Ordre de l'armée, que les Hollandais purent à peine faire résistance. Une trentaine parvinrent à se sauver Les autres, au nombre de soixante, parmi lesquels était un officier, demeurèrent au pouvoir de nos soldats, ainsi qu'un mortier et un obusier.

Après quelques jours consacrés à des travaux d'approche, le feu fut ouvert par nos batteries dont les bombes et les boulets détruisirent en peu de temps les remparts de la citadelle et firent sauter la principale poudrière de la place. Après cette explosion, qui ruinait en quelque sorte le système défensif des Hollandais, le général Chassé, qui les commandait, entra en pourparlers et, le 23 décembre, ses troupes déposaient les armes sur les glacis de la place et nous livraient la citadelle dont l'occupation allait, pour toujours, assurer l'affranchissement de la Belgique.

Après cette courte et brillante campagne, l'armée française quitta la Belgique et rentra en France. Ses divisions, avant d'être licenciées, furent successivement passées en revue, aux environs de Douai, par le roi Louis-Philippe, qui distribua lui-même aux officiers et aux soldats les croix d'honneur dont ils s'étaient rendus dignes par leur courage.

Les régiments qui furent employés à ce siège étaient les suivants :

Infanterie de ligne : 5e, 7e, 8e, 12e, 18e, 19e, 22e, 25e, 39e, 41e, 50e, 52e, 58e, 61e et 65e régiments.

Infanterie légère : 3e (78e actuel), 8e, (83e actuel), 11e (86e actuel), 19e (94e actuel) et 20e (95e actuel) régiments et 1 régiment de marche composé d'un bataillon de grenadiers et d'un bataillon de voltigeurs, dont les compagnies avaient été prises dans divers régiments d'infanterie.

Cuirassiers : 1er, 4e, 9e, 10e régiments.

Dragons : 5ᵉ, 10ᵉ régiments.

Lanciers : 1ᵉʳ régiment.

Chasseurs : 1ᵉʳ, 4ᵉ, 7ᵉ et 8ᵉ régiments.

Hussards : 1ᵉʳ, 2ᵉ et 5ᵉ régiments.

Artillerie : 1ᵉʳ, 3ᵉ, 4ᵉ, 7ᵉ et 11ᵉ régiments.

Génie : **Compagnies de sapeurs et mineurs des 1ᵉʳ et 2ᵉ régiments.**

IV

LA CONQUÊTE ALGÉRIENNE
(1831 à 1890)

Alger conquise, il fallut consolider et étendre notre prise de possession. Nous ne le pouvions qu'à la condition de nous assurer, d'abord, du littoral, et ensuite, à l'intérieur, de soumettre par la force les tribus révoltées, enfin de gagner constamment du terrain. De là, l'occupation d'Oran en 1831, de Bône en 1832, d'Arzew, de Mostaganem, de Bougie en 1833, opérée par les gouverneurs qui succédèrent au maréchal de Bourmont, et qui furent les généraux Clauzel, Berthezène, de Rovigo, Voirol et Drouet d'Erlon.

De 1830 à 1834, nous dûmes donc borner nos efforts à l'occupation des villes et des points de la côte. Le gouvernement et les Chambres avaient mis, d'ailleurs, fort mauvaise grâce à aider au développement et à la stabilité de la nouvelle colonie. Les troupes envoyées de la Métropole étaient absolument insuffisantes, car elles ne comptaient en permanence que quatre ou cinq régiments d'infanterie au plus, qui payaient, tout d'abord, un cruel tribut au climat et qui arrivaient rapidement à l'état de régiments-squelettes. Il y avait aussi le corps des zouaves, la Légion étrangère, les chasseurs d'Afrique, les spahis, créés successivement, mais ces forces étaient trop peu nombreuses

alors pour qu'on pût se permettre une solide occupation
des régions intérieures du Tell, de la Mitidja et de l'Aurès.

En outre, des hésitations, des fautes militaires, des
mesures impolitiques, souvent aussi des traitements
iniques, appliqués aux indigènes par ordre de l'administration supérieure, avaient indisposé ceux-ci contre nous
et compromis l'entreprise. C'est alors que parut l'ennemi
le plus redoutable et qui combattit, avec le plus de succès,
notre influence pendant douze ans, de 1835 à 1847.

Cet homme, cet adversaire irréductible, était Abd-el-
Kader. Fils d'un marabout influent, il avait reçu une
éducation soignée, visité l'Orient et l'Égypte. Très versé
dans l'étude du Coran, il joignait à la science d'un vrai
savant, la vigueur et le courage d'un soldat de race. Bien
fait de corps, élégant de tenue et d'attitude, habile aux
exercices guerriers, doué d'un sens politique remarquable,
à la fois froid et passionné, souple et violent, d'un véritable talent d'organisateur et d'une infatigable activité,
Abd-el-Kader était assurément fait pour dominer et
combattre.

Les tribus de la province d'Oran, dont il était origi-
naire, alors livrées à l'anarchie, avaient besoin d'un chef.
Elles se groupèrent autour de celui qu'elles considéraient
comme un envoyé de Dieu. En 1834, le général Desmichels,
commandant la province d'Oran, le reconnaissait pour
« prince des croyants » et lui fournissait même des
secours pour vaincre ses compétiteurs. C'était vraiment
pousser un peu loin la bonté et la confiance envers un
homme qui avait juré de délivrer l'Algérie des Français et
qui rêvait la constitution, très réalisable, d'un puissant
État, à l'aide de la fédération mahométane.

Cependant, cette politique de sollicitude envers notre
futur ennemi avait été finalement désavouée par notre
gouvernement. Le général Desmichels, qui s'en était fait
le protagoniste, fut rappelé en France et remplacé, à Oran,
par le général Trézel. Celui-ci attaqua Abd-el-Kader,
mais se fit battre par lui, sur la Macta, en 1835. A cette
même époque, arrivait dans notre colonie l'homme qui
devait la régénérer, en assurer la conquête, puis la rendre
prospère et forte, nous avons nommé le général Bugeaud,
plus tard maréchal de France et duc d'Isly.

Sa première rencontre avec l'émir eut lieu sur les bords
de la Sickah où il le battit complètement. Toutefois, il
eut le tort de conclure avec lui l'imprudent traité de la
Tafna qui livrait au chef arabe les provinces d'Oran, de
Titteri, voire même d'Alger, à l'exception de toutes les
villes du littoral et de la plaine de la Mitidja qui nous
restaient.

Fier de ce succès diplomatique qui le grandissait énor-
mément aux yeux des populations indigènes, Abd-el-
Kader ne tarda pas à agir en souverain. Il se débarrassa
tout d'abord de ses rivaux arabes, vainquit ou écrasa les
tribus récalcitrantes, se créa une armée permanente au
lieu des troupes temporaires dont il s'était servi jusque-là,
et divisa le pays soumis à son autorité, en huit régions
administrées par des hommes qui lui étaient absolument
dévoués.

Son armée comprit 10.000 réguliers soldés, dont
8.000 fantassins et 2.000 cavaliers ; son artillerie compta
une vingtaine de canons, servis par 300 artilleurs, presque
tous Européens, déserteurs de toutes nations. Par son
ordre, des poudrières furent créées et fonctionnèrent, à

Mascara, sa ville de prédilection, à Miliana, à Médéa, à Tagdempt. Une manufacture d'armes fut installée à Miliana, et une fonderie de canons à Tlemcen. Les villes ou postes de Sebdou, Saïda, Tagdempt, Boghar et Biskra formèrent, de l'est à l'ouest, une ligne de places fortes qu'il avait construites ou réparées. C'étaient autant de forteresses pour mater les tribus insoumises, de magasins où s'amoncelaient vivres et munitions, et de retraites sûres en cas de guerre malheureuse.

Telle fut l'organisation qui permit au redoutable émir de nous résister pendant huit ans, et de nous obliger à constamment avoir en Algérie, pendant ce même laps de temps, près de 100.000 soldats.

En 1836, s'était également levé contre nous un autre ennemi. C'était Ahmed, bey de Constantine, vieil et irréconciliable adversaire, que déjà nous avions eu à combattre lors de la conquête d'Alger. Le général Clausel, alors gouverneur général, dirigea contre Constantine une expédition qui devait frapper l'ennemi au cœur de ses possessions. Malheureusement, cette expédition, mal engagée, mal conduite, nous mena à un grave échec et à une funeste retraite qui ne se termina pas en déroute, grâce à la ferme attitude d'un bataillon du 2ᵉ léger formant l'arrière-garde du petit corps expéditionnaire. Sous les ordres d'un intrépide officier, le commandant Changarnier, cette faible troupe, 300 hommes à peine, subit, sans rompre, les charges désordonnées des innombrables cavaliers d'Ahmed, lancés à la poursuite des nôtres. L'armée fut sauvée.

L'année suivante, une expédition mieux ordonnée, plus nombreuse, bien outillée, allait, sous le commandement du nouveau gouverneur, le général Denis de Damrémont — qui avait succédé au général Clausel rappelé en France après son insuccès — mettre une seconde fois le siège devant Constantine (octobre 1837).

Le bey Ahmed fit une résistance désespérée (on trouvera plus loin les diverses phases de ce fait d'armes). Cependant, malgré le courage, malgré la ténacité de ses défenseurs, la ville fut emportée d'assaut par nos braves soldats, conduits par le duc de Nemours, les généraux Rulhières, Perregaux, les colonels de Lamoricière, Combes et tant d'autres vaillants officiers. La lutte fut sanglante, terrible, sans pitié ni merci ; la place ne fut définitivement prise qu'après maints combats, dans les rues, dans les ruelles, dans les maisons même. C'est dans une de ces dernières — où il s'était réfugié avec les siens et quelques partisans — que fut tué le bey Ahmed.

Constantine devenait alors notre conquête ; elle recevait de suite une importante garnison et, successivement, toutes les tribus environnantes faisaient acte de soumission entre les mains du gouverneur général.

Libre de ce côté, le maréchal Vallée — qui avait remplacé à la tête de notre colonie algérienne le général Denis de Damrémont, tué la veille de l'assaut de Constantine — se retourna vers Abd-el-Kader qui, en vertu du traité malencontreux de la Tafna, prétendait nous enfermer dans la Mitidja et nous défendre toute autre occupation. Ce traité fut dénoncé et successivement, de 1839 à 1840, nos soldats s'emparèrent, au cours d'expéditions pénibles et glorieuses, des villes de Cherchell, de Médea, et de Miliana.

Impuissant à s'emparer des places fortes que nous

tenions solidement et que nous ravitaillions au moyen
d'expéditions continuelles qui tenaient les troupes en
haleine et les aguerrissaient à cette lutte pénible, pleine
de périls incessants, semée chaque jour de nouvelles
embûches, Abd-el-Kader résolut de tenir la campagne et
de nous harceler sans répit ni sans trêve.

Grâce à la tactique naturelle de l'Arabe, connaissant
parfaitement sa région, acclimaté, doué de patience, d'énergie, la difficulté pour nos généraux était moins de battre
l'émir que de pouvoir l'atteindre. Avec son armée de
10.000 combattants seulement, mais combattants intrépides, fanatiques, d'une extrême mobilité, on le trouvait
partout sans arriver à le surprendre nulle part. Aussi,
fallut-il au général Bugeaud — qui venait de recueillir la
succession du maréchal Vallée, rentré en France pour raison de santé — au moins 100.000 soldats, divisés en
corps nombreux, pour traquer et joindre enfin son insai-
sissable adversaire.

Sur les pressantes instances de cet éminent général —
venu exprès à Paris pour exposer au Gouvernement et
au Parlement la situation difficile, critique même, de
notre colonie africaine — on comprit, en haut lieu, qu'il y
allait de l'honneur du pays ainsi que de l'avenir de la
conquête. On se décida à accorder les troupes et les crédits
nécessaires pour assurer, une fois pour toutes, le succès
de l'œuvre entreprise au lendemain de la prise d'Alger.

Le roi Louis-Philippe, stimulé par ses fils qui s'étaient
déjà conquis sur le sol africain une renommée militaire
de bon aloi, avait usé de sa souveraine influence auprès
du Parlement. En reprenant le chemin de l'Algérie, le
général Bugeaud emportait donc les pouvoirs les plus

étendus pour mener à bien l'importante besogne qu'il s'était tracée, et, hâtons-nous de le dire, qu'il sut si bien, si complètement accomplir.

Son premier acte militaire fut un coup de maître. Il alla frapper son adversaire au sein de sa cité préférée, Mascara. Il réduisit cette place, la mit à sac, s'empara ou détruisit les immenses approvisionnements qu'Abd-el-Kader y avait concentrés, et obligea celui-ci à s'enfuir jusqu'aux frontières du Maroc (juillet à septembre 1841).

L'année suivante, il s'empare de Tlemcen, soumet toutes les tribus de la vallée du Chéliff, fonde la ville d'Orléansville, qui sera désormais un poste solide dans cette vallée et un point d'appui pour nos troupes, guerroyant de l'est au sud.

En 1843, le duc d'Aumale surprend, à Taguin, la Smalah d'Abd-el-Kader et s'en empare (1). L'émir est, de nouveau, obligé de fuir vers le Maroc. C'est alors qu'il vient demander l'hospitalité à l'empereur Abd-er-Rhaman qui règne sur ce pays. A son instigation, ce dernier proclame la guerre sainte contre nous et, à la tête d'une nombreuse armée, il envahit notre frontière de la province d'Oran.

Mais le bombardement de Tanger et de Mogador par l'escadre du prince Joinville, et surtout la victoire complète, remportée le 14 août 1844, par le général Bugeaud à Isly, sur l'armée marocaine, obligent l'empereur Abd-er-Rhaman à la paix de Tanger qui fixe avantageusement notre frontière du côté de l'ouest et impose toute cessa-

---

1. V. page 333.

tion de secours et d'appui, de la part du sultan, à Abd-el-Kader. A la suite de cette belle campagne, le général Bugeaud est fait maréchal de France et duc d'Isly.

L'année 1846 voit la soumission du Dahra insurgé sur les instigations du marabout Bou-Maza, puis celle de l'Aurès dont la principale ville, Biskra, nous appartenait déjà. En même temps, Abd-el-Kader, rentré en Algérie, était poursuivi de tribu en tribu, ayant perdu toute influence et se voyant successivement abandonné ou trahi par tous ceux qui l'avaient suivi autrefois. Il prend une fois encore le parti de se réfugier au Maroc, mais cette fois, le sultan Abd-er-Rhaman, qui n'a pas oublié ce que lui avait coûté l'hospitalité de son dangereux allié, lui refuse l'entrée de ses États.

C'est alors que l'émir, n'ayant plus aucune chance de salut, prend le parti de se remettre entre nos mains. Le 23 décembre 1847, il se rend auprès du général de Lamoricière, commandant la division d'Oran et lui fait sa soumission. Devenu notre prisonnier, notre vaillant adversaire est dirigé sur la France ; il est d'abord interné à Pau, puis de là à Amboise, jusqu'en 1852. A cette époque, Napoléon III lui permit d'aller habiter Damas, en Syrie, où, fidèle à sa promesse de ne plus jamais retourner en Algérie, il mourut en 1883.

L'Algérie est alors à nous dans la majeure partie du Tell et sur les plateaux ; mais il faut faire encore respecter notre autorité par les tribus sahariennes et les populations kabyles, toujours prêtes à combattre pour leur indépendance à la voix des marabouts ou de leurs cheiks respectés.

C'est pourquoi une expédition est dirigée contre l'oasis

de Zaatcha, en 1849. Ce siège, que nous retraçons en
détail, fut long et sanglant. La ville, prise d'assaut, offrit
la même résistance que Constantine : elle fut complètement détruite et la population anéantie.

En 1852, nous nous emparons de l'oasis de Laghouat,
dans le sud de la province d'Alger; en 1854, c'est Tuggurt,
la ville sainte du petit Sahara, qui tombe également en
notre pouvoir. Ouargla est prise en 1860, et le général de
Galliffet, avec une colonne légère montée sur des chameaux, surprit, en 1872, El-Goléa, le point extrême de nos
possessions, situé à 1.100 kilomètres d'Alger. Aujourd'hui,
nous sommes installés encore plus avant et nous avons
des forts importants en face des régions sahariennes,
habitées par les Touaregs dont l'attitude à notre égard
n'a jamais cessé d'être hostile.

Depuis 1850 jusqu'en 1871, nous avions également
guerroyé en Kabylie, dont nous possédions, à la chute
d'Abd-el-Kader, les villes maritimes de Bougie, de Djidjelli, de Collo et de Dellys.

En 1851, une expédition, sous les ordres du général de
Saint-Arnaud, est dirigée contre les tribus kabyles de la
province de Constantine qui s'étaient révoltées contre
notre autorité. Nos troupes se mettent en marche les 6 et
7 mai. Le 11, elles se trouvent en face du col de Menayel
que défendent 5.000 montagnards kabyles. Nos soldats
escaladent les pentes, et, après une lutte acharnée, les
Kabyles sont chassés de toutes leurs positions. Les 19 et
20, nouveaux combats où l'ennemi est complètement
défait, mais, on peut l'avouer, après une résistance pleine
de courage et d'énergie. Le 21, les principaux chefs

viennent demander *l'aman* et la Kabylie se trouve momentanément pacifiée.

Lors de la guerre d'Orient, l'armée d'Afrique envoya en Turquie, et plus tard en Crimée, l'élite de ses troupes. Le départ de celles-ci réveillèrent chez quelques marabouts des espérances qu'on croyait à jamais éteintes, et sur quelques points, l'agitation fut grande. Le fameux chef kabyle, Bou-Bahgla, prêcha la guerre sainte et fit si bien que l'insurrection se propagea rapidement.

Le maréchal Randon, alors gouverneur général, prit des mesures énergiques pour comprimer la révolte. Deux divisions, commandées par les généraux de Mac-Mahon et Camou, partirent l'une de Constantine, l'autre d'Alger, et pénétrèrent dans le massif montagneux situé entre Dellys et Bougie. Les troupes agirent d'abord séparément et forcèrent les tribus du littoral à livrer des otages; puis elles se réunirent, remontèrent la vallée du Sébaou, envahirent le territoire des Beni-Yahia qui passait pour inexpugnable (14 juin 1854), forcèrent les Beni-Hidjer à demander *l'aman* et ramenèrent, sous notre autorité, toutes les peuplades comprises entre le Sébaou, Dellys et Bougie.

Cette première expédition contre les puissantes tribus du Djurdjura, produisit momentanément le meilleur effet et prépara surtout les voies de l'expédition définitive de 1857 que nous relatons plus loin dans tous ses détails, attendu que sous le nom : *Kabylie, 1857*, elle figure sur plusieurs drapeaux de nos régiments. On sait que cette expédition nous assura définitivement la possession de toute la Kabylie.

Les années qui suivirent furent principalement consacrées à l'établissement de la colonisation. Plusieurs insurrections donnèrent cependant à nos troupes d'Algérie, l'occasion de montrer qu'elles n'avaient pas dégénéré. La plus dangereuse de ces insurrections fut celle de la Confédération des Ouled-Sidi-Cheik, qui éclata le 2 mars 1864.

Si-Sliman, le chef de cette grande Confédération dans le cercle de Géryville (point sud de la province d'Oran), ayant levé l'étendard de la révolte, le colonel Beauprêtre, commandant du cercle précité, officier excessivement redouté des Arabes, marcha contre lui avec une faible colonne. Si-Sliman demanda au colonel une entrevue, au cours de laquelle il le fit poignarder, puis il massacra sa faible escorte. La révolte s'étendit alors rapidement. Une colonne, commandée par le général Jollivet, surprise par des forces arabes très supérieures, fut presque entièrement détruite ; d'autres revers partiels nous furent également infligés. La situation devenait critique dans le sud de nos possessions.

Le maréchal de Mac-Mahon, qui venait de succéder comme gouverneur général au maréchal Pélissier, duc de Malakoff, récemment décédé, donna aussitôt les ordres les plus sévères pour la répression de cette insurrection chaque jour grandissante. Le marabout Mohammed-Ben-Hamza, qui avait remplacé Si-Sliman à la tête des insurgés, est battu et tué à Garet-Sidi-Cheik, par la colonne du général Deligny. Une partie des Ouled-Sidi-Cheik se soumit alors, mais l'autre partie se rejeta dans le Maroc, où elle est toujours en guerre avec nos postes de la frontière marocaine.

Au mois d'avril 1870, le général Wimpffen, commandant la province d'Oran, dirigea, contre cette fraction dissidente et remuante, une colonne expéditionnaire qui battit celle-ci complètement, sur l'Oued-Ghair, le 15 avril.

Pendant la guerre de 1870, les Arabes ne bougèrent pas ; mais, aussitôt après la paix, le décret imprudent, impolitique surtout, rendu par le gouvernement de la Défense nationale, sur la naturalisation des juifs (24 août 1870), donna naissance à la plus formidable insurrection qu'ait vue l'Algérie, depuis la conquête.

Le promoteur et le chef de cette insurrection fut Mokrani, bach-agha de la Medjana, commandeur de la Légion d'honneur, dont la famille princière nous avait été dévouée jusque-là. Rapidement, la révolte s'étendit dans la presque totalité des provinces d'Alger et de Constantine, et, pour la dompter, il fallut envoyer de France plusieurs régiments de marche et même de mobiles et de mobilisés. La plus grande activité fut déployée contre les rebelles, par le vice-amiral Gueydon, gouverneur général, admirablement secondé dans sa tâche difficile par les généraux Lallemand, Cérez et de Poitevin de Lacroix.

Au point de vue militaire, on doit citer la résistance du bordj de Tizi-Ouzou, dans lequel une garnison de 250 hommes, dont 100 mobilisés de la Côte-d'Or, subit, du 17 avril au 11 mai 1871, un siège très dur et ne dut son salut qu'à son énergie, à sa bravoure, qui lui permirent de résister jusqu'à l'arrivée de la colonne de secours du général Lallemand. Le siège du Fort National se prolongea pendant deux mois et demi, du 17 avril au 26 juin. La garnison était de 700 hommes ; elle avait à défendre une enceinte de 2.300 mètres de développement, assiégée par 15.000 à 20.000 Kabyles. Le 21 mai, elle eut à soutenir un véritable assaut, dont elle ne sortit victorieuse qu'en faisant rouler sur les assaillants des obus et des grenades enflammées. Enfin, le 26 juin, la garnison était, comme celle de Tizi-Ouzou, débloquée par les troupes du général Lallemand.

Il ne faut pas oublier non plus la belle défense du commandant Du Cheyron, attaqué à Bord-bou-Arreridj par Mogkrani avec 7.000 hommes, et résistant victorieusement, sans autres forces qu'une centaine de mobiles des Bouches-du-Rhône.

La ville de Dellys eut également à soutenir un assaut formidable. Celle de Bougie en soutint cinq. Le village de Palestro, presque aux portes d'Alger, fut le théâtre d'un effroyable massacre de colons, dans lequel ne furent épargnés ni les enfants, ni les femmes, dont plusieurs subirent les derniers outrages. La colonne du brave colonel Fourchault vengea cette sauvage tuerie, en infligeant aux assassins de justes et cruelles représailles.

Mokrani, pris dans un combat près d'Aumale, fut condamné à mort et fusillé sur l'ordre du général Cérez. Après cet acte de sévérité, indispensable en la circonstance, l'insurrection ayant perdu son chef s'éteignit peu à peu. De toutes parts, les soumissions se firent et, au mois d'août 1871, le calme était entièrement rétabli sur tout le territoire algérien.

Citons encore, pour mémoire, l'insurrection des tribus de l'Aurès, en juin 1879. Elle fut sévèrement réprimée par les généraux Forgemol de Bostquenard, commandant la province de Constantine et Logerot, commandant la subdivision de Batna. Cet officier général infligea aux insurgés une sanglante défaite à R'baa et celle beaucoup plus sérieuse de Bou-Amena, dans la province d'Oran.

Nous avons vu plus haut les Ouled-Sidi-Cheik dissidents se retirer au Maroc. Pendant la grande insurrection de 1871, on les voit reparaître dans le sud oranais, sous la conduite de Si-Kaddourenb-Hamza et de Si-Lala. Ils sont contenus par la colonne du lieutenant-colonel Gand.

En 1872, Si-Kaddour se montre dans le sud de la province de Constantine, à El-Goléah, à 307 kilomètres d'Ouarghla. Le général de Galliffet marche contre lui avec une colonne de 700 hommes, dont l'infanterie est transportée à dos de chameau. Les rebelles disparaissent à son approche.

En 1880, paraît alors le chérif Bou-Amena. Profitant de ce qu'une partie des troupes d'Algérie, notamment de la province d'Oran, expéditionnait en Tunisie, il prêche la guerre sainte. Aussitôt, plusieurs colonnes sont constituées pour couvrir le Tell, tandis qu'une autre colonne, forte de 2.200 hommes, commandée par le colonel Innocenti, doit directement se mettre à la recherche de Bou-Amena.

Le 19 mai, cette colonne rencontre les insurgés très nombreux et à la tête desquels marche le chérif en personne. Nos goums font subitement défection, massacrent, jusqu'au dernier homme, un peloton de chasseurs d'Afrique, formant l'arrière-garde de la colonne. Le convoi est pillé, tout ce qui l'accompagne est tué. Après une mêlée sanglante et désordonnée, la colonne française conserve cependant ses positions. Elle bat en retraite, ne pouvant empêcher Bou-Amena de pénétrer dans le Tell avec ses dissidents.

Pendant deux mois, ce rebelle audacieux — dont la

manière évoque le souvenir de son fameux devancier Abd-el-Kader — se joue des colonnes qui le poursuivent ou cherchent à lui barrer la route. Il commet sur nos tribus amies, dépradations sur dépradations, massacres sur massacres. Mais les colonnes Brunetière d'abord, puis de Négrier ensuite — qui détruit, à El-Abeid-Sidi-Cheik, la Kouba du célèbre marabout Sidi-Cheik — lui infligent de sanglants échecs. Après avoir encore attaqué, en 1882, la mission de Castries, Bou-Amena fut enfin obligé de se retirer au fond du Sahara marocain.

Depuis cette époque, lointaine déjà, puisqu'elle compte près de trente ans de date, notre grande colonie méditerranéenne n'a plus été le théâtre de mouvements sérieux. Sa population indigène semble maintenant soumise à nos coutumes, à notre civilisation et à l'organisation spéciale qui lui a été donnée en raison de ses mœurs, de sa religion, de ses besoins.

Telle est, résumée dans ses grandes lignes, l'histoire de la conquête algériènne. Cette conquête donna, à de nombreux régiments de notre armée, l'occasion d'illustrer leurs drapeaux et d'enrichir leur histoire de brillants et glorieux faits d'armes.

Superbe aussi fut la pléiade de généraux que les campagnes d'Afrique donnèrent à la France et dont les plus illustres se nommèrent successivement : Bugeaud, Cavaignac, Lamoricière, Changarnier, de Nemours, d'Aumale, Le Flô, Bedeau, de Saint-Arnaud, Pélissier, de Mac-Mahon, de Ladmirault, Canrobert, Bosquet, Bourbaki, Desveaux, Randon, Morris, Daumas, Deligny, Faidherbe, Chanzy, Saussier, Forgomol, de Galliffet et tant d'autres vaillants et fiers enfants de France.

Nous allons maintenant retracer en détail les principaux combats de la guerre algérienne inscrits sur les
drapeaux et étendards de nos régiments.

CONSTANTINE

(1836-1837)

Figure sur les drapeaux des 11ᵉ, 47ᵉ et 92ᵉ de ligne; du 1ᵉʳ zouaves;
du 3ᵉ chasseurs d'Afrique; du 3ᵉ spahis; des 4ᵉ, 9ᵉ, 10ᵉ 13ᵉ et 14ᵉ
d'artillerie; des 1ᵉʳ, 2ᵉ et 3ᵉ génie.

Le bey de Constantine, Achmet, tenant la France en
échec depuis son occupation, était le principal auteur
des révoltes et des soulèvements que rencontraient, à des
intervalles pour ainsi dire réguliers, nos troupes, dans leur
œuvre de pacification et de colonisation.

En novembre 1836, le maréchal Clausel, alors gouverneur général de l'Algérie, tenta une première expédition
contre son redoutable adversaire. Malheureusement,
des pluies torrentielles, le mauvais état des chemins, épui-
sèrent nos soldats avant tout combat. D'ailleurs, la position de Constantine était formidable et différentes causes
contrarièrent les dispositions d'attaque; l'assaut ne réussit
pas et la retraite fut ordonnée. Elle fut signalée par
l'héroïque conduite d'un bataillon du 2ᵉ léger, commandé
par le commandant Changarnier, qui, placé à l'arrière-
garde, contint, par sa bravoure et sa solidité, s masses
arabes et sauva le corps expéditionnaire d'un désastre
certain.

En octobre 1837, l'expédition de Constantine fut reprise avec 12.000 hommes et un nombreux parc de siège. Elle était alors sous les ordres du général Damrémont qui avait remplacé, comme gouverneur de l'Algérie, le maréchal Clausel.

Le 6 octobre, les troupes du génie secondent les troupes de l'artillerie, pour l'établissement de nombreuses batteries. Le 12, les batteries de brèche sont terminées et armées. Dans la nuit du 13 au 14 octobre, la brèche est reconnue praticable et l'assaut est décidé pour 7 heures du matin. Malheureusement, la veille, le général Damrémont, en visitant les lignes d'attaque, s'étant approché pour se rendre compte de l'état de la brèche, fut atteint par un boulet, parti de la place, qui le foudroya et blessa mortellement, à ses côtés, son chef d'état-major, le général Perregaux.

Le lendemain 14 octobre, trois colonnes d'assaut sont disposées en arrière des ravins et places d'armes : la première, sous les ordres du lieutenant-colonel de Lamoricière, se composait de 40 sapeurs mineurs dirigés par 4 officiers du génie, de 300 zouaves et de 2 compagnies du 2ᵉ léger ; la seconde, commandée par le colonel Combes, de 80 sapeurs, 5 officiers du génie et 500 hommes d'infanterie ; la troisième, aux ordres du colonel Corbin, de détachements pris en nombre égal dans les autres corps d'infanterie.

A 7 heures, le duc de Nemours donne le signal de l'assaut. La première colonne franchit la brèche, mais elle se trouve sur une montagne de débris, devant des murs écroulés, à la hauteur des toits, d'où part un feu roulant. On s'engage dans une ruelle, c'est un cul-de-sac ; on

se tourne ailleurs, l'obstacle est le même. Sous la direction du capitaine du génie Boutault, les sapeurs commencent un travail de sape à travers les murs ; on chemine
de maison en maison, gagnant du terrain sur le flanc de
l'ennemi, qui est débordé à son insu. L'explosion formidable d'un dépôt de poudre vient encore ajouter à l'horrible confusion. Enfin, Constantine est à nous ; mais au
prix de quels sacrifices !

Voici d'ailleurs quelques détails sur cet assaut, où, de
part et d'autre, des prodiges furent accomplis.

Vers 7 h. 1/2 du matin, les deux premières colonnes se
portaient au pas de charge vers la brèche, qu'elles gravirent sans rencontrer d'abord une très vive résistance ;
elles commençaient à se répandre dans la ville, lorsqu'une
mine pratiquée en arrière de la brèche fit explosion, ren-
versant quelques murs, blessant ou tuant un grand
nombre de combattants. Enhardis par ce succès, les
Arabes revinrent en foule dans les maisons voisines et
firent pleuvoir une grêle de projectiles sur les assaillants.
En cet instant critique, la troisième colonne, sans attendre
aucun ordre, se précipite au pas de course vers la brèche
qu'elle escalade, malgré un feu roulant de la part des
assiégés.

Entraînés par le capitaine O'Brien et par le sous-lieutenant Montaudon, les grenadiers du 11e de ligne se jettent
dans les maisons, en chassent les Arabes, font un grand
nombre de prisonniers et pénètrent dans l'arsenal. Guidés
par le capitaine du génie Niel, ils parviennent jusqu'à la
porte Bab-el-Oued qu'ils déblaient et qu'ils ouvrent au
reste de l'armée.

Constantine était à nous !

MAZAGRAN

(du 3 au 6 février 1840)

Ce fait d'armes ne figure sur aucun drapeau de l'armée, parce
que les héros de cette belle défense étaient les soldats du
1ᵉʳ bataillon d'infanterie légère d'Afrique. On sait que, recrutés
parmi les condamnés militaires libérés ou graciés, ces bataillons, au nombre de cinq actuellement, n'ont pas de drapeau.
Toutefois, nous avons tenu à rendre hommage à la vaillance
des défenseurs de Mazagran dans cet ouvrage qui est en quelque
sorte le Livre d'Or de notre Armée.

Le 3 février 1840, 125 hommes de la 10ᵉ compagnie du
1ᵉʳ bataillon d'Afrique, en garnison dans Mazagran, petite
bicoque à peine fortifiée, étaient attaqués par 10.000 cavaliers et 5.000 fantassins arabes. Cette ville en ruines, qui
n'avait qu'une enceinte, constituée d'un simple mur à
hauteur d'appui, ne tarda pas à être cernée de toutes
parts. Les Arabes s'y précipitent et s'emparent des
maisons où ils s'embusquent. Nos soldats se retirent
alors dans une sorte de redoute, où il n'y avait comme
artillerie qu'une pièce de canon. Bientôt, ils s'y voient
assiégés par les masses arabes qui les entourent.

De minute en minute, le cercle d'investissement se resserre et l'audace de l'ennemi ne connaît plus de bornes.
Des Arabes gravissent les parapets de la redoute et renversent les sacs à terre qui la garnissent, mais nos chasseurs, sans se laisser intimider par leur nombre, les
attendent de pied ferme, les tuant à coups de baïonnette
pour ménager leurs cartouches.

Dix fois les Arabes reviennent à la charge, dix fois ils sont repoussés par les nôtres qui les reçoivent à bout portant et en font un sanglant carnage. Deux pièces de canon sont alors mises en batterie par l'ennemi qui essaie d'ouvrir une brèche dans le faible réduit où se sont réfugiés nos soldats.

Pendant que cette scène se passe à Mazagran, le commandant du Barail sort de Mostaganem, avec le peu de troupes qu'il a à sa disposition, pour opérer une diversion. Il parvient, en effet, à attirer quelques masses de cavalerie contre lesquelles ses troupes tiraillent quelque temps, mais il ne peut réussir à faire lâcher prise sur Mazagran où les Arabes ont concentré toutes leurs forces. Les communications entre les deux villes sont coupées et il devient impossible, dès le 4 février, de porter secours à la poignée de braves enfermés dans la redoute assiégée et bloquée de toutes parts.

Enfin, après trois jours et trois nuits de combat à outrance et cinq assauts en règle, donnés à la redoute, l'ennemi se retire le 6, à 10 heures du matin, laissant au pied des remparts, qu'ils n'avaient pu emporter, plus de 300 cadavres. De notre côté, nous avions 50 hommes hors de combat. Deux cents coups de canon avaient été tirés par les Arabes ; le drapeau qui flottait au-dessus du réduit était criblé de balles et de boulets (1). Plusieurs fois renversé, il avait été constamment relevé : « Tant qu'il y aura un de nous pour le défendre, disaient ces intrépides soldats,

---

1. On peut aujourd'hui admirer ce noble et glorieux haillon au Musée de l'Armée où il figure en bonne place.

il restera debout et au dernier survivant il servira de glorieux linceul. »

Après la retraite de l'ennemi, les blessés de Mazagran furent transportés à Mostaganem, sous escorte de 25 chasseurs de la compagnie, ayant à leur tête le drapeau qu'ils avaient si bravement défendu. La population de Mostaganem qui, depuis trois jours, attendait avec anxiété l'issue de cette désespérée défense, accueillit, avec enthousiasme, ces intrépides soldats dont elle avait cru le sort à jamais condamné. La garnison sous les armes leur rendit les honneurs et salua le drapeau de Mazagran, témoin muet, dont les lambeaux attestaient mieux que tous les récits la sublime défense de la petite place.

Voici maintenant les noms des militaires qui se sont le plus distingués dans cet héroïque épisode de notre guerre africaine : Mazagran, Beni-Mered, Sidi-Brahim, c'est l'épopée algérienne résumée en trois faits d'armes que la postérité a désormais gravés en lettres d'or sur ces tables immortelles. Que les noms qui suivent soient donc, eux aussi, gravés dans la mémoire des jeunes et qu'ils prennent exemple sur ces braves :

MM. Lelièvre, capitaine de la 10e compagnie du 1er bataillon d'infanterie légère d'Afrique qui commandait la défense de Mazagran ;

    Magnien, lieutenant à la 10e compagnie ;

    Durand, sous-lieutenant à la 10e compagnie ;

    Villemont, sergent-major à la 10e compagnie ;

    Giroud, sergent à la 10e compagnie ;

    Taine, sergent-fourrier à la 10e compagnie ;

    Muster, caporal à la 10e compagnie ;

LEBORGNE, chasseur à la 10ᵉ compagnie ;

COURTÈS, chasseur à la 10ᵉ compagnie ;

EDET, chasseur à la 10ᵉ compagnie ;

GAPFERT, chasseur à la 10ᵉ compagnie ;

VOMILLON, chasseur à la 10ᵉ compagnie ;

RENAUD, chasseur à la 10ᵉ compagnie ;

HERMET, chasseur à la 10ᵉ compagnie ;

MARCOT, chasseur à la 10ᵉ compagnie ;

VARENT, chasseur à la 10ᵉ compagnie ;

FLARNON, chasseur à la 10ᵉ compagnie.

A la suite de cette brillante affaire, le général de Guéhen-neuc.commandant la province d'Oran, autorisa la 10ᵉ compagnie du 1ᵉʳ bataillon d'Afrique à conserver comme un glorieux trophée le drapeau de Mazagran. En outre, il ordonna — et cette décision est toujours appliquée — que le 6 février de chaque année, lecture de son ordre du jour de félicitations soit faite devant le bataillon réuni, et dans le cas où cette réunion ne pourrait s'effectuer, que chaque chef de détachement en fasse la lecture devant tous ses hommes assemblés sous les armes.

Une statue, représentant l'héroïque capitaine Lelièvre défendant Mazagran, a été élevée dans la ville de Malesherbes (Loiret), cité natale de ce brave soldat, par la reconnaissance de ses concitoyens, fiers à juste titre de leur légendaire compatriote.

BENI-MERED

(11 avril 1842)

Figure sur le drapeau du 26ᵉ de ligne

Si dans nos annales militaires si fertiles, si glorieuses, il y a une belle date à célébrer, c'est bien celle du 11 avril 1842, anniversaire du combat de Beni-Mered, page héroïque s'il en fut, et qu'il est bon de fixer dans les mémoires françaises, comme l'exemple du plus intrépide courage et du plus complet dévouement.

Cette page, nous l'empruntons aujourd'hui à un témoin du terrible épisode du 11 avril 1842, au sieur Marchand, soldat dans la petite troupe de l'intrépide Blandan, le jour de Beni-Mered, et qui, chevalier de la Légion d'honneur, vit actuellement retraité à Amiens. Ce digne survivant d'une héroïque action a bien voulu nous adresser les lignes vibrantes qu'il a si bravement vécues et qu'il rédigea pour la première réception que lui offrit, en 1888, à Nancy, son ancien régiment, le 26ᵉ de ligne.

Voici ce récit tel qu'il nous a été communiqué, auquel nous laissons sa simplicité et son émouvant intérêt :

« Le 11 avril, à 6 heures du matin, après l'inspection du commandant de place, M. Durand, nous quittions le camp d'Erlon, munis chacun de deux paquets de cartouches, soit 20 cartouches. Nous étions donc en tout : 16 hommes du 26ᵉ de ligne (pris dans les trois compagnies du 2ᵉ bataillon qui était à Boufarick) 3 chasseurs d'Afrique, dont 2 brigadiers, et le sous-aide-major Ducros.

« Tout se passa sans encombre du camp d'Erlon jusqu'au ravin ; les hommes portaient le fusil en bandoulière
et chantaient.

« Tout à coup, le brigadier Villars, qui nous précédait
d'une cinquantaine de mètres avec les deux cavaliers et le
sous-aide major, tourna bride et, en même temps que lui,
les cavaliers qui le suivaient à quelques pas de distance.
Ils avaient découvert l'ennemi, embusqué dans les lauriers-roses du ravin.

« Nos cavaliers se replièrent donc sur l'infanterie. Le
brigadier Villars vint droit à Blandan pour le prévenir de
la présence de l'ennemi, et il ajouta :

« Nous autres sergents, avec nos chevaux, nous pour-
« rions aisément regagner Boufarick, mais nous avons
« fait route ensemble, nous partagerons le danger
« ensemble. »

« Aussitôt, Blandan commanda : baïonnette au
canon !

« A peine cet ordre était-il donné qu'un peloton de
cavaliers arabes d'une centaine d'hommes se précipita
vers nous avec de grands cris. Un instant après, il était
suivi d'un second peloton, puis d'un troisième, à peu près
de même force ; mais, sans nous attaquer, ils se sépa-
rèrent et s'éparpillèrent dans la plaine, décrivant autour
de nous un cercle dans lequel ils semblaient vouloir nous
renfermer.

« A cette vue, Blandan s'écria : Mes amis, faites feu !

« Une décharge générale assaillit les Arabes. Une dizaine
vidèrent les arçons. Aussitôt, un d'entre eux se détacha,
et, s'avançant vers nous, il dit au sergent, en français,
mais avec un fort accent : « Sergent, rendez-vous, il ne

vous sera rien fait ! » Blandan répondit en l'ajustant et
en lui envoyant une balle qui l'étendit raide mort.

« Ce fut le signal d'une décharge ; plus de 40 coups
de feu partirent des rangs des Arabes et nous eûmes
2 morts et 5 blessés. Blandan fut blessé deux fois dans
cette décharge (à chaque jambe). Il continua pourtant à
tirer debout malgré le sang que nous voyions couler sur
ses guêtres. Il s'écria même : Courage, mes enfants ! feu !
feu ! Que ces lâches n'aient pas l'honneur de nous couper
la tête !

« La même décharge blessa le brigadier Villars au mol-
let (les chasseurs étaient restés à cheval).

« Tiens, dit-il, je crois qu'une mouche m'a piqué. Et il
voulut mettre pied à terre, mais au même instant, son
cheval reçut une balle dans le sabot et tomba, entraînant
son cavalier. Celui-ci essayait de se dégager quand le
cheval fit un saut de mouton, sauta sur trois pieds,
regarda un instant son cavalier qui se relevait, puis
s'enfuit rejoindre les chevaux des Arabes, emportant nos
dépêches qui se trouvaient dans les fontes des pistolets.
Cette première décharge abattit également le chasseur
Ducasse. Celui-ci venait de France et montait pour la
première fois de sa vie un cheval arabe. La balle le
frappa au milieu du front, et sa cervelle rejaillit sur les
fantassins qui l'entouraient. A cette décharge, fut aussi
tué le cheval du brigadier Lemercier, qui continua à faire
le coup de feu avec les fantassins.

« A partir de ce moment, le feu continue pendant trois
bons quarts d'heure, nos hommes tombant un à un. Nous
étions groupés au milieu, n'ayant pu prendre une formation de combat puisqu'il avait fallu répondre à une fusil-

lade qui venait de tous côtés. Comme Blandan se baissait pour ramasser une cartouche, une troisième balle l'atteignit dans les reins et le mit hors de combat. En tombant, il s'écria encore : Courage, mes amis, courage ! défendez-vous jusqu'à la mort !

« Enfin, au bout de trois quarts d'heure, nous ne restions plus que 5 hommes non blessés, dont le brigadier de chasseurs Lemercier. A ce moment, ma principale pensée était, tout en me défendant de mon mieux, que je ne reverrais jamais Amiens.

« Tout à coup, nous vîmes les Arabes se rallier et se former sur deux rangs ; ils avaient aperçu les chasseurs d'Afrique arrivant de Boufarick, ayant à leur tête le lieutenant-colonel Morris et les lieutenants de Corcy et de Breteuil. Le premier chasseur que j'aperçus était un cuisinier en tenue de cuisine, un Parisien, à ce que j'ai su plus tard. Les chasseurs allèrent droit sur les Arabes et ne vinrent pas vers nous. Un détachement du 26e, sous les ordres du capitaine Lacarde, venu au pas gymnastique, arrivait en même temps avec des cacolets et des prolonges sur lesquels nous chargeâmes nos morts et nos blessés. Le lieutenant-colonel Morris et le capitaine Lacarde nous demandèrent de suite où était le sergent, et on le leur montra. Blandan, qu'ils interrogèrent, s'assit sur son séant, et le colonel lui dit : « Vous serez officier de l'armée « française et chevalier de la Légion d'honneur. »

« Nous demandâmes au colonel à prendre part au combat que les chasseurs continuaient à soutenir, mais il répondit que nous avions fait notre part et qu'il fallait escorter nos frères d'armes jusqu'à Boufarick. Notre retour s'effectua sans encombre et sans incident. Quant au secours de Mered, je n'en ai rien vu et n'ai pas non plus entendu les coups d'obusier de Mered.

« Contrairement à ce qui a été dit, c'est le matin à 6 heures que nous avons quitté le camp d'Erlon, après avoir pris un quart de vin et un pain de munition ; nous étions de retour à 9 h. 1/4.

« Le survivant du combat de Beni-Mered certifie que ce récit a été écrit à Amiens, sous sa dictée.

« Marchand »

Voici maintenant, pour corroborer le présent récit, l'ordre du gouverneur général, portant à la connaissance de l'Armée d'Afrique la belle conduite du sergent Blandan et des braves soldats sous ses ordres :

« Soldats de l'Armée d'Afrique,

« J'ai à vous signaler un fait héroïque qui, à mes yeux, égale aux moins celui de Mazagran. Vingt-deux hommes, porteurs de la correspondance entre Boufarick et Blida sont assaillis en plaine par 200 ou 300 cavaliers arabes.

« Le chef des soldats français était un sergent du 26ᵉ de ligne, nommé Blandan. L'un des Arabes croyant à l'inutilité de la résistance d'une aussi faible troupe s'avance et somme Blandan de se rendre ; celui-ci répond par un coup de fusil qui renverse le parlementaire ennemi. Alors s'engage un combat acharné. Blandan est frappé par trois coups de feu ; en tombant, il s'écrie : *Courage. mes amis, défendez-vous jusqu'à la mort !* Sa noble voix a été entendue de tous, et tous ont été fidèles à son ordre héroïque ; mais bientôt le feu supérieur des Arabes a tué ou mis hors de combat 17 de nos braves. Plusieurs sont

morts : les autres ne peuvent plus manier leurs armes.
Cinq seulement restent debout, ce sont : *Biré, Estal.
Gérard, Marchand* et *Monot.* Ils défendent encore leurs
camarades blessés ou morts, lorsque le lieutenant-colonel Morris, du 4ᵉ chasseurs d'Afrique, arrive de Boufarick
avec un faible renfort. En même temps, le lieutenant du
génie de Jouslard, qui exécute les travaux de Mered,
accourt avec un détachement de 30 hommes.

« Des deux côtés l'on se précipite sur la horde de Ben-
salem ; elle fuit et laisse sur la place une partie de ses
morts.

« Nous avons ramassé nos morts non mutilés et leur
avons donné les honneurs de la sépulture. Nos blessés
ont été portés à l'hôpital de Boufarick, entourés des hom-
mages d'admiration de leurs camarades.

« Je compte parmi eux le chirurgien sous-aide Ducros
qui, revenant de congé, rejoignait son poste avec la correspondance. Il a saisi le fusil d'un blessé et a combattu
jusqu'à ce que son bras ait été brisé.

« Je témoigne ma satisfaction au lieutenant-colonel
Morris qui, en cette circonstance, a montré son courage
habituel, tout en regrettant d'avoir mis en route un aussi
faible détachement. Je la témoigne aussi au lieutenant du
génie de Jouslard qui n'a pas craint de venir avec
30 hommes partager les dangers de nos 22 héros.

« Voici maintenant les noms des 22 Français porteurs
des dépêches :

26ᵉ DE LIGNE

« Blandan, sergent, mort; Leclaire, fusilier, amputé de
la cuisse droite ; Giraud, fusilier, mort; Élie, fusilier,

mort; Béald, fusilier, deux blessures ; Lecomte, fusilier,
mort ; Zanher, fusilier, blessé; Kamacher, fusilier,
amputé de la cuisse droite; Peré, fusilier, blessé ; Lau-
rent, fusilier, blessé ; Bourrier, fusilier, blessé; **Michel,
fusilier, deux blessures** ; Laricourt, fusilier, mort ; **Biré,
Estal, Girard, Marchand, Monot, fusiliers, non blessés**.

Iᵉʳ CHASSEURS D'AFRIQUE

« Villars, brigadier, blessé ; Lemercier, brigadier, non
blessé; Ducasse, chasseur, mort; Ducros, sous-aide
major, blessé.

« Nous portons également à l'ordre du jour, MM. de
Corcy et de Breteuil, lieutenants du Iᵉʳ chasseurs d'Afrique,
MM. Lacarde et Durun, capitaines au 26ᵉ de ligne, et
Hippolyte, maréchal des logis au Iᵉʳ chasseurs d'Afrique,
pour le courage et le dévouement dont ils ont fait preuve
en se portant au secours de leurs camarades du 26ᵉ de
ligne.

« Au quartier général, à Alger.

« Le lieutenant-général, gouverneur de l'Algérie.

« Bugeaud »

Le 26ᵉ régiment d'infanterie de ligne et la ville de Nancy
fêtent tous les ans la mémoire du brave sergent Blandan.
La petite cité algérienne de Boufarick, témoin de l'intrépidité du sous-officier, lui a élevé, grâce à l'initiative
du colonel Trumelet, un monument digne de lui et de
sa vaillante petite troupe.

TAGUIN

(prise de la Smalah, 13 mai 1843.)

Figure sur les étendards du 4ᵉ chasseurs
d'Afrique et du 1ᵉʳ spahis

Abd-el-Kader, vaincu, s'était enfoncé dans le Sud. Là,
il avait rallié ses partisans — la plupart appartenant à
l'élite des tribus du Sud — puis, accumulant, en une
immense smalah, tout son monde, toutes ses provisions de
bouche et de guerre, ainsi que tous ses trésors, il recom-
mença aussitôt la campagne contre nous.

Le général Bugeaud, qui se rendait fort bien compte
de la situation, avait le plus grand désir d'enlever à son
redoutable adversaire cette suprême chance de salut ; il
prit la résolution de s'en emparer à tout prix. Mais
Abd-el-Kader veillait, et sa smalah était toujours prête à
toute alerte sur le seuil du désert. C'est alors que le gouverneur général chargea le Prince de se mettre à la poursuite de l'émir.

Le 10 mai 1843, le duc d'Aumale quitte Boghar à la tête
de 1.300 hommes d'infanterie, de 600 cavaliers, spahis,
chasseurs et gendarmes, et d'une section d'artillerie. Cette
petite colonne était suivie de 800 chameaux ou mulets
chargés de vivres.

Le duc la dirige tout d'abord vers Goudgilah, petit

village où, d'après des renseignements sûrs, la smalah était
établie. Après deux jours de marche, il arrive à l'endroit
précité ; mais la smalah n'y était plus. En effet, Abd-el-
Kader, averti des mouvements des garnisons de Miliana
et de Mascara, chargées d'appuyer sur les flancs la
marche de la colonne expéditionnaire, a fait rapidement
filer vers le désert ses troupes et les tribus qui lui sont
restées fidèles.

Pour l'atteindre, il faut le poursuivre et le gagner de
vitesse. Le duc d'Aumale, pour ne pas embarrasser sa
marche, laisse son infanterie en arrière et part à la tête
seulement de 5oo cavaliers. C'est devant cette poignée
d'hommes qu'allait soudain apparaître cette immense
ville mouvante qui comptait plus de 4o.ooo personnes de
tout sexe et de tout âge.

Ici, donnons la parole à l'un des combattants de ce
beau fait d'armes, le général du Barail, alors officier de
spahis dans la petite colonne du duc d'Aumale : c'est ainsi
qu'il retrace cette glorieuse action dans ses intéressants
Souvenirs.

» Nous marchions silencieusement chacun à sa place ;
de loin en loin, dans les espaces sablonneux dégarnis
d'alfa, le vent soulevait un nuage de poussière. Et Yusuf
d'accourir vers M. le duc d'Aumale, en criant :

« — Monseigneur, c'est la smalah !

« Et le prince de répondre invariablement :

« — Je veux aller à l'eau, je ne veux pas autre chose.

« Vers 11 h. 1/2, nous marchions sur deux colonnes, les
spahis à droite et les chasseurs d'Afrique à gauche. Le
prince était en tête des chasseurs d'Afrique. Nos escadrons n'étaient pas régulièrement formés en échelons,

mais — les longs éperons arabes animent toujours les chevaux — les spahis avaient gagné beaucoup de terrain et étaient sensiblement en avant des chasseurs.

« Tout à coup, devant nous, nous voyons les cavaliers du goum faire un tête-à-queue subit. Ils arrivent sur nous en criant : « La smalah ! la smalah ! Il faut du canon. »

« L'agha Amar-ben-Ferrahlt arrive le dernier et annonce au colonel Yusuf que la smalah tout entière est campée près de la source de Taguine. Guidé par l'agha, le colonel Yusuf — accompagné du lieutenant Fleury, d'un maréchal des logis indigène nommé Ben-Aïssa-Ould-el-Caïd-el-Aïoun, son porte-fanion, soldat d'un courage incomparable, d'un autre maréchal des logis, Bou-ben-Hameda, et de moi — se porte au galop sur une petite éminence, d'où nous pouvons embrasser, d'un coup d'œil, toute la smalah.

« Le spectacle était invraisemblable. Imaginez, au milieu d'une plaine légèrement creusée où coulent les eaux de la source Taguine, arrosant un fin gazon, un campement s'étendant à perte de vue et renfermant toute une population occupée à dresser les tentes, au milieu des allées et venues d'innombrables troupeaux, de bêtes de toute espèce, de quoi remplir plusieurs escadres d'arches de Noé.

« C'était grandiose et terrifiant.

« Notre reconnaissance terminée, et, cette fois, sans qu'aucune erreur fût possible, nous revînmes au galop près du duc d'Aumale. Voici les paroles qui furent échangées dans cette scène demeurée historique.

« — Monseigneur, dit Yusuf, c'est effrayant, mais il n'y a plus moyen de reculer.

« — Colonel, répondit le duc d'Aumale, je ne suis pas d'une race habituée à reculer. Vous allez charger.

« — Oh! oh! dit le capitaine de Beaufort, assez fort pour que le prince l'entendît, vous allez charger! C'est bientôt dit, mais on a fait assez de bêtises aujourd'hui pour que maintenant on prenne le temps de réfléchir.

« — Capitaine de Beaufort, riposta le prince, si quelqu'un a fait des bêtises aujourd'hui, c'est moi, car je commande et j'entends être obéi. Colonel, vous allez charger ; prenez vos dispositions.

« Et, sur le terrain, le prince, le colonel Yusuf et le colonel Morris tinrent un rapide conseil de guerre pour fixer ces dispositions :

« Les spahis devaient se précipiter sur la smalah. Quant aux chasseurs d'Afrique, Yusuf demandait que leurs escadrons en fissent rapidement le tour, pour couper la retraite aux fuyards et mettre cette population entre deux feux. Mais le prince, trouvant les spahis trop peu nombreux, décida qu'il les soutiendrait d'abord avec tout le reste de la cavalerie. Ce ne fut que plus tard, en voyant notre charge couronnée de succès et en constatant que nous n'avions pas besoin de soutien, qu'il ordonna le mouvement tournant conseillé par Yusuf. Toutes choses étant ainsi arrêtées, notre colonel se porta en tête de ses escadrons, les déploya sur une seule ligne et commanda la charge.

« Nous étions environ 350 cavaliers. Nous nous précipitâmes à fond de train et tête baissée dans cette mer mouvante, en poussant des cris féroces et en déchargeant nos armes. Je réponds qu'aucun de nous n'était plus fatigué et que nos chevaux, eux-mêmes, avaient oublié les

trente-deux heures de marche qu'ils avaient dans les
jambes. A vrai dire, il n'y eut pas de résistance collective
organisée. Il restait, pour la défense de la smalah, la valeur
de deux bataillons réguliers. Ils furent surpris dans leurs
tentes, sans pouvoir se mettre en défense, ni faire usage
de leurs armes. Nous aurions même traversé rapidement
l'immense espace occupé par la smalah, si nos chevaux
n'avaient pas été arrêtés à chaque pas par un inextricable
enchevêtrement de tentes dressées ou abattues, de cor-
dages, de piquets, d'obstacles de toutes sortes, qui permirent à quelques hommes de courage de ne pas mourir
sans avoir défendu leur vie.

« Je renonce à décrire la confusion extraordinaire que
notre attaque produisit au milieu de cette foule affolée et
hurlante. Le tableau d'Horace Vernet n'en donne qu'une
idée bien imparfaite.

« On a raconté que la mère et la femme d'Abd-el-
Kader avaient été quelque temps prisonnières de nos
spahis, qui leur avaient rendu respectueusement la
liberté.

« Je n'ai pas assisté à cet épisode. D'ailleurs, pendant
que nous parcourions en tous sens le campement dont les
habitants, en proie à la panique, ne pouvaient soupçonner
notre petit nombre, par tous les points de la périphérie
de la smalah, quantité de fuyards s'échappaient, les uns à
pied, les autres sur des chevaux ou des chameaux, et
s'enfonçaient sans direction dans l'immensité. C'était inévitable, il eût fallu une armée pour les cerner et les
prendre.

« En arrivant vers les dernières tentes de la smalah, traversée de part en part, les spahis, débandés, éprouvèrent

tout à coup une vive anxiété, car ils voyaient venir sur eux une troupe de cavalerie rangée en bon ordre de combat, qu'ils prirent de loin pour les cavaliers réguliers de l'émir accourant à la rescousse.

« C'étaient heureusement les chasseurs du colonel Morris, qui venaient d'accomplir leur mouvement tournant et qui nous accueillaient par leurs acclamations.

« La smalah était à nous, bien à nous. »

C'est ce superbe exploit qui faisait dire au colonel Charras, l'ancien ministre de la Guerre de 1848, fort peu suspect d'affection envers la famille d'Orléans :

« Pour entrer, comme l'a fait le duc d'Aumale, avec 250 hommes au milieu d'une pareille population, il fallait avoir vingt-deux ans, ne pas savoir ce que c'est que le danger et, par-dessus tout, « avoir le diable dans le ventre ! »

La prise de la smalah excita le plus vif enthousiasme en Algérie et plus encore en France, en même temps qu'elle porta un coup mortel à l'influence d'Abd-el-Kader, qui se vit subitement abandonné de ses plus fidèles alliés.

ISLY

(13 août 1844)

Figure sur les drapeaux et étendards des 41°, 48°, 53°, 78°, 81°, 90° de ligne; des chasseurs à pied; du 2° hussards; des 1er, 2°, 4° chasseurs d'Afrique; des 1er et 2° spahis.

Les camps marocains s'étaient rapprochés. De la vigie de Lalla-Maghnia, on les apercevait sur les collines de la rive droite de l'Isly, à deux ou trois kilomètres en arrière d'Oujda. D'après les dires des espions, il y avait là un rassemblement de 3o.ooo cavaliers et de 1o.ooo fantassins, avec 11 bouches à feu. L'élite de cette armée était la cavalerie noire ou mulâtre de la garde de l'Empereur, les Abid-et-Bekari.

Voici, d'après les *Mémoires* du général de Martimprey, une esquisse de cette troupe qui passait pour redoutable : « Une large culotte ou zerouel, un bournous de drap bleu, un grand bonnet rouge pointu, un sabre et un long fusil armé d'une baïonnette, leur constituaient une tenue et un armement à peu près uniformes. Toutefois, les fusils n'étant pas à cette époque du même calibre, il s'ensuivait qu'il ne pouvait être fait de distribution de cartouches. Dans le combat, chacun, muni de balles à sa convenance et d'une poire à poudre, chargeait son arme comme on le fait à la chasse, méthode délicate et lente dans la chaleur de l'action.

« La température était excessive; afin d'abriter ses troupes, le maréchal avait transporté le bivouac à l'est de Lalla-Maghnia, au bord d'un ruisseau, dans un bois de frênes d'une belle venue, de sorte que les rôdeurs marocains, ne voyant plus les Français à leur ancienne place, se figurèrent d'abord qu'ils avaient fait retraite sur Tlemcen. Ils se trompaient du tout au tout. Le maréchal n'attendait, pour marcher à eux, que le retour du général Bedeau, détaché avec deux bataillons sur Sedou, en reconnaissance. « Je compte qu'il me rejoindra après-demain matin, écrivait le gouverneur au maréchal Soult, le 11 août ; le même jour au soir, je ferai un mouvement en avant. Le 14 au matin, je serai de très bonne heure sur l'Isly, à une petite distance du camp ennemi. Si mes troupes ne sont pas trop fatiguées, et surtout si la chaleur n'est pas excessive, je continuerai mon mouvement et j'attaquerai le camp marocain pour ne pas lui donner le temps d'évacuer les provisions et les *impedimenta* qu'il doit avoir réunis. Vainqueur, je le poursuivrai jusqu'à Aïoun-Sidi-Mellouk ; il ne m'est guère possible d'aller plus loin à cause de l'éloignement des eaux. Après, je me jetterai sur le pays, à droite et à gauche, pour le ravager et faire vivre ma cavalerie. »

« Le général Bedeau rejoignit le 12, plus tôt que n'avait espéré le maréchal. Dans la matinée du même jour était arrivé un régiment de marche venu de France et composé de 4 escadrons : 2 du 1er chasseurs à cheval, 2 du 2e hussards. La petite armée comprenait dès lors 8.500 baïonnettes, 1.400 chevaux réguliers, 400 irréguliers, 16 bouches à feu et 4 de campagne. « Elle compte sur la victoire, comme son général, écrivait allègrement lé gouverneur ; si nous l'obtenons, ce sera un nouvel exemple que le succès n'est pas toujours du côté des gros bataillons, et l'on ne sera plus autorisé à dire que *la guerre n'est qu'un jeu de hasard.* »

« La masse énorme de la cavalerie marocaine ne lui imposait pas ; plus elle était nombreuse, plus il était assuré d'avoir raison d'elle. Il avait à cet égard une théorie depuis longtemps faite : « Vous vous attendez, écrivait-il dès 1841 à Lamoricière, vous vous attendez à être attaqué par une nombreuse cavalerie et quelque peu d'infanterie. Vous n'êtes pas préoccupé et vous avez bièn raison ; passé un certain chiffre, comme 4.000 ou 5.000, le nombre des cavaliers ne fait rien à l'affaire. Il suffit de marcher à eux

en bon ordre et résolument, et puis de les accueillir, s'ils
viennent à vous, par un feu de deux rangs bien dirigé ;
mais il faut préalablement avoir bien convaincu les soldats
que le nombre ne fait rien. Vous y parviendrez facilement
en leur représentant que, même en Europe, la cavalerie
régulière est impuissante contre la bonne infanterie, que
la cavalerie arabe, n'ayant ni organisation, ni discipline,
ni tactique, ne peut pas faire de charges successives,
qu'elle n'a aucune force d'ensemble, et que, pourvu qu'on
marche à elle, on la met dans une telle confusion et un tel
découragement, qu'elle ne peut plus revenir au combat.
C'est une cavalerie absolument sans consistance pour attaquer les carrés d'infanterie, et plus elle est nombreuse,
passé un certain chiffre, moins elle a de puissance. Il n'est
pas plus difficile de repousser. avec des bataillons bien
harmonisés, 15.000 chevaux arabes que 3.000 ou 4.000.
Les courages individuels, quelque distingués qu'ils soient,
ne sont plus indépendants ; ils sont entraînés dans le tour-
billon et ils s'affaiblissent par le désespoir de l'impuissance.»

« Le 12, dans la soirée, les officiers des chasseurs
d'Afrique et des spahis offrirent un punch aux camarades
des escadrons venus de France. La salle de réception
était une enceinte de verdure. au bord d'un ruisseau ; des
lanternes en papier de couleur se balançaient aux
branches des lentisques et des lauriers-roses ; le punch
flambait dans les gamelles ; on buvait à la gloire et à la
Patrie, à l'Algérie et à la France. Cependant, il manquait
à la fête quelque chose, ou plutôt quelqu'un, le grand
chef. L'interprète principal de l'armée, M. Léon Roches,
qui vivait dans son intimité, fut dépêché vers lui en
ambassade.

« Le grand chef, accablé de fatigue, dormait tout
habillé dans sa tente. Au premier abord, le réveil fut terrible et l'ambassadeur envoyé au diable ; puis, gromme-
lant, le maréchal se mit en route avec son guide ; tous
deux allaient, trébuchant dans l'obscurité contre les
piquets des tentes, l'un grondant de plus en plus, l'autre
de plus en plus bourré, mais quand, à la lueur des illumi-
nations, un hourra accueillit le maréchal, sa mauvaise
humeur tomba soudain, sa figure s'éclaira d'un joyeux sourire, et, d'une voix forte, il fit, devant cette foule d'audi-
teurs qui buvaient ses paroles, la prophétie de la bataille :
« Après-demain, mes amis, sera une grande journée, je
vais attaquer les innombrables cavaliers du prince marocain. Je voudrais que leur nombre fût double, fût triple,
car plus il y en aura, plus leur désordre et leur désastre
seront grands. Moi j'ai une armée, lui n'a qu'une cohue. Je
vais vous expliquer mon ordre d'attaque. » Et il expliquait
le fameux ordre triangulaire, la « tête de porc », et joignant
l'action à la parole, il accompagnait sa démonstration *de
violents gestes des coudes*, très expressifs, qui mirent en
gaieté son auditoire. »

« La formation, d'ailleurs, avait été mise à l'ordre. L'infanterie était répartie en quatre commandements :
1º — avant-garde, sous les ordres du colonel Cavaignac, du
32ᵉ, comprenant le 8ᵉ bataillon de chasseurs, un bataillon
du 33ᵉ, un du 41ᵉ ; le 2ᵉ bataillon du 53ᵉ et deux compagnies d'élite du 58ᵉ ; 2º — brigade de droite, sous les ordres
du général Bedeau, comprenant deux bataillons du
13ᵉ léger, deux du 15ᵉ léger, un bataillon de zouaves et le
9ᵉ bataillon de chasseurs ; 3º — brigade de gauche, sous les
ordres du colonel Pélissier, comprenant deux bataillons

du 6ᵉ léger, le 10ᵉ bataillon de chasseurs et trois bataillons du 48ᵉ; 4° — arrière-garde, sous les ordres du colonel
Gachot, comprenant deux bataillons du 3ᵉ léger et le
6ᵉ bataillon de chasseurs. La cavalerie, commandée par
le colonel Tartas, marchait en deux colonnes encadrées
par l'infanterie : celle de droite, sous les ordres du colonel Morris, formée du 2ᵉ chasseurs d'Afrique et du régiment de marche venu de France; celle de gauche, commandée par le colonel Yusuf, formée des spahis et du 4ᵉ chasseurs d'Afrique et suivie du maghsen d'Oran, sous les
ordres du commandant Walsin Esterhazy. Telle qu'elle
était réglée par le maréchal, la formation de combat présentait la figure d'un losange irrégulier, dont les côtés
postérieurs étaient réunis suivant un angle obtus.

« Depuis quelques jours, le maréchal envoyait régulièrement ses fourrageurs de plus en plus près de la frontière.
Le 13, à 3 heures de l'après-midi, toute l'armée se mit
en mouvement, comme pour soutenir un plus grand
fourrage, mais, le soir venu, au lieu de rentrer au bivouac,
elle s'arrêta sur place, et passa la nuit, sans feux allumés,
dans le plus grand silence. Le 14, à 2 heures du matin, elle
se remit en marche, passa l'Isly à gué et remonta la rive
gauche, n'ayant devant elle que quelques cavaliers marocains qui se retiraient lentement en tiraillant sur les
guides.

« Le commandant de Martimprey marchait tout à fait
en tête, ayant derrière lui le fanion, connu du troupier
sous le nom de l'*Étoile polaire*. Tout à coup, il aperçut sur
sa gauche le maréchal qui lui cria : — Êtes-vous sûr de
la direction, Martimprey ? — Oui, monsieur le Maréchal.
— *Bonô !...* Faite d'une voix de stentor, en prolongeant

la dernière syllabe, à travers l'air sonore et calme du matin, cette réplique excita dans les premiers peletons une bruyante hilarité, qui, de proche en proche, gagna jusqu'à l'arrière-garde. Ce fut dans cette heureuse disposition, qu'après avoir gravi allégrement une dernière hauteur, l'armée aperçut soudain, resplendissantes au soleil, les innombrables tentes des camps marocains.

« Tous les mamelons en étaient couverts, depuis Oudjda jusqu'à l'Isly. Au milieu de la foule, qui s'agitait en prenant les armes, on distinguait parfaitement le groupe du fils de l'Empereur, ses drapeaux, son parasol de commandement. Tous les chefs des principales fonctions de l'armée appelés par le maréchal, reçurent ses dernières instructions: chacun retourna diligemment à son poste, la formation de combat fut prise, et le losange, déployant ses ailes, descendit, au son des musiques du régiment, vers la rivière qu'il fallait passer encore.

« Les gués ne furent que faiblement disputés; mais par delà, le maréchal et ses troupes furent entourés de toutes parts et disparurent dans les flots de poussière soulevés par le tumulte de la cavalerie marocaine, comme un navire battu par les vagues dans les embrasses d'une mer démontée. La gauche, particulièrement, fut assaillie avec une violence extrême. Les Marocains, s'excitant par de bruyantes clameurs, se jetaient d'un échelon sur l'autre, en essayant de passer par les intervalles; partout leur effort échoua devant le feu des tirailleurs qui se flanquaient mutuellement. Deux bataillons, seulement, furent obligés de former le carré; les autres continuèrent de rester en colonne à demi-distance.

« Dès que le maréchal s'aperçut que, sous l'effet des

balles et de la mitraille, la masse assaillante commençait
à se disloquer, il donna au colonel Tartas l'ordre de faire
sortir du losange ses 19 escadrons et de les échelon-
ner, de sorte que le dernier échelon fut appuyé à la rive
droite de l'Isly. A la tête des spahis, soutenus par le
4ᵉ chasseurs d'Afrique, le colonel Yusuf mena la charge
contre le camp de Mouley-Mohammed. Une batterie de
11 pièces était déployée sur le front de bandière, mais
elle ne put tirer qu'une salve ; les canonniers sabrés se
dispersèrent. En avant de la tente impériale, cavaliers et
fantassins, confondus, essayèrent d'arrêter les spahis ; mais
les chasseurs, venant à la rescousse, culbutèrent l'obstacle, et, dès lors, tout le camp fut la proie du vainqueur.

« Pendant ce temps, le colonel Morris, emporté par son
ardeur, s'était lancé au loin, de l'autre côté d'Isly, à l'attaque d'une grosse troupe de cavalerie ralliée sur la
bataille ; mais, pendant plus d'une demi-heure, les 5 escadrons du 2ᵉ chasseurs qu'il commandait, c'est-à-dire
150 hommes seulement, se trouvèrent sérieusement engagés dans des flots de poussière ; on ne savait ce qui se
passait derrière ce nuage. Enfin, le général Bedeau, averti,
envoya au pas de course les zouaves et deux autres bataillons, qui dégagèrent les chasseurs et décidèrent la retraite
des Marocains. L'artillerie acheva de disperser ce qui
essayait de résister encore.

« A midi, la bataille était gagnée ; les troupes avaient
exécuté résolument ce que le général avait supérieure-
ment conçu. Toutes ses prédictions s'étaient réalisées —
grand triomphe pour un homme de guerre — sans avoir
été payées par de trop douloureux sacrifices. L'armée
n'avait à regretter que 4 officiers, tous 4 aux spahis, et

23 soldats (7 officiers et 92 soldats étaient blessés). Les Marocains laissèrent 800 morts sur le champ de bataille. La tente et le parasol de Mouley-Mohammed, 18 drapeaux, 11 pièces de canon, furent les principaux trophées de la victoire ; le butin fut immense. »

SIDI-BRAHIM

(23, 24, 25 septembre 1845)

Figure sur le drapeau des chasseurs à pied

Tous les bataillons de chasseurs comptent le combat de Sidi-Brahim comme le principal titre de gloire de leur arme. En vain sont-ils allés successivement inscrire leurs numéros sur tous les champs de bataille de l'Europe, de l'Asie, de l'Afrique et de l'Amérique, c'est Sidi-Brahim qui domine toujours dans leur mémoire.

Sidi-Brahim — où le 8e bataillon immortalisa son nom et l'arme des chasseurs à pied — égale en effet tout ce que l'antiquité ou la légende nous ont légué de plus merveilleusement héroïque. C'est le sacrifice de la vie pour l'honneur du drapeau, sans espoir de vaincre ou d'être secouru, et c'est le plus bel exemple de bravoure que l'on connaisse. Les chasseurs du 8e bataillon ont montré dans ce combat ce que peuvent le mépris de la mort et le patriotisme, quand ils sont unis aux sentiments du devoir et de la discipline, sentiments dont doivent

être animés au plus haut degré tous ceux qui ont l'honneur d'appartenir à une troupe d'élite.

Nous ne saurions donner une meilleure relation de
cette lutte suprême que celle qui suit et que nous avons
empruntée, de la première à la dernière ligne, à l'excellent historique du 11ᵉ bataillon de chasseurs. C'est
assurément le récit le plus complet et le plus émouvant
qui ait été fait sur cette page terrible du Livre d'Or de
la conquête africaine.

« Les Soukalias, tribu récemment soumise, voulaient ·
venger les Ouled-Rias, que le colonel Pélissier venait
d'exterminer. Dans ce but, ils eurent recours à une infâme
trahison. Obéissant aux conseils d'Abd-el-Kader, ils
écrivirent au commandant de Djemmâa (Nemours) qu'ils
étaient menacés par les réguliers de l'émir, et lui demandèrent un secours immédiat.

« Le lieutenant-colonel de Montagnac, à la tête d'une
petite colonne, composée de 355 chasseurs du 8ᵉ d'Orléans
(commandant Froment-Coste), de 65 cavaliers du 2ᵉ hussards (commandant Courby de Cognord), d'un interprète
et de 2 soldats du train, sort de Djemmâa à 10 heures
du soir. La colonne marche jusqu'à 2 heures du matin
dans la direction de l'Oued-Taouli. La nuit est passée sur
les bords de ce ruisseau, les hommes couchés au pied de
leurs faisceaux. Le 22 septembre, on se remet en marche
à 11 heures dans la direction du sud-est. La colonne ne
fait que 2 lieues et campe sur l'Oued-Tornana. Des
cavaliers paraissaient déjà sur les crêtes voisines. Tandis
que l'on croyait avoir affaire à des auxiliaires, on se trouvait être en présence de l'ennemi. Une reconnaissance est
reçue à coups de fusil.

« Au jour, on s'aperçoit que les Arabes s'étaient rapprochés à la faveur de la nuit. Les crêtes se couvrent rapidement de cavaliers dont le nombre, à 7 heures du matin, est estimé à 600 ou 700. A 9 heures, le colonel DE MONTAGNAC laisse le commandement du camp au commandant FROMENT-COSTE et se remet en marche avec quatre compagnies de chasseurs et les hussards. Les chasseurs étaient sans sacs ; la cavalerie marchait en tête, conduite par le colonel. On s'avance ainsi à 400 mètres environ. L'ennemi, semblant vouloir se maintenir sur sa position, la petite colonne s'arrête un instant, puis, laissant les chasseurs en place, le colonel s'élance à la tête des hussards. Ceux-ci sont tout à coup entourés par une nuée d'Arabes. Après une charge furieuse, dans laquelle périt la plus grande partie des hussards, ces derniers se retirent sur les chasseurs qui arrivaient au pas gymnastique. On reprend l'offensive et on marche résolument à l'ennemi. Un ravin se présente qu'il faut franchir; à peine les compagnies y sont-elles engagées que des avalanches de Kabyles se précipitent de toutes parts.

« Les espions avaient trompé la bonne foi du colonel qui n'avait pu voir qu'une très petite partie des Arabes habilement cachés dans les plis d'un terrain excessivement accidenté.

« Cependant, le carré est formé sur une position avantageuse et la lutte continue, acharnée, terrible.

« Le colonel DE MONTAGNAC tombe, des premiers. Pendant trois heures, les chasseurs soutiennent le choc de la cavalerie kabyle; mais bientôt les munitions s'épuisent; les hommes tombent l'un après l'autre. Ceux qui, quelques mois plus tard, furent appelés au triste et douloureux

honneur de recueillir les précieux restes de ces héroïques
victimes du devoir et de la discipline, ont pu vérifier, sur
le terrain que les ossements jonchaient en carré, comment
chacun mourut à sa place, et dire combien était vraie cette
poétique expression d'un des merveilleux échappés de ce
massacre : « Sans cartouches, ne pouvant plus riposter,
ils ont attendu la mort et sont tombés comme un vieux
mur que l'on bat en brèche. »

« Mais déjà, le second et non moins douloureux épisode
se préparait.

« Deux hussards, envoyés par le colonel mourant,
avaient porté au commandant FROMENT-COSTE l'ordre
de l'appuyer avec une compagnie. Il n'était plus qu'à
1 kilomètre du combat, quand tout à coup la cessation de la fusillade et l'arrivée bruyante de milliers
d'Arabes lui apprirent que tout était fini avec le colonel
DE MONTAGNAC. En toute hâte, il gagne sur sa gauche un
point plus convenable pour la défense et y forme en
carré sa petite troupe qui, dorénavant, ne doit plus
compter que sur elle-même. Les Arabes, ivres de leur
premier succès, resserrent leur cercle et fondent sur nos
héroïques soldats. « Nous sommes perdus, s'écrie un jeune
chasseur, nous sommes morts ! » — « Quel âge as-tu ? lui
dit le commandant. » — « Vingt-deux ans, mon commandant. » — « Eh bien ! j'ai souffert dix-huit ans de plus que
toi : c'est ici que nous devons mourir, et je vais te montrer
à tomber le cœur ferme et la tête haute. » Le brave chef du
8e bataillon tombe presque aussitôt frappé à la tête. Peu
après, le capitaine adjudant-major DUTERTRE, qui avait
pris le commandement, est blessé et fait prisonnier. Déjà, le
capitaine BURGARD était tué ; l'adjudant THOMAS, blessé,

est enlevé en exhortant ceux qui restaient encore debout à mourir en braves sur le corps de leurs officiers. Sur cet affreux champ de carnage, il n'y avait plus que 12 hommes vivants, criblés de blessures, incapables de continuer le combat.

« Restait le capitaine de GÉREAUX. Il rallie la garde du troupeau (1 escouade), les muletiers du bataillon, la grand'garde commandée par le caporal LAVAYSSIÈRE (2 escouades), et avec 80 hommes se jette dans le marabout de Sidi-Brahim qui est à vingt minutes du camp. Il s'y installe et organise la défense. Le mur d'enceinte, qui n'a qu'un mètre de hauteur, est couronné de créneaux ; l'entrée en est fermée avec des cantines ; chaque face reçoit 20 hommes.

« La colonne du commandant DE BARRAL, que l'on sait rayonner dans les environs, peut seule délivrer les chasseurs d'Orléans. Afin d'attirer son attention, le caporal LAVAYSSIÈRE improvise un drapeau tricolore avec la ceinture rouge du lieutenant de CHAPPEDELAINE, sa cravate bleue et quelques linges qu'il noue à l'extrémité d'une branche d'olivier.

« Malgré une grêle de balles, dont l'une enlève son képi, tandis que l'autre l'atteint lui-même à l'épaule, le courageux caporal plante son drapeau au sommet du marabout.

« Abd-el-Kader envoie à ce moment le capitaine adjudant-major DUTERTRE, blessé et prisonnier, auprès des défenseurs de Sidi-Brahim. Il leur promet la vie sauve à tous, s'ils consentent à mettre bas les armes. DUTERTRE s'avance jusqu'au marabout, exhorte les chasseurs à combattre jusqu'à leur dernier souffle, puis, nouveau Régulus,

revient se constituer prisonnier de l'émir qui le fait déca-
piter séance tenante.

« Trois jours, 23, 24 et 25 septembre, et trois mortelles
nuits se passent dans ce misérable réduit, au milieu des
plus horribles angoisses de l'insomnie, de la chaleur, de
a faim et de la soif surtout qu'ils cherchent à étancher
avec de l'urine mélangée d'un peu d'absinthe.

« Pendant tout ce temps, entourés d'une multitude
d'Arabes, ils ne cessent de combattre à coups de fusil
d'abord, puis, quand leurs balles, coupées en quatre, ne
leur offrent plus qu'une faible ressource qui va disparaître,
en renvoyant aux Arabes des pierres que ceux-ci leur
lancent en immense quantité (on en retira plus tard quatre
prolonges de la cour du marabout).

« Le capitaine DE GÉREAUX est admirable pendant cette
longue épreuve ; la vigueur de son âme soutient les braves
qu'il commande et auxquels il communique son indomptable énergie ; par trois fois, ils ont repoussé les somma·
tions d'Abd-el-Kader. Le lieutenant de CHAPPEDELAINE
et l'aide-major ROSAGUTI sont à côté de lui et lui prêtent,
jusqu'au dernier moment, les secours de leur infatigable
courage. Enfin, le 26 au matin, quand il ne reste plus
d'espoir d'être secourus, et quand les dernières forces
vont leur échapper, au nombre de 40, ils tentent un effort
suprême. Au point du jour, franchissant l'enceinte par les
quatre faces à la fois, ils se précipitent sur les postes
arabes qu'ils enlèvent à la baïonnette et se dirigent sur
Djemmâa dont ils sont séparés par 3 lieues environ.

« Ils se forment en carré, les blessés au centre ; CHAP-
PEDELAINE est à l'arrière-garde ; il y sera tué, la carabine
à la main.

« Les premiers pas de cette désastreuse retraite sont faciles ; mais bientôt l'éveil est donné ; les Kabyles arrivent de tous côtés et se mettent à la poursuite de la petite troupe. Cependant, le grand plateau qui conduit vers Djemmâa est franchi avec un rare bonheur ; pour parcourir ces 2 lieues 1/2, ils n'ont eu que 5 blessés qu'ils ont pu emmener ; ils sont en vue de la place, mais un dernier obstacle se présente, qui sera le tombeau de beaucoup. C'est un immense ravin dans lequel ils doivent descendre et dont ils doivent suivre les sinuosités, car ils n'ont pas la force d'en gravir l'escarpement opposé.

« Il faut se frayer la route à la baïonnette, et tel est l'acharnement de l'attaque que, dans un espace de quelques mètres, ils doivent former trois fois le carré. Le lieutenant de CHAPPEDELAINE meurt dans le deuxième. le capitaine DE GÉREAUX dans le troisième, à 1.000 mètres de la place que 15 malheureux parviennent seuls à atteindre, glorieux débris de tout un bataillon.

« Ce sont :

« JEAN-PIERRE, caporal conducteur ; LAVAYSSIÈRE, caporal ; LANGLOIS, RIMONA, DELFIEU, LAPPARAT, FERT, LANGEVIN, MÉDAILLE, ANTOINE, TRESSY, LÉGER, MICHEL, AUDEBERT, chasseurs ; SIGUIER, clairon.

« Le chasseur AUDEBERT mourut épuisé en entrant dans Djemmâa ; JEAN-PIERRE ne lui survécut que quelques instants ; FERT, MÉDAILLE et SIGUIER succombèrent peu après.

« Huit officiers du 8e bataillon et 252 sous-officiers et chasseurs étaient morts dans ces quatre mémorables journées ; 80 hommes étaient prisonniers, la plupart criblés de blessures.

« Chose admirable qu'enregistrera l'Histoire et qui fera l'éternel orgueil du 8e bataillon et de tous les chasseurs à pied : pas une plainte, pas un murmure, aucune hésitation, aucune faiblesse dans ces épreuves si prolongées, si pénibles, tant étaient fortes la discipline du corps et la confiance dans les chefs qui ont si bien montré combien ils en étaient dignes. Pas un instant le cœur n'a failli ! c'est le plus bel éloge qui puisse être fait de tous ces glorieux martyrs de la discipline et du devoir. »

Honneur à eux !

ZAATCHA

(1849)

Figure sur les drapeaux et étendards des 8e, 16e, 38e, 43e de ligne, des 1er, 3e spahis ; des 11e, 12e, 13e d'artillerie ; du 2e génie.

Le 22 décembre 1847, l'émir Abd-el-Kader se rendait entre les mains du général Lamoricière et, conduit auprès du duc d'Aumale, il prononça les paroles suivantes :

« — J'aurais voulu faire plus tôt ce que je fais aujourd'hui : j'ai attendu l'heure marquée par Dieu ; le général m'a donné une parole sur laquelle je me suis fié ; je ne crains pas qu'elle soit violée par le fils d'un grand roi comme celui des Français. »

Le lendemain, au moment où le prince rentrait d'une revue, l'ex-sultan se présente à cheval et, entouré de ses principaux chefs, mit pied à terre à quelques pas du duc d'Aumale :

« — Je t'offre, dit-il, ce cheval, le dernier que j'ai monté. C'est un témoignage de ma gratitude et je désire qu'il te porte bonheur.

« — Je l'accepte, a répondu le prince, au nom de la France dont la protection te couvrira désormais, comme un signe d'oubli du passé. »

Cependant, le gouvernement français, craignant qu'en le laissant en Algérie — même prisonnier — sa présence ne produisît à chaque instant des soulèvements, l'avait fait interner au château de Pau.

La pacification de notre grande colonie africaine semblait donc désormais entrer dans une phase d'application effective et durable, lorsqu'un chérif du nom de Bou-Zian, exploitant les mécontentements causés par certaines mesures administratives, provoqua l'insurrection des tribus des Zibans et de l'Aurès.

Une colonne envoyée sur l'oasis de Zaatcha, centre de la résistance, fut repoussée le 6 juillet 1849.

L'expédition fut reprise, à l'automne suivant, par le général Herbillon, avec une colonne forte de 5.000 hommes.

Les attaques de vive force contre l'oasis furent encore infructueuses et très meurtrières; il fallut faire un siège en règle, siège lent et difficile, car on dut gagner de jardin en jardin tout le périmètre de Zaatcha. Cependant, de nouveaux renforts ont augmenté la force du corps expéditionnaire; successivement sont arrivés le colonel Canrobert, avec deux bataillons de zouaves, et le colonel de Lourmel avec deux bataillons du 51e de ligne et le 6e bataillon de chasseurs. Mais, avec eux est survenu un nouvel ennemi — le choléra — qu'a amené la colonne Canrobert. Ce fléau fait immédiatement de cruels ravages

parmi des troupes fatiguées déjà par les veilles continuelles et les travaux pénibles.

Enfin, le 25 novembre, trois brèches sont praticables.
Cette fois, le fossé plein d'eau qui environne la petite place
est comblé sur ces trois points. Le général Herbillon
prend alors toutes ses dispositions pour donner l'assaut.
Le 26, trois colonnes sont formées dans les tranchées :
celle de droite commandée par le colonel Canrobert est
composée de deux bataillons de zouaves et du 5ᵉ bataillon
de chasseurs ; celle de gauche, sous les ordres du lieutenant-colonel de Lourmel, est composée du 8ᵉ de ligne et
du 2ᵉ bataillon du 43ᵉ ; enfin, celle du centre, sous les
ordres du colonel de Barral, comprend le 3ᵉ bataillon du
38ᵉ, le 8ᵉ bataillon de chasseurs et une compagnie de
zouaves.

A 7 heures du matin, après un feu violent d'artillerie, le signal est donné ; les colonnes se précipitent vers la
brèche avec le plus vigoureux entrain. Celle de gauche
avec le 43ᵉ, franchit rapidement les premiers décombres
et se porte sur les terrasses les plus élevées d'où l'on commande les ruelles étroites. Après une vive fusillade, elle
s'engage à corps perdu dans la ville.

La colonne du centre exécute sur le front de Zaatcha
une attaque identique. Enfin, celle de droite, chargée de la
mission la plus rude, avait pour la diriger l'intrépide Canrobert. Avant l'attaque, il disait à ses hommes : « Zouaves,
si l'on sonne la retraite, vous saurez que ce n'est pas pour
vous. Il faut prendre cette bicoque ou y rester. Clairons !
sonnez la charge, bonne chance à tous et en avant ! » Et
marchant en tête de ses troupes, il ne s'arrêta qu'au
cœur de la place.

Mais là encore rien n'est fini. Chaque maison est un réduit dont il faut faire le siège, qu'il faut saper ou pétarder. De tous côtés des détonations se font entendre, on ne voit plus que des maisons qui sautent, des pans de mur qui s'écroulent. On chemine pas à pas dans la fumée, dans le feu, dans le sang.

A 8 h. 1/2, la plupart des terrasses et des rues sont occupées, mais pas un défenseur n'a fui. Le feu se soutenait partout dans les décombres, il faut faire le siège de chaque maison et la mine est le seul moyen de réduire ces fanatiques.

Bou-Zian, le cheik intrépide, tient le dernier. Il s'est retiré dans une maison solide remplie d'Arabes les plus exaltés. On fait avancer une pièce de campagne pour la battre en brèche, mais à peine est-elle en batterie que les servants tombent frappés de coups de feu.

Deux sacs de poudre ne produisent aucun effet, et ce n'est qu'au troisième qu'un pan de mur tombe. Nos soldats se précipitent. Ils sont reçus à coups de fusil. Tous les défenseurs, y compris Bou-Zian et le marabout Si-Moussa, sont passés par les armes.

A midi, le village n'est plus qu'un amas de ruines d'où sortent encore quelques coups de feu. A 3 heures, tout est fini. Des défenseurs de Zaatcha, pas un seul n'est vivant. A la fin de la journée, un aveugle et cinq ou six femmes, voilà tout ce qui reste de la population du village. On ne connut jamais le nombre de cadavres ensevelis sous les décombres. Le 27, tout ce qui était resté debout, mosquées, minarets, maisons, murailles, vergers. palmiers, tout fut rasé au ras du sol. Le 30, la colonne rentrait à Biskra.

On avait perdu 1.500 hommes, tués et blessés, sur un effectif de 6.000 hommes, sans compter les victimes faites par le choléra.

L'assaut de Zaatcha est resté l'épisode le plus tragique de la guerre d'Algérie. Il n'eut pas le glorieux retentissement auquel il avait droit, eu égard aux crises politiques qui venaient de déchirer le pays et d'armer les uns contre les autres des enfants d'une même patrie.

Quoi qu'il en soit, Zaatcha n'en est pas moins un des plus vaillants faits d'armes de la conquête algérienne.

Voici la liste exacte des corps de troupe ayant pris part à ce siège difficile et meurtrier :

État-major et 2 bataillons du 8e de ligne.

1 bataillon du 16e de ligne.

1 bataillon du 38e de ligne.

État-major et 2 bataillons du 43e de ligne.

1 bataillon du 51e de ligne.

5e et 8e bataillons de chasseurs à pied.

1er et 2e bataillons du régiment de zouaves.

3e bataillon des tirailleurs algériens (Constantine).

1er bataillon d'infanterie légère d'Afrique.

2 bataillons de la Légion étrangère.

4 escadrons des 1er et 3e chasseurs d'Afrique.

1 escadron du 3e spahis.

Détachements des 12e et 13e d'artillerie et du 3e régiment du génie.

LAGHOUAT

(1852)

Figure sur les drapeaux des 2ᵉ zouaves,
1ᵉʳ, 2ᵉ et 3ⁿ tirailleurs algériens.

En décembre 1852 a lieu l'expédition contre Laghouat,
tsar principal du pays des Larbas. Les troupes des généraux Bouscaren et Yusuf, réunies sous le commandement
du général Pélissier, enlevèrent la ville d'assaut, le
4 décembre. Les zouaves des 1ᵉʳ et 2ᵉ régiments faisaient
partie de la colonne d'attaque, dirigée par le général
Bouscaren, avec laquelle marcha le commandant en chef.

Le signal de l'assaut fut donné par la sonnerie de la
marche des zouaves. Ces derniers, après une lutte opiniâtre
sur une brèche faite par le canon, s'emparèrent du marabout de Si-el-Hadj-Aïssa, qui domine à l'ouest le massif
rocheux autour duquel se développent l'oasis et les maisons
des Laghouatis.

A l'est, la colonne d'attaque du général Yusuf s'empara
du rocher de Khef-Dhala, dominant la Casbah, ce qui
permit d'attaquer à revers les jardins et les retranchements intérieurs de la défense. Après une lutte acharnée,
les zouaves, les tirailleurs algériens et les hommes du
2ᵉ bataillon d'Afrique chassèrent les défenseurs des
centres de résistance formés par les groupes de maisons.

Le général Bouscaren et le commandant Morand,
du 2ᵉ zouaves, furent tués pendant l'action et les capitaines France et Bessières, du 1ᵉʳ zouaves, atteints
mortellement, l'un d'une balle au front en pénétrant dans

la ville, l'autre d'un projectile à l'épaule. Ce dernier officier, neveu du maréchal duc d'Istrie, était connu dans l'armée d'Afrique pour son admirable courage. Voulant caractériser un homme d'une intrépidité à toute épreuve, ses contemporains disaient souvent: « Brave comme Bessières. »

Les ouvrages qui forment actuellement les réduits de la défense de Laghouat — devenu depuis longtemps l'une des garnisons d'un bataillon du 1er régiment des zouaves — s'appellent fort Bouscaren et fort Morand. L'une des casernes principales de la ville est la caserne Bessières.

CONQUÊTE DE LA GRANDE KABYLIE

(juin à août 1857)

Figure sur les drapeaux des 54e, 60e, 68e, 71e, 75e, de ligne ; du 3e zouaves ; des 1er et 2e étrangers.

L'année 1857 est tout entière remplie par l'expédition de la Grande Kabylie, à laquelle prennent part les troupes des provinces d'Alger et de Constantine.

En 1854, la soumission des Kabyles avait été aussi peu sincère que possible. La tribu des Beni-Raten, une des plus peuplées et des plus guerrières, était devenue le centre du mouvement insurrectionnel et avait donné l'exemple de la rébellion.

Pendant l'année 1856, les tribus restées fidèles avaient été razziées par les tribus dissidentes et 700 à 800 montagnards avaient tenté d'incendier le poste de Draël-Mizan.

Impatient de venger ces insultes, le maréchal Randon
avait obtenu du gouvernement, en 1857, l'autorisation de
reprendre l'œuvre de conquête et de pacification interrompue pendant les événements de Crimée. Le corps
expéditionnaire devait comprendre quatre divisions à
peu près d'égale force, commandées par les généraux
Renault, de Mac-Mahon, Yusuf et Maissiat, soit près de
35.000 hommes. Les trois premières divisions pénétrant
dans le massif du Djurdjura, se concentraient dans la
vallée du Sébaou ; la quatrième avait pour mission de
surveiller la région des Babors, entre Sétif et Djidjelli,
puis de se rapprocher de l'Oued-Sahel de manière à
opérer une diversion sur les montagnes de l'Est.

Cette opération, très étendue, par cela même très difficile, fut longuement étudiée et les soins les plus minutieux
furent apportés à sa préparation. En cette suprême
circonstance, il ne fallait rien livrer au hasard, encore
moins aux actions partielles, mais agir, au contraire, avec
un ensemble de mouvements et une combinaison d'attaques
absolument mathématiques.

La tribu des Beni-Raten était celle qui devait être
réduite la première, car sa défaite devait produire parmi
les populations environnantes un découragement certain,
et entraîner à la soumission bon nombre de tribus hési-
tantes.

En mai 1857, la campagne entra donc dans sa période
d'exécution, et le 19 du même mois, le corps expéditionnaire — sous les ordres du maréchal Randon, formant
trois superbes divisions — se trouvait réuni au bas des
montagnes occupées par les Beni-Raten.

Ces trois divisions s'établirent sur la rive gauche du

Sébaou, au pied des contreforts par lesquels elles devaient gravir les pentes escarpées de la puissante tribu, et leurs camps, situés au milieu des camps fertiles de la vallée du Sébaou, produisaient l'aspect le plus imposant. Malheureusement, pendant quelques jours, le temps fut peu favorable aux opérations, et on dut attendre au 23 mai pour se mettre en marche.

Le 20, un ordre général du maréchal Randon avait été communiqué aux troupes, et sa belliqueuse parole avait fait courir parmi tous nos régiments un frémissement d'enthousiasme et d'impatience :

« Soldats, disait cet ordre du jour, je vous disais naguère : au printemps prochain, nous reviendrons terminer notre œuvre. La volonté de l'Empereur et les instructions du ministre m'ont permis de tenir ma promesse.

« Demain matin, nous attaquons la plus puissante tribu de la Kabylie. Elle se défendra bravement, j'y compte ; votre gloire en sera plus grande. Des chefs habiles vous commandent. Dangers, obstacles, fatigues : tout s'effacera devant votre ardeur.

« Marchez ! et bientôt notre cri de victoire : Vive l'Empereur ! Vive la France ! retentira sur le sommet des montagnes !

« Au camp des Khamis, au quartier général, le 29 mai 1857,

« Le maréchal RANDON,

« *Gouverneur général.* »

Voici maintenant un aperçu topographique du pays sur lequel allait opérer le corps expéditionnaire :

Souk-el-Arba — appelé tout d'abord Fort Napoléon et depuis 1871 Fort National, — point central du pays des Beni-Raten, à 1.500 mètres environ d'élévation au-dessus du niveau de la mer, est la véritable clef de leurs montagnes.

De ce plateau se détachent trois importants contreforts, descendant dans la plaine de Sébaou par des pentes très raides, souvent abruptes. Sur les crêtes étroites de ces contreforts s'élèvent, par intervalle, des pitons rocheux formant comme une série de retranchements naturels. C'est sur ces pitons, véritables nids d'aigles, que sont assis les principaux villages des Beni-Raten ; des ravins profonds, fourrés inextricables et souvent escarpés rendent toute communication impossible entre ces contreforts. Ils sont tous les trois occupés par les trois principales fractions des Beni-Raten : à l'est les Aït-Oumalou, au centre les Aït-Akerma et à l'ouest les Irdjers.

C'est par la crête des Aït-Akerma et par celle des Irdjers, les plus difficiles d'accès, mais aussi les plus militaires, comme dominant le mieux le pays, que le maréchal Randon avait voulu s'ouvrir un chemin jusqu'à Souk-el-Arba.

Le 24 mai, à 4 heures du matin, les divisions Renault, Yusuf et Mac-Mahon marchent simultanément : pendant que la division Mac-Mahon, gravit la crête des Akerma, par l'arête de Belios, la division Yusuf escalade cette même crête à l'ouest, en suivant l'arête d'Ighil-Guefri. Le village qui porte ce nom tombe, après une courte résistance, entre nos mains, et le 1er bataillon du 75e est chargé de l'occuper.

Toutes les attaques de nos troupes, conduites vigoureusement, ont réussi, malgré l'énergie et le courage des

Kabyles. A 3 heures de l'après-midi, nos troupes victorieuses couronnaient toutes les crêtes à partir de Canon jusqu'au célèbre plateau de Souk-el-Arba.

Le lendemain, les Beni-Raten venaient faire leur soumission, et, sans perdre un instant, le maréchal Randon faisait immédiatement commencer par ses troupes les travaux du Fort qui s'appelle aujourd'hui le Fort National et commande, par sa situation, tout le massif montagneux de la Grande Kabylie.

Après ces importants travaux, le corps d'armée reprend sa marche victorieuse contre les tribus insoumises, et, le 25 juin, le général Yusuf va attaquer les Beni-Yenni et s'empare de leurs formidables positions d'Aït-el-Arba et d'Aït-el-Hassem, après un combat acharné.

Le 28 juin, la division Yusuf s'empare du village de Taourirt-el-Hajadj, et les Beni-Yenni, partout décimés, ruinés et vaincus, font leur soumission le 1er juillet.

Le 11 juillet, à 4 heures du matin, on marche sur les Beni-Itourag, et les Illitens, derniers centres de résistance de la Grande Kabylie. Les villages des Beni-Itourag, attaqués résolument par la division Yusuf, ne résistent pas longtemps ; quant aux Illitens, cernés de tous côtés, il se réfugient, les uns dans la direction d'Aït-Assa, les autres, dans celle de Takleh et de Tirourda où ils espèrent trouver une retraite ; mais ces villages sont enlevés à leur tour par les régiments du général Deligny, et de nombreux troupeaux, un butin considérable tombent entre les mains de nos soldats.

Maître de tous les villages et ne trouvant plus de résistance, le général Yusuf établit sa division sur la crête des Illitens.

Le lendemain, 12 juillet, toutes les tribus encore dissidentes faisaient leur soumission, et, à cette date, il n'y avait plus, dans toute la Kabylie, un seul village qui ne reconnût notre autorité.

Le 15 juillet, le corps expéditionnaire était dissous.

Une part très active à la répression de la formidable insurrection de 1871 fut prise par les 50ᵉ, 53ᵉ, 63ᵉ, 78ᵉ, 80ᵉ, 81ᵉ, 107ᵉ, 108ᵉ, 111ᵉ, 122ᵉ et 123ᵉ régiments d'infanterie ; les 21ᵉ, 23ᵉ, 27ᵉ et 28ᵉ bataillons de chasseurs ; le 1ᵉʳ régiment de chasseurs à cheval et le 8ᵉ hussards, mais aucune inscription concernant cette campagne ne figure sur les drapeaux et les étendards.

Dans le Sud-Oranais, combattirent, en 1880 et 1881, des bataillons d'infanterie détachés des corps suivants : un bataillon des 7ᵉ, 11ᵉ, 14ᵉ, 18ᵉ, 49ᵉ, 50ᵉ, 61ᵉ, 92ᵉ et 144ᵉ régiments ; les 2ᵉ, 4ᵉ, 9ᵉ, 15ᵉ, 17ᵉ bataillons de chasseurs ; le 13ᵉ chasseurs à cheval, les 3ᵉ et 4ᵉ hussards.

Depuis 1881, le séjour en Algérie des troupes de la métropole n'ayant plus été signalé que par des colonnes sans grande importance militaire, nous nous dispensons de citer ces troupes dont le service ne diffère pas sensiblement de celui des régiments stationnés en France.

V

GUERRE D'ORIENT
(1854-1856)

———

En 1853, l'empereur Nicolas Ier exigeait de la Turquie l'extension du protectorat, que la Russie exerçait en Palestine sur les catholiques du rite grec, à tous les catholiques de ce rite qui étaient les sujets de l'empire ottoman. Cette demande exorbitante, prétexte à peine déguisé de *casus belli*, fut naturellement repoussée par le sultan. La lutte commença aussitôt entre les deux puissances.

Omer pacha, le généralissime turc, avec 130.000 hommes, tient en échec les Russes sur le Danube. Il les bat notamment à Oltenitza, les repousse à Khalifat et leur oppose à Silistrie une superbe résistance (septembre et octobre 1853).

De son côté, l'armée russe obtient quelques succès en Asie Mineure, et, le 30 novembre 1853, la flotte turque est complètement détruite à Sinope par l'amiral russe Nakhimoff.

Le 10 avril 1854, la France et l'Angleterre, émues par cette guerre injuste, dont les résultats heureux pour la Russie seraient la destruction de l'équilibre européen, s'unissent par un traité d'alliance et somment la Russie de cesser ses hostilités contre la Turquie. Ces deux puissances ne reçoivent à leurs propositions de paix qu'un catégorique refus du cabinet de Saint-Pétersbourg. A leur tour alors, elles déclarent la guerre à la Russie et rappellent leurs ambassadeurs. Voici les principaux faits d'armes de cette guerre — qui dura deux ans — figurant sur nos drapeaux.

BOMARSUND

(16 août 1854)

Figure sur les drapeaux des 3ᵉ, 51ᵉ et 77ᵉ de ligne; des 1ᵉʳ et 2ᵉ régiments d'infanterie coloniale (ex-de marine).

Au mois de mai 1854, un corps expéditionnaire est organisé, sur l'ordre de l'empereur Napoléon III, au camp de Boulogne, pour s'emparer des îles russes d'Aland dans la Baltique.

Ce corps expéditionnaire comprenait une division d'infanterie composée de deux brigades — sous les ordres des généraux d'Hugues et Grésy — et constituée par les 2ᵉ léger (77ᵉ actuel), 3ᵉ, 48ᵉ, 51ᵉ de ligne, le 12ᵉ bataillon de chasseurs et un régiment de marche d'infanterie de marine. A ces forces, d'un effectif total de 12.000 hommes, avait été joint un parc d'artillerie de siège. Le général Baraguey d'Hilliers, assisté du général Niel, avait le commandement en chef de cette petite armée.

Nos troupes débarquent, le 5 août, devant la citadelle de Bomarsund, dressée dans la plus importante des îles d'Aland et fortement occupée par les Russes.

Après un siège de quelques jours et un investissement complet de la place, celle-ci capitule, le 16 août 1854, et la garnison russe — faite prisonnière de guerre avec son général — est dirigée sur la France.

Ce siège n'avait coûté à nos armes qu'une dizaine de tués et une soixantaine de blessés. Malheureusement, le choléra, qui sévis.ait alors un peu partout en Europe, avait fait son apparition parmi nos troupes, dès le début des hostilités, et causé dans leurs rangs des pertes nombreuses.

Le petit corps français fut rapatrié vers le 20 septembre suivant, après la destruction complète de la place de Bomarsund.

SÉBASTOPOL

(septembre 1854 à mai 1856)

L'inscription SÉBASTOPOL est celle qui figure le plus sur les drapeaux actuels de nos régiments, avec cette différence toutefois que les régiments qui ont débarqué les premiers, c'est-à-dire de septembre à novembre 1854, et ont assisté aux premières batailles et aux premières opérations de ce long et mémorable siège, portent l'inscription : *Sébastopol, 1854-1855*, tandis que les autres régiments, arrivés plus tard, ne portent sur leurs emblèmes que l'inscription : *Sébastopol, 1855*.

SÉBASTOPOL, 1854-1855

Figure sur les drapeaux et étendards des 6ᵉ, 7ᵉ, 10ᵉ, 19ᵉ, 20ᵉ, 21ᵉ, 26ᵉ, 27ᵉ, 28ᵉ, 39ᵉ, 42ᵉ, 46ᵉ, 50ᵉ, 61ᵉ, 74ᵉ, 80ᵉ, 82ᵉ, 95ᵉ, 97ᵉ, 98ᵉ de ligne ; des chasseurs à pied ; des 1ᵉʳ, 2ᵉ, 3ᵉ, 4ᵉ zouaves ; des 1ᵉʳ, 2ᵉ, 3ᵉ tirailleurs algériens ; des 1ᵉʳ, 2ᵉ, 3ᵉ, 4ᵉ, 5ᵉ, 6ᵉ, 7ᵉ, 8ᵉ, 9ᵉ, 11ᵉ, 12ᵉ, 13ᵉ, 14ᵉ, 17ᵉ, 19ᵉ et 20ᵉ d'artillerie ; des bataillons d'artillerie de forteresse ; des 1ᵉʳ, 2ᵉ, 3ᵉ génie ; du 3ᵉ d'infanterie coloniale (ex-de marine) et de l'artillerie coloniale (ex-de marine).

SÉBASTOPOL, 1855

Figure sur les drapeaux et étendards des 9ᵉ, 14ᵉ, 15ᵉ, 18ᵉ, 32ᵉ, 35ᵉ, 43ᵉ, 47ᵉ, 49ᵉ, 52ᵉ, 57ᵉ, 62ᵉ, 73ᵉ, 79ᵉ, 85ᵉ, 86ᵉ, 91ᵉ, 96ᵉ et 100ᵉ de ligne ; du 10ᵉ d'artillerie ; des 1ᵉʳ et 2ᵉ régiments étrangers ; du 1ᵉʳ hussards ; des 2ᵉ, 3ᵉ chasseurs d'Afrique ; des 23ᵉ et 24ᵉ d'artillerie (ex-régiments monté et à cheval de la Garde impériale).

La campagne de Crimée eut trois généraux en chef : Saint-Arnaud Canrobert et Pélissier. Le premier, le maréchal de Saint-Arnaud, était doué des plus brillantes qualités militaires, mais quand il conduisit l'armée française en Orient, il ne se trouvait pas dans un état de santé lui permettant de mener à bien la mission difficile dont il était chargé. De là, des irrésolutions, un manque de suite dans les idées qui furent, au début de la guerre, plutôt funestes. Enfin, vint l'expédition de Crimée, le maréchal de Saint-Arnaud ne débarqua sur la presqu'île russe que pour y mourir, enveloppé dans le drapeau de l'Alma, notre première victoire de la campagne. Son successeur, le futur maréchal Canrobert, reçut son héritage, héritage bien lourd, puisqu'on venait de mettre le siège devant la redoutable forteresse de Sébastopol, que l'hiver s'annonçait précoce et rude et que des complications inattendues allaient surgir. Le généralissime de l'armée d'Orient avait la tâche difficile : 1° d'être au mieux avec ses alliés les Anglais et les Turcs ; 2° d'avoir à se conformer aux ordres de l'empereur Napoléon qui voulait conduire le siège de son cabinet des Tuileries; et 3° de battre les Russes. Le brave soldat, à cette triple besogne y perdit son latin et démissionna. Le général Pélissier, son remplaçant, semblait avoir été créé et mis au monde pour enlever Sébastopol.

Son prédécesseur lui avait laissé, il est vrai, une armée superbe, réorganisée, prête à toutes les éventualités comme à tous les dévouements ; seulement, ainsi que le général auquel il succédait, il avait à compter avec l'Empereur qui devenait de plus en plus exigeant, encombrant, prétendant mener la campagne à sa guise et envoyant naturellement — n'étant plus sur les lieux — des ordres d'une exécution impossible, pour ne pas dire absurde.

Enfin, le général Pélissier avait encore à dompter l'impossibilité gênante et l'inertie voulue du général en chef anglais, lord Raglan. L'affaire était peu aisée, on l'avouera. Le commandant en chef en sortit à son honneur, à force de volonté et de caractère.

Le 14 septembre 1854, les troupes alliées débarquèrent en Crimée, à Old-Fort, au sud d'Eupatoria. L'armée alliée, c'est-à-dire franco-anglo-turque, s'élevait à 58.000 hommes : 30.000 Français, 20.000 Anglais et 8.000 turcs. L'armée russe, chargée de défendre la Crimée, comprenait de 50.000 à 60.000 combattants.

BATAILLE DE L'ALMA

(20 septembre 1854)

Les Russes qui ne s'attendaient pas à être attaqués sur ce point de leurs possessions, cherchent cependant à résister à l'invasion des troupes alliées. Leur commandant en chef en Crimée, le général Mentchikoff, prend position sur la rive gauche de la petite rivière de l'Alma, où se trouve un plateau de 100 à 120 mètres d'élévation, se terminant par des pentes abruptes sur la rivière qui ne présente que cinq points de passage. La position générale des Russes était excellente, et il fallait à nos troupes d'alors, tout leur courage, tout leur élan, tout leur entrain pour réussir dans une attaque aussi périlleuse.

Les alliés placent à droite la division Bosquet, ayant derrière elle la division turque; au centre, les divisions de Canrobert et du prince Napoléon sur deux lignes; et, à gauche, l'armée anglaise. La réserve d'artillerie marche derrière la division Canrobert, et la division Forey derrière la division du prince Napoléon. La cavalerie couvre le flanc extérieur.

Les Anglais, par leur lenteur, retardent l'attaque. Enfin, à 11 heures, la division Bosquet franchit l'Alma et se déploie sur le flanc gauche des Russes. Alors, le centre escalade aussi la hauteur et se relie à la division Bosquet. Mais les Anglais n'avancent pas; ils bordent seulement l'Alma et subissent de grandes pertes. Le centre de l'armée alliée donne l'assaut à la position du télégraphe où se sont retranchés les Russes. Elle est emportée par les

Français, et la retraite du centre de l'ennemi entraîne celle de son aile droite. La victoire n'est pas complète, car les Russes ne sont pas poursuivis par la cavalerie; ils se retirent sur Sébastopol, ayant perdu 5.709 hommes. La perte des alliés est de 3.295 hommes.

SIÈGE DE SÉBASTOPOL
(septembre 1854 à septembre 1855)

Le 29 septembre, le maréchal de Saint-Arnaud meurt du choléra. Il est remplacé par le général Canrobert. Le 10 octobre commence le siège régulier de Sébastopol. Mentchikoff renforce la garnison de Sébastopol, fixée à 32.000 hommes; il se place sur la route de Simféropol à Batchi-Séraï pour menacer le flanc et les derrières des alliés et maintenir ses communications avec la Russie. A Sébastopol, l'amiral Kornilof, secondé par l'amiral Nakhimof et le lieutenant-colonel Todleben, organise la défense et barre l'entrée de la rade en coulant des vaisseaux de guerre.

Le 17 octobre, les alliés commencent le bombardement, mais il est impuissant. Les Russes ont l'avantage du feu. L'amiral Kornilof est tué. Nakimof est aussi tué, le 10 juillet 1855.

Les Français reçoivent la 5ᵉ division et de la cavalerie, ce qui porte leur effectif à 42.000 hommes.

BALAKLAVA

(25 octobre 1854)

Figure sur les étendards des 1ᵉʳ et 4ᵉ chasseurs d'Afrique

Le 25 octobre 1854, les Russes tentent une attaque contre la base des opérations des Anglais et des Turcs; trois divisions d'infanterie, sous les ordres du général Liprandi, s'avancent contre le village de Kamara et les redoutes qui couvrent Balaklava. Elles bousculent les Turcs, et les chassant de leurs positions, elles s'installent dans les redoutes.

Après ce premier succès, la cavalerie russe charge, dans la direction de Kadikoï, les troupes anglaises que le bruit de la canonnade avait attirées. Elle se brise contre le 97ᵉ higlanders qui demeure impassible et, finalement, elle est vigoureusement ramenée par la cavalerie de ligne du général Scarlett qui charge à fond, mais doit s'arrêter à son tour devant le feu des batteies russes, balayant la plaine de leurs projectiles.

Il était alors midi et l'arrivée successive des renforts envoyés par les Anglais et les Français donnait à penser que l'affaire en resterait là. Mais, à la suite d'un ordre aussi mal transmis qu'obscurément donné, la brigade légère anglaise, sous la conduite du major-général, lord Cardigan, fournit une charge audacieuse, n'ayant aucun but précis et dont le résultat final était d'aller se faire broyer sous les canons russes. Aussi, cette malheureuse cavalerie, après avoir sabré les canonniers d'une batterie ennemie, est-elle culbutée, désemparée, et poursuivie par les escadrons nombreux dont dispose le général Lipandi. Elle est prise en flanc par celle-ci, et mitraillée en tête par l'artillerie russe. Elle eût été complètement anéantie sans la vigoureuse intervention de la brigade d'Allonville, comprenant les 1er et 4e chasseurs d'Afrique.

Enlevés par leur vaillant général, ces deux régiments s'élancent sur les cavaliers ennemis qui ramenaient vigoureusement les débris de la brigade Cardigan. L'impétuosité de nos deux régiments est telle, qu'en peu d'instants, le terrain se trouve dégagé. L'artillerie russe bat en retraite, suivie par les escadrons qui lui servaient de soutien.

Cette affaire, où nos chasseurs d'Afrique sauvaient d'une destruction certaine les dragons royaux d'Angleterre, allait, quelques jours plus tard, avoir son corollaire à Inkermann, où les zouaves du général Bosquet dégageaient, par une charge demeurée légendaire, l'infanterie anglaise qui — on l'a vu plus haut — allait sombrer sous les masses russes qui l'enserraient de toutes parts.

BATAILLE D'INKERMANN

(16 novembre 1854)

En novembre, les Russes ont 90.000 hommes contre 70.000 de l'armée alliée. Ils en profitent pour tenter une attaque contre les lignes anglaises qui sont mal fortifiées et mal gardées. L'armée anglaise formait la droite du corps de siège, entre le ravin du port du sud et les hauteurs d'Inkermann, tandis que les Français formaient la gauche entre le même ravin et la mer. Les Russes attaquent avec deux colonnes qui, par un malentendu, s'entassent sur la tête du mont Sapoun, dans un espace de 1 kilomètre à peine. Malgré cette faute, les Anglais surpris vont être écrasés, lorsque les Français accourent à leur aide. Le général Bosquet, attaqué au même instant par une division russe, a compris que cette manœuvre de la Tchernaïa n'est qu'une démonstration, et il envoie au secours des Anglais deux brigades qui forcent les Russes à battre en retraite, après une lutte acharnée. Les alliés perdent 4.298 hommes, et l'ennemi 11.959.

CONTINUATION DU SIÈGE

Les troupes alliées ont cruellement à souffrir du froid et des maladies. Le général russe Todleben dirige très habilement les travaux de défense de Sébastopol ; aussi, l'attaque fait-elle peu de progrès.

L'armée française reçoit de nombreux renforts. Vers la fin de janvier 1855, elle compte 75.000 hommes, mais les Anglais n'en ont guère que 27.000, dont la moitié seulement disponibles.

Le 17 février, les Turcs, qui ont 20.000 hommes occupant Eupatoria, repoussent avec succès une attaque de 30.000 Russes.

Le 2 mars 1855, l'empereur Nicolas Ier meurt. Son fils, Alexandre II, annonce sa ferme intention de continuer la guerre.

Le 9 avril, les alliés tentent un nouveau bombardement qui, quoique plus efficace que le premier, est encore insuffisant. On exécute de nouveaux travaux, dirigés surtout contre Malakoff qui est la clef de la place.

Le 16 mai, le général Pélissier remplace, comme commandant en chef, le général Canrobert qui se met sous ses ordres.

Un corps piémontais de 17.000 hommes est envoyé par Victor-Emmanuel aux alliés.

Le 8 juin, le général Bosquet enlève des ouvrages importants que les Russes sont venus établir en avant de leur enceinte : les ouvrages Blancs et l'ouvrage du Mamelon-Vert. Mais, le 18 juin, nous échouons à l'attaque de Malakoff, qui nous fait perdre 3.500 hommes et 1.700 aux Anglais.

Le 28 juin, lord Raglan meurt du choléra. Il est remplacé par le général Simpson.

―――――

BATAILLE DE TRAKTIR
(16 août 1855)

Les Russes, sous les ordres de Gortchakoff, qui a remplacé Mentchikoff, tentent une nouvelle attaque contre notre corps d'observation qui est installé sur la ligne de hauteurs de la rive gauche de la Tchernaïa. Les Piémontais forment la droite, les Français la gauche. A l'extrême droite, les Turcs gardent la haute vallée. Le corps d'observation possède en tout 40.000 hommes. Les Russes lancent 50.000 hommes en trois corps. La gauche et le

centre des alliés repoussent une première attaque, et les
Piémontais la contiennent. Les Russes, avec leur réserve,
font une deuxième tentative qui échoue également. Ils
perdent 8.270 hommes, et les alliés 1.747.

PRISE DE SÉBASTOPOL

(8 septembre 1855)

Les alliés se sont renforcés. Ils ont mis en batterie environ 800 bouches à feu contre 1.380 des Russes. Les che-
minements arrivent à 30 mètres environ de Malakoff.
L'assaut est décidé et, pour le préparer, un bombardement terrible a lieu. Enfin, le 8 septembre à midi, les
colonnes s'élancent. Malakoff est emporté par le général
Mac-Mahon qui s'y établit solidement. Les autres attaques
échouent, mais la prise de Malakoff décide les Russes à la
retraite. Ils font sauter une partie des ouvrages, incendient les maisons, n'abandonnant que des ruines. Ils
laissent 12.913 tués ou blessés. Les alliés perdent 10.067
hommes. Les généraux Pélissier, Canrobert et Bosquet
sont promus maréchaux de France.

Après la chute de Sébastopol, le général Bazaine s'empare de Kinburn, forteresse située à l'embouchure du
Dniéper. En mars 1856, la paix est signée à Paris; elle
donne satisfaction à la Turquie. Quant à la France, elle
s'était — par un sentiment peut-être chevaleresque, mais
à coup sûr maladroit — mis au service du plus faible, et,
servant la cause anglo-turque, elle avait répudié de gaieté

de cœur la véritable alliance russe. On sait combien elle
eut, en 1870, à se repentir de cette glorieuse, mais inutile
campagne de Crimée qui nous coûtait la perte de 96.000
soldats, dont 20.000 seulement étaient morts par le
feu et 76.000 par les maladies épidémiques qui ne
cessèrent, durant ce long siège, de décimer nos régiments.

LA DIVISION MAC-MAHON A MALAKOFF
(8 septembre 1855)

Nous ne terminerons pas ce rapide résumé de la guerre
de Crimée sans retracer, en détail, le plus glorieux épisode
du long siège de Sébastopol, celui de la prise de la tour
Malakoff par les régiments de la division du général de
Mac-Mahon. On vient de voir, du reste, que cette sanglante prise de possession du plus important ouvrage
défensif de la place russe, déterminait, le soir même, la
chute de cette place où nos troupes victorieuses entraient
le lendemain :

Le 5 septembre, après des fatigues inouïes et grâce
à un travail incessant au milieu de la mort qui les
fauche, nos soldats sont arrivés à 25 mètres du saillant de
Malakoff, qui domine tous les ouvrages du front ouest et
constitue la redoute la plus formidable comme la plus
importante de la défense de la place.

Le 7 septembre au soir, l'ordre suivant est lu aux soldats des 1er zouaves, 1er bataillon de chasseurs, 7e, 20e et
27e de ligne :

« Officiers et soldats de la 1re division du 2e corps,

« Vous allez enfin quitter vos parallèles pour attaquer l'ennemi corps à corps.

« Dans cette journée décisive, le général en chef vous a confié la mission la plus importante, l'enlèvement du redan de Malakoff, la clef de Sébastopol.

« Soldats ! toute l'armée a les yeux sur vous, et vos drapeaux, plantés sur les remparts de cette citadelle, doivent répondre au signal donné pour l'assaut général.

« 20.000 Français et 20.000 Anglais, à gauche, vous prêteront leur appui en se jetant sur ce côté de la place.

« Zouaves, chasseurs à pied, soldats des 7ᵉ, 20ᵉ et 27ᵉ de ligne, votre bravoure répond du succès qui doit immortaliser les numéros de vos régiments.

« Dans quelques heures, l'Empereur apprendra à la France ce que valent les soldats de l'Alma et d'Inkermann.

« *Signé :* de MAC-MAHON. »

Le lendemain, 8 septembre, à 7 heures du matin, la 1ʳᵉ division du 2ᵉ corps, ayant à sa tête le général de Mac-Mahon, se réunit au milieu du camp, en grande tenue, sans sacs; les hommes n'avaient emporté que leurs bidons, des vivres pour trente-six heures et 80 cartouches. La division ne comptait en tout que 5.000 combattants environ, mais un même esprit animait tous ces braves et le désir de vaincre faisait de chacun d'eux un redoutable et terrible adversaire.

A 10 heures, les régiments de la 1ʳᵉ division prennent le chemin de Malakoff; ils gravissent le Mamelon-Vert et viennent se grouper dans la tranchée de la redoute Victoria, puis se glissent, homme par homme, sous le feu incessant de l'ennemi, dans la parallèle la plus rapprochée du bastion Korniloff.

L'ordre et le silence règnent sur toute la ligne. On attend l'heure et le signal de l'attaque, tout en écoutant le fracas du bombardement destiné à la préparer. Enfin, à midi sonnant, le général de Mac-Mahon, qui suivait sur sa montre les mouvements de l'aiguille, remet brusquement celle-ci dans son gousset de pantalon et crie d'une voix tonnante : *Allons, clairons, la charge !*...

Un cri formidable répond à la sonnerie qui vient d'éclater bruyante et sonore. Zouaves, chasseurs, fantassins de la ligne, franchissant les parapets de la tranchée, se précipitent sur les retranchements de l'ennemi, dont les glacis se couvrent instantanément d'assaillants, pressés les uns contre les autres, se hâtant, se poussant pour gravir les parapets derrière lesquels les attendaient les Russes.

Pendant que les zouaves du 1ᵉʳ régiment s'emparent du saillant de Malakoff, les chasseurs du 1ᵉʳ bataillon s'élancent contre la batterie Gervais, sautent dans le fossé, escaladent le parapet et, du premier élan, se répandent dans l'ouvrage. Les Russes, surpris par cette attaque impétueuse, sont rejetés pêle-mêle de traverse en traverse et poussés dehors.

Cependant, à notre droite, les zouaves et le 7ᵉ de ligne, maîtres des remparts de Malakoff, sont arrêtés à la gorge de l'ouvrage par une résistance désespérée. Sur l'ordre du général Vinoy, le commandant du 1ᵉʳ bataillon de chasseurs emmène avec lui quatre compagnies du bataillon, longe le fossé de la redoute et, gravissant le talus extérieur, apparaît tout à coup sur le flanc gauche de l'ennemi. Les Russes, ainsi pris entre deux feux, se décident à la retraite et nous abandonnent, après une terrible lutte, la possession de la tour Malakoff.

Une si belle conquête ne pouvait rester ainsi sans retours offensifs. Immédiatement, on organise la défense et zouaves chasseurs, fantassins de la ligne, travaillent à retourner les épaulements contre la place pendant que des réserves françaises accourent garnir la gorge de l'ouvrage conquis.

Vers 2 heures de l'après-midi, la contre-attaque se prononce ; les Russes, débouchant de la ville en trois épaisses colonnes, s'élancent au pas de charge sur les pentes du mamelon. La colonne de droite, prise d'écharpe par nos soldats embusqués dans la batterie Gervais, battue de front par les défenseurs de la gorge de Malakoff, tourbillonne un instant sous ce feu meurtrier, puis rebrousse chemin et se dissipe sans retour. Les deux autres colonnes ennemies, malgré des pertes énormes, parviennent à gagner la gorge de la Redoute, au point même où se trouvaient une fraction du 1er bataillon de chasseurs — placée sous les ordres du commandant *Gambier* — le 1er zouaves et le 27e de ligne.

Là, pendant plus d'une heure, s'engage une action terrible. Français et Russes rivalisent de courage et d'acharnement ; la baïonnette joue son rôle meurtrier. Le commandant *Gambier* est deux fois blessé ; mais, jusqu'au dernier moment, il refuse de quitter son poste de combat, encourageant et stimulant ses chasseurs par son mâle exemple.

A côté des chasseurs, lutte, avec la plus intrépide bravoure, le 1er zouaves, qui voit en un instant son chef, le colonel Collineau, atteint de deux blessures et 10 de ses officiers mortellement frappés. Le 27ᵉ de ligne combat avec la même énergie; le commandant Iratsoquy, du 1ᵉʳ bataillon, est fusillé à bout portant par des canonniers russes ; le colonel *Adam*, le bras en écharpe, s'appuyant sur une canne, prend alors lui-même le commandement du bataillon et dirige avec une vigueur et une énergie irrésistibles l'assaut des premières traverses, que les Russes, stupéfaits de tant d'audace, sont forcés d'évacuer l'une après l'autre.

Les 2ᵉ et 3ᵉ bataillons du régiment apparaissent à leur tour à la gorge de l'ouvrage, où une sanglante mêlée s'engage également. Mais, au milieu de la fusillade et de l'éclair des baïonnettes, déjà rouges de sang, on voit flotter au vent, planté sur le parapet de la face gauche du bastion, le drapeau du 27ᵉ, gardé par une troupe superbe et vaillante, les grenadiers du 2ᵉ bataillon (capitaine *Deguerchetz*).

C'est de ce côté que les Russes dirigent de leurs traverses centrales, le feu le plus intense : tous les sous-officiers qui entourent l'aigle du régiment sont tués ou blessés; auprès de l'emblème sacré, tombent tour à tour le chef de bataillon *Schobert*, le capitaine *Deguerchetz*, le porte-drapeau *Jasserand* qui laisse échapper de ses mains le précieux trophée aussitôt relevé par le sergent *Oddo*. Dans cette fournaise, les deux brigades de la division Mac-Mahon ont progressé sans cesse l'une vers l'autre, et les braves des trois bataillons du 27ᵉ peuvent se donner la main pour enlever ensemble ce qui reste des ouvrages de droite du formidable redan.

A ce moment, la division Mac-Mahon était victorieuse

et les Russes, refoulés de toutes parts, quittaient la route qu'ils avaient littéralement pavée de leurs cadavres. Les vaillants et derniers défenseurs du réduit mettaient bas les armes, et la division française, formée en bataille sur le front de la gorge, ses aigles plantées sur le parapet, poursuivait le combat contre les Russes retranchés dans la seconde enceinte qui essayaient, mais en vain, de reconquérir les positions perdues.

Au bout de deux heures de lutte, aucun progrès n'avait pu être fait par les attaques de l'ennemi, malgré le feu meurtrier qu'il dirigeait sur nos bataillons, maîtres de Malakoff. C'est à cet instant, alors qu'il témoignait aux officiers sa satisfaction de l'héroïque conduite du régiment, que tomba mortellement frappé l'intrépide colonel *Adam*. Mais un pareil carnage ne pouvait s'éterniser davantage; devant l'impossibilité absolue de reconquérir les ouvrages du redan de Malakoff, les débris des colonnes russes, brûlant avec rage leurs dernières cartouches, recevaient enfin l'ordre de battre en retraite sur les défenses intérieures de Sébastopol.

Cette prise de possession glorieuse assurait, en quelque sorte, la conquête définitive de la place, qui avait si héroïquement résisté à tous nos efforts.

Elle coutait cher à la division Mac-Mahon, qui avait, dans cette sanglante journée, 23 officiers tués, 81 blessés et plus de 2.000 hommes de troupe hors de combat sur un effectif qui ne dépassait pas 5.000 sous-officiers et soldats. Les 5 chefs de corps de la division étaient tués ou blessés : 1er bataillon de chasseurs, commandant *Gambier*, blessé deux fois ; 1er zouaves, colonel *Collineau*, atteint également de deux blessures ; 7e de ligne, lieutenant-colonel *de Maussion*, blessé; 20ᵉ de ligne, colonel *Orianne*, blessé; 27ᵉ de ligne, colonel *Adam*, tué.

Ces noms et ces chiffres ont leur sublime éloquence et prouvent que, si l'attaque avait été superbe de bravoure, la défense avait déployé un courage, une ténacité et un acharnement dignes des plus grands éloges.

Pendant la nuit qui suivit et le lendemain matin, les Russes évacuèrent Sébastopol, ne laissant que des ruines fumantes dans les ouvrages qu'ils avaient immortalisés par leur héroïque résistance.

KANGHIL

(25 septembre 1855)

Figure sur les étendards des 6ᵉ, 7ᵉ dragons et 4ᵉ hussards.

La guerre continuant malgré notre grande victoire du 8 septembre 1855, et les Russes paraissant disposés à prolonger longtemps encore les hostilités en Crimée, les généraux en chef des armées alliées décidèrent qu'une division de cavalerie serait jetée à Eupatoria, pour menacer la communication de l'armée russe avec Pérécop.

Embarqués le 21 septembre, trois des régiments de la division de cavalerie, placée sous les ordres du général d'Allonville (4ᵉ hussards, 6ᵉ et 7ᵉ dragons), et une batterie d'artillerie à cheval, étaient dans la ville, le 23 du même mois.

Le 25 fut le jour choisi pour opérer un mouvement offensif. Le 24 à minuit, le général d'Allonville se mit en marche, emmenant une colonne de 6.000 combattants. Arrivée vers 1 heure de l'après-midi en vue du village de Kanghil, cette colonne rencontre les Russes, en ligne de bataille, à 2 kilomètres, environ, en avant de ce village. Ils étaient disposés de la manière suivante : 6 escadrons formaient une ligne de bataille dont le flanc gauche était couvert par 2 autres escadrons, adossés à Kanghil. En arrière, sur un plateau dominant la plaine, 8 pièces de canon étaient établies de manière à pouvoir arrêter toute attaque sur le centre et sur la gauche. Quant à l'aile droite ennemie, elle se composait de 2 escadrons que protégeaient 3 sotnias de cosaques, déployés en avant en tirailleurs.

Le général d'Allonville ordonne immédiatement l'attaque, la faisant préparer par son artillerie à laquelle répond, sur-le-champ, celle des Russes. Il lance alors le 4ᵉ hussards qui charge, avec une vigueur superbe, les 6 escadrons de uhlans formant le centre de la ligne adverse. Aussitôt, les deux autres escadrons de uhlans, adossés à Kanghil, se portent en avant pour prendre nos hussards en flanc et en queue. Mais le général Walsin-Esthérazy, qui voit le danger, donne l'ordre au 6ᵉ dragons de charger ces deux escadrons. Ce régiment prend le galop et tombe comme une trombe sur la cavalerie ennemie qui est désagrégée, rompue, dispersée en un clin d'œil. Le 7ᵉ dragons, déployé en ligne de bataille, soutient les deux charges fournies par les 4ᵉ hussards et 6ᵉ dragons et ces trois régiments culbutent complètement les uhlans russes qui, partout, cèdent le terrain. Après deux heures d'une poursuite sans relâche, nos cavaliers ramenaient 200 prisonniers, une batterie de campagne de 3 canons, 3 obusiers, 13 voitures chargées d'approvision nements de toute nature, enfin 250 chevaux.

Notre succès fut complet et il fit le plus grand honneur aux généraux d'Allonville et Walsin-Esthérazy qui avaient fort intelligemment réglé et conduit cette brillante action, ainsi qu'aux 4e hussards, 6e et 7e dragons qui avaient exécuté avec l'entrain et le courage de braves troupes, les ordres de leurs chefs. C'est donc, à bon droit, que ce souvenir guerrier a été rappelé sur les étendards des trois régiments.

VI

GUERRE D'ITALIE
(1859)

Le Piémont et l'Autriche se disputaient depuis long-temps l'occupation de la Lombardie. Charles-Albert, roi de Savoie, avait déjà vainement, à cet égard, tenté la fortune des armes. Battu à Novare par le maréchal Radetzki, il avait dû reprendre le chemin du Piémont et abandonner toute idée de conquête. Son fils, le roi Victor-Emmanuel Ier puissamment conseillé par un ministre habile et ferme, le comte Cavour, avait repris l'œuvre de son père Charles-Albert. En 1858, il obtient l'alliance de Napoléon III, qui s'y était engagé antérieurement, ce qui lui est rappelé par l'attentat commis contre lui, le 14 janvier 1858, par les Italiens Orsini, Pietri et Rudis.

Fort de cette alliance que venait de cimenter le mariage du prince Louis-Jérôme-Napoléon, cousin germain de l'Empereur, avec la princesse Clotilde de Savoie, fille du roi Victor-Emmanuel, ce dernier résiste à l'ultimatum menaçant des Autrichiens qui lui ordonnait de désarmer ses troupes sous trois jours. L'Autriche commence alors les hostilités, le 26 avril 1859.

L'armée autrichienne, sous les ordres du général Giulay, avait au début de la guerre 120.000 hommes, tandis que les Piémontais ne pouvaient lui en opposer que 60.000. Une attaque prompte lui permettait donc d'écraser ces derniers et de s'opposer ensuite au passage de l'armée française, qui s'apprêtait à déboucher par deux directions fort excentriques : les routes du mont Cenis et du mont Genève par terre, et par mer les ports de Gênes et d'Alexandrie. Mais les Autrichiens perdent un temps précieux pendant lequel les alliés se concentrent, s'organisent et peuvent, vers le 20 mai, prendre l'offensive.

L'armée française comprenait 115.000 hommes et 312 bouches à feu. Elle était divisée en 6 corps d'armée, dont l'un avait été constitué par la garde impériale et placé sous les ordres du général Regnauld Saint-Jean d'Angély ; ensuite venaient le 1ᵉʳ corps commandé par le maréchal Baraguey d'Hilliers ; le 2ᵉ par le général de Mac-Mahon ; le 3ᵉ par le maréchal Canrobert ; le 4ᵉ par le général Niel et le 5ᵉ par le prince Napoléon. L'Empereur avait pris le commandement général de toutes les troupes.

En arrivant à Gênes, le 12 mai, il trouve les forces françaises et piémontaises disséminées sur une trop grande ligne — de Voghera à Verceil, par Valence et Casal — et ordonne une concentration. C'est à la suite de ce mouvement que les têtes de colonne de notre premier corps se rencontrent, le 20 mai, à Montebello, marchant sur Voghera qui servait d'appui à notre aile droite.

COMBAT DE MONTEBELLO

(20 mai 1859)

Figure sur les drapeaux des 84ᵉ, 93ᵉ et 98ᵉ de ligne.

Le 20 mai, le général Stadion met ses troupes en mouvement sur trois colonnes. Au lieu de se jeter à l'improviste avec toutes ses forces sur l'objectif choisi, il confie à la division Baumgarten seule, la mission d'attaquer. La division Urban devait s'arrêter à Casteggio et y former une réserve. Mais, arrivée de bonne heure au point fixé, elle se dirigea ensuite — contrairement aux ordres donnés — sur Montebello et Genestrello.

A une heure de l'après-midi, elle se heurtait aux avant-postes français appartenant à la division Forey (1ʳᵉ du 1ᵉʳ corps), établie en cet endroit.

Le général Forey avait à peine 7.000 hommes sous la main, tandis que l'ennemi comptait environ 16.000 fantassins et 2.000 cavaliers. Cependant le combat est accepté et se livre d'abord à nos avant-postes, échelonnés sur la ligne de Fossa-Cazzo.

Les 1ᵉʳ et 2ᵉ bataillons du 84ᵉ appuyaient précisément en cet endroit une section d'artillerie et bordaient le Fossa-Cazzo de leurs tirailleurs.

Une vive fusillade s'engage immédiatement entre les troupes de la division autrichienne Urban et les deux bataillons du 84ᵉ; mais les Autrichiens, très supérieurs en nombre, avancent, et le 1ᵉʳ bataillon (commandant de Behagle) se heurte au 3ᵉ régiment d'infanterie ennemi (archiduc Charles) ; les compagnies qui couvrent le front de ce bataillon sont sérieusement compromises et perdent du terrain. Quelque faibles qu'elles soient numériquement, si elles ne résistent pas à l'ennemi jusqu'à l'arrivée des troupes de la division Forey — qui accourent au pas de course de leurs campements de Voghera — les colonnes autrichiennes en profiteront pour nous envelopper et il ne sera plus possible de les entraver dans leur marche. A tout prix il faut les arrêter.

Le général Forey s'élance vers ces compagnies, pendant que le colonel Cambriels du 84ᵉ, ralliant énergiquement tout ce qu'il rencontre (200 hommes environ), groupe ce petit nombre de combattants autour du général qui les anime par son exemple, et tous deux dans cette attitude pleine d'audace, ils tiennent tête à l'ennemi.

La lutte est bien inégale pourtant, mais nos soldats on un tel entrain qu'on peut tout espérer d'eux. Le 84ᵉ tient bon, il défend le terrain pied à pied et empêche l'ennemi de nous déborder. C'est alors qu'un régiment de cavalerie piémontaise, sous les ordres du colonel de Sonnaz, fournit une belle charge qui arrête un instant les têtes de colonne ennemies. Au même moment, arrivait le général Beuret avec le gros de la division, comprenant 5 compagnies du 17ᵉ bataillon de chasseurs, les 3ᵉ bataillons du 74ᵉ conduits par leur colonel Guyot de Lespart, puis le général Blanchard avec 2 bataillons du 98ᵉ (colonel Conseil Dumesnil), un bataillon du 91ᵉ (colonel Méric de Bellefon) et un bataillon du 73ᵉ qui, bien que n'appartenant pas à la division Forey, se joint, sous la vigoureuse initiative de son chef, le commandant Mangin, aux soldats de la 1re division du 1er corps et concourt brillamment au succès de la journée.

Le général Beuret, entraînant alors avec lui sa brigade, entame la gauche autrichienne. L'ennemi, toujours supérieur en nombre et dans une excellente position, défend avec acharnement, étage par étage, les hauteurs qui dominent le village de Genestrello. Mais les braves bataillons du 74e et du 84e, ainsi que le 17e chasseurs à pied, refoulés une première fois, reviennent une seconde fois à la charge, rivalisant à qui mieux mieux d'élan et d'ardeur. Sous cette furieuse poussée, les Autrichiens plient et Genestrello tombe au pouvoir de nos troupes. Une colonne d'attaque, composée de 2 bataillons du 74e, du 3e bataillon du 84e et du 17e bataillon de chasseurs, est alors lancée par les généraux Forey et Beuret sur le village de Montebello qu'occupent, en grand nombre, les Autrichiens.

Sur un geste du général Forey, les clairons sonnent la charge. Le cri *en avant!* sort à la fois de toutes les poitrines en une immense acclamation, et nos bataillons s'élancent vers les hauteurs que domine le village de Montebello. En un instant, les crêtes sont gravies, et l'on voit de toutes parts nos soldats hors d'haleine les couronner et chasser devant eux les fantassins ennemis. Nos troupes atteignent ainsi les premières maisons de Montebello, malgré le feu roulant que dirigent sur elles les bataillons autrichiens. Les compagnies du 84e prennent à revers la position, pendant que le reste de la brigade Beuret attaque de front. C'est ainsi qu'entrant à la fois par toutes les issues, les régiments de la première brigade s'emparent une à une et malgré la résistance acharnée de l'ennemi, de toutes les maisons du village.

L'ennemi s'est toutefois réservé un dernier refuge dans le cimetière de Montebello pour protéger la retraite ; il a fait de ce dernier point une véritable redoute dont les dispositions naturelles du terrain protègent efficacement la défense. Ce dernier réduit, suprême défense des Autrichiens, est terrible à enlever.

Quelque résolus qu'ils soient, nos soldats hésitent et s'arrêtent devant l'ouragan de fer et de feu qui s'abat sur eux et les décime cruellement. La 2ᵉ brigade, composée des 91ᵉ, 98ᵉ et d'un bataillon du 93ᵉ, conduit par le général Blanchard — qui vient de s'emparer de la Cascina-Nuova — arrive à la rescousse. C'est alors que se sentant en forces, nos bataillons, enlevés brillamment par leurs généraux, s'élancent sur la redoutable position. Le général Beuret, donnant l'exemple de la plus mâle intrépidité, marche en tête de ces régiments qui le suivent, électrisés par son courage. Mais à peine a-t-il fait quelques pas, qu'il tombe mortellement frappé par une balle autrichienne et au même instant est grièvement blessé son aide de camp, le capitaine d'état-major Fabre.

Mais la mort a beau faucher les rangs des nôtres, rien n'arrête leur élan. De toutes parts les clairons sonnent, l'air est rempli de cris tumultueux, la fusillade pétille, incessante et terrible. Bientôt, les murs du cimetière sont envahis et enlevés à la baïonnette. L'ennemi se met alors en pleine retraite et notre artillerie, pour achever l'œuvre de la victoire, poursuit de ses boulets les colonnes disloquées des divisions Urban et Baumgarten qui regagnent précipitamment Casteggio.

La vaillante division Forey est ralliée sur la position

conquise et rentre dans ses cantonnements à 10 heures du soir. Elle avait combattu dans la proportion de 7.000 contre 20.000 ; ses pertes s'élevaient à 723 hommes dont 174 tués au nombre desquels figuraient le général Beuret, le colonel Méric de Bellefond du 91ᵉ. Les colonels Conseil, Dumesnil, du 98ᵉ, et Guyot de Lespart, du 74ᵉ, étaient blessés. Les Autrichiens laissaient sur le terrain 638 tués et comptaient 958 blessés.

Le combat de Montebello était d'un heureux augure pour la suite de la campagne, et nos troupes, enthousiasmées par ce premier succès, allaient marcher de victoire en victoire.

COMBAT DE PALESTRO

(31 mai 1859)

Figure sur le drapeau du 3ᵉ zouaves

Le 31 mai, les trois bataillons du 3ᵉ zouaves étaient concentrés à Palestro, à l'aile droite de l'armée piémontaise.

Le 3ᵉ zouaves avait été mis à la disposition du roi Victor-Emmanuel et campait au sud du village, en arrière d'un canal qui le séparait des Piémontais. Il était à peine installé que l'attaque des Autrichiens se prononçait par les routes de Bobbio et de Rosasco, sur le front de la droite de la petite armée piémontaise.

Le colonel de Chabron fait aussitôt abattre les tentes, prendre les armes, et dirige le régiment vers le pont de la Bridda, où le feu paraissait le plus vif.

La division Jellachich, forte de 8.000 hommes, établie sur un plateau qui court le long de la Sésia et domine la vallée de 15 à 20 mètres, menaçait de tourner les Piémontais par la droite, et de les prendre à revers. Une batterie avait ouvert le feu ; ses boulets tombaient déjà dans nos rangs ; la fusillade éclatait de toutes parts.

Le colonel fait poser les sacs, mettre baïonnette au canon, sonner la charge, et au cri de : « En avant ! » répété par tous, lance le régiment au pas de course sur la batterie. Quatre compagnies, déployées en tirailleurs dans les blés, couvrent la colonne, qu'un canal large et profond sépare de la batterie. Les bords du canal sont plantés de saules et de peupliers ; les berges élevées sont couvertes de taillis d'acacias, dans lesquels sont embusqués de nombreux tirailleurs ennemis.

La colonne, au pas de course, longe ce canal infranchissable ; tout le monde se sent poussé d'instinct vers la batterie, et chacun cherche un passage pour l'aborder facilement.

La mitraille et la mousqueterie éclaircissent nos rangs : le capitaine adjudant-major Drut a la tête emportée ; plusieurs officiers sont grièvement blessés ; beaucoup de zouaves sont tués.

On court ainsi sans tirer pendant 500 mètres. Tout à coup, les berges du canal s'abaissent, le terrain piétiné indique un gué ; on se jette à gauche, et on franchit le canal, ayant de l'eau jusqu'à la ceinture. On est un peu abrité par le terrain ; la mitraille passe au-dessus de nos têtes ; les zouaves se reforment, escaladent la berge opposée et débouchent sur le plateau, à 100 mètres de la batterie.

Les Autrichiens veulent recharger leurs pièces ; ils ne le peuvent plus ; nos hommes tombent dans la batterie à la baïonnette, tuent les servants ; le soutien prend la fuite. L'ardeur de la lutte n'exclut pas la générosité : le capitaine en second de la batterie ennemie, renversé d'un coup de crosse de fusil par un zouave, voit tout à coup son adversaire le relever et lui tendre sa gourde en lui disant : « Buvez un coup, mon capitaine, ça vous remettra. » Le capitaine-commandant, qui avait vu la colonne disparaître dans le canal, et la croyait anéantie, a aussi la vie sauve ; beaucoup de blessés autrichiens sont secourus par les zouaves.

Ce n'était là, cependant, que le premier acte de la bataille. Trois compagnies du 1er bataillon se jettent à gauche, vers San-Pietro, pour donner la main aux Piémontais.

Le 3e bataillon, suivi du 2e et du restant du 1er, se porte à droite, au pont de la Bridda, solidement occupé, et en arrière duquel on aperçoit une forte colonne.

Ce pont est défendu en avant par un moulin crénelé et garni de tirailleurs ; sur la gauche court un canal rapide, profond et bordé de bois d'acacias, remplis de Tyroliens. Deux pièces sont en batterie près du pont ; la charge sonne encore ; le cri « en avant ! » se fait entendre de nouveau, et, d'un bond, la colonne arrive à l'entrée du pont, au milieu des Autrichiens qui combattent vigoureusement.

Les deux pièces sont enlevées, les Autrichiens évacuent le moulin, prennent la fuite, et, trouvant le pont encombré, se jettent dans le canal, où beaucoup se noient. Quelques-uns sont sauvés par les zouaves.

Une nouvelle colonne ennemie arrive par la route de Rosasco. Le pont est encombré de cadavres ; on ne peut le franchir qu'à la file.

Le colonel fait encore sonner la charge ; nos zouaves se précipitent comme un torrent à travers cette masse de cadavres. Le pont est enlevé, et l'ennemi abordé à la baïonnette pour la troisième fois. Le lieutenant Henry porte fièrement le drapeau en avant, et trace la marche ; il tombe, le genou fracassé par une balle. Le sergent Lafont relève de nouveau le drapeau, fait quelques pas et tombe à son tour. Le sous-lieutenant Sauvervic relève alors le drapeau criblé de balles. Cette fois, l'élan est irrésistible ; la colonne autrichienne est anéantie ; on en poursuit les débris pendant plus de 2 kilomètres.

Ce glorieux fait d'armes, dû à l'intrépidité des zouaves, laissait entre nos mains 9 canons et 734 prisonniers.

Nos pertes furent : 1 officier et 47 zouaves tués ; 15 officiers, 218 zouaves blessés et 8 zouaves disparus dans le canal.

Après le combat de Palestro, l'Empereur venait en personne féliciter le régiment, rassemblé à la Bridda, et serrait la main du colonel de Chabron, en lui disant : « C'est très bien, colonel, vous avez dignement soutenu votre vieille réputation. »

Le lendemain, le 3ᵉ zouaves était mis à l'ordre de l'Armée d'Italie :

.   .   .   .

« L'Empereur ayant envoyé au roi de Sardaigne le 3ᵉ zouaves, celui-ci fut chargé d'arrêter l'attaque. Déjà

les Autrichiens avaient mis 8 pièces en batterie, en avant
d'un canal profond, dont le passage, sur un pont étroit,
est couvert par un moulin et défendu par des rizières.

« Le 3ᵉ zouaves, commandé par son brave colonel de
Chabron, après avoir jeté un coup d'œil sur la position,
et avant que le roi n'ait eu le temps de le faire appuyer
par du canon, s'est élancé sur la batterie, a tué à la baïonnette, ou jeté à l'eau, les compagnies de soutien placées
au delà du canal, s'est emparé de 5 pièces et a fait 500
prisonniers.

« L'Empereur met ce glorieux fait d'armes à l'ordre de
l'armée. »

De son côté, le colonel de Chabron recevait, du roi
Victor-Emmanuel, la lettre d'éloges suivante, pour le
remercier de la part glorieuse que le 3ᵉ zouaves avait
prise au combat de Palestro :

« Monsieur le Colonel,

« Le 3ᵉ zouaves m'a donné un précieux témoignage
d'amitié. J'ai pensé que je ne pouvais mieux accueillir
cette troupe d'élite qu'en lui fournissant immédiatement
l'occasion d'ajouter un nouvel exploit à ceux qui, sur les
champs de bataille d'Afrique et de Crimée, ont rendu si
redoutable à l'ennemi le nom de zouaves.

« L'élan irrésistible avec lequel votre régiment, Monsieur
le Colonel, a marché hier à l'attaque, a excité toute mon
admiration. Se jeter sur l'ennemi à la baïonnette, s'emparer d'une batterie, en bravant la mitraille, a été l'affaire
d'un instant.

« Vous devez être fier de commander à de pareils soldats ; ils doivent être heureux d'obéir à un chef tel que vous.

« J'apprécie vivement la pensée qu'ont eue vos zouaves, de conduire à mon quartier général les pièces d'artillerie prises aux Autrichiens, et je vous prie de les en remercier de ma part.

« Je m'empresserai d'envoyer ce glorieux trophée à Sa Majesté l'Empereur, auquel j'ai déjà fait connaître la bravoure incomparable avec laquelle votre régiment s'est battu hier à Palestro et a soutenu mon extrême droite.

« Je serai toujours heureux de voir le 3ᵉ zouaves combattre à côté de nos soldats, et cueillir de nouveaux lauriers sur les champs de bataille qui nous attendent.

« Veuillez, Monsieur le Colonel, faire connaître ces sentiments à vos zouaves,

» Signé : Victor-Emmanuel. »

A la suite de ce combat, 1 sergent, 3 caporaux et 19 zouaves étaient faits chevaliers de la Légion d'honneur ; 68 sous-officiers et zouaves recevaient la médaille militaire, et le roi Victor-Emmanuel accordait au 3ᵉ zouaves la médaille d'or de la valeur militaire, qu'on voit attachée, depuis, à la cravate du drapeau.

Le régiment peut être fier de la journée du 31 mai et se glorifier de compter parmi ses aînés les héros de Palestro.

Le 1ᵉʳ juin, le régiment est mis à l'ordre de l'Armée pour son brillant fait d'armes.

COMBAT DE TURBIGO

(2 juin 1859)

Figure sur le drapeau du 1ᵉʳ tirailleurs algériens

Le Tessin franchi, la division de La Motterouge (1ʳᵉ du 2ᵉ corps) s'était dirigée sur Robechetto où les tirailleurs algériens du colonel Laure venaient de se heurter à une forte colonne autrichienne, mais, fondant sur l'ennemi à la baïonnette, les Turcos le culbutaient et entraient dans le village, débordant l'ennemi sur sa gauche, de façon à menacer sa ligne de retraite.

A ce moment, le général Lefebvre arrive avec le 45ᵉ qui se porte en avant pour appuyer le mouvement des tirailleurs, et chasser de Robechetto ses derniers défenseurs.

L'artillerie du général Auger entrant en ligne, crible de ses projectiles les Autrichiens en retraite sur Malvagglio. Notre mouvement en avant continue alors, malgré une tentative de la cavalerie autrichienne faite pour l'arrêter. Le général de La Motterouge, apercevant sur la droite un bataillon ennemi s'avançant pour prendre notre colonne en flanc — fait immédiatement rallier le régiment de tirailleurs qui venait d'entrer dans Malvagglio, et déploye le 45ᵉ de manière à répondre à cette attaque.

Le 45ᵉ, lancé à la baïonnette, aborde vigoureusement le bataillon ennemi, le culbute, et les batteries du général Auger, par un feu continu, achèvent sa déroute.

Il était 5 heures du soir, le combat était terminé de toutes parts, l'ennemi était en fuite, nous abandonnant un canon, les sacs et les bagages de ses soldats.

Grâce à la vigueur avec laquelle elle avait été menée, cette affaire ne nous avait coûté relativement que des pertes insignifiantes. Les tirailleurs algériens et le 45e comptaient seulement 40 hommes hors de combat dont 12 tués.

BATAILLE DE MAGENTA
(4 juin 1859)

Figure sur les drapeaux et étendards des 23e, 41e, 45e, 52e, 65e, 70e, 71e et 90e de ligne ; des 2e et 4e zouaves ; des 1er et 2e étrangers ; des 4e, 5e et 13e chasseurs à cheval ; des 7e, 10e et 14e d'artillerie.

Les Français continuent leur mouvement tournant. Le 2e corps, sous les ordres de Mac-Mahon, et une division de la Garde impériale avaient franchi le Tessin à Turbigo, le 2 juin. Les Autrichiens abandonnent alors le Tessin et se retirent derrière Naviglio-Grande. Le 4 juin, leur aile droite fait face au nord, en avant de Magenta ; leur centre fait face à l'ouest, derrière le canal, et leur aile gauche, qui comprend le gros de l'armée, est à Abbiate-Grasso, face au nord, pour nous prendre en flanc. Dès 9 heures du matin, le général de Mac-Mahon se dirige sur Magenta et refoule l'ennemi, mais n'ayant pas d'instructions précises, il suspend son attaque de 1 à 4 heures de l'après-midi. Le

centre de l'armée française, composé à ce moment de la
Ire division de la garde impériale (zouaves et grenadiers),
sous les ordres du général Mellinet, cherche alors à
s'emparer des villages de Buffalora et de Ponte di Magenta,
pour déboucher sur le canal. Mais tous les efforts de cette
vaillante division viennent se briser contre les forces des
Autrichiens, très supérieurs en nombre.

Tout le monde connaît cette terrible lutte où la garde
impériale, imprudemment engagée contre des positions
très fortes et solidement défendues, soutint pendant une
demi-journée tout le choc de l'armée autrichienne, sans
fléchir d'un pas, sans céder un pouce de terrain. Ici, nous
laissons un instant la parole à l'écrivain officiel de la campagne d'Italie, le baron de Bazancourt.

« ... Il n'est pas possible de se maintenir sur la partie
gauche du Naviglio. Le général Mellinet s'est porté à la
tête du pont ; il voit au milieu de la mêlée un cheval sans
cavalier ; ce cheval, par une sorte d'instinct naturel, venait
se joindre à ceux de son état-major. Il le reconnaît aussitôt.

« C'est le cheval de Cler, s'écrie-t-il, il est arrivé malheur
à mon pauvre Cler. Mais faisant trêve à sa douleur, le
général se multiplie dans ce moment critique, où le sort
de l'Autriche et de l'Italie dépendait de l'issue du combat. Déjà, il a eu deux chevaux tués sous lui et son calme
comme son intrépidité ne se sont pas démentis un seul
instant.

« Ce fut, il faut le dire, un moment de suprême angoisse
mais aussi de suprême courage ; il ne s'agissait plus de
vaincre, il s'agissait de mourir et d'opposer une digue
humaine à l'ennemi qui voulait s'emparer du passage

du Naviglio. Le salut ou la perte de tous était là ! »

Débordé sur ses flancs, attaqué sur son front par des forces dix fois supérieures, Mellinet tient toujours avec une énergie indomptable et barre le passage avec ce qui lui reste de zouaves et de grenadiers. Au milieu du pont, entouré de ses aides de camp et de ses officiers d'ordonnance, le général se tient immobile sur son cheval, résolu à mourir au milieu de ses soldats et regardant avec une muette douleur ses nobles bataillons mutilés et couchés à terre par la mort impitoyable. Le drapeau est là, flottant au milieu des balles et de la mitraille ; c'est l'image de la France, c'est le symbole de l'honneur qui dit à tous, par ses nobles déchirures, les gloires du passé, les devoirs de l'heure présente.

Enfin, dans le lointain, retentit soudain le canon, puis l'écho apporte le bruit strident de la fusillade qui s'engage et qui, à chaque minute écoulée, redouble et croît d'intensité. C'est Mac-Mahon, dont les divisions marchent sur Magenta et dont l'arrivée va, comme celle de Desaix à Marengo, transformer en une victoire une bataille à demi perdue.

L'offensive est reprise sur toute la ligne. Buffalora tombe aux mains de nos grenadiers et les Autrichiens, repoussés, fuient en désordre vers Magenta où le général de Mac-Mahon va brillamment fixer le sort de la journée.

En effet, vers 4 heures, Mac-Mahon reprend son mouvement offensif, l'aile gauche et le centre de l'armée française se rejoignent alors, convergeant sur Magenta qui est emporté. La victoire est décisive. Les Autrichiens perdent 10.226 hommes dont 1.368 morts, et les Français 4 530 hommes, dont 657 morts. Dans cette bataille, les

Autrichiens n'avaient mis en ligne que 60.000 combattants et les Français que 40.000.

L'armée française entrait le 7 juin dans Milan. Les Autrichiens se retirent derrière l'Adda, puis derrière le Mincio, après le combat de Melegnano (8 juin). L'empereur d'Autriche, François-Joseph, prend le commandement de ses troupes qui comptent alors 180.000 hommes et 340 bouches à feu.

COMBAT DE MELEGNANO

(8 juin 1859)

Figure sur les drapeaux du 33ᵉ de ligne et du 1ᵉʳ zouaves

Ayant traversé Milan dans la journée du 8, la division Bazaine (3ᵉ du 1ᵉʳ corps) prend part, le soir même, au sanglant combat de Melegnano. Cette petite ville, située à 8 kilomètres au sud-est de Milan, est traversée par le Lambro. Après notre victoire de Magenta (4 juin), les Autrichiens couvrirent leur retraite par le corps d'armée du général Bénédeck. Le 8, ce dernier avait fait occuper le pont et le cimetière de Melegnano par la brigade de Roden.

La résistance étant fortement organisée, le 1ᵉʳ corps français dut s'avancer contre cette position, et la division Bazaine, marchant au centre, reçut, vers 6 h. 1/2 du soir, l'ordre de l'attaquer de front. Les bataillons du 1ᵉʳ zouaves l'assaillirent avec un admirable élan, enlevèrent une barricade faite de gros troncs d'arbres et d'abatis, franchirent un fossé creusé en arrière d'elle, et, dépassant une batterie qui en défendait les abords, pénétrèrent dans les deux principales rues de la ville.

Elles aboutissaient à un château dont plusieurs de nos compagnies s'emparèrent de vive force. Les autres, conduites par le colonel Paulze d'Ivoy, pénétrèrent dans le faubourg de Carpiano. Le colonel y fut tué. Le 33ᵉ de ligne suivait les zouaves. Il soutint ses vigoureuses attaques, et la division Bazaine, se reliant à celle du général de Ladmirault, refoula les troupes du général de Roden, que la brigade Boër était venue secourir.

Débordé de toutes parts, l'ennemi se retira sur Lodi où mourut, le soir même, le général Boër, blessé en dirigeant le combat de l'arrière-garde.

Un orage terrible, qui éclata vers 9 heures du soir, empêcha la poursuite et les retours offensifs.

Le 1ᵉʳ zouaves, qui avait été chargé tout spécialement de l'attaque de front, eut des pertes considérables.

Son colonel, Paulze d'Ivoy, fut tué ainsi que 10 autres officiers; 20 avaient été blessés. La troupe comptait près de 700 hommes hors de combat.

Les autres régiments de la division Bazaine et de la division de Ladmirault, chargés des attaques de flanc, avaient beaucoup moins souffert.

Deux croix d'officiers et 8 de chevaliers de la Légion d'honneur, ainsi que 20 médailles militaires au 1ᵉʳ zouaves, récompensèrent les survivants de ce glorieux combat.

En les distribuant, le général Bazaine s'exprima ainsi : « Que ces récompenses soient pour tous un sujet d'émulation. Restez à la hauteur de la renommée acquise par

vos devanciers, et n'oubliez jamais que la marche du
1er régiment de zouaves a toujours été le signal de la
victoire. »

BATAILLE DE SOLFÉRINO

(24 juin 1859)

Figure sur les drapeaux et étendards des 2e, 6e, 8e, 15e, 21e, 30e, 34e,
37e, 44e, 49e, 53e, 55e, 56e, 61e, 72e, 73e, 74e, 76e, 78e, 85e, 91e, 100e de
ligne ; des chasseurs à pied ; du 4e zouaves (ex-de la garde) ; des
2e et 3e tirailleurs algériens ; du 12e cuirassiers (ex-de la garde) ;
du 14e dragons (ex-1er lanciers) ; des 2e, 4e, 7e, 10e et 13e chasseurs
(ex-de la garde) ; des 2e, 5e hussards ; des 1er, 2e, 3e chasseurs
d'Afrique ; des 3e, 5e, 6e, 8e, 10e, 11e, 12e, 13e, 17e, 19e, 20e, 23e et 24e
d'artillerie.

Enfin, le grand jour a lui !... Dès 5 heures du matin,
les échos retentissent du bruit de la canonnade. La
division de Failly part de Carpenedolo à 7 heures,
traverse le village de Medole, d'où l'ennemi vient d'être
chassé, et reçoit, à 1 kilomètre plus loin, les ordres du
général Niel, commandant le corps d'armée.

A 10 heures, elle entre en ligne à quelques kilomètres
de Medole, dans une vaste plaine couverte de maïs, de
mûriers, de vignes, et limitée au nord par les hauteurs de
Solférino, Cavriana et Volta.

L'ennemi occupe ces hauteurs ; sa gauche s'étend en
avant de Guidizzolo, nœud important de routes condui-
sant au Mincio en traversant la plaine ; elle occupe
l'espace compris entre la route de Castiglione à Guidizzolo
et les hauteurs de Solférino, espace connu sous le nom de
Campi di Medole. Là, le terrain uni, entièrement dépourvu

de végétation, donne beau jeu à sa nombreuse et belle cavalerie. Son extrême gauche cherche à percer par Rebecco, où la droite de l'armée française est établie.

Le 4e corps avait naturellement pour mission d'arrêter les progrès de l'ennemi entre les deux routes qui, de Castiglione et de Medole, se dirigent sur Guidizzolo. La 1re brigade de la division de Failly devait garder la route de Guidizzolo à Medole. Une tuilerie se remarque à 200 mètres plus loin et à 20 mètres sur la droite. Elle se compose de deux maisons crénelées, reliées par un dépôt de briques, disposées de manière à présenter un mur épais derrière lequel les tirailleurs ennemis trouvent un abri excellent. Près de la tuilerie, existe une excavation profonde où les ouvriers venaient chercher la terre nécessaire à la confection de leurs briques. Des gradins sont élevés dans les talus ; deux rangs de défenseurs peuvent s'y placer.

De puissantes batteries, établies sur ces différents points, défendent les abords de la route, relient la ferme de Baëte à la tuilerie, battent le village de Rebecco et le chemin latéral de Ceresara.

L'aile gauche ennemie, tendant à percer sur Medole, menaçait ainsi nos communications, et, comme elle était bien moins partagée, sous le rapport du terrain, que le centre, solidement établi sur les hauteurs de Solférino et de Cavriana, elle avait une supériorité numérique considérable. Il est prouvé aujourd'hui — par les relations autrichiennes sur la bataille de Solférino — que le 4e corps de l'armée française s'est mesuré contre toute une armée (3e, 9e, 11e corps autrichiens), dans la proportion de un à trois.

Le Ier bataillon du 2e de ligne, déployé, se dirigeait sur la ferme de Baëte en feu, lorsqu'on s'aperçoit que, n'étant pas relié par sa gauche aux troupes déjà entrées en ligne vers la ferme de Casa Nuova, les tirailleurs ennemis menacent de le déborder ; déjà un feu de mousqueterie bien dirigé le prenait de face et de flanc. Le général O'Farrel détache alors un peloton de voltigeurs sur la gauche ; celui-ci charge à la baïonnette et dégage le terrain.

Bientôt le 3e bataillon, couvert par un peloton de grenadiers (lieutenant Casteran), puis par sa 4e compagnie (capitaine Grosjean), se déploie à la droite du Ier bataillon, le 2e restant en réserve sous les ordres du lieutenant-colonel de Campagnon.

Plus à droite, le 15e de ligne et le 15e bataillon de chasseurs à pied permettent d'étendre la ligne jusqu'au village de Rebecco, déjà occupé par quelques troupes appartenant à la division de Luzy, du 4e corps.

Rebecco est à égale distance des routes de Medole à Guidizzolo et de Ceresara à Medole, par lesquelles le IIe corps d'armée autrichien (de Veigl), fort de 25.000 combattants, semblait vouloir tourner notre droite.

Le 2e de ligne se trouvait donc face aux positions de Baëte et de la tuilerie, et le 43e plus près de Rebecco.

Vers 11 heures, l'ennemi presque invisible et bien posté derrière d'excellents obstacles, commence une vive fusillade contre les régiments du 4e corps.

Le général de division envoie, pour l'appuyer, une batterie d'artillerie qui entame aussitôt avec l'ennemi une canonnade qui dure bien deux heures. L'artillerie ennemie ayant alors ralenti son feu, et deux bataillons étant venus se déployer à la droite, se lancent à la baïonnette sur les positions. L'ennemi en est chassé et subit des pertes sérieuses : un canon, un drapeau et 275 prisonniers. Il se retire sur Guidizzolo.

Toujours dispersés en tirailleurs, les régiments du 4e corps (Niel), obligés qu'ils sont de tenir avec peu de monde une vaste étendue de terrain, exposés à un feu terrible d'artillerie et de mousqueterie, gardent imperturbablement leurs positions. Dès que les colonnes ennemies se présentent, les tirailleurs se groupent à la voix de leurs officiers, s'élancent sur elles à la baïonnette, les culbutent, les renversent, les poursuivent un instant et reviennent aux points d'appui qui leur ont été assignés.

« C'est ainsi que la baïonnette nous donnait plus que la fusillade ne nous avait fait perdre », dit le maréchal Niel dans son rapport.

On combattait ainsi depuis plus de quatre heures ; les renforts annoncés et qui auraient permis au 4e corps de marcher sur Guidizzolo n'arrivaient pas ; mais, en revanche, de nouveaux hourras et la rentrée de quelques tirailleurs avancés annoncent que l'on va avoir à supporter un choc formidable. En effet, en avant, à droite, à gauche, partout, paraissent des colonnes profondes, quelques-unes débordent Baëte et la tuilerie ; le 4e corps est obligé de se reporter en arrière.

Lorsque la colonne autrichienne est à bonne portée, l'artillerie la mitraille sur son flanc. Bientôt la ligne ennemie est rompue, la marche des autres colonnes devient indécise.

Toute la 2e ligne et deux bataillons du 53e se portent en

avant au pas de charge. L'ennemi se retire en désordre sans attendre le choc, laissant entre nos mains un grand nombre de prisonniers. Nos troupes reprennent possession de la tuilerie, pendant que l'ennemi se reforme à Guidizzolo.

Après cet effort, la brigade Bataille, de la division Trochu, du 3e corps, entre en ligne et vient relever dans ses positions la brigade O'Farrel, qui est ralliée en seconde ligne, en arrière de la route de Medole à Guidizzolo.

Elle était à peine arrivée à sa nouvelle position que des projectiles ennemis tombent au milieu de ses rangs.

C'est le signal d'un effort suprême tenté par les Autrichiens avec toutes leurs réserves. Le 4e corps, exténué de fatigue, se reporte à la ferme de Baëte, se précipite à la baïonnette avec les autres troupes sur les masses ennemies qui débouchent de tous côtés, et contribue ainsi à repousser la dernière attaque qui devait être dirigée sur les positions qu'elle défendait depuis le matin.

A la suite de cette charge, l'artillerie peut se mettre en batterie en avant de Rebecco, sur la route même de Guidizzolo, menaçant de couvrir de projectiles les colonnes qui oseraient encore se montrer.

Sept fois, dans cette mémorable journée, les colonnes ennemies, sans cesse renouvelées, se sont précipitées sur le régiment, déployé en tirailleurs, et sept fois elles ont été repoussées à la baïonnette avec un entrain admirable. Ni la fatigue, ni l'excessive chaleur du jour, qui devait se résoudre par un orage effroyable, ni la disproportion des forces, ni les efforts désespérés de l'ennemi, n'ont pu ébranler un instant ce brave régiment, qui a rapporté comme trophée de victoire une pièce de canon et fait 150 prisonniers.

Il est 7 heures du soir; le terrain, depuis Baëte jusqu'à Rebecco, est couvert de cadavres autrichiens; l'orage gronde; le village et les fermes sont en feu et l'ennemi en retraite.

Du côté du 1er corps, après un combat meurtrier, la division Bazaine emporte d'assaut le cimetière et les maisons du village, tandis que le bataillon de chasseurs et les voltigeurs de la garde pénétrent par le sud.

L'aile gauche et le centre de l'armée franco-sarde avaient fait un mouvement offensif, tandis que l'aile droite avait été obligée de rester sur la défensive, ayant à lutter contre des forces supérieures. La retraite générale de l'ennemi fut protégée par un violent orage.

Le succès de cette journée est dû à la brillante valeur de nos soldats et au manque d'ensemble et de cohésion des corps autrichiens. L'ennemi perdit 21.736 hommes, les alliés 17.191.

Pendant cette guerre, nous avions employé l'artillerie rayée, qui paraissait pour la première fois en rase campagne et qui nous avait donné une grande supériorité sur l'artillerie autrichienne.

Le 11 juillet, à Villafranca, se signaient les préliminaires de paix qui accordaient au Piémont la Lombardie. La France devait bénéficier de l'annexion de la Savoie et du Comté de Nice.

Nos pertes, dans cette campagne, se chiffraient par 20.808 hommes dont 3.754 tués. Parmi ces derniers figuraient cinq généraux : *Espinasse, Cler, Beuret, Dieu* et *Auger*, et 14 colonels : *de Waubert de Genlis* du 8e de ligne, *Lacroix* du 30ᵉ, *Broutta* du 43ᵉ, *Capin* du 53ᵉ, *de Malleville* du 55ᵉ, *Drouhot* du 65ᵉ, *Douay* (Gustave) et *Menessier* du 70ᵉ, *Charlier* du 90ᵉ, *de Méric de Bellefond* du 91ᵉ, *Denis de Senneville, Junot d'Abrantès* du corps d'état-major, *Jourjon* du génie et *Laurens des Ondes* du 5ᵉ hussards.

Comme nos lecteurs ont pu en juger par les récits des combats et batailles livrés en Italie par notre armée, le prestige militaire de la France, déjà rehaussée par la glorieuse campagne de Crimée, venait de prendre un lustre nouveau après les victoires brillantes qui avaient marqué chaque étape de nos soldats.

Sur cette terre légendaire où, un demi-siècle auparavant, leurs aînés de la République et du Premier Empire avaient inscrit sur leurs emblèmes autant d'actions d'éclat qu'il y avait eu de jours de luttes, les cadets avaient su continuer leurs superbes traditions.

VII

EXPÉDITIONS DE CHINE
ET DE COCHINCHINE
(1860-1862)

———

Plusieurs traités avaient assuré à l'Angleterre, puis à la France et à l'Amérique, le droit d'entrée dans les cinq grands ports Chinois : Canton, Chang-Haï, Fou-Tchéou, Hanoï et Ning-Pô. La mauvaise foi de la Chine avait obligé la France et l'Angleterre aux expéditions de 1857 et de 1858, à la suite desquelles furent signés les traités de Tien-Tsin, les 26 et 27 juin 1858.

Mais, lorsque les ambassadeurs des puissances intéressées voulurent se rendre à Pékin, ils trouvèrent l'entrée du Peï-Ho barrée et défendue. L'escadre anglaise qui les portait, fut contrainte de se retirer après avoir subi quelques pertes.

C'est alors que la France, de concert avec l'Angleterre, organisa un corps expéditionnaire, composé de 10.000 Français et 7.000 Anglais, dont le commandement en chef fut donné au général de division Cousin-Montauban.

Les troupes du corps expéditionnaire français se composèrent de deux régiments d'infanterie, nouvellement créés, lors de la campagne d'Italie, les 101 et 102e de

ligne, puis du 2ᵉ bataillon de chasseurs, 4ᵉ bataillon
d'infanterie, appartenant aux 1ᵉʳ et 3ᵉ régiments d'infanterie de marine, des détachements des 1ᵉʳ chasseurs
d'Afrique et 1ᵉʳ spahis, des batteries des 10ᵉ et 14ᵉ régiments d'artillerie et quatre compagnies de sapeurs des
1ᵉʳ et 3ᵉ régiments de génie.

BATAILLE DES FORTS DU PEI-HO

(21 août 1860)

Figure sur les drapeaux des 102ᵉ de ligne
et du 1ᵉʳ régiment d'infanterie coloniale (ex-de marine)

Après s'être concentrée à Chang-Haï, l'escadre anglo-
française, ayant à bord les troupes du corps expéditionnaire, se dirige vers le nord de la Chine, dans le golfe de
Petchili. Au mois de juillet 1860, elle arrivait devant
l'embouchure du Peï-Ho. Un conseil de guerre décide de
choisir comme point de débarquement l'embouchure du
fleuve située plus au nord, le Pe-Thang. Malgré de mau-
vaises conditions de débarquement, les troupes sont vivement mises à terre le 1ᵉʳ août, et on opère ensuite le débarquement du matériel. Ces dispositions achevées, les
forces anglo-françaises se dirigent vers les rives du Peï-Ho,
afin de tourner les forts qui en défendent l'embouchure.

Le 21 août, les troupes attaquent les forts du nord. Le
terrain fangeux qu'elles doivent parcourir, est coupé de
trois larges fossés, remplis d'eau. Ces obstacles franchis-
il faut escalader le terre-plein, hérissé de pieux en bam-

bou durci au feu, et qui forment, serrés les uns contre les autres, une épaisse palissade.

Une fois le terrain suffisamment reconnu et les obstacles jugés surmontables, le général Collineau, qui commande la 1re brigade du corps expéditionnaire, lance sa colonne d'attaque, composée du 102e de ligne et d'un bataillon d'infanterie de marine, placé en soutien.

Une compagnie de voltigeurs du 102e est déployée en avant de la colonne, suivie par la 4e compagnie du 1er bataillon, à la tête de laquelle marche le colonel O'Malley, commandant le 102e. Derrière, suivent les autres compagnies du bataillon, accompagnées de coolies chinois portant les échelles d'escalade.

Dès qu'il aperçoit nos troupes, l'ennemi commence aussitôt contre elles un feu violent de mousqueterie qui couvre de projectiles le terrain découvert que nos soldats ont à parcourir. Ceux-ci, ne ralentissant en rien leur allure, parviennent aux fossés qu'ils franchissent, puis débouchent sur le terre-plein dont ils brisent les palissades de bambous, appliquant les échelles au rempart.

Alors, s'engage une lutte acharnée. Les soldats tartares et chinois se défendent en désespérés ; ils accablent les assaillants d'une nuée de flèches et cherchent à percer, de leurs longues piques, ceux des nôtres qui apparaissent au sommet des échelles, ou à les écraser, en faisant rouler sur eux d'énormes boulets de fonte. Une lutte corps à corps s'engage, un à un les braves soldats du 102e montent aux échelles, la baïonnette en avant. Les officiers qui ont donné les premiers l'exemple du courage et de l'énergie, sont presque tous mis hors-de-combat. Le lieutenant Grandperrier, des voltigeurs du 102e, est frappé à mort, en tête de sa compagnie qui compte, elle-même, 62 hommes tués ou blessés.

Enfin, l'aigle du 102ᵉ flotte sur les murailles. Elle a été plantée par le tambour Fauchard, de la 4ᵉ compagnie du 1ᵉʳ bataillon, arrivé l'un des premiers au sommet. Le colonel O'Malley entraîne ensuite ses soldats dans l'ouvrage, appuyés en seconde ligne par les fantassins de l'infanterie de marine. Là, un nouveau et terrible combat s'engage, l'ennemi défendant, pied à pied et avec un acharnement incroyable, sa position. Cependant, il est peu à peu refoulé par nos fantassins, et finalement rejeté hors de l'ouvrage. L'action se trouve alors terminée à notre avantage. Elle a été chaude, du reste, et nos pertes sont sérieuses. Le lieutenant Grandperrier a été tué ; les lieutenants Balme et Porte, l'adjudant Lunet ont été grièvement blessés. Sur les 8 officiers des deux compagnies du 102ᵉ, qui formaient la tête de la colonne d'attaque, 2 seulement ont été épargnés par le feu, et sur les 400 hommes qui ont pris part à cette lutte, 140 ont été mis hors de combat, c'est-à-dire plus du tiers.

BATAILLE DE PALIKAO

(21 septembre 1860)

Figure sous les drapeaux et étendards des 101ᵉ de ligne ; 10ᵉ, 14ᵉ d'artillerie et 3ᵉ d'infanterie coloniale (ex-de marine).

A la nouvelle de l'assassinat des membres de la commission anglo-française, réunis à Tung-Chaou pour la conclusion de la paix, le général Cousin-Montauban prend la résolution de marcher directement sur Pékin, se disant que là seulement finirait l'odieuse et cruelle comédie des diplomates chinois.

Les 19 et 20 septembre, des reconnaissances sont envoyées en avant de la position qu'occupe l'armée alliée près de la ville de Chang-Kia-Wan. Ces reconnaissances signalent la présence d'une formidable armée, composée de Tartares, sous les ordres du chef mogol Sang-Ko-Li-Sin. Cette armée est rassemblée au-dessus de Tang-Chaou, et s'est placée à cheval, sur la grande route de Pékin, dans la vaste plaine qui s'étend en avant du canal, depuis Tang-Chaou jusqu'au port de Palikao.

Le 21 septembre, dès les premiers rayons de soleil, l'armée alliée est debout. Le 101e marche droit vers le pont de marbre. Enhardis par notre notoire infériorité numérique, près de 20.000 cavaliers tartares, dont les mouvements nous sont cachés par des massifs d'arbres, s'ébranlent tout à coup en poussant des cris de sauvages pour s'exciter au combat. Ils brandissent leurs armes, arcs et lances, en se courbant sur leurs chevaux dont ils déchirent les flancs de leurs éperons aigus.

Le danger est sérieux pour notre poignée d'hommes. Il faut se resserrer pour briser dans son élan cette charge impétueuse. Le 101e, sur l'ordre du colonel Pouget, son chef, se forme aussitôt en carré et attend l'ennemi avec calme et sang-froid. Le général Collineau s'est placé au centre de ce carré, exhortant les hommes et leur faisant pénétrer dans le cœur, l'ardeur et l'intrépidité qui l'animent.

Les cavaliers tartares arrivent alors. Cet ouragan

humain déborde un instant toute notre ligne de bataille. Mais, soudain, le front du 101ᵉ s'illumine d'éclairs ; une formidable détonation retentit et des feux de salve, bien dirigés à courte distance, viennent briser l'élan de cette cavalerie. En même temps, les obus de nos batteries, bien dirigés, creusent de sanglants sillons dans ces masses tumultueuses et désordonnées,

En vain, les chefs tartares s'élancent de nouveau avec une grande intrépidité jusque sur les baïonnettes de nos soldats. Les balles de nos fantassins les renversent, eux et leurs chevaux. Devant cette résistance inattendue, les escadrons ennemis, désunis, morcelés, désemparés, ne continuent plus le combat. Impassibles, ils demeurent longtemps sous le feu qui les décime, puis finissent par se retirer lentement, emportant dans leur retraite, leurs morts et leurs blessés.

Cette retraite fut déterminée surtout par l'heureuse initiative d'un jeune capitaine d'artillerie, déjà cité et décoré pour faits de guerre en Crimée et en Italie, le capitaine Jamont, qui fut généralissime de notre armée, de 1898 à 1900.

En effet, voyant quel danger couraient nos fantassins, menacés de sombrer sous les flots pressés de la cavalerie tartare, cet officier avait porté sur une petite éminence la batterie qu'il commandait, et fait prendre d'écharpe par ses pièces, les innombrables escadrons ennemis. En un clin d'œil, il couvrait de ses obus, cette masse équestre et semait dans ses rangs le plus affreux désordre, que portaient à son comble les feux intenses et bien dirigés de notre infanterie. Le capitaine Jamont fut cité à l'ordre du

corps expéditionnaire et promu officier de la Légion
d'honneur.

C'est alors qu'électrisées par ce premier succès, nos
troupes, voyant se retirer devant elles cette cavalerie si
nombreuse, se lancent au pas de course sur un grand
village barricadé et fortement défendu par l'infanterie
chinoise. Le 101ᵉ y entre, la baïonnette en avant, renver-
sant tout ce qui s'oppose à sa marche, puis il se dirige
vers le pont de marbre, dit pont de Palikao, où le général Sang-Ko-Li-Sin a déployé sa bannière de commandement. C'est le dernier obstacle qu'il faut franchir pour
marcher victorieusement sur Pékin.

Pendant que le 101ᵉ s'avance vers le pont, suivi du
2ᵉ bataillon de chasseurs et d'un bataillon d'infanterie de
marine, les batteries des 10ᵉ et 14ᵉ régiments, pour protéger la marche de ces troupes, prennent le pont en enfilade,
dirigeant le feu de leurs canons de gros calibre sur les
pièces ennemies qui en défendent les abords.

Au milieu de ce pont, exposé aux projectiles qui
tombent de toutes parts, un chef tartare encourage les
défenseurs en agitant la grande bannière jaune du généralissime chinois. Autour de cet intrépide ennemi, le
marbre des parapets vole en éclats et nos obus abattent
des rangs entiers de fantassins ennemis. Le pont et ses
abords finissent par être couverts de blessés et de morts.
Ces guerriers inhabiles, mais hardis, combattent énergiquement, ne se laissant nullement effrayer par la mort
qui s'abat sans relâche parmi eux ; pas un ne bouge, pas
un ne recule. C'est l'élite de l'armée qui se dévoue pour
couvrir la retraite.

Le feu de l'ennemi faiblit enfin. Nos boulets ont tué

presque tous ses canonniers sur leurs pièces. Un de nos derniers projectiles renverse mort l'audacieux officier tartare qui lâche la bannière qu'il brandissait si courageusement. Le général Collineau forme alors une colonne d'attaque dont il prend la tête, et, à son commandement, cette colonne s'ébranle aux cris mille fois répétés de : « Vive la France ! »

En un instant, le pont de marbre est envahi, nos soldats, enjambant morts et blessés, désorganisent dans un furieux élan les forces éparses des Chinois et des Tartares qui, poussés, la baïonnette dans les reins, s'enfuient dans le plus grand désordre, sur la route de Pékin.

Dans ce combat acharné qui a duré de 7 heures du matin à midi, l'armée impériale chinoise avait perdu plus de 3.000 hommes, tués ou blessés. De notre côté, il n'y avait que 20 hommes hors de combat, dont 3 tués.

Le 6 octobre, nos troupes s'emparaient du Palais d'Été de l'empereur de Chine qu'elles mettent au pillage et livrent aux flammes, en représailles du massacre de la mission anglo-française, à Tung-Chaou.

Le 24 suivant, à 9 heures du matin, le général Cousin-Montauban, précédé et suivi des 101e et 102e de ligne, entrait triomphalement dans Pékin. Il était, peu de temps après, et par décret impérial, fait comte de Palikao, en récompense de la brillante façon dont il avait conduit cette courte et étonnante campagne, où 10.000 Français avaient battu plus de 100.000 ennemis, et étaient entrés victorieusement dans leur capitale.

Le 2 novembre suivant, l'empereur de Chine signait un traité de paix, par lequel la Chine faisait des excuses pour le massacre de Tung-Chaou, et était condamnée à

payer 8 millions de taëls (soit 60.000.000 de notre mon-
naie) à la France et à l'Angleterre. Tien-Tsin, Tung-Chaou
et la côte nord du Tchan-Toung devaient être occupées
par les alliés jusqu'au paiement intégral de l'indemnité.

COCHINCHINE

(1860-1862)

Les inscriptions concernant cette campagne figurent sous les
noms de KI-HOA sur les drapeaux des 1er, 3e, 4e régiments, d'infanterie coloniale, et de SAIGON sur ceux des 2e et 4e régiments
d'infanterie coloniale (ex-de marine).

C'est en 1859 que l'expédition franco-espagnole, dirigée
par l'amiral Rigault de Genouilly, commença la conquête
de la Basse-Cochinchine. Elle fut due à une décision de
l'amiral qui, ne pouvant entrer dans la rivière de Tourane,
après la prise de la presqu'île de ce nom, résolut d'attaquer ailleurs les Annamites.

Le 10 février 1859, il se présenta devant le mouillage du
cap Saint-Jacques et détruisit les deux forts qui le couvraient. Puis, il remonta le Dong-Naï, se dirigeant vers
Saïgon, jadis capitale de Gia-Long. Il enleva successivement les forts qui gardaient la route, Cangio, Ong-Gia,
Cha La, Tay-Ray, Tang-Ki et, le 15 février, parut devant
Saïgon : le lendemain, les forts étaient pris ; le surlendemain, la citadelle était enlevée d'assaut ; on y prit
200 bouches à feu, des vivres pour 8.000 hommes pendant
un an, des quantités considérables de munitions. La guerre

continua ensuite du côté de Tourane et on négligea alors
la Basse-Cochinchine. Mais la diversion créée par l'expédition de Chine, dont nous venons de retracer les diverses
phases, ayant affaibli notre corps expéditionnaire d'Annam, nous dûmes évacuer Tourane le 23 mars 1860. Le
contre-amiral Page se concentra à Saïgon où il laissa le
capitaine de vaisseau d'Ariès avec 800 Français et 200 Espagnols. Il s'y fortifia, couvrant la ville voisine de Cho-
lon. L'ennemi se retrancha à Ki-Hoa, à 4 kilomètres
au nord de Saïgon, et bloqua la garnison de Saïgon qui
resta six mois isolée et privée de nouvelles, mais se
défendit victorieusement. Quand l'expédition de Chine
fut terminée, les renforts arrivèrent, commandés par
l'amiral Charner. Le 25 février 1861, les lignes de Ki-Hoa
furent prises après un sanglant combat. L'amiral Page
remonta le Dong-Naï, refoulant les Annamites. La province de Saïgon fut conquise. Le 12 avril, nos soldats
s'emparent de Mytho. En décembre, le contre-amiral
Bonnard prend Bien-Hoa et Baria. Ayant réduit le pays
entre Saïgon et l'Annam, il se tourna vers l'ouest et
s'empara de Vinh-Long sur le Mékong, le 23 mars 1862.
Un coup de main tenté sur Saïgon par des insoumis échoua
et le 5 juin 1862, l'empereur d'Annam, Tu-Duc, concluait
le traité de Saïgon par lequel il cédait à la France, en
toute souveraineté, les trois provinces de Bien-Hoa, de
Saïgon et de Mytho.

Une insurrection dirigée par le mandarin Quan-Dinh
ayant été comprimée, Tu-Duc se décida à ratifier le traité
précédent (14 août 1862). Les contingents espagnols qui
nous avaient prêté leur appui, se rembarquèrent ainsi que
les troupes d'infanterie de terre (1er bataillon du 101e de

ligne et 2ᵉ bataillon de chasseurs à pied). Ces derniers
furent rapatriés. La France possédait le premier fragment
de son importante colonie d'Indo-Chine.

Durant les années qui suivirent, nous eûmes encore à
lutter contre plusieurs insurrections fomentées par les
Annamites et même par les Cambodgiens ; quelques
postes furent enlevés. Jamais, d'ailleurs, notre domination
ne fut mise en péril et l'organisation qui a été donnée à la
Basse-Cochinchine, par l'amiral de la Grandière, successeur du contre-amiral Page, a assuré la sécurité de cette
possession où, en 1879, le régime actuel y était établi et
inauguré par M. Lemyre de Villers.

VIII

GUERRE DU MEXIQUE
(1862-1867)

Nous n'entrerons pas dans le détail de cette longue, inutile et coûteuse campagne, dont le récit exigerait un volume entier. Nous nous contenterons d'en retracer sommairement les grandes lignes et de décrire les actions glorieuses qui figurent sur les drapeaux des régiments ayant pris part à cette lointaine expédition.

Pendant la guerre civile qui déchirait depuis longtemps le Mexique, des Français, des Anglais et des Espagnols avaient été pillés et maltraités. En outre, Juarez, président de la République mexicaine, avait manqué à toutes ses promesses de dédommagement, comme à toutes les convenances diplomatiques.

Le 31 octobre 1861, la France, l'Angleterre et l'Espagne firent alliance pour exiger des indemnités, en faveur de leurs nationaux auxquels on avait causé des dommages. Le gouvernement français voulait, en outre, faire rembourser les créances d'un banquier genevois, nommé Jecker, qui avait su intéresser à sa cause le duc de Morny.

Une triple escadre vint occuper Vera-Cruz. Juarez ouvrit alors des négociations, mais la France refusa de traiter avec lui. C'est à ce moment, et sur le refus de notre gouvernement d'entendre les justifications du gouvernement mexicain, que l'Angleterre et l'Espagne se retirèrent et nous laissèrent engager, seuls, une expédition pleine de séduisantes promesses, mais que la réalité devait rendre promptement illusoires.

Le 5 mai 1862, le général de Lorencez — qui a le commandement d'un petit corps expéditionnaire comprenant seulement 2 bataillons du 99ᵉ, 2 bataillons du 2ᵉ zouaves, le 1ᵉʳ bataillon de chasseurs, 1 bataillon d'infanterie de marine et 3 batteries d'artillerie, dont 1 de montagne — arrivait devant Puebla dont il croyait l'attaque facile. Il y subit un sérieux échec et dut se replier sur Orizaba, sa base d'opérations.

Une expédition plus sérieuse est organisée. Une armée de 30.000 hommes, placée sous les ordres du général Forey, va mettre le siège devant Puebla, dont elle s'empare, après deux mois de luttes souvent sanglantes et meurtrières, du 16 mars au 18 mai 1863.

Le 7 juin suivant, nous entrons dans Mexico. Juarez, auquel les Mexicains ont donné la dictature, se refuse plus que jamais à reconnaître notre intervention et organise, partout où il le peut, une résistance acharnée.

Le 10 avril 1864, l'archiduc Maximilien d'Autriche est nommé empereur du Mexique par une junte mexicaine ralliée à notre cause, et vient prendre possession de ses fonctions souveraines.

Au mois d'octobre précédent, le général Forey, nommé maréchal de France, après la prise de Puebla et de Mexico, était rentré en France, laissant le commandement en chef du corps expéditionnaire au général

Bazaine. Pour maintenir Maximilien, que les Mexicains ne veulent pas reconnaître, notre armée est obligée de soutenir une guerre continuelle et impitoyable de guérillas contre les populations insurgées, sous un climat meurtrier. Elle éprouve beaucoup de pertes. Le 9 février 1865, Bazaine, devenu maréchal, s'empare d'Oajaca.

En 1867, à la suite de l'intervention des États-Unis, la France abandonne Maximilien qui, bloqué dans Queretaro, est pris et fusillé par les républicains, le 19 juin. Juarez, rentré à Mexico, est réélu président.

La France avait envoyé au Mexique 38.493 hommes. Elle en a perdu 6.654, morts par le feu ou la maladie, d'après les chiffres officiels. C'est un minimum. Il faut ajouter 2.017 marins morts ou disparus.

Voici maintenant les batailles, combats et sièges dont les noms sont inscrits sur les drapeaux des régiments qui prirent part à cette guerre, si péremptoirement inutile, et qui sembla sonner le glas funèbre des deux funestes années 1870 et 1871 qui allaient la suivre de si près.

COMBAT D'ACULCINGO

(18 mai 1862)

Figure sur le drapeau du 99ᵉ de ligne

Le 18 mai 1862, dans le mouvement de retraite sur Orizaba, qui avait eu lieu après l'infructueuse attaque sur Puebla, le 5 mai précédent, le 99ᵉ de ligne avait été laissé au village de Del-Ingenio pour couvrir Orizaba. Vers

2 heures du soir, le 2ᵉ bataillon, sous les ordres du commandant Lefebvre, se porta rapidement au secours de la cavalerie mexicaine, du général Marquez, notre allié, dont l'ennemi empêchait la jonction avec le corps expéditionnaire. Ce bataillon, arrivé d'Aculcingo vers 5 heures du soir, attaqua résolument les 6.000 Mexicains qui occupaient de fortes positions, donna l'assaut avec la plus grande intrépidité et ne tarda pas à les mettre en pleine déroute. 1.200 prisonniers, des armes nombreuses, un drapeau pris par le sergent de grenadiers Picarant, furent les trophées de ce combat, dans lequel le 2ᵉ bataillon du 99ᵉ s'était admirablement conduit. En récompense de la façon vigoureuse dont il avait mené sa troupe, le commandant Lefebvre fut promu lieutenant-colonel, le sergent Picarant reçut la croix de la Légion d'honneur, et le drapeau fut décoré du même ordre. Les insignes lui furent remises par son ancien colonel, le général Lhériller, le 3 avril 1864, à Aguas-Calientes.

Mais c'est le 15 juin 1862 que le 99ᵉ accomplit une action d'éclat : le combat du Cerro-Borrego. C'est un des épisodes les plus glorieux de ces cinq années de luttes continuelles et de combats ininterrompus; aussi, bien que cette action ne figure pas dans les plis soyeux du drapeau du 99ᵉ, nous ne saurions la passer sous silence, car elle est de celles qui sont, pour notre armée contemporaine, un de ses titres les plus superbes et les plus dignes de passer à la postérité.

Quelques jours après le combat d'Aculcingo, dans la nuit du 14 au 15 juin, le colonel Lhériller, commandant le 99ᵉ, fut informé qu'une partie de l'armée mexicaine, commandée par le général Ortéga, se dirigeait sur la montagne du Borrego, qui domine Orizaba à l'ouest, et dont la possession par les Mexicains allait rendre la défense impossible.

Le colonel donna à minuit l'ordre à la 3ᵉ compagnie du 1ᵉʳ bataillon, commandée par le capitaine Détrie, de gagner les hauteurs du Cerro-Borrego avant l'arrivée de l'ennemi.

A 1 h. 1/2, cette compagnie, après avoir vaincu les plus grandes difficultés, atteignit les premières crêtes ; son avant-garde fut reçue par une vive fusillade de l'ennemi.

Le capitaine Détrie rallie aussitôt ses hommes et s'élance sur l'ennemi avec la plus grande vigueur, afin de ne pas lui laisser le temps de se reconnaître et, surtout, de s'apercevoir du petit nombre d'adversaires qu'il a devant lui. Ébranlés par la vigueur de l'attaque, les Mexicains fuient en désordre et vont se reformer à quelque distance, à l'abri d'épais fourrés.

Le capitaine Détrie fait alors coucher ses hommes et continuer le feu en attendant des renforts. La 2ᵉ compagnie, commandée par le capitaine Leclerc qui a entendu les coups de feu, se porte en soutien de la 3ᵉ et l'ennemi, attaqué avec une belle vigueur, lâche pied devant l'audace des assaillants. Culbuté au bas de la montagne, il se retire, abandonnant ses morts, ses blessés et laissant entre nos mains 4 canons, 3 fanions, un nombre considérable d'armes et 60 prisonniers. Il avait hors de combat plus de 200 hommes.

Cent vingt Français venaient de chasser 2.000 Mexicains d'une position réputée jusqu'alors inaccessible. Les deux compagnies eurent de leur côté 4 officiers blessés, 5 soldats tués et 14 blessés. Le capitaine Détrie, premier auteur de ce glorieux fait d'armes, fut porté à l'ordre de l'armée et promu chef de bataillon; il y avait à peine quelque jours qu'il était capitaine. Il fit depuis une brillante carrière et il y a quelques années il prenait sa retraite comme général de division et grand officier de Légion d'honneur.

Il est fâcheux que le drapeau du 99ᵉ ne soit pas enrichi du souvenir de cette mémorable action qui est restée, comme Mazagran, comme Sidi-Brahim, comme Beni-Mered, comme Camerone, comme Fou-Tchéou, comme Tuyen-Quan, légendaire dans les fastes de notre armée.

COMBAT DE CAMERONE

(30 avril 1863)

Figure sur les drapeaux des 1ᵉʳ et 2ᵉ régiments de la Légion étrangère

C'est comme Sidi-Brahim, c'est comme Mazagran, c'est comme Tuyen-Quan, une page superbe d'héroïsme et d'abnégation que ce combat de Camerone, où une compagnie de la Légion étrangère, commandée par le capitaine Danjou, s'illustre en soutenant un combat de plus de neuf heures, contre un corps mexicain fort de 1.500 fantassins et de 800 cavaliers.

Nous trouvons dans un numéro de la *Revue des Deux-Mondes*, du 15 avril 1896, une relation de cette belle

action, signée par le regretté colonel de Villebois-
Mareuil, qui commanda pendant deux ans, de 1894 à
1896, le 1er régiment étranger. Ce récit, émanant d'un
écrivain aussi distingué et d'un officier aussi éminent, est
d'autant plus intéressant qu'il a été écrit par un chef
sachant apprécier les légionnaires à leur juste valeur.

« Il eût été vraiment dommage de priver la Légion de
l'immortalité de Camerone et les fastes de l'armée française
d'un des plus brillants faits d'armes qu'on ait dressés à sa
gloire. L'histoire en est inoubliable. C'est le 30 avril 1863
que le capitaine Danjou et les sous-lieutenants Vilain et
Maudet, à la tête de la 3e compagnie du 1er bataillon,
forte de 62 hommes, se rendirent au-devant de deux
convois venant de la Vera-Cruz. L'on partit à 1 heure
du matin; à Palo-Verde on s'arrêta pour le café. Tout à
coup, la plaine se peuple de cavaliers mexicains; l'air
manque autour du détachement : on renverse les marmites
et on se dirige sur le village de Camerone. Il est fouillé,
dépassé, mais la route est barrée, les assaillants sortent
de toutes parts. Le carré est formé; le feu de face a raison
de la charge; on profite d'un répit pour escalader un talus
et gagner un peu de champ. Une seconde charge est
encore repoussée. Alors, fonçant à leur tour, les légionnaires font une trouée et gagnent une maison isolée, con-
tiguë à la route. Attenante à cette maison est une cour
bordée de hangars ouverts, avec deux grandes portes sur
une face. Le capitaine Danjou s'en empare, barricade les
portes, mais ne peut occuper qu'une moitié de la maison;
l'ennemi a déjà pris l'autre. A 9 h. 1/2, le capitaine est
sommé de se rendre; il refuse et le feu continue, furieux.
A 11 heures, le nombre des ennemis ne laisse plus d'illu-

sions; ils sont là plusieurs milliers, on se sent perdu. Danjou fait jurer à ses hommes de se défendre jusqu'à la mort; tous jurent. Quelques instants après, il est tué, et le sous-lieutenant Vilain prend le commandement.

« Vers midi, on entend battre et sonner; est-ce le régiment qui arrive? on se croit un moment sauvé. Non, il ne s'agit que de trois nouveaux bataillons mexicains qui apportent leur appoint aux assiégeants. Des brèches sont percées qui donnent des vues sur toute la cour; la situation devient intenable. A 2 heures, le sous-lieutenant Vilain est tué; le sous-lieutenant Maudet lui succède. La chaleur est accablante, il y a neuf heures qu'on se bat; les hommes n'ont rien mangé depuis la veille; ils chargent et tirent, impassibles, tête nue, la capote ouverte, noirs de poudre, embarrassés dans les cadavres qui encombrent la chambre, silencieux comme des êtres qui vont mourir. L'ennemi met le feu aux hangars, la flamme et la fumée se font intolérables, mais les survivants se cramponnent quand même à leurs créneaux et font feu désespérément. A 5 heures, les Mexicains se concertent, leur chef les exhorte à en finir et ses paroles parviennent jusqu'aux légionnaires, aussitôt traduites par l'un d'entre eux. Ils renouvellent le serment de ne pas se rendre. Alors l'ennemi se rue sur la maison de toutes ses forces, débordant par toutes les ouvertures; les portes cèdent, les rares défenseurs sont pris ou massacrés, la poussée humaine étouffe ces héros. Le sous-lieutenant Maudet lutte encore un quart d'heure, avec cinq légionnaires, au milieu des débris fumants d'un hangar écroulé, puis la dernière cartouche brûlée, tente de se faire jour. Dès qu'il bondit hors de l'abri, tous les fusils le couchent en joue; le légionnaire Cotteau se jette devant son officier, le couvre et roule foudroyé. Maudet reçoit deux balles et tombe. C'est le dernier. Il est 6 heures du soir et le soleil descend sur cette scène de géants qu'il éclaire de ses reflets rougeâtres et sanglants. »

La Légion étrangère venait, dans cette journée, de s'immortaliser et d'inscrire dans son Livre d'Or une page inoubliable, à jamais gravée sur les tablettes de la Postérité.

BATAILLE DE SAN-LORENZO

(8 mai 1863)

Figure sur les drapeaux du 51ᵉ de ligne; du 3ᵉ zouaves; des 1ᵉʳ, 2ᵉ et 3ᵉ tirailleurs algériens.

Cette bataille fut livrée au général mexicain Comonfort, durant le siège de Puebla, le 7 mai 1863. Ce général avait cherché à rompre notre ligne d'investissement autour de cette ville et à faire entrer dans celle-ci des renforts et un important convoi de vivres. Le 4 mai, il avait été repoussé à San-Pablo-del-Monte, mais il avait alors concentré des troupes nombreuses sur les bords de l'Atoyac, entre les villages de San-Francisco et de San-Lorenzo, y faisant exécuter des travaux défensifs très importants.

Le général en chef résolut de déloger l'ennemi de ces positions et de l'éloigner définitivement des approches de Puebla.

Dans ce but, il organisa, le 7 mai, une colonne composée de 4 bataillons d'infanterie, 4 escadrons et une batterie.

La colonne, rassemblée au pont de Mexico (route de Puebla à Mexico) vers la tombée de la nuit, se met en marche à 1 heure du matin, dans la direction de San-Lorenzo. Les zouaves du 3e régiment forment l'avant-garde, et la colonne avance à travers champs, dans le plus grand ordre et le plus grand silence, afin de tromper la vigilance de l'ennemi.

Vers 5 heures, l'avant-garde arrive en vue des hauteurs de San-Lorenzo, et, à la faveur des premières lueurs du jour, les positions de l'ennemi sont promptement reconnues. Les Mexicains occupent une croupe allongée, dans une direction perpendiculaire à l'Atoyac. Au sommet de cette croupe, une ligne continue d'épaulements en terre, garnis d'artillerie, forme une redoute rectangulaire ; l'église de San-Lorenzo, crénelée et mise en état de défense, lui sert de réduit; la redoute est occupée par un fort bataillon de Zapadores.

A droite et à gauche, en dehors de l'ouvrage, une division mexicaine, tout entière, borde la position; elle est protégée par des haies de cactus, des bouquets de bois, des cabanes indiennes et, du côté de la rivière, par d'énormes blocs de rochers. En avant de la batterie, des pentes douces, uniformes et absolument nues, n'offrent aucun abri aux assaillants; de nombreux renforts, dirigés par Comonfort en personne, s'ébranlent sur la rive gauche de l'Atoyac et s'avancent au secours des défenseurs de San-Lorenzo.

La situation est grave, difficile, et impose une action des plus rapides et des plus énergiques.

Parvenue à 800 mètres des lignes mexicaines, la colonne française, malgré le feu de l'artillerie, prend en bon ordre ses dispositions d'attaque et se forme en quatre échelons par bataillons, l'aile gauche en avant, avec l'intention de déborder l'aile droite de l'ennemi et de le rejeter sur l'Atoyac; l'artillerie se place en batterie, entre les deux échelons de droite; la cavalerie se masse sur le flanc gauche de la colonne.

Dans cette disposition, les zouaves sont divisés en deux bataillons de combat, chacun de trois compagnies : l'un, composé des 2e, 3e et 4e compagnies sous les ordres du capitaine du Bessol; l'autre, composé des 5e et 7e compagnies du 1er bataillon et de la 2e du 2e bataillon, sous les ordres du capitaine Rigault; ils forment les deux échelons de droite.

Les zouaves des 1re et 8e compagnies se déploient en tirailleurs, sous le commandement du capitaine Parguès; ils couvrent la tête de la colonne, et auront ainsi l'honneur d'aborder l'ennemi les premiers.

Au signal du général de division, les clairons sonnent la charge; les zouaves, l'arme sur l'épaule droite, s'élancent sous un feu violent d'artillerie et de mousqueterie et attaquent l'ennemi avec un élan irrésistible.

Les tirailleurs du capitaine Parguès, qui couvrent l'échelon de gauche, pénètrent les premiers dans les jardins de San-Lorenzo.

Le bataillon du capitaine Rigault, déployé à 400 mètres des obstacles à enlever, entraîné par son chef, aborde la batterie mexicaine, s'en empare, et chasse les défenseurs de la redoute et de l'église.

Une partie du bataillon se joint même aux tirailleurs

du capitaine Parguès et poursuit l'ennemi jusqu'à l'Atoyac.

Le bataillon du capitaine du Bessol protège d'abord l'artillerie, essuie le feu des pièces ennemies, puis se porte en avant jusqu'au village de San-Lorenzo, et s'y établit solidement, à côté de notre batterie.

A ces vigoureuses attaques, l'infanterie mexicaine oppose, surtout dans l'intérieur du village, une énergique résistance ; des luttes corps à corps s'engagent sur tous les points. Les communications de l'ennemi étant gravement menacées, il se précipite vers les gués de l'Atoyac, dans la direction de San-Francisco. Les zouaves passent la rivière, pêle-mêle avec lui, et le pourchassent jusque dans ses réserves. Il était 11 heures du matin, la déroute de la division mexicaine était complète.

Dans cette dernière phase du combat, de nombreux et brillants faits d'armes se produisent : 2 jeunes officiers du 3e zouaves se distinguent entre tous : le lieutenant Couturier, qui succomba plus tard aux fatigues de ses campagnes, et le sous-lieutenant Saint-Sauveur, qui, sept ans après, trouva une mort glorieuse sur le champ de bataille de Frœschviller.

Ce brillant fait d'armes laisse entre nos mains : 1.000 prisonniers, un gros convoi de ravitaillement, 8 pièces de canon, 2 fanions et 3 drapeaux dont 2 pris par le régiment, l'un par le sous-lieutenant Henry, l'autre par le zouave Stum, qui, quoique blessé, lutte avec un officier mexicain et lui enlève ce trophée.

Nos pertes étaient sérieuses : 60 morts ou blessés, dont 4 officiers. Mais leur sang généreux ne fut pas versé en vain, car Puebla se rendit à discrétion, dix jours après cette victoire, et le drapeau du régiment reçut la croix de la Légion d'honneur.

SIÈGE DE PUEBLA

(mars à mai 1863)

Figure sur les drapeaux et étendards des 81ᵉ, 95ᵉ de ligne ; des 1ᵉʳ et 2ᵉ zouaves ; des 1ᵉʳ et 2ᵉ d'infanterie de marine ; du 12ᵉ chasseurs à cheval ; du 5ᵉ hussards ; des 2ᵉ et 3ᵉ chasseurs d'Afrique ; du 2ᵉ génie ; du 23ᵉ d'artillerie (ex-de la garde impériale) ; des bataillons d'artillerie de forteresse et de l'artillerie de marine.

Dès les premiers jours de mars 1863, le corps expéditionnaire français — comprenant deux divisions d'infanterie, une brigade de cavalerie et un parc de siège considérable, sous les ordres du général Forey — venait investir Puebla.

Le 23 mars au soir, les préparatifs du siège sont terminés, la tranchée est ouverte devant le fort Saint-Xavier, ouvrage très important, dont le réduit est formé par une église et un vaste bâtiment servant de pénitencier.

Le 29 mars, le signal de l'assaut est donné dans la soirée ; les zouaves s'élancent sur les parapets, délogent l'ennemi et occupent le fort Saint-Xavier, ainsi que le pénitencier. Le 1ᵉʳ bataillon est mis à l'ordre de l'armée, pour « l'impassibilité avec laquelle il est resté toute la nuit sous le feu meurtrier de l'artillerie de la place ».

L'enlèvement de ces deux positions importantes nous coûte 35 zouaves blessés.

L'ennemi ne tarda pas à comprendre l'importance des opérations entreprises sur son front sud et tenta des attaques fréquentes de nuit pour gêner les travailleurs et pour se ménager des communications avec l'extérieur.

Dans la nuit du 24 avril notamment, l'hacienda de Santa-Barbara, occupée par la 1re compagnie du 20e bataillon de chasseurs, fut vigoureusement attaquée par des troupes d'infanterie mexicaine, appuyées par l'artillerie de la place. Cette compagnie, forte d'environ 120 hommes, soutint la lutte jusqu'à 4 heures du matin et finit par repousser l'ennemi jusqu'à la garita de Tepozutchile.

Ce ne fut à vrai dire qu'un engagement d'avant-postes sans grande importance ; mais plusieurs militaires du bataillon se distinguèrent par leur énergique attitude.

Le lendemain a lieu l'attaque de vive force, du couvent de Santa-Inès, très solidement défendu. C'est le 3e bataillon du 1er zouaves qui fut chargé de cette mission, et il s'en acquitta avec une valeur et une intrépidité superbes, mais qui devaient se briser contre la solide résistance d'un ennemi nombreux et solidement retranché. Sur un effectif d'à peine 500 hommes, le 3e bataillon du 1er zouaves perdit dans cette journée 190 tués et blessés dont 10 officiers, et 150 zouaves restèrent aux mains des Mexicains.

Mais cette attaque infructueuse ne devait pas arrêter les progrès des assiégeants. Les travaux d'approche se poursuivaient avec activité.

Le 18 mai, à 8 heures du matin, l'ennemi fit une sortie vigoureuse contre la première parallèle qui était à demi achevée.

Il prononça son attaque sur la droite de la parallèle, et était déjà à 5o mètres, des tranchées, lorsque les chasseurs de la 3ᵉ compagnie du 20ᵉ bataillon campés au lieu dit « la Ruine », en avant du moulin de Guadalupe, base des travaux d'approche, accoururent au pas de course, et, prenant l'adversaire en flanc, le forcèrent à battre en retraite en abandonnant un nombre considérable de tués et de blessés. Cette contre-attaque énergique ne nous avait coûté qu'un officier blessé, le sous-lieutenant Demarle.

Dans la journée du 16 mai, le fort fut vigoureusement attaqué par les batteries françaises ; le lendemain, 17 mai 1863, l'ennemi évacuait Puebla sans armes, et l'armée mexicaine se répandait en bandes désordonnées dans le camp français pour se constituer prisonnière.

La prise de Puebla est, dans l'histoire de la guerre du Mexique, l'épisode le plus important. Les corps de l'armée expéditionnaire qui y prirent part furent : les 51ᵉ, 62ᵉ, 81ᵉ, 95ᵉ, 99ᵉ régiments de ligne ; les 1ᵉʳ, 2ᵉ, 3ᵃ zouaves ; les 1ᵉʳ, 7ᵉ, 18ᵉ, 20ᵉ bataillons de chasseurs ; le 12ᵉ chasseurs à cheval ; le 5ᵉ hussards ; les 1ᵉʳ, 2ᵉ et 3ᵉ chasseurs d'Afrique ; des batteries des 10ᵉ, 14ᵉ et 23ᵉ d'artillerie et des compagnies du 2ᵉ génie.

Quelques jours après, le corps expéditionnaire faisait son entrée triomphale dans Mexico qui allait rester le centre de nos opérations, durant les quatre années du séjour de nos troupes au Mexique.

COMBAT DE MATHEHUALA

(17 mai 1864)

Figure sur le drapeau du 62ᵉ de ligne

Le 17 mai 1864, le colonel Aymard est appelé par le
général mexicain Méjia, notre allié, que menace le général juariste Doblado avec 6.000 hommes et 18 canons. Le
colonel Aymard quitte Venado avec 8 compagnies du
62ᵉ, la compagnie franche, un escadron du 3ᵉ chasseurs
d'Afrique, et une batterie, en tout 800 hommes. Après
une marche de 19 lieues en vingt-quatre heures, on arrive
à Matehuala au moment où Doblado débouche dans la
plaine, devant les troupes de Méjia qui acceptent la
bataille, malgré leur infériorité numérique.

Le colonel Aymard forme aussitôt une colonne d'attaque,
avec quatre compagnies appuyées par une section de
montagne; le reste suit en réserve.

La colonne aborde et bouscule la gauche de Doblado,
qui jette sur elle 500 cavaliers de Carbajal. Ceux-ci, arrêtés par le feu d'une compagnie, et chargés à fond par le
peloton de chasseurs d'Afrique — commandé par le lieutenant Rapp — et par un escadron de Méjia, se débandent
et ne reparaissent plus.

La colonne d'attaque avance toujours : Doblado dirige
sur elle le feu de quatre pièces. Nos chasseurs d'Afrique
chargent à nouveau; notre infanterie suit au pas de
course, saute sur les pièces et s'en empare.

L'ennemi s'enfuit en désordre, laissant entre nos mains :
1 drapeau, 18 canons, 800 fusils, 39 officiers, 1.200 soldats et plus de 200.000 cartouches.

IX

CAMPAGNE DE 1870-1871

La guerre malheureuse qui, il y a quarante ans, a enlevé à la France deux de ses plus belles provinces, compte déjà tant d'historiens que nous ne songeons pas à la retracer dans cet ouvrage. Les succès comme les revers qui l'ont signalée sont aujourd'hui suffisamment connus du grand public et, d'ailleurs, aucune de ces batailles n'a été inscrite sur nos drapeaux et étendards actuels. Toutefois, il nous a paru utile, nécessaire même — ne serait-ce qu'à titre d'enseignement et de leçon pour l'avenir — d'en dégager toute la philosophie et la moralité.

Au fond, cette étude, si pénible qu'elle soit, n'est pas sans laisser au cœur un sentiment d'espérance et de consolation. Il est impossible de suivre nos vaillants et malheureux soldats sur les champs de bataille de Frœschwiller, de Borny, de Rézonville, de Saint-Privat de Champigny, de Buzenval, de Loigny, de Bapaume et de Villersexel, sans se sentir pénétré d'une émotion profonde, sans éprouver une réelle fierté pour tant d'héroïsme déployé et pour tant de souffrances si courageusement supportées.

Quand on songe à l'effort sans précédent qu'a fait le

pays pour sauver son honneur, à l'immensité des ressources qu'il a tirées de son sein ravagé, à l'acharnement
désespéré de sa défense, aux souffrances que tous, riches
et pauvres, vieux et jeunes, ont si noblement endu-
rées, on reste surpris d'admiration et on sent grandir
encore son amour pour la Patrie, pour cette terre de
France, si généreuse, si belle, si féconde et si rayonnante,
malgré sa mutilation sacrilège. On oublie les défaillances,
pour ne pas dire les erreurs, de cette néfaste campagne,
pour se livrer sans réserve, sans arrière-pensée à la foi
robuste d'un avenir réparateur.

Depuis cette campagne, on s'est ingénié à découvrir les
causes de notre défaite. La vérité est que ces causes
furent nombreuses, diverses, et proviennent aussi bien
de l'état d'âme de notre pays à la fin du second Empire
qu'au manque complet de préparation militaire préven-
tive.

En effet, la campagne de 1859, en Italie, qui fut très favorable pour nos armes, n'en avait pas moins déjà démontré,
aux observateurs sagaces, l'imperfection de nos rouages
militaires, le décousu de nos opérations et l'insuffisance du
haut commandement. Le bonheur voulut que notre
adversaire fût encore plus au-dessous de sa tâche et la
victoire couronna nos drapeaux.

Cette guerre mit donc le comble à la réputation de bravoure et de solidité de notre armée. Elle flatta l'amour-
propre national et l'on ne pressentit pas que tout le prestige, tout l'éclat de nos victoires n'étaient qu'un tableau
de façade, fort brillant peut-être, mais derrière lequel se
dissimulaient bien des tares, bien des imprévoyances,
bien des fautes. Tous, gouvernants et gouvernés, s'endor-

mirent, sereins et confiants, dans un repos dont le réveil devait être aussi brutal que cruel.

Cependant, un avertissement sérieux nous avait été donné en 1866, lorsque éclata la guerre entre la Prusse et l'Autriche. Faute d'une préparation suffisante, l'empereur Napoléon III ne put jeter l'épée de la France dans la balance et il dut subir, impuissant, l'autonomie de l'empire allemand qui allait constituer, à nos portes, le plus redoutable adversaire que notre armée ait jamais eu à combattre.

Un homme soucieux de la grandeur et de l'avenir du pays, venait pourtant de prendre en mains le ministère de la Guerre. C'était le maréchal Niel qui, pénétré de l'état d'infériorité de la France, déploya la plus grande activité. La loi de 1868, due à son initiative, supprimait l'exonération, rétablissait le remplacement direct, fixait la durée du service à cinq ans dans l'armée active et à quatre ans dans la réserve. Elle instituait, en outre, la garde nationale mobile, dans laquelle étaient versés tous les jeunes gens de vingt à vingt-huit ans inclus, ayant échappé au service actif par leur bon numéro de conscription ou par toute autre cause reconnue valable.

Cette organisation, fruit d'une expérience éclairée, d'un sincère patriotisme et d'une sage prévoyance, devait malheureusement rester lettre morte. Le Parlement refusa au maréchal Niel les crédits nécessaires pour l'armement et l'instruction de la garde nationale mobile, l'accusant de vouloir transformer la France en une vaste caserne, à quoi le maréchal répondit par ce sinistre avertissement : « Prenez garde d'en faire un vaste cimetière ! »

Après sa mort survenue en 1869, ses plans furent pour

ainsi dire abandonnés. Ils demeurèrent sur le papier, et son successeur, le maréchal Lebœuf, ne fit aucun effort pour essayer de les utiliser pratiquement. La seule modification heureuse pour laquelle on avait pu obtenir des crédits du Parlement, était la transformation de l'armement de notre infanterie qui recevait un fusil se chargeant par la culasse : le chassepot. Mais cet armement avait coûté fort cher, il avait nécessité même un emprunt et on recula devant la dépense qu'aurait entraînée la transformation de l'artillerie. L'adoption d'un canon se chargeant également par la culasse, comme celui en usage dans les armées allemandes, fut renvoyée par le comité supérieur de l'artillerie à une époque ultérieure, c'est-à-dire aux calendes grecques ! Ce fut une lourde faute.

De ce fait, l'artillerie française se trouva, en 1870, dans un état d'infériorité notable vis-à-vis de l'artillerie allemande. Il est vrai qu'on s'était flatté de compenser cette infériorité par la mise en service de mitrailleuses ou canons à balles, engin mystérieux, fabriqué en grand secret, et sur lequel l'Empereur et son entourage officieux fondaient, bien à tort, d'illusoires espérances.

Ajoutons enfin que la supériorité militaire de notre futur ennemi ne tenait pas seulement à la supériorité de son matériel d'artillerie, mais bien plus encore à des institutions, à un organisme dont les rouages solides fonctionnaient à merveille.

Nous étions donc dans des conditions absolument désavantageuses quand la guerre éclata. On sait quel en fut le prétexte : la candidature d'un Hohenzollern au trône d'Espagne. Nous ne reviendrons pas sur les circonstances

qui obligèrent, pour ainsi dire, notre gouvernement à jeter
le gant à la Prusse, assurée du concours certain de tous
les États d'Allemagne qui, depuis 1866, rayonnaient servi-
lement dans son orbite. On sait, également, aujourd'hui,
que cette guerre fut voulue par M. de Bismarck et que
toute la responsabilité en retombe sur lui. Son aveu de la
fausse dépêche d'Ems a suffi pour éclairer le monde entier
sur cette question. Notre pays aurait évidemment dû montrer moins d'emballement, moins d'ardeur pour une
guerre où il allait, de gaieté de cœur, au-devant des pires
aventures, mais son excuse se trouvait dans l'ignorance
absolue où il était de notre véritable situation militaire,
que le gouvernement lui cachait avec soin, et aussi dans
l'insolente attitude que la Prusse avait prise vis-à-vis de la
France, dans les questions successives des duchés danois
en 1864, de la guerre avec l'Autriche en 1866, et enfin lors
de la question du Luxembourg en 1867. La coupe était
pleine, la candidature Hohenzollern devait la faire déborder, et le fourbe chancelier allemand avait très habilement manœuvré pour nous forcer à une guerre que réprou-
vaient tous les Français éclairés et compétents.

Ce conflit surprenait non seulement notre armée dans
l'état d'infériorité matériel et numérique que nous venons
d'exposer, mais, ce qui est pis encore, sans qu'aucun
plan de campagne n'ait été étudié par notre grand état-
major. On disait bien, au début des hostilités, que l'empereur Napoléon III, qui venait de prendre le commandement en chef de l'armée, voulait faire franchir le Rhin
près de Strasbourg, et la Sarre vers Sarrebrück, par deux
armées qui se seraient jetées, la première sur Wurtzbourg
pour séparer la Prusse de l'Allemagne du Sud; la seconde

sur Trêves, pour annihiler et bouleverser à la fois la mobilisation et la concentration des forces allemandes.

Certes, le plan — si jamais il exista — était audacieux, seulement il fallait jouer de vitesse pour l'exécuter, ne pas regarder derrière soi, ne pas se préoccuper, comme on le fit, d'une foule de détails secondaires ; il fallait tomber comme la foudre, au milieu des armées allemandes, les surprendre en flagrant délit de formation et leur infliger une retentissante défaite qui aurait eu pour effet immédiat de nous donner comme alliées l'Autriche et l'Italie. Dans ces conditions, le dénouement eût été rapide et tout à l'honneur de nos armes et de notre politique.

Mais l'exécution de ce plan, certainement hardi, était-elle possible ? Les avis sont très partagés à cet égard. Un Condé, un Turenne, un Hoche, un Bonaparte l'eût évidemment tentée, et, en vérité, le revers qui aurait pu en résulter n'eût pas été plus cruellement humiliant pour notre armée que celui qu'elle eut à subir, quelques mois plus tard, à Sedan et à Metz.

Maintenant, reconnaissons-le, Napoléon III, usé, vieilli, souffrant d'une maladie qui ne lui laissait ni trêve, ni repos, n'était guère l'homme d'une pareille entreprise. Ses généraux eux-mêmes l'eussent-ils bien compris, bien secondé ? Il est permis d'en douter, lorsqu'on se reporte aux souvenirs de cette malheureuse campagne et qu'on évoque les bizarres attitudes de Failly, laissant écraser Mac-Mahon à Frœschwiller, et de Bazaine agissant avec autant d'aberration à Forbach, à l'égard de Frossard.

Une seule chose demeure intangible, c'est l'admirable courage de nos soldats qui jamais ne désespérèrent, et qui, jusqu'au dernier jour, donnèrent des preuves du plus complet dévouement, de la plus stoïque abnégation. Ils subirent des défaites qui les honorèrent plus que des victoires, et c'est avec un légitime orgueil qu'on peut citer les noms de Reischoffen, du plateau d'Illy, de Bazeilles, de Saint-Privat où s'immortalisèrent, bien plus encore qu'aux jours heureux, les cuirassiers de la division Bonnemains, les chasseurs d'Afrique du général Margueritte, les marsouins de la division bleue, et les régiments de Canrobert.

Ces souvenirs sont dignes de la plus grande admiration ; ils ont prouvé, mieux que toutes les phrases du monde, que si nos soldats de 1870 avaient eu pour les conduire des généraux jeunes, pleins d'entrain, de vigueur — et surtout de confiance en eux-mêmes — ils eussent certainement inscrit sur leurs drapeaux des noms aussi glorieux que leurs devanciers des grandes épopées de la Première République et du Premier Empire.

CHAPITRE IV

LA CONQUÊTE COLONIALE
SOUS LA TROISIÈME RÉPUBLIQUE

Exposé général

LA CONQUÊTE COLONIALE
SOUS LA TROISIÈME RÉPUBLIQUE

Exposé général

Notre politique d'expansion coloniale, en nous faisant porter les armes dans de lointaines expéditions, donnait à quelques-uns de nos régiments la gloire d'inscrire sur leurs jeunes drapeaux : Extrême-Orient, Dahomey, Tombouctou, Madagascar.

Nous allons, comme nous l'avons fait pour les précédentes campagnes, retracer sommairement, mais aussi clairement que possible, ces diverses expéditions, car les nombreux faits d'armes qui en jalonnent le cours sont de belles et glorieuses pages à ajouter au Livre d'Or de notre Armée et de notre Marine.

Après nos succès de Sontay, de Fou-Tchéou, des îles Formose, remportées par l'amiral Courbet, la France avait reconquis son auréole militaire, si fatalement obscurcie par les funestes revers de la guerre franco-allemande. Depuis, chacune de nos expéditions coloniales a été marquée par d'heureux résultats : Bac-Ninh, Hué, Tuyen-Quan en Indo-Chine ; notre campagne du Dahomey ; Majunga, Andriba, Tananarive à Madagascar ; Tombouctou, Sikasso, la prise de Samory au Soudan ; la superbe odyssée de l'Atlantique au Nil accomplie par le colonel Marchand et ses intrépides compagnons d'armes ; enfin, notre dernière intervention en Chine.

Aussi, ne faut-il pas désespérer de notre généreux pays, si fécond d'intelligence, de bravoure et de dévouement. Il peut avoir ses divisions, ses faiblesses, ses égarements, ses excès, ses éclipses même, toujours il se relève, plus puissant, plus vivace, brillant entre tous les autres peuples, par ses qualités de race, vigoureuses et solides.

Et lorsque nos drapeaux flottent, déroulant dans leurs soyeuses étamines les noms constellés d'or de toutes les contrées du globe, on peut, avec une fierté de bon aloi, déclarer que toutes ces inscriptions constituent un patrimoine de gloire incomparable, un patrimoine indestructible et sacré qui prouve la puissance intellectuelle et physique de notre chère Patrie.

I

TUNISIE
(1881-1883)

Cette campagne ne figure sur aucun drapeau de l'Armée

Nous ne rappelons cette campagne que pour mémoire, car aucun des faits d'armes auxquels elle a donné lieu, la prise de Sfax, de Gabès, de Sousse, l'occupation de Kairouan, la ville sainte, n'a été inscrit sur les drapeaux des régiments qui y prirent part. A notre avis, on on aurait dû, en haut lieu, être moins parcimonieux de gloire.

Certes, les campagnes de Tunisie de 1881, 1882, 1883 n'ont pas été aussi fertiles en actions de guerre que les expéditions multiples de la grande guerre africaine, mais elles ont été plus que de simples promenades militaires et elles ont, en réalité, coûté aux troupes expéditionnaires des pertes suffisamment sensibles pour mériter au moins un souvenir sur quelques drapeaux de notre jeune armée.

Comme il n'y pas de frontières naturelles entre la Tunisie et l'Algérie, la délimitation des territoires réciproques était toujours restée assez vague. De là, des actes fréquents d'incursion, de brigandage et de contrebande, dans la zone frontière, depuis 1870.

Le 31 mars 1881, le général Osmont, commandant le 19° corps d'armée, télégraphie que les Khroumirs, peuplade remuante, habitant l'est de la Tunisie, avaient envahi notre territoire. Des coups de fusils avaient été échangés entre eux et nos tribus, et les troupes avaient dû intervenir. En conséquence, il proposait de demander, au gouvernement tunisien, l'autorisation de châtier nousmêmes les Khroumirs ; en cas de refus du Bey, d'agir immédiatement par terre et par mer.

La réponse de notre gouvernement fut affirmative, celle du Bey également. Le général Forgemol de Bostquenard, commandant alors la division de Constantinople, fut chargé de prendre le commandement d'un corps expéditionnaire, composé de trois divisions, placées sous les ordres des généraux Logerot, Japy et Delebecque, formant un effectif de 25.000 hommes environ.

En raison du mauvais temps, les premiers mouvements de nos colonnes n'eurent lieu que le 24 avril. Le surlendemain, deux brigades rencontrèrent l'ennemi au col de Fejh-Kahla ; elles l'en délogèrent pendant que le général Logerot s'emparait de Kep sans coup férir. De nouveaux combats eurent lieu, les 11 et 14 mai, à la suite desquels les généraux Logerot et Delebecque purent opérer leur jonction sur le sommet des cimes de l'amphithéâtre des montagnes de Ben-Métir.

Le 8 mai, le général Bréart, qui commandait une brigade du corps expéditionnaire, stationnée à Bizerte, reçut l'ordre de quitter cette ville. Le 9, il arrivait au Fondouk à 6 lieues de Tunis ; le 10, le gouvernement lui fit tenir de pleins pouvoirs ; le 12, M. Roustan, notre consul à Tunis, le présenta au Bey qui lui donna connaissance d'un pro-

jet de traité qui fut signé le soir même. Ce traité stipulait :
1° le renouvellement des traités de paix, d'amitié et de
commerce existant entre la République Française et le
Bey ; 2° le droit pour l'autorité militaire de faire occuper
les points qu'elle jugerait nécessaires au rétablissement
de l'ordre, tant sur les frontières que sur le littoral ;
3° l'engagement pour la France de prêter appui au Bey
contre toute atteinte qui menacerait sa personne ou sa
dynastie ; 4° la garantie du gouvernement français pour
l'exécution des traités existants entre la République et
les puissances européennes ; 5° la résidence permanente
auprès du Bey d'un ministre français, chargé de veiller
à l'exécution des traités ; 6° l'obligation pour les agents
diplomatiques et consulaires à l'étranger de protéger les
intérêts et les nationaux tunisiens ; en retour, le Bey
prenait l'engagement de ne conclure aucun acte inter-
national sans l'assentiment de la République Française ;
7° la nécessité de réorganiser les services financiers
de la régence ; 8° l'imposition d'une contribution de
guerre aux tribus insoumises du littoral et de la frontière ; 9° l'obligation pour le Bey de s'opposer à l'in-
troduction d'armes en Algérie par la frontière tuni-
sienne.

C'était, en réalité, l'organisation du protectorat. Les
Italiens, irrités, réclamèrent contre ce traité ainsi que le
sultan Abd-ul-Hamid ; mais leur opposition demeura toute
platonique et la résistance qui suivit, du fait des tribus
tunisiennes, fut beaucoup plus causée par le fanatisme
religieux que par l'intervention occulte de l'Italie et de la
Turquie.

Ce qu'il y a de certain, c'est que les tribus de l'intérieur

de la Tunisie, qui jusqu'alors avaient réussi à se sous-
traire à la perception de l'impôt dû au Bey et au service
militaire régulier, craignaient d'être obligés désormais de
se conformer aux lois, grâce à l'intervention française. Du
reste, la fermentation était aussi causée par l'hésitation
que montrait la France après les succès acquis (1).

La Khroumirie était pacifiée et le pays paraissant tranquille, notre gouvernement crut pouvoir retirer une partie
des troupes d'occupation. Mais à peine cette mesure était-
elle entrée en exécution qu'une insurrection, fomentée
par les marabouts prêchant la guerre sainte, excités qu'ils
étaient par le sultan Abd-ul-Hamid, éclata dans le sud de
la Régence. Le cheik Ali-ben-Khalifa arriva avec des
cavaliers autour de Sfax, l'une des positions les plus
importantes de la Tunisie. Il réussit à convaincre la population de la possibilité de résister aux troupes françaises,
et la sécurité des Européens résidant dans cette ville se
trouva menacée.

Le bombardement de Sfax fut décidé, et il eut pour
effet la prise de cette ville, le 16 juillet, enlevée d'assaut
par les bataillons des 92ᵉ et 93ᵉ de ligne et les compagnies de débarquement des avisos.

Ali-ben-Khalifa se réfugia alors dans le sud, soulevant
le pays compris entre Gabès et la Tripolitaine, pendant
que les Français occupaient Gabès et l'île de Djerba, avant
de châtier les insurgés de l'intérieur.

Dans les premiers jours de septembre, le gouvernement
envoya de nombreux renforts en Tunisie, prélevés sur

---

1. *Précis des Guerres de France (1848-1885)*, par M. Fabre de
Navacelle.

des bataillons pris dans les régiments de la Métropole. Le général Saussier fut mis à la tête du corps expéditionnaire et reçut la mission de marcher sur Kairouan, la ville sainte, en faisant châtier les tribus rebelles par les trois colonnes des généraux Forgemol, Logerot et Étienne. Le premier partit le 16 octobre, le second le 20, le troisième le 22, et il fut convenu qu'on se rejoindrait du 26 au 30 octobre. Le général Étienne entra dans Kairouan le 26 et, le 28, il y fut rejoint par le général Logerot, mais la route que devaient suivre les 1.700 soldats du général Forgemol, était beaucoup plus longue et plus pénible. Les Selas, dont il fallait traverser le territoire montagneux étaient réputés pour leur vaillance. Les mesures furent si bien prises que la colonne du général campait, le 29 octobre, elle aussi, devant Kairouan.

Le général Logerot fut ensuite chargé de réprimer l'insurrection du sud pendant les derniers mois de 1881 ; il exécuta de brillantes courses dans les douars de cette région, mais toutefois sans pouvoir atteindre le fameux Ali-ben-Khalifa qui campait avec ses cavaliers sur le territoire mal défini qui limite la Tripolitaine et la Tunisie. L'action de la colonne française était naturellement éphémère ; et à peine le général Logerot avait-il quitté la région des Sekbas pour revenir vers Sfax, qu'une nouvelle insurrection éclatait. Cependant, M. Cambon, le nouveau résident de France à Tunis, arrivant au commencement de 1882 avec les pleins pouvoirs du gouvernement, fit immédiatement activer la soumission. Des colonnes sillonnèrent la Tunisie dans tous les sens et soumirent successivement toutes les tribus dissidentes. Des postes militaires et des camps furent établis sur l'ensemble du territoire et à proximité des peuplades les plus remuantes. En moins d'un an, le pays était complètement pacifié.

On sait qu'il est aujourd'hui en pleine prospérité et que notre protectorat, réalisant toutes ses promesses, a donné à la Tunisie la confiance en son avenir et en ses destinées.

II

ANNAM ET TONKIN
(1883-1885)

Figure sur les drapeaux et étendards des 23ᵉ, 111ᵉ, 143ᵉ de ligne;
des chasseurs à pied; des 1ᵉʳ, 2ᵉ, 3ᵉ zouaves ; des 1ᵉʳ, 3ᵉ tirailleurs
algériens; des 1ᵉʳ, 2ᵉ étranger; du 1ᵉʳ chasseurs d'Afrique; des
1ᵉʳ, 2ᵉ, 3ᵉ spahis; des 1ᵉʳ, 12ᵉ, 13ᵉ, 16ᵉ, 23ᵉ, 24ᵉ, 28ᵉ, 38ᵉ d'artillerie;
des ex-1ᵉʳ et 2ᵉ d'artillerie-pontonniers; des 1ᵉʳ, 2ᵉ, 3ᵉ, 4ᵉ génie ;
du train des équipages ; des 1ᵉʳ, 2ᵉ, 3ᵉ, 4ᵉ régiments d'infanterie
coloniale (ex-de marine); du 1ᵉʳ d'artillerie coloniale (ex-de
marine).

Au commencement de l'année 1882, notre protectorat
en Annam et notre possession du Tonkin, grâce aux
menées de la Chine qui intriguaient sourdement contre
nous, étaient le théâtre d'insurrections partielles, menaçant notre influence et surtout l'existence de nos nationaux.

M. Lemyre de Villers, qui était alors gouverneur de
l'Indo-Chine, à Saïgon, devant l'attitude hostile des mandarins annamites, envoya des troupes au Tonkin pour
avoir raison des fauteurs de désordre. Le capitaine de
vaisseau, Henri Rivière, fut chargé du commandement
de ces troupes. Cet officier arriva à Hanoï avec quatre
compagnies d'infanterie de marine, sous les ordres des
commandants Chanu et Berthe de Villers.

Dès le 25 avril suivant, tous les efforts de pacification

ayant échoué, le commandant Rivière résolut d'avoir
recours à la force, et, avec l'aide de l'artillerie de ses
navires, il enlevait la citadelle armée contre lui et en
prenait possession au nom de la France.

Immédiatement après ce fait d'armes, la Chine, levant
le masque, faisait passer la frontière à ses troupes. Mais
des négociations s'entamant à Paris et à Pékin suspen-
daient momentanément les hostilités. Toutefois, sous le
nom de Pavillons Noirs, se groupaient dans l'intérieur
du Tonkin, des forces nombreuses et bien armées, obéissant aux ordres du Céleste Empire et des mandarins
annamites, absolument hostiles à notre occupation.

MORT DU COMMANDANT RIVIÈRE
(19 mai 1883)

Le commandant Rivière marcha, alors, résolument
contre ces nouveaux adversaires, et les chassa successivement des districts de Hang-Hay et Nam-Ding. Hanoï,
pendant son absence, avait été, en revanche, bloquée par
les Pavillons Noirs. Mais, le 16 mai 1883, le commandant
Berthe de Villers, dans une brillante sortie, dégageait la
place et repoussait assez loin l'ennemi.

Trois jours après, le commandant Rivière, qui était de
retour à Hanoï, depuis le 17, voulut, pour donner un peu
d'air à la place, dégager la route de Lao-Kaï, fortement
occupée par les Pavillons noirs. Il dirigea, à cet effet,
le commandant Berthe de Villers par la route directe
et marcha de sa personne sur le pont de San-Giai, dit
Pont-de-Papier. L'ennemi, nombreux et bien armé,

accueillit nos soldats par un feu très nourri et manœu-
vra aussitôt pour les cerner. Il fallut reculer. Dans ce
mouvement de retraite, nous avions laissé une petite
pièce de canon à l'abandon. Le commandant Rivière s'en
étant aperçu, se reporta en avant, suivi de quelques
officiers et fusiliers marins, pour reprendre ce canon. Il
arrivait sur la pièce avec ses compagnons, lorsqu'une
terrible décharge des Pavillons Noirs le renversa mortellement blessé, ainsi que le capitaine d'artillerie Jacquey
et le lieutenant d'infanterie de marine de Brisis. A côté
de ces vaillants officiers, tombaient également les braves
soldats qui les avaient suivis. La petite colonne française,
accablée par le nombre, dut se replier alors en toute
hâte, pour ne pas subir une entière destruction. Un peu
auparavant, le commandant Berthe de Villers avait également été mortellement frappé.

Cette fois, l'opinion se souleva en France et, bon gré,
mal gré, le gouvernement dut donner satisfaction à
l'émotion publique et se décider à relever le défi si inso-
lemment porté à la France par les Célestes.

OCCUPATION DE HUÉ. — PRISE DE SONTAY
(août-décembre 1883)

Le 25 juin 1883, l'amiral Courbet, commandant nos
forces navales d'Extrême-Orient, était chargé du commandement général des forces de terre et de mer, destinées à opérer en Indo-Chine. Les renforts envoyés de

France allaient porter notre corps d'occupation du
Tonkin de 3.000 à 10.000 hommes. Dans ces renforts
figuraient, outre les éléments d'infanterie de marine et
de fusiliers marins, 4 régiments de marche : 1 d'infanterie
de ligne composé de 3 bataillons, formé par 1 bataillon
des 23e, 111e et 143e de ligne ; 1 de Légion étrangère
constitué avec des bataillons pris dans les 1er et 2e régiments ; 1 de zouaves composé de 3 bataillons, appartenant,
à raison d'un par régiment, aux 1er, 2e et 3e zouaves ;
enfin 1 de tirailleurs algériens, formé avec des éléments
empruntés aux 1er et 3e régiments de cette arme. La cavalerie était représentée par un peloton du 1er chasseurs
d'Afrique ; l'artillerie par des batteries, fournies par les
12e, 13e, 23e, 24e et 38e d'artillerie.

A son arrivée au Tonkin, l'amiral Courbet jugea qu'il
était nécessaire, avant tout, d'opérer une diversion sur
Hué, capitale de l'Annam, résidence du gouvernement
et de la cour. En conséquence, le 18 août 1883, à 8 heures
du matin, toute l'escadre française, après avoir pris sa
ligne de combat contre les forts de Thuan-An, qui
défendent l'accès de la rivière de Hué, commença, sur
l'ordre de l'amiral, un feu terrible sur ces deux forts.

Pendant ce bombardement, sous la protection des
canons de la flotte, nos troupes de débarquement
mettaient le pied sur le rivage, et sans laisser, aux
défenseurs surpris, le temps de se reconnaître, elles enle-
vaient à l'assaut les ouvrages protégeant l'entrée de la
passe.

Cette brillante et rapide action mettait à notre merci
la capitale de l'Annam et frappait de terreur le souverain
et la cour annamite. Cinq jours après, le 23 août 1883, la

paix était signée à Hué. Du côté de l'Annam, nous étions donc momentanément tranquilles. Mais, au Tonkin, la situation avait pris un caractère nettement alarmant.

Des combats heureux pour nos armes avaient bien été livrés les 18 août et 1er septembre contre les Pavillons Noirs; malheureusement, comme il arrive presque toujours lorsque la direction n'est pas unique, des dissentiments avaient éclaté entre le général Bouët, commandant au Tonkin et le résident civil résidant à Hué, celui-ci demanda et obtint son rappel en France. L'amiral Courbet fut alors définitivement confirmé dans le commandement suprême et prit aussitôt la direction générale des opérations militaires.

Au mois de décembre 1883, les troupes empruntées à la Métropole et à l'Algérie arrivaient à destination. Le corps expéditionnaire présentait donc, comme nous l'avons indiqué précédemment, un effectif de 10.000 hommes, auquel s'ajoutaient 3.000 tirailleurs tonkinois, constitués en deux régiments.

Ces forces étaient suffisantes pour que l'amiral Courbet entreprît une action offensive sérieuse contre les Pavillons Noirs, et déjouât leurs entreprises hardies et réitérées, entreprises qui croissaient en audace de jour en jour, en raison de notre inaction forcée.

Le quartier général des dissidents chinois était établi à Sontay, ville fortifiée, située à la tête du delta du fleuve Rouge. Cette place, par sa situation exceptionnelle, constituait pour ces bandes d'écumeurs, de pirates, rebut de l'armée et de la marine chinoises, une position stratégique et défensive de premier ordre qui semblait défier toute opération militaire de notre part.

Le 10 décembre 1883, l'amiral Courbet quittait Hanoï, où il résidait depuis son expédition contre Hué. Il était à la tête de 7.000 hommes, appartenant aux armes les plus diverses : soldats d'infanterie de marine, fusiliers marins, tirailleurs annamites et tonkinois, légionnaires, turcos, etc., etc., tous pleins d'entrain et d'ardeur.

Deux colonnes devaient aborder Sontay. Le colonel Bichot, de l'infanterie de marine, commandait la première. Celle-ci, embarquée sur le fleuve Rouge, puis transportée au delà du Day, devait être mise à terre à 6 kilomètres en aval de Sontay.

La seconde colonne, sous les ordres du colonel Belin, également de l'infanterie de marine, s'avançait sur la digue reliant Hanoï à Sontay.

Le 14, les deux corps se mettent en mouvement, sous le commandement supérieur de l'amiral. Bientôt, ils se trouvent en présence des formidables retranchements élevés par les Pavillons Noirs, dont les forts de Phu-Sa et de Phu-Ni complétaient l'importante défense.

La clef de la position était le fort de Phu-Sa, servant de tête de ligne à la forteresse de Sontay. C'est sur son front que l'amiral décidait de concentrer la première attaque.

A 8 heures du matin, le signal de l'action est donné par un coup de canon. La lutte commence alors, à la fois, sur le fleuve par les canonnières qui battent les retranchements de leurs boulets, et sur les rives par les troupes de débarquement qui s'élancent sur les ouvrages avec un superbe entrain.

Les lignes barricadées qui sont en avant de Phu-Sa sont enlevées, malgré une fusillade des plus meurtrière, le fortin tombe aussi entre les mains de nos braves soldats, mais après ce premier succès, ceux-ci rencontrent de nouveaux obstacles. Ils vont, en effet, se heurter à une ligne de formidables barricades, derrière lesquelles les Pavillons Noirs font une tenace résistance, et, à deux reprises différentes, les nôtres donnent l'assaut. Ce n'est qu'à la troisième attaque que les Chinois lâchent prise, après une défense acharnée.

La plupart des ouvrages avancés de la citadelle de Sontay sont enlevés, mais elle, demeure intacte. Il est d'ailleurs trop tard pour que les troupes qui ont combattu toute la journée reprennent le combat. Sur l'ordre de l'amiral, la lutte cesse, mais, voulant assurer la défense et le repos du corps expéditionnaire, il fait avancer quatre canons qui commencent sur la forteresse un feu violent et continu.

Pendant la nuit, un terrible retour offensif des Pavillons Noirs a lieu. Il est énergiquement repoussé par nos soldats qui les obligent, la baïonnette dans les reins, à évacuer tous les ouvrages extérieurs et à se renfermer dans l'enceinte de Sontay.

Le 15, au matin, l'amiral constate que la ligne de retranchements qui s'étend de Phu-Sa à Phu-Ni est entièrement abandonnée. Cependant, il laisse reposer ses troupes, fait occuper les positions conquises, enterrer les morts, et prépare la suprême attaque pour le lendemain.

Le 16, nos soldats s'avancent par un mouvement circulaire sur la citadelle ; c'est sur la porte ouest de l'enceinte que l'amiral Courbet va concentrer tous ses efforts.

A 10 heures du matin, les fusiliers marins et la Légion

étrangère emportent d'assaut une grande pagode, située à 200 mètres de la porte ouest, puis, ensuite, l'action est exclusivement concentrée sur cette porte. Pendant toute l'après-midi, nos pièces ne cessent de battre cette position de ses feux. Enfin, à 5 heures, la Légion étrangère reçoit l'ordre de donner l'assaut pendant qu'une diversion est faite sur la porte nord. L'artillerie cesse son feu, les clairons sonnent la charge et nos braves soldats se précipitent aux cris répétés et enthousiastes de : *Vive la France!...*

Après une lutte très vive, la porte ouest est enlevée, les troupes entrent dans la place et les Chinois abandonnent la ville, se réfugiant dans la citadelle. Nos troupes campent sur la position conquise et la nuit se passe sans alertes.

Le lendemain, l'amiral Courbet se préparait à l'attaque de la citadelle, dernier boulevard de la défense, mais dans la matinée, il apprend par un espion qu'elle a été abandonnée par les Pavillons Noirs, qui ont compris que, désormais, toute résistance était superflue. Il donne l'ordre d'entrer dans le fort. En effet, il était vide de ses défenseurs qui laissaient à nos soldats un important matériel de guerre en canons, fusils de tous calibres, lances, poudre, drapeaux, etc.

Ainsi tombait la plus forte place de guerre des dissidents. Le fameux Luh-Vinh-Phuoc, sorte d'Abd-el-Kader tonkinois, était refoulé sur le haut Song-Koï, battant en retraite sur Hong-Hoâ. Après avoir perdu dans Sontay sa base d'opérations, il découvrait, par son départ, la place de Bac-Ninh, qui devenait alors le second objectif de notre expédition.

Seulement, par suite d'une inexplicable mesure, où la politique joua comme toujours son rôle perfide et néfaste, l'éminent amiral Courbet — qui venait de conduire si bien les opérations militaires — était brusquement remplacé par le général de division Millot, arrivant de France avec de nouveaux renforts empruntés aux régiments de l'intérieur et de l'Algérie. Cet officier général était investi du commandement en chef des forces de terre, alors que l'amiral Courbet, le récent vainqueur de Hué et de Sontay, gardait seulement celui de l'escadre. Les lieutenants du général Millot étaient les généraux Brière de l'Isle et de Négrier, qui prenaient le commandement du corps expéditionnaire.

PRISE DE BAC-NINH, HONG-HOA ET TUYEN-QUAN
(mars à mai 1884)

L'expédition contre Bac-Ninh et Hong-Hoà fut immédiatement résolue, aussitôt la concentration des troupes opérée. Le corps expéditionnaire se dirigea sur Bac-Ninh, en mars 1884. Les dissidents opposèrent à nos efforts une vive résistance. Plusieurs jours se passèrent sans que le général Millot pût venir à bout de la défense vigoureuse de ses adversaires. Enfin, le 12 mars au soir, le général de Négrier, homme d'action s'il en fût, fait appeler le colonel Duchesne (1), qui commandait alors la Légion étrangère,

---

1. Promu général de brigade en 1888, divisionnaire en 1893 et membre du Conseil supérieur de Guerre en 1898.

et lui dit : « Colonel, à la Légion, l'honneur d'entrer la première dans Bac-Ninh ! Prenez ce que vous avez sous la main, je vous fais soutenir, mais il me faut enlever ce soir une des portes de la ville. »

— « Je vais vous obéir, mon général », répondit simplement le colonel Duchesne.

Quelques instants après, le brave officier supérieur, à la tête de ses légionnaires, enlevait d'assaut les ouvrages avancés que les Pavillons Noirs évacuaient successivement sous l'ardente poussée de nos soldats ; puis, ne perdant pas une minute, il poursuivait sa route au pas de charge, à la suite des fuyards, pénétrait avec eux dans Bac-Ninh et allait planter le drapeau tricolore sur la porte principale de la place.

Après cette nouvelle prise de possession, conformément aux instructions du général Millot, les deux brigades des généraux Brière de l'Isle et de Négrier s'emparaient successivement de Hong-Hoâ et de Tuyen-Quan, vers le haut fleuve. En mai 1884, la lutte semblait terminée quand survint le guet-apens de Bac-Lé.

LE GUET-APENS DE BAC-LÉ

(24 juin 1884)

Conformément aux stipulations du traité signé à Tien-Tsin, le 11 mai 1884, par le capitaine de vaisseau Fournier, au nom de la France, et par les mandataires du Céleste Empire, une colonne commandée par le lieutenant-colonel

Dugenne allait prendre possession de Lang-Son, point extrême de notre domaine au Tonkin, lorsque, le 24 juin 1884, elle fut assaillie et décimée, à Bac-Lé, par des masses chinoises. Cet attentat se commettait donc en dépit de tout droit et des conditions formelles du traité qui venait d'être signé.

Cependant, grâce à l'énergie et à la bravoure du colonel Dugenne, la petite colonne française parvint à se faire jour à travers ses milliers d'adversaires. Abandonnant seulement son convoi aux mains de l'ennemi, elle se retira saine et sauve et put, sans encombre, gagner Hanoï.

Des explications furent naturellement demandées au gouvernement chinois qui, avec sa mauvaise foi ordinaire, se retrancha derrière un malentendu, une erreur de texte. Un ultimatum fut alors lancé et de nouvelles négociations s'ouvrirent.

Un point particulièrement soulevait les plus vives résistances, celui de l'indemnité à nous payer, en raison des dommages causés à la colonne Dugenne. Nous demandions 250.000.000 de francs, mais le gouvernement chinois ne nous offrait que 3.000.000, à titre de secours pour les victimes de Bac-Lé.

Dans des conditions aussi différentes sur la demande et sur l'offre, il était difficile qu'un arrangement intervint. La rupture était imminente.

Après plusieurs délais demandés par les ministres chinois pour délibérer sur les conditions de notre ultimatum, notre gouvernement ne voyant rien aboutir, précipita le dénouement, en se décidant à faire entrer l'escadre française dans la rivière Min et de faire mouiller celle-ci

devant l'arsenal de Fou-Tchéou, le plus important de
l'empire des Célestes.

Pour cette importante et difficile opération, qui demandait, indépendamment du courage, une grande connaissance de son métier, de l'esprit d'initiative, beaucoup
d'habileté et de sang-froid, un homme se trouvait tout
désigné, c'était l'amiral Courbet, le glorieux vainqueur de
Sontay:

ATTAQUE ET DESTRUCTION DE L'ARSENAL
DE FOU-TCHÉOU ET DE LA FLOTTE CHINOISE

(23 août 1884)

A cet effet, l'amiral Courbet reçoit l'ordre de réunir,
sous son commandement, tous les navires disséminés dans
l'Extrême-Orient et de prendre des mesures pour surveiller
les Chinois. Sans hésiter et paraissant suivre un plan com-
biné depuis longtemps, l'amiral rassemble ses cuirassés
et, avec une hardiesse incroyable, pénètre jusqu'au fond
du port de Fou-Tchéou, embossant ses navires face à
l'important arsenal du même nom.

C'est sur le Min, à une quinzaine de kilomètres
au-dessus de l'embouchure du fleuve, au point où la navi-
gation des grands navires se trouve arrêtée par l'exhaus-
sement du fond de la rivière, que deux officiers de notre
marine, MM. Giequel et d'Aiguebelle, ont construit l'arsenal le plus considérable de la Chine.

L'importance commerciale de Fou-Tchéou est également

considérable : c'est le plus grand centre du commerce de thé. On estimait alors à près de 50 millions de kilogrammes l'exportation de cette denrée et le mouvement commercial de ce port était évalué, importations et exportations, à une somme supérieure à 130 millions de francs.

Comme situation stratégique, Fou-Tchéou était surtout un point de premier ordre, non seulement à cause de son arsenal admirablement outillé et rempli, mais encore comme port d'attache d'une des quatre flottilles qui constituaient à cette époque la puissance maritime du Céleste Empire et qui étaient réparties, comme elles le sont encore aujourd'hui, entre les quatre points du littoral : Canton, Fou-Tchéou, Chang-Haï et Tien-Tsin.

C'est le 12 juillet 1884 que l'escadre française pénétrait dans la rivière Min; ni les forts de Kimpaï, ni ceux de Mingan ne l'arrêtèrent, et elle put, conformément aux conventions, aller mouiller sous l'arsenal, en face de l'escadre chinoise, déjà réunie à la Pagode.

En réalité, les Célestes se réjouissaient intérieurement de ce qu'ils considéraient comme une insigne folie de notre part; ils se flattaient, en effet, de faire notre escadre prisonnière, dans le cas où les hostilités éclateraient.

Ils avaient compté sans la science du chef et le courage des soldats.

L'escadre chinoise voyant arriver nos bâtiments aurait bien voulu lever l'ancre pour échapper à un si dangereux voisinage; mais l'amiral Courbet notifia au commandant des forces adverses, l'ordre de rester à son mouillage, sous peine d'être immédiatement bombardé, et de plus, il fit surveiller l'embouchure du Min.

Pendant les quarante-cinq jours que durèrent les négociations, l'amiral Courbet, qui prévoyait leur issue, dressait son plan et se préparait à faire entendre aux Chinois la grosse voix du canon. Il savait par expérience, du reste, que c'était le seul argument qui avait assez de puissance pour faire sortir la Cour de Pékin de sa sournoise torpeur et de son indolente duplicité.

Il était évident que notre longanimité, notre modération passaient aux yeux de nos ennemis pour de la faiblesse, et que pendant qu'à Paris et à Londres, le marquis Tseng paraissait négocier, traînant les choses en longueur, les Chinois complétaient leur système de défense de la rivière Min et le rendaient formidable.

Cependant, le 20 août, le bruit commença à courir avec persistance que le jour décisif était arrivé, et qu'avant le coucher du soleil, la bataille serait terminée. Mais toute la journée, il fit mauvais temps; une petite tempête s'éleva et la pluie tomba en abondance. Dans l'après-midi, vers 3 heures, les navires chinois levèrent l'ancre et s'avancèrent vers le port, ils s'approchaient ainsi de la flotte française.

Les journées des 21 et 22 furent employées tout entières à des changements de positions réciproques.

Le samedi 23 août, dans la matinée, notre vice-consul à Fou-Tchéou, prévenu officiellement par télégramme de la rupture des négociations, avertissait non moins officiellement le vice-roi et le consul d'Angleterre, doyen du corps consulaire, que les hostilités allaient commencer.

De son côté, l'amiral Courbet avisait également les bâtiments neutres qu'il avait l'intention d'ouvrir le feu sur la flotte chinoise, les forts et l'arsenal, et qu'ils aient à se préparer à lever l'ancre pour laisser le champ libre aux parties combattantes. Puis, mettant son pavillon de commandement sur le cuirassé de premier rang le *Volta*, afin de se tenir toujours au plus fort de la mêlée, il donnait l'ordre de bombarder l'arsenal que défendait la flotte chinoise.

Immédiatement, notre escadre, composée de 8 navires, 1 cuirassé et 7 bâtiments en bois, ouvre ses embrasures et le feu commence terrible, intense.

Dans cette rivière relativement étroite, battue par des courants violents, l'amiral Courbet met à exécution le plan qu'il a longuement médité. En quelques heures, il broie la flotte chinoise, détruit l'arsenal, éteint les feux des deux groupes de défense établis sur la rivière, et dont les fortifications, à moitié démolies par nos projectiles, n'offrent plus aucune sécurité pour leurs défenseurs qui fuient de toutes parts, laissant leurs canons en notre pouvoir. Le vaillant et habile marin prend ensuite tous les forts à revers et quitte cette rivière d'où les Chinois s'étaient flattés de l'enfermer et de le réduire à la capitulation. Sans perdre un vaisseau, ne laissant que des ruines sur son passage, il avait glorieusement vengé nos morts de Bac-Lé.

La Chine frémit devant cette terrible destruction. Courbet sortait de la rivière Min, grandi encore par cette victoire dont il enrichissait les annales de la marine française.

ATTAQUE ET BLOCUS DE FORMOSE

(octobre 1884 à mars 1885)

L'attaque de Formose fut ensuite décidée. L'armée du Tonkin fournit un régiment de marche et des troupes d'artillerie. Ces forces furent placées sous les ordres du colonel Duchesne. Le commandement, pour les opérations, fut également confié à l'amiral Courbet.

Dans les premiers jours d'octobre 1884, deux attaques simultanées furent tentées sur les forts de Ke-Lung et Tam-Soui. Ke-Lung fut enlevé par nos soldats, mais faute d'effectifs suffisants, l'amiral Courbet dut se contenter de garder seulement celui-ci et d'établir, avec ses navires, le blocus de Formose.

Ce qu'il y a de certain, c'est que la conquête de cette île eût exigé le concours d'un corps expéditionnaire sérieux, au lieu de la poignée d'hommes qu'on y employa. Enfermés dans Ke-Lung, empêchés par des pluies continuelles de tenter aucune opération au dehors, en butte aux incursions incessantes des Chinois, nos soldats se maintinrent dans leurs positions jusqu'au mois de mars 1885.

Le 4 mars, le beau temps revenu, le colonel Duchesne prit l'offensive d'une façon vigoureuse. Il livre plusieurs combats meurtriers à l'ennemi qu'il bat constamment. Ce fut une lutte admirable ! Nos forces étaient ridiculement insuffisantes : nos soldats, malades, anémiés, presque sans vivres, sans munitions, comme abandonnés sur cette terre inhospitalière, luttaient quand même avec une énergie rare, contre un ennemi nombreux bien outillé et bien armé.

Toutefois, sur mer, les choses étaient tout autres. Dès le 5 février précédent, l'amiral Courbet courait sus à une escadre de 5 navires chinois, se dirigeant vers Formose pour forcer le blocus de cette île. Le 13 au matin, cette escadre prenait chasse devant les bâtiments de guerre de l'amiral, mais deux navires ennemis, une frégate et une corvette, se réfugiaient à Scheippon avec l'amiral chinois. Toutes deux, dans la nuit du 14 au 15 février, atteintes par nos canots torpilleurs étaient coulées avec leurs équipages.

Le Gouvernement prépara alors le blocus de Petchili, afin d'arrêter les communications par mer avec la capitale chinoise. Il renonçait à Formose et prescrivait à l'amiral Courbet de reporter ses forces contre les îles Pescadores, après ses opérations contre Petchili.

Le 29 mars au matin, le feu commença contre le fort de Ma-Kung et les batteries annexes. Les Chinois furent contraints d'abandonner le fort, tandis que les embarcations de la *Triomphante* détruisaient un barrage établi à l'entrée de Petchili. Les 30 et 31 mars, l'infanterie de marine et les compagnies de débarquement tournèrent la place et s'en emparèrent. L'amiral Courbet laissa dans Petchili des forces suffisantes, puis, selon les instructions reçues, alla faire le blocus des îles Pescadores.

Pendant ces diverses opérations sur mer, de graves événements avaient lieu dans l'intérieur du pays.

LES OPÉRATIONS AU TONKIN (octobre 1884 à avril
1885). — LE SIÈGE DE TUYEN-QUAN. — L'ÉCHEC
DE LANG-SON. — LA CONFIRMATION DU TRAITÉ
DE TIEN-TSIN.

Au mois d'octobre 1884, les Chinois, postés à Kouang-Si,
avaient dessiné une importante attaque sur le nord du
Delta, et la brigade de Négrier avait eu besoin, pour les
repousser de nos positions de Kep et de Chû, des énergiques efforts de son chef. Au mois de novembre, deux
compagnies d'infanterie de marine, deux compagnies de
la Légion étrangère et une section d'artillerie forçaient
l'entrée du défilé du Yoc, dispersaient les bandes chinoises qui ravageaient le pays, relevaient la garnison de
Tuyen-Quan, et ravitaillaient abondamment cette place.

A la fin de décembre, le général Brière de l'Isle — qui
avait remplacé, comme commandant supérieur des forces
de terre en Annam et au Tonkin, le général Millot, rentré
en France pour raisons de santé — concentrait, contre une
nouvelle tentative des Chinois du Kouang-Si et de Canton,
les deux brigades de Négrier et Giovanninelli, laissant
Tuyen-Quan aux ordres d'un vigoureux officier, le commandant Dominé.

Du 4 au 13 février 1885, des marches offensives très
énergiques, exécutées par nos colonnes, arrêtaient les
Chinois, faisaient tomber toutes leurs défenses et les
ramenaient jusqu'à Lang-Son, c'est-à-dire à l'extrémité
de notre zone française vers la Chine.

Mais pendant que s'accomplissaient d'un côté de notre

territoire indo-chinois ces heureuses opérations, toutes les forces de l'armée ennemie de l'ouest se concentraient pour nous reprendre l'importante place de Tuyen-Quan. Ces forces allaient occuper très fortement la vallée de la Rivière Claire, en aval de cette place, puis allaient bloquer étroitement celle-ci. C'est alors que commença un siège mémorable, digne d'être admiré comme une des actions de guerre les plus remarquables de nos annales. Ce siège, où une poignée des nôtres eut à soutenir une lutte acharnée contre une armée vingt fois plus forte, restera une belle page de patriotisme, de bravoure, d'endurance et d'abnégation. Avec les victoires de Courbet, elle constitue un des plus émouvants, un des plus glorieux chapitres du Livre d'Or de la conquête tonkinoise. La constance, l'intrépidité, la fermeté de nos soldats y furent admirables. Repoussés par des combats incessants, les Chinois commencèrent une guerre souterraine, une guerre de mines où ils rencontrèrent dans le chef du génie de la place, le jeune sergent Bobillot, un adversaire aussi intelligent que brave. Aidés par des officiers allemands et américains, les Chinois avaient creusé des tranchées, tracé trois parallèles, ouvert des brèches à coups d'explosions. Mais ils avaient affaire à un homme que rien ne démontait, d'un sang-froid à toute épreuve, d'un courage inébranlable, et toutes ces qualités, le commandant Dominé avait su les communiquer, les insuffler dans le cœur de tous ses soldats qui étaient bien décidés à mourir jusqu'au dernier, plutôt que de se rendre. Ménageant ses munitions, ne laissant tirer un coup de fusil, un coup de canon qu'à bon escient, l'énergique chef de la défense avait successivement repoussé tous les assauts de ses adversaires, éventé toutes leurs mines, ruiné dans d'heureuses sorties leurs postes avancés.

Mais l'épuisement venait, épuisement d'hommes, épuisement de vivres, épuisement de munitions. Chaque jour, la garnison comptait dans ses rangs des vides nouveaux et cruels. L'intrépide Bobillot était tombé au champ d'honneur, victime de son devoir, et, avec lui, les meilleurs, les plus énergiques soldats de la défense. Le siège durait ainsi depuis le 18 décembre 1884 et on touchait à la fin de février 1885. Cependant, le commandant Dominé ne désespérait pas et montrant dans son cœur de soldat, dans son âme de chrétien, une foi ardente dans l'avenir, il soutenait, par son exemple et par ses paroles, les derniers défenseurs de Tuyen-Quan. Sa constance, sa fermeté, sa bravoure devaient être récompensées.

Un matin, le 27 février 1885, le canon parvient jusqu'à Tuyen-Quan. Il se fait entendre à 3 lieues, vers l'est. C'est la brigade commandée par le colonel Giovanninelli qui s'ouvrait un chemin à travers les masses ennemies enveloppant la place. Le 2 mars, c'est-à-dire trois jours plus tard, l'intrépide garnison saluait de ses cris triomphants le colonel Giovanninelli qui venait la délivrer, après plus de deux mois d'un siège terrible, rempli des plus émouvantes péripéties.

De son côté, la colonne de Négrier, restée seule vers Kung-Si, se dirigeait vers Lang-Son, puis de cette place sur la Porte de Chine, qu'elle occupait en partie, de la fin de février à la fin de mars 1885. Mais l'armée chinoise, qui venait de se renforcer considérablement, reprenait brusquement l'offensive, le 22 mars, et attaquait notre poste de Dong-Dang, situé entre Lang-Son et la frontière. Le général de Négrier accourt, repousse l'ennemi et dessine une contre-attaque sur la position de Lang-Tchéou, base d'opérations des Célestes.

Seulement, pour tenter cet audacieux coup de main, le général de Négrier avait dû laisser une partie de ses troupes à la garde des postes fortifiés de la frontière. Le 24 mars, il attaquait donc une armée considérable avec un millier d'hommes seulement. Ses troupes, composées notamment du régiment de marche d'infanterie de ligne, des bataillons des 23ᵉ, 111ᵉ et 143ᵉ, enlevèrent bravement deux lignes chinoises, mais en arrivant à la troisième, elles se trouvèrent devant une infanterie nombreuse, fortement armée, qui les reçut par une fusillade nourrie. En même temps, profitant de la faiblesse numérique de nos forces engagées, l'ennemi allait s'établir derrière celles-ci pour leur enlever leur ligne de retraite.

Alors il fallut commencer un mouvement rétrograde, que le brave général de Négrier soutenait, en se tenant, de sa personne, à l'arrière-garde. Le 26 mars, après deux jours de marches pénibles, harcelés par un ennemi nombreux et conséquemment entreprenant, nos soldats rentraient à Lang-Son, ayant laissé derrière eux de vaillants et malheureux camarades, tombés pendant ces trois jours de lutte ininterrompue.

A Lang-Son, la colonne recevait bien quelques renforts, mais trop insuffisants pour balancer la supériorité numérique de l'ennemi.

Le 28 mars, au point du jour, les Chinois attaquaient de front notre petite armée, et, en même temps, la tournaient sur ses deux ailes. Vers 3 heures de l'après-midi, le général de Négrier, qui s'était multiplié depuis le matin, toujours au premier rang afin d'être bien vu de tous, tombe blessé, victime de son courage et de son ardeur. Il remet alors le commandement au lieutenant-colonel Herbinger qui, aussitôt, ordonne la retraite. Il fait noyer les canons et les poudres, utilisant les affûts et les caissons au transport de nos nombreux blessés. On abandonne Lang-Son. Enfin, à Chû, on rencontre le colonel Giovanninelli avec sa brigade, arrivant de la Rivière Claire, après avoir sauvé, comme nous l'avons vu plus haut, la place de Tuyen-Quan. Immédiatement, le colonel Giovanninelli prend le commandement des troupes et soutient brillamment la retraite.

En résumé, en avril 1885, nous dominions sur mer ; mais, au Tonkin comme à Formose, nous étions paralysés par l'insuffisance de nos effectifs, trop faibles pour avoir raison — malgré leur courage et l'habileté de leurs chefs — du nombre de leurs ennemis, bien armés, sachant en outre leur opposer toutes sortes d'obstacles matériels avec une merveilleuse activité.

LE GÉNÉRAL DE COURCY EST NOMMÉ COMMANDANT EN CHEF. — RENFORTS ENVOYÉS DE FRANCE. — MORT DE L'AMIRAL COURBET. — L'ATTENTAT DE HUÉ. — SÉVÈRE RÉPRESSION. — SUITE DES OPÉRATIONS MILITAIRES.

(avril à décembre 1885)

L'émotion causée en France par notre échec de Lang-Son avait été profonde. Le président du conseil, Jules Ferry, qu'on accusait, injustement d'ailleurs, d'avoir, par sa prudence exagérée et son imprévoyance, été la cause directe de nos revers, devait donner sa démission. Le gouvernement décidait alors l'envoi de nombreux renforts en Indo-Chine, et confiait le commandement des troupes au général de division de Courcy, un de nos plus jeunes et de nos plus éminents chefs de corps d'armée. Le général Brière de l'Isle, arrivé au terme de son commandement, rentrait en France.

Quelque temps après, le 11 juin 1885, à bord du vaisseau le *Bayard*, où il avait arboré son pavillon de chef d'escadre, en face des îles Pescadores, succombait aux fatigues de cette longue et pénible campagne, le vaillant amiral Courbet. Sa mort mit en deuil la France et l'Armée. Des funérailles magnifiques lui furent faites à Paris d'abord, puis à Abbeville sa ville natale — où l'accompagnèrent jusqu'à sa dernière demeure, tout ce que la France comptait alors d'illustrations militaires, aussi bien dans l'armée de terre que dans la marine. Il fut porté en terre par ses braves marins du *Bayard* qui avaient réclamé le pieux et touchant honneur d'être les derniers et fidèles compagnons de celui qu'ils appelaient si volontiers « leur bon amiral ». Aujourd'hui se dresse, dans la cité picarde qui eut l'honneur de le compter au nombre de ses enfants, un superbe monument dû au hardi ciseau d'un de nos plus grands sculpteurs : Falguière. Ce monument où l'amiral est représenté sur le banc de quart de son vaisseau, donnant l'ordre de l'attaque, symbolise admirablement le vaillant marin, l'illustre homme de guerre qui, le premier, après nos cruelles défaites de 1870, avait ramené la victoire dans les plis de notre drapeau, et fait revivre la confiance et la fierté dans les rangs de l'armée.

Le 27 juin suivant, le nouveau commandant en chef, le général de Courcy, se rendait à Hué, capitale de l'Annam, pour présenter ses lettres de créance au gouvernement annamite. Il était accompagné de trois compagnies du 3ᵉ zouaves et d'une compagnie du 11ᵉ bataillon de chasseurs à pied. Dans la nuit du 4 au 5 juillet, vers 1 heure du matin, ces troupes, cantonnées dans la citadelle de Hué, étaient attaquées à l'improviste par des masses annamites rassemblées secrètement pour l'exécution de ce guet-apens.

En un instant, l'incendie dévorait les paillottes qui servaient de casernement à nos troupes, en même temps que des fusées incendiaires, des balles et des boulets pleuvaient sur nos soldats.

A la légation de France, 150 hommes d'infanterie de marine tenaient tête aux attaques répétées des bandes ennemies, restant impassibles sous le feu des batteries de la citadelle qui les criblaient de boulets et de mitraille, tranformant la légation en véritable ruine.

Mais au point du jour, deux colonnes, formées des zouaves et des chasseurs à pied, débouchaient et se jetaient, furieuses et intrépides, dans l'intérieur de la citadelle. Trois heures plus tard, 30.000 hommes étaient en déroute, la Cour en fuite, les palais royaux entre nos mains. A 8 heures, le drapeau français remplaçait les couleurs de l'Annam.

Jamais une agression plus odieuse, plus sauvage ne fut plus promptement vengée. Le souverain annamite fut mis en déchéance et exilé (1). Il fut remplacé par un de ses frères. Le mois d'août fut employé à réunir et à inven_torier les richesses trouvées dans les différents palais de Hué, à compter entre autres 12 millions de barres d'or et d'argent, découvertes dans le palais du roi.

Quelque temps après, au mois de juin 1885, fut signé le traité de Tien-Tsin qui nous assurait définitivement la possession du Tonkin et de l'Annam. Ce traité marque la fin des grosses opérations militaires et la cessation des hostilités avec la Chine.

Le Tonkin et l'Annam, placés sous l'autorité du régime militaire, furent divisés en vingt régions. Les régions furent groupées en trois brigades ou subdivisions, le tout sous le commandement d'un général de division, commandant en chef. Depuis cette époque, on n'a plus eu à réprimer, dans notre colonie indo-chinoise, que des soulèvements partiels et des incursions de Pavillons Noirs.

En réalité, les campagnes heureuses en 1883, 1884 et 1885 que nous venons de mettre sous les yeux de nos lecteurs, avaient assuré la conquête et clairement défini nos droits sur ces riches régions de l'Extrême-Orient. Ces brillants résultats, nous les devions surtout à l'habile tactique, aux persévérants efforts de l'amiral Courbet, puis aux généraux Brière de l'Isle, de Négrier, Giovanninelli, Duchesne et de Courcy. Plus tard, les généraux Jamon et Warnet se succédèrent dans le commandement militaire

---

1. Ham-Nghi fut dirigé par notre gouvernement sur l'Algérie et interné à Alger où, actuellement, il habite dans la banlieue de cette ville, à Mustapha-Supérieur, une fort confortable villa, voisine de celle où réside sa compagne en infortune, la reine déchue de Madagascar.

de ces possessions, et, avec l'aide de braves lieutenants,
tels que les Galliéni, les Voyron, les Reste, les Duchemin,
les Terrillon et tant d'autres, ils achevèrent l'œuvre de
la complète pacification. Ils laissaient donc à leurs rem-
plaçants civils un domaine assuré, où il n'y avait plus qu'à
faire fructifier les éléments de civilisation et de progrès
indispensables à la grandeur et au développement de ces
mystérieuses et opulentes contrées. C'est à quoi, d'ailleurs,
ne faillirent pas ces gouverneurs, notamment MM. Paul
Bert, Rousseau, de Lannessan et l'éminent et habile admi-
nistrateur que fut M. Doumer, qui est rentré en France,
laissant nos colonies d'Indo-Chine dans un état de prospérité et de progrès qu'elles n'avaient pas encore connu.
Par l'impulsion donnée, cette prospérité et ce progrès ne
feront que s'accroître de jour en jour.

III

DAHOMEY

(1893-1898)

Figure sur les drapeaux du 11ᵉ régiment d'infanterie coloniale, des 1ᵉʳ et 2ᵉ régiments étrangers; sur l'étendard du 1ᵉʳ régiment d'artillerie coloniale.

Cette expédition fut résolue à la suite des vexations continuelles que faisait subir Behanzin, souverain du Dahomey, aux peuplades noires de Grand-Popo et des Ouatchis, placées sous notre protectorat, depuis 1878.

S'emparer du Dahomey et chasser la bande de pillards qui l'habitait, fut en principe décidé, en avril 1893, par notre gouvernement. Le 30 du même mois, le colonel Dodds, de l'infanterie de marine, était désigné pour le commandement supérieur du Bénin. Le 5 mai suivant, cet officier supérieur s'embarquait à Marseille et arrivait à Kotonou le 28, prenant, dès le lendemain, la direction des opérations et réunissant sous son autorité les pouvoirs civils et militaires.

Le 9 août 1893, la marche sur Abomey, capitale du territoire dahoméen, fut ordonnée au corps expéditionnaire placé sous les ordres du colonel Dodds. Le 10, à 6 heures du matin, les canons de la place de Kotonou, les avisos *le Héron* et *l'Ardent*, les canonnières *la Topaze*, *l'Opale* et *l'Émeraude*, descendant le fleuve Ouémé, ouvraient simultanément le feu sur les villages dahoméens de

Kotonou-indigène et de Zobbo, bombardaient ensuite Godomé et Abomey-Calavi, enfin *le Talisman* couvrait de ses projectiles la ville d'Ouidah.

A 7 heures du matin, un détachement de tirailleurs sénégalais et haoussas, sous les ordres du commandant Stéfani, s'emparait de Zobbo, après un vigoureux combat.

Ces opérations ne précédaient que de huit jours le mouvement offensif de nos troupes sur le Dahomey proprement dit.

Le 16 août suivant, le colonel Dodds passait en revue son petit corps expéditionnaire. Il était ainsi composé :

4 compagnies des 1er et 2e régiments étrangers ;

4 compagnies de tirailleurs sénégalais ;

2 compagnies d'infanterie de marine ;

2 compagnies de tirailleurs haoussas ;

3 sections d'artillerie de 2 pièces chacune ;

1 compagnie de génie ;

1 peloton de spahis sénégalais.

Ces troupes représentaient un effectif de 2.500 hommes.

Le 17, la colonne passe la rivière d'Adjara. Le 20, elle s'empare du village de Takou, y séjourne jusqu'au 10 septembre pour soumettre les peuplades de cette région, puis, reprend sa marche en avant. Le 19 septembre, dans son bivouac de Dogba, elle se voit attaquée à 5 heures du matin par un important parti de Dahoméens. Dans ce combat, le sous-lieutenant Badaire, de l'infanterie de marine, est tué ainsi que le chef de bataillon Faurax, de la Légion étrangère, qui tombe mortellement frappé d'une balle, au moment où il sortait de sa tente.

Cependant, bien que surpris, les nôtres se reprennent rapidement ; ils s'élancent sur l'ennemi à la baïonnette,

l'obligent à reculer, puis finalement à rompre le combat.
La lutte a duré cinq heures, elle a été singulièrement
acharnée, de la part des Dahoméens surtout, qui se sont
montrés véritablement courageux et plus tenaces que ne
le sont d'ordinaire toutes ces peuplades du Sud-africain.

Nos pertes étaient de 2 officiers tués — que nous avons
nommés déjà — plus 31 soldats mortellement atteints et
27 blessés. L'ennemi avait laissé 130 morts sur le terrain,
mais il avait dû, selon sa coutume, en emporter un
nombre aussi considérable ; quant à ses blessés, ils
devaient être également très nombreux. Par ces chiffres,
on voit que la lutte avait été chaude et qu'elle laissait
prévoir des journées sérieuses pour notre petit corps
expéditionnaire.

Le 28 septembre, nouveau combat à Tohoué, où nos
canonnières *Corail* et *Opale*, ayant chacune à bord une
section de la Légion étrangère, remontent l'Ouémé pour
reconnaître le gué de Tchoué et sont en butte à des coups
de canon et à des feux de salve venant de la rive droite du
fleuve, occupée par les Dahoméens. Ces canonniers virent
de bord, se mettent à l'abri dans un coude du fleuve, et
canonnent à pleine volée les forces ennemies. Le soir,
elles ralliaient le village d'Avangitonné, ayant 1 légionnaire tué et 6 blessés.

Le 2 octobre, à la faveur d'un brouillard intense, la
colonne traverse l'Ouémé, dès le matin. Le 4, elle combat
à Poguessa où l'ennemi résiste énergiquement et montre
comme à Dogha un impétueux élan. Enfin, notre artillerie a raison de lui, et après six heures de luttes, les Dahoméens se retirent, laissant sur le terrain 150 morts dont
amazones de cette troupe féminine si vraiment brave

qu'elle rappelle,par son mépris du danger et son inlassable courage, ses ardentes compagnes de l'antiquité. Nos soldats ramassent, également, plus de 200 fusils se chargeant par la culasse, tous de provenance anglaise ou allemande.

Nos pertes étaient sensibles : parmi les tués, nous comptions le capitaine Bellamy des tirailleurs sénégalais, le sous-lieutenant Amelot et l'adjudant Schœnacker de la Légion étrangère, 2 Européens et 2 Sénégalais. Au nombre des blessés, le commandant Lasserre des tirailleurs sénégalais, les sous-lieutenants Ferradini et Bosano du même corps, 14 Européens et 18 indigènes. Comme au combat précédent du 19 septembre, la lutte avait été rude et sanglante.

Le 12 octobre, notre corps expéditionnaire rencontre de nouveau les Dahoméens à Oumbouémédi. L'ennemi ne cède le terrain que pied à pied et nos soldats n'avancent que lentement. A 11 heures du matin, après six heures de fusillade ininterrompue, le colonel Dodds fait cesser le feu et nos troupes se forment en halte gardée. On déjeune, on se repose. Mais vers 3 heures de l'après-midi, l'ennemi reprend l'offensive. Il est repoussé et se retire, assez vite cependant pour ne pas se laisser aborder à la baïonnette.

Le lendemain, la marche est reprise. A Akpa, nouvelle attaque de l'ennemi. Il est encore battu et poursuivi avec vigueur. Dans ces deux rencontres, les pertes de la colonne française sont de 4 légionnaires et de 4 tirailleurs sénégalais, tués. Au nombre des blessés, on comptait les lieutenants Kieffer de la Légion étrangère ; Passaga et Grand-montagne des tirailleurs sénégalais ; Amoun-Dialou des tirailleurs haoussas ; l'adjudant Gauthelier de la Légion, 14 légionnaires et 16 Sénégalais.

La journée du 14 octobre est employée par la colonne expéditionnaire à l'attaque de la position de Kotopa, qui nous barrait la route d'Abomey. Le Koto est une rivière qui coule au milieu d'une masse impénétrable de verdure formée par des lianes et de la brousse qui s'entrelacent et se croisent, d'une façon à peu près impénétrable. Le terrain est détrempé par les tornades, et sur la rive droite de cette rivière, se dressent des collines boisées, occupées fortement par l'ennemi.

Notre artillerie commence alors le feu et bombarde la position. A plusieurs reprises, les Dahoméens esquissent un mouvement offensif contre nos pièces qui leur causent des pertes sensibles. Balayés par la mitraille, ils se replient chaque fois dans leurs repaires broussailleux. Toute la journée se passe en lutte sans qu'il y ait, de part et d'autre, d'autre résultat que le maintien des positions réciproques.

Le lendemain, le combat reprend plus acharné. L'ennemi est en force très supérieure et se bat avec une vaillante ardeur. Nous ne pouvons encore enlever Kotopa, mais pour que nos adversaires ne puissent surveiller ses mouvements des hauteurs qu'ils occupent, le colonel Dodds ordonne de former son camp un peu plus au sud. Dans cette journée, le capitaine Marmet de l'état-major a été mortellement atteint.

Du 16 au 25 octobre, la colonne séjourne dans ses bivouacs. On reconstitue les troupes fatiguées par les marches pénibles et les rudes combats des jours précédents. Selon l'ordre du commandant en chef, elles se replient sur Akpa, pour se réapprovisionner et se reposer.

Le 26, la marche en avant est reprise ; Behanzin est sommé de quitter ses positions de Koto, mais il s'y refuse. Le colonel Dodds l'attaque alors vigoureusement. Les hauteurs sont enlevées par nos soldats qui déploient dans cette attaque un superbe entrain, une bravoure sans égale. Les Dahoméens, culbutés, rompus sur tous les points, lâchent pied et sont poursuivis, sans relâche, pendant plusieurs lieues, par les nôtres.

Cette fois, un grand pas vient d'être fait. Le Koto est franchi et la position sur laquelle comptait le plus le souverain noir, est en notre pouvoir.

Les 2 et 3 novembre, nouveaux engagements avec l'ennemi qui ne cède que lentement le terrain, et jamais sans combattre. Le carré de marche, formé par la colonne française, est constamment assailli par les Dahoméens qui se ruent sur lui avec une farouche intrépidité. Toujours nos soldats ont raison de ces attaques, mais ces deux jours de luttes nous coûtent encore des pertes sensibles. Nous avons 4 tués et 57 blessés, au nombre desquels se trouvent le capitaine Roget, les lieutenants Jacquot, et Cany, et le Dr Rouch.

Le 4, le combat reprend plus acharné encore. La position de Kana est enlevée de haute lutte, mais la défense de l'ennemi a été vigoureuse. Nous perdons 8 tués, parmi lesquels le lieutenant Menou de la Légion étrangère. Les blessés sont au nombre de 46, dont 3 officiers, les lieutenants Maron de l'artillerie de marine ; Mérienne-Lucas des tirailleurs haoussas et Gay de la Légion étrangère.

A la suite de ces brillants engagements qui ne laissaient aucun doute sur la réussite de l'expédition, le colonel

Dodds recevait les félicitations du gouvernement avec les étoiles de général de brigade.

Le 5 novembre, le roi Behanzin évacuait Kana. Il essayait aussitôt de négocier, mais son apparente soumission n'avait qu'un but, gagner du temps pour préparer la défense d'Abomey, sa capitale.

Le 16, les négociations sont rompues et nos troupes se remettent en marche. Elles campent au village d'Avanzou, situé à quelques kilomètres d'Abomey. Il est 11 heures du soir. Tout à coup, une colonne de fumée s'élève à l'horizon, et, en moins d'un quart d'heure, il se forme vers la capitale trois immenses foyers. C'est Abomey — que vient d'abandonner Behanzin — qui brûle.

Le lendemain 17, la colonne reprend sa marche vers 8 heures du matin; à 11 heures, elle arrivait auprès du palais de Bécou, faubourg d'Abomey. Elle s'arrête là, attendant le résultat d'une reconnaissance ordonnée par le général Dodds, vers la direction d'Abomey. A 3 heures de l'après-midi, sur les indications favorables de la reconnaissance, nos troupes se remettent en marche; à 4 heures elles entraient dans le palais du roi Behanzin, et y formaient leurs bivouacs.

Le corps expéditionnaire séjourna jusqu'au 1er septembre dans la capitale dahoméenne. Behanzin et les débris de son armée, obligés de fuir, s'étaient réfugiés chez les Mahis au nord d'Abomey. Cette fuite de leur souverain, pour lequel les peuplades dahoméennes nourrissaient une crainte mélangée d'un respect absolu et d'une croyance complète dans son inviolabilité, produisit chez elles une amère déception et un mécontentement général. C'est donc avec presque de l'enthousiasme qu'elles reconnurent la suzeraineté de la France, qui allait ajouter à sa couronne coloniale cet estimable fleuron.

Le 25 janvier 1894, Behanzin, poursuivi, traqué par nos colonnes volantes, est fait prisonnier par une compagnie d'infanterie de marine. Ramené à Abomey, notre gouvernement le fait interner à la Martinique.

La campagne du Dahomey était terminée. Elle avait été pénible, périlleuse, car bien armés — doués d'un véritable courage, d'une solidité assez rare chez ces peuples primitifs qui n'obéissent généralement qu'à l'impulsion du premier moment — les sujets de Behanzin avaient opposé à nos armes une résistance sérieuse. Nos pertes, d'ailleurs, le prouvaient suffisamment. Cette campagne faisait donc honneur au général Dodds qui l'avait parfaitement conduite, ménageant les fatigues à ses troupes et ne les engageant au combat qu'à bon escient ; elle faisait également ment honneur à nos soldats européens et indigènes qui avaient, en toutes occasions, répondu pleinement à ce qu'en attendait leur chef.

Le général Dodds, dont la mission venait de prendre fin, remit aussitôt l'administration du pays au gouverneur civil, Victor Ballot, qui continua à assurer la marche progressive des Français vers le Nord. La mission du commandant Decœur, des lieutenants Baud et Verme e sch atteignait Say, le 31 janvier 1895, en traversant le Borgou et le Gourma. Elle revint au Dahomey en descendant le Niger.

Peu de temps après, le capitaine Toutée suivait à son tour le Niger, de Boussa à Zinder. De mars à mai 1895, les lieutenants Baud et Vermeesch assuraient la jonction du Dahomey et de la Côte d'Ivoire, en longeant l'hinterland de la Côte-d'Or.

En 1896-1897, ces mêmes officiers, remontant le Dahomey rencontraient la mission Voulet, venue du Soudan. D'autre part, le lieutenant de vaisseau Bretonnet occupait le cours du Niger et le commandant Ricour conquérait le Borgou.

Les Français se trouvent actuellement, en excellente situation au Dahomey, dont les limites ont été définitivement fixées par la Convention franco-allemande du 23 juillet 1897 et la Convention franco-anglaise du 14 juin 1898.

IV

TOMBOUCTOU

(1893-1894)

Figure sur le drapeau du 9ᵉ régiment d'infanterie coloniale

Cette extraordinaire campagne qui nous a rendus maîtres de la grande et étrange cité de l'Afrique centrale, mérite d'être racontée dans ses détails les plus circonstanciels ; aussi, empruntons-nous le récit de l'expédition à l'explorateur Félix Dubois, tel qu'il la présente dans son très intéressant ouvrage *Tombouctou la Mystérieuse.*

« Jusqu'au dernier moment, l'Angleterre s'était efforcée de mettre la main sur le commerce de Tombouctou. Après avoir vainement visé la route de Tripoli et celle des boucles du Niger, elle s'appliquait à tenter la voie du Maroc, en s'installant vers 1890 au cap Juby. Mais il était trop tard. Nos colonnes et nos postes se sont avancés peu à peu sur cette route du Sénégal qu'avait préconisée Colbert. En 1893, le colonel Archinard prend Dienné. C'était l'avant-dernière étape : l'année suivante, nous étions à Tombouctou.

« Quoi qu'on en ait dit à cette époque, l'occupation de
Tombouctou s'imposait et elle s'imposait dans le délai le
plus bref, car la prospérité du Soudan français était intimement liée à la tranquillité et à la sécurité de son principal marché. Il importait de mettre au plus tôt un
terme à la néfaste domination des Touaregs. La conquête
de Tombouctou fut donc résolue. Afin d'empêcher toute
concentration des nomades, la marche des Français sur
la ville soudanaise devait s'exécuter sur trois colonnes.
Une colonne traverserait le pays de la rive gauche du
Niger, une autre s'avancerait sur le fleuve même, tandis
que les canonnières éclaireraient la route. C'est sur ces
données que l'on opéra à la fin de l'année 1893. Le colonel
Bonnier conduisait l'une des colonnes, le colonel Joffre la
seconde et le lieutenant de vaisseau Boiteux la flottille.

« Un rassemblement de troupes était signalé à Ségou.
Le pays étant tranquille de ce côté, on conjectura que
l'expédition se dirigerait vers le Nord. Trois semaines
s'écoulèrent sans nouvelles. Tout à coup, les nouvelles se
précipitèrent. Un commerçant du Sud vint annoncer
que les canonnières étaient arrivées à Saréféré et se
disposaient à repartir pour Kabara, port d'attache de
Tombouctou, ayant embarqué comme pilotes deux
notables de cette dernière ville qui s'étaient exilés,
ruinés par les Touaregs. Et dès le lendemain, on apprit
la présence de la flottille française à Korioumé.

« Un gros de Touaregs-Zenguérégifs se trouvait à Tombouctou. Ils mandèrent aussitôt le chef de la ville, Hamdia, et lui ordonnèrent de faire battre le tambour de
guerre et d'enjoindre aux habitants de prendre les armes.

« L'émotion fut vive. La population était partagée entre la crainte des Français et la terreur des Touaregs. Certains notables firent des remontrances à Hamdia. Seuls, les Kountas habitant la ville montrèrent quelque ardeur. Cependant, tous ceux qui n'avaient pu se cacher à temps durent partir en compagnie des hommes voilés. La petite armée avait pour cavalerie les Touaregs et pour armes des lances et des javelots. Elle ne disposait que de quelques fusils appartenant principalement à des Kountas.

« Tandis qu'elle s'achemine vers Kabara, dans la matinée du 5 décembre, les canonnières et les chalands de la flottille française quittent Korioumé et montent dans le marigot jusqu'à Daï. Là, le lieutenant de vaisseau Boiteux et quelques *laptos* (matelots noirs) s'embarquent dans un chaland, afin de reconnaître leur route jusqu'à Kabara et d'y recueillir les informations nécessaires pour mettre les deux colonnes venant par terre au courant de la situation, dès leur arrivée. Mais aussitôt se produit un incident qui va déjouer les plans arrêtés et hâter la prise de Tombouctou de la façon la plus imprévue.

« L'approche du chaland ayant été signalée à Kabara ; Touaregs et Tombouctiens se massent sur le rivage, immobiles et silencieux, et, aussitôt que le chaland est à portée, une nuée de javelots et de lances s'envole, les Kountas déchargent leurs fusils, une clameur s'élève. Une balle, seule, a porté et blessé un laptot. L'équipage a eu le temps de se garer des javelots en se couchant au fond du chaland : il riposte aussitôt par un feu de salve qui fait tomber sur le rivage plusieurs blessés et un mort. Alors, tout le monde prend la fuite : les Touaregs dans le désert, les Tombouctiens vers leur ville.

« Quelques heures plus tard, canonnières et chalands jetaient l'ancre dans le bassin de Kabara. Les négociations avec les autorités de la ville traînant en longueur, le lieutenant de vaisseau Boiteux prend la hardie résolution de brusquer le dénouement. Il donne l'ordre d'appareiller à deux chalands armés de canons-revolvers et se rend à Tombouctou par le marigot de Kabara.

« Et c'est ainsi que Tombouctou, située à plus de mille kilomètres de la mer, ville saharienne par excellence, fut prise par des marins, et de véritables marins d'eau salée, qui donnèrent en ce jour la réplique aux hussards de Pichegru, s'emparant de la flotte hollandaise dans les glaces de Zuyderzée.

« Aussitôt débarqué, le lieutenant de vaisseau Boiteux signe un traité ratifié par les principaux notables de la ville, consentant à reconnaître l'occupation française qui doit à l'avenir les préserver des exactions et des pillages des Touaregs.

« Le commandant français se fait indiquer le point le plus élevé de la ville et y choisit une maison assez vaste, sur la terrasse de laquelle il fait braquer un canon et dont il fait mettre les murs de clôture en état de défense. Ce fortin improvisé était situé au nord de la ville, à l'endroit même où s'élève aujourd'hui un fort véritable occupé par l'escadron des spahis.

« Pendant les premiers jours de l'occupation, le calme régna à Tombouctou entre les nouveaux venus et les indigènes; mais les Touaregs s'étaient concertés, quelques Kountas s'étaient joints à eux. Le 25 décembre, ils vinrent attaquer la réserve de la flottille à Kabara. C'est alors que se produisit l'épisode qui coûta la vie à l'enseigne

Aube. Tandis qu'il succombait à Our'Oumaira, les sentinelles de Tombouctou, ayant entendu des coups de fusil,
donnèrent l'alarme. La petite garnison, renforcée de
50 Tombouctiens acquis à notre cause, se porta au devant
de l'ennemi. Après une vive escarmouche, les Touaregs
furent mis en fuite, laissant 15 morts.

« Après quelques jours passés ainsi en continuelles
alertes causées par les Touaregs qui tenaient la campagne,
la première colonne commandée par le colonel Bonnier
entrait dans la ville et mettait fin à l'extraordinaire et
périlleuse aventure de la marine à Tombouctou, où
19 hommes dont 7 Européens seulement avaient amené
à composition une ville de 10.000 habitants.

« Dès le lendemain de son entrée à Tombouctou, sans
plus de répit, le colonel Bonnier désignait la 5ᵉ compagnie
d'infanterie de marine et un peloton de la 11ᵉ pour partir
en reconnaissance afin de débarrasser les environs des
nomades qui les infestaient, et, si possible, de tirer vengeance du massacre de l'enseigne Aube.

« Le matin, à 5 heures, laissant le commandement des
troupes au plus ancien officier, le capitaine Philippe, le
colonel prenait la tête de la petite colonne, accompagné
du commandant Hugueny, des capitaines Regad, Livrelli,
Tassard, Sensaric et Nigote, des lieutenants Garnier et
Bouverot, du sous-lieutenant Sardu, du médecin colonial
Grall, du vétérinaire Lenoir et de l'interprète Acklouck.

« C'était le 14 janvier 1894, à 2 heures de l'après-midi,
le colonel Bonnier apprend que les Touaregs ne sont
qu'à quelques kilomètres en avant de la colonne. On
marche jusqu'à 8 heures du soir. A cette heure, on aperçoit des troupeaux et quelques gens armés. Après avoir

chassé ces rôdeurs, la petite colonne s'installe pour la nuit sur l'emplacement désigné par les gens du pays sous le nom de Tacoubao. Les Touaregs viennent d'évacuer l'endroit. Tout le monde est content et dispos.

« Le campement a la forme d'un carré. Les hommes de la 5e compagnie occupent le côté nord. Tous se couchent, roulés dans leurs couvertures, les faisceaux formés près d'eux. Les hommes de la 14e compagnie sont sur le côté sud. Sur les deux autres faces sont parqués les troupeaux capturés. Les prisonniers sont installés au milieu du camp. Tout l'état-major est formé en groupe dans le centre du carré.

« Jusqu'à minuit environ, les officiers veillent ; ils passent joyeusement la soirée, et longtemps on les entend rire et plaisanter. Tous enfin s'endorment. La nuit étant très fraîche, des petits feux avaient été allumés et continuaient à se consumer lentement. La soirée, d'ailleurs, était splendide, et la lune illuminait la plaine de sa clarté. A 4 heures du matin, elle disparaît... C'est l'heure favorable pour le guet-apens qu'a préparé l'ennemi.

« Seules, les sentinelles veillent. Il y en a six. Tout à coup, au milieu du silence et de l'obscurité, deux coups de feu retentissent et le cri : *Aux armes* est répété partout. Tous aussitôt sont debout et se précipitent pour se mettre en défense. Hélas! il est trop tard.

« Les Touaregs sont en nombre, la plupart à cheval. Dans une charge enragée, irrésistible, ils se sont précipités, favorisés par les ténèbres, sur le camp français. En un clin d'œil, ils renversent les faisceaux et font irruption de tous côtés dans le camp où l'on a eu à peine le temps de se mettre en garde.

« La scène effroyable qui se produit ne peut se dépeindre : c'est un indescriptible tumulte. Les cris de guerre dominent, jetés par l'ennemi qui frappe et tue de tous côtés, à coups de lance, de sagaie, de sabre, de poignard, de casse-tète, etc. Quelques coups de feu parmi les clameurs de détresse, et c'est tout !...

« Nos tirailleurs ont succombé sous l'avalanche humaine. En quelques minutes, tout est terminé.

« Cependant, 3 Européens, 1 officier, le capitaine Nigote, et 2 sous-officiers, le sergent-major Baretti et le sergent Lalire, ainsi que quelques hommes, réussissent à se frayer un passage en lâchant leur coup de feu et parviennent à gagner quelques buissons à proximité du campement.

« Au milieu de difficultés inouïes, le capitaine rassemble ces quelques braves, échappés par miracle au massacre, et les conduit jusqu'au convoi laissé en arrière, où ils se reforment. Quatre-vingt-deux des nôtres et 2 guides manquent à l'appel : 9 officiers, dont le colonel, 3 sous-officiers, 8 caporaux et 60 tirailleurs indigènes sont tombés sous les coups de l'ennemi.

« Vingt-cinq jours après ce terrible événement, la seconde colonne, sous les ordres du colonel Joffre, arrivait à son tour sur le lieu du sinistre emplacement et recueillait les restes de 15 Européens. Elle les transporta à Tombouctou. Derrière un enclos en épines mortes, on les coucha au pied du fort qui commençait à s'élever au sud de la ville. En grande solennité, les derniers honneurs leurs furent rendus, devant la population assemblée.

« Quelque temps plus tard, le colonel Joffre tirait de

ces Touaregs une vengeance éclatante, en les surprenant dans leur campement à Kiti et en faisant d'eux un effroyable massacre. Les Français avaient, suivant l'expression qui est propre aux indigènes de ces contrées, *payé la rançon du sang.*

« Depuis, la conquête s'est affirmée. Tombouctou est devenue une belle et bonne conquête française. Deux grands forts ont remplacé les fortins improvisés, et leurs canons battent désormais de tous côtés les abords de la ville. Sous cette garde de bronze, la population s'est ressaisie. Le long cauchemar des Touaregs s'est enfin évanoui, et la ville s'incruste peu à peu de l'empreinte européenne. Des maisons de commerce s'y fondent successivement. Les Pères Blancs du cardinal Lavigerie sont arrivés, et, grâce à eux, la ville est déjà dotée d'une église qui porte le nom de Notre-Dame de Tombouctou, et d'une école aujourd'hui très fréquentée.

« Tels ont été les premiers jours de l'ère nouvelle dans laquelle est entrée Tombouctou. Elle en sortira, la cité mystérieuse d'antan, plus prestigieuse que jamais, car il est une chose que rien ne pourra détruire et qui ne disparaîtra jamais : c'est son admirable position géographique, au seuil du Soudan, en face du Niger oriental et du Niger occidental, semblables à deux bras dont tout l'ouest africain semble étreint. Aussi, dans le lointain futur des temps, nous voyons Tombouctou apparaître superbe, lettrée, riche, Reine du Soudan, telle qu'elle se dessine dans le lointain des temps passés, telle que son panorama en donne l'illusion aux voyageurs des temps présents. »

La France, en vérité, devait bien un monument aux

braves soldats qui, les premiers, avaient assuré cette conquête et qui étaient morts, enveloppés dans le linceul de leur victoire. La ville de Marseille, la première, l'a compris, et le dimanche 23 janvier 1897, elle a inauguré solennellement, dans le cimetière de cette ville, un superbe monument.

Voici les inscriptions qui y figurent :

Face Nord

La France
aux
Conquérants
de
Tombouctou
Le 15 janvier 1894.

—

Face Est

E. Bonnier, lieutenant-colonel d'artillerie de marine
Hugueny, chef de bataillon d'infant. de marine
Tassard, capitaine
Sansaric, capitaine
Livrelli, capitaine
Bouvcrot, lieutenant
Garnier, lieutenant
Grall, médecin colonial
Lenoir, vétérinaire
Acklouck, interprète
Tresse, sergent
Gabriel, sergent.

—

Face Sud

Le 12 février 1894
Arrivée des restes à Tombouctou
Le 22 octobre 1896
Inhumation à Marseille
Érection de ce monument
par

Souscription publique
sur
terrain concédé par la
Ville de Marseille
sur l'initiative
du Souvenir français
et de l'Association des anciens
élèves du Lycée.

—

Face Ouest

Le lieutenant-colonel Bonnier
commandant supérieur
du Soudan français
par intérim
le 10 janvier 1894
dégage la flotille du Niger
et assure la possession
de Tombouctou.
Le 15 janvier 1894
allant à la rencontre
de la colonne Joffre vers Goundau
le lieutenant-colonel Bonnier
et ses vaillants officiers tombent
héroïquement à
Tacoubao.

Ce monument a été élevé à l'aide de souscriptions publiques, dont le montant fut recueilli par un comité, constitué à Marseille, sous le titre de *Comité de Tombouctou*. La ville de Marseille, en outre, offrit une concession perpétuelle au cimetière Saint-Pierre, où furent déposés les restes des malheureuses victimes de Tacoubao.

En rendant ce suprême hommage aux héros de Tombouctou, le pays, et principalement la ville de Marseille, ont donné à l'Armée Française tout entière une preuve de reconnaissance et de juste admiration.

V

SOUDAN
(1880-1898)

La prise de Samory, notre redoutable adversaire au Soudan, accomplie en septembre 1898, a complètement pacifié cette région. Nous allons retracer rapidement les pricipales étapes de la longue guerre qu'il fallut entreprendre contre cet Abd-el-Kader noir et quelques-uns de ces souverains du Sud africain, qui opposaient à notre occupation et à nos idées civilisatrices et commerciales, une résistance qu'il fallut dompter et réduire par la force.

La lutte contre Samory, notamment, a duré dix-huit années, pendant lesquelles nos soldats, la plupart indigènes soudanais, placés sous les ordres d'une pépinière admirable de jeunes et brillants officiers, tels que les Marchand, les Klobb, les Archinard, les Combes, les Boilève et tant d'autres, ont accompli des actes de courage, pour ainsi dire quotidiens, et déployé surtout une endurance, une solidité et une abnégation auxquelles on ne saura jamais trop rendre justice.

On donne le nom de Soudan français au vaste territoire que la France possède dans l'Afrique occidentale et qui comprend les hautes vallées du Sénégal et du Niger, et celles de leurs affluents supérieurs.

Avant d'entreprendre le récit de la conquête du Soudan,

il nous paraît utile de décrire, en peu de mots, la situation du pays au moment où nous y apparaissions, la politique suivie dans nos relations avec les indigènes et enfin l'histoire de la conquête elle-même.

Deux chefs indigènes, Ahmadou et Samory, tous deux musulmans, prétendaient se partager la domination des vastes territoires que nous occupons actuellement. Ahmadou, à la mort de son père El-Radj-Omar, avait hérité de ses nombreuses possessions ; il résidait à Ségou.

A l'encontre d'Ahmadou qui n'eut qu'à recueillir un héritage, Samory se crée de toutes pièces un empire. Son métier est la guerre ; aussi, sera-t-il notre ennemi le plus acharné dès que nous entrerons en ligne pour occuper le Soudan.

Notre gouvernement, toujours trop prudent, essaya d'abord du système du protectorat, qui nous fut fatal, car tant qu'il dura, il nous fallut lutter sans trêve ni merci contre Ahmadou, contre Thieba-Amadou et surtout contre Samory. Pour être maître dans un pays, il faut le gouverner et pour cela l'annexer.

C'est en 1853 qu'apparaît nettement l'idée de relier le Haut-Sénégal au Niger. Le gouverneur d'alors, le général Faidherbe, chargea le lieutenant de vaisseau Mage d'explorer la ligne allant de Médine, le dernier de nos postes au Niger, à Bammako. Le but était de créer entre ces deux points une ligne de postes distants de 100 kilomètres les uns des autres, et d'établir à Bammako un centre commercial. Malgré les plus louables efforts, le général Faidherbe, qui avait cependant donné, pendant son long commandement au Sénégal, des preuves d'un esprit pratique et plein d'initiative, ne put réussir à attirer l'attention du gouvernement sur ses projets.

Ce n'est que quinze ans plus tard, en 1879, que M. de Freycinet, alors ministre des Travaux publics, reprenait les idées du général Faidherbe. Il instituait une commission chargée d'étudier les moyens propres à ouvrir, aux richesses inexploitées du Soudan, des débouchés vers les possessions françaises.

L'avis de la commission fut qu'il fallait construire un chemin de fer reliant le Soudan à l'Algérie et relier également le Sénégal au Niger, la deuxième ligne n'étant que le prolongement de la première. Sur les instances du ministre de la Marine, l'amiral Jauréguiberry, le deuxième projet fut détaché du premier, et le transsoudanien prit place à côté du transsaharien.

Le 6 septembre 1880, le lieutenant-colonel Borgnis-Desbordes, de l'artillerie de marine, est nommé commandant supérieur du Haut-Sénégal, et il est chargé de diriger la campagne de 1880-1881, c'est-à-dire d'occuper les pays entre Médine et Kita, d'y créer des postes et de procéder aux premières études sur l'établissement d'une voie ferrée.

La concentration des troupes, de Saint-Louis à Médine, fut rendue très pénible par suite d'une baisse imprévue des eaux du fleuve. Elle ne réussit que grâce à l'impulsion énergique du commandant Voyron, des tirailleurs sénégalais, qui avait dû remplacer le commandant supérieur tombé malade à Matam.

Commencée le 20 octobre 1880, cette concentration ne fut terminée que le 2 janvier 1881. Le lieutenant-colonel Borgnis-Desbordes quittant Médine le 10 janvier, arrivait à Bafoulabé — le 17 — où il y laissait ses malades. De là, par Badumbé, il gagnait le Bakhoy, qu'il franchit en deux jours au gué de Tonkolo et atteignit Kita le 7 février.

Le jour même, les travaux du fort furent commencés; mais bientôt ils durent être interrompus. Un village, Goubanko, maltraitait les envoyés des Français; le colonel résolut de les mettre à la raison. Il se porta le 11 février contre Goubanko avec 300 hommes et deux pièces de canon. Il fallut faire brèche au tata et donner l'assaut. Le commandant Voyron et ses tirailleurs se ruèrent dans le village et s'en rendirent promptement maîtres. Le 8 mai, on se mit en route pour Médine, laissant au poste de Kita le capitaine Monségur, 4 officiers et 130 tirailleurs sénégalais, en outre 4 canons et des vivres pour un an.

Le 13 novembre, l'amiral Cloué fit voter un crédit de 8.552.751 francs pour l'établissement de la ligne ferrée Kayes-Bafoulabé.

Le lieutenant-colonel Borgnis-Desbordes conserva pendant trois ans son commandement. Le 26 décembre 1881, les troupes arrivèrent à Bafoulabé et le 30 à Badumbé où furent commencés les travaux d'un poste. Le 9 janvier 1882, la colonne était à Kita et reprenait les travaux du fort Le 14 juin suivant, le lieutenant-colonel quittait ce poste, y laissait le capitaine Piétré et se dirigeait sur Kayes. Sept cents kilomètres de voie ferrée furent complètement exécutés, 500 autres furent commencés, ainsi que le pont de Sapahrah, aux portes de Kayes. On avait terminé le fort de Kita et construit celui de Badumbé.

Le but de la campagne 1882-1883 était de créer un poste

à Bammako, un autre à Niagassola, et de chasser les Toucouleurs de Mourgoula.

Le 22 novembre 1882, le lieutenant-colonel Borgnis-
Desbordes part de Sabouciré avec 542 combattants et
atteint Kita le 16 décembre. Il profite de son passage dans
ce poste pour détruire Mourgoula. Il le fait sans coup
férir. Les habitants sont renvoyés dans leur pays et la
citadelle est rasée.

Le 7 janvier 1883, il quitte le fort de Kita et va attaquer
le village dissident de Kondou. Une colonne d'assaut,
composée d'une compagnie d'infanterie de marine et
d'une compagnie de tirailleurs sénégalais, sous les ordres
du capitaine Combes, pénétre dans le village et s'en
rend maîtresse, après une lutte acharnée et meurtrière.
La marche est ensuite reprise et on arrive à Bammako
le 1er février ; on entreprend aussitôt les travaux du fort.
Le télégraphe unit alors Kita à Kondou et Bammako. Un
poste est créé près du Niger, à côté de ce dernier village.
Le projet Faidherbe était réalisé.

En 1883-1884, le lieutenant-colonel Boilève succéda au
colonel Borgnis-Desbordes, comme commandant supérieur. Les travaux du chemin de fer furent poussés avec
activité. Le poste de Kondou fut construit.

Le commandant Combes recueille en 1884-1885 la succession du lieutenant-colonel Boilève, et installe le poste
de Niagassola. Les travaux du transsoudanien sont
poussés jusqu'à Diarnou.

Le lieutenant-colonel Frey, de l'infanterie de marine,
succède comme commandant supérieur du Haut-Sénégal
à M. Combes, pour la campagne 1885-1886. Sa tâche première est de chasser Samory qui avait poussé ses troupes

près de Kita. L'ennemi est surpris au marigot de Fatako-Djinko, le 10 janvier 1886. Samory demande la paix et un traité est conclu avec lui.

En avril 1893, le capitaine Marchand s'emparait de la ville de Kong, dont la prise n'était que le prélude d'une expédition plus importante devant partir de la Côte d'Ivoire sous les ordres du lieutenant-colonel Monteil.

La colonne dirigée par cet officier eut affaire à forte partie. Au prix de mille difficultés et de maints combats, elle avait réussi à tenir en échec les bandes de Samory, et déjà elle pouvait entrevoir des succès plus décisifs, lorsqu'elle fut rappelée brusquement sans qu'on ait jamais su pourquoi.

Samory supposant, devant cette retraite, qu'il nous avait intimidés, n'en devint naturellement que plus agressif. On eut alors la faiblesse de vouloir le prendre par la persuasion et la douceur. On lui envoya des missions qu'il accueillit d'abord assez bien, mais dont la dernière, celle du capitaine Braulot, devait finir tragiquement. Attiré dans un guet-apens, au mois d'août 1897, le jeune officier fut assassiné ainsi que son escorte, par ordre de Samory.

Dès lors, on résolut de reprendre énergiquement l'action. Au commencement de 1898, la colonne des commandants Candrelier, Pineau et de Lartigue poussa les opérations avec vigueur. La prise de la ville de Sikasso, la cité la plus importante, la mieux défendue du farouche almamy, fut le coup de grâce donné à sa puissance et à son autorité.

De 1886 à 1888, le lieutenant-colonel Galliéni nous débarrasse de Ahmadou et obtient de Samory la cession de ses États, sur la rive gauche du Niger, jusqu'au Tonkisso ; il fonde les postes de Kangoba et de Siguiri.

Le Soudan devient alors une possession, il a son autonomie administrative et le colonel Galliéni échange le titre de commandant supérieur du Haut-Sénégal pour celui de commandant supérieur du Soudan français.

En 1888-1889, le commandant Archinard, de l'artillerie de marine, remplace le colonel Galliéni. Il déloge de Khoudian les Toucouleurs d'Ahmadou, obtient de Samory la cession de ses États, sur la rive gauche du Niger, jusqu'aux limites du Sierra Leone. Il installe le poste de Kouzoussa. Puis, en 1890 et 1891, il chasse successivement Ahmadou de Ségou, puis de Nioro. Il est le premier qui établit notre puissance sur les rives droites du Sénégal et du Niger et il place sa garnison à Ségou et à Nioro. Au sud, il inaugure contre Samory une série d'expéditions qui ruinent peu à peu la puissance de ce redoutable adversaire. Il plante le drapeau français sur les murs de Kankhan.

De 1891 à 1892, le lieutenant-colonel Humbert, de l'artillerie de marine, continue l'œuvre commencée. Il conquiert la vallée du Milo, reportant, loin à l'est de cette rivière, les limites de nos possessions. Il fonde les postes de Bissandougou et de Kérouané.

En 1892-1893, le lieutenant-colonel Combes et ses lieutenants pourchassent Samory et ses bandes, les isolent des territoires de Sierra Leone et de Liberia, au moyen des postes de Farannah, Trimankono, Kinidoungou, Beïhah. En fait, c'est la ruine de Samory qui commence.

Cerné, traqué par nos colonnes, Samory voulut se réfugier — comme jadis Abd-el-Kader au Maroc — dans la

république de Liberia. Mais, enlacé en quelque sorte
dans un filet aux mailles de fer, qui chaque jour allait se
rétrécissant, Samory fut pris. Laissons, pour le récit de
cette importante capture, la parole à notre très distingué confrère André Mevil.

« Peu de choses surpassent dans l'horreur cette poursuite du sanglant aventurier, du tyran barbare et rusé
qui tant d'années a tenu en Afrique nos armes en échec,
l'almamy Samory. Le capitaine Gouraud part le 24 sept-
tembre, erre le 25 dans la pluie et dans la boue, apprend
le 26, par un sofa déserteur, que l'almamy est à quelques
jours de marche de là. Mais pour le rejoindre, il faut
suivre la route même qu'il a suivie avec son armée en
débandade, près de 60.000 êtres, hommes, femmes,
enfants qui se traînent, épuisés de fatigue et de faim, et
qui tombent par centaines sur le sol, où ils crèvent et
pourrissent. Il faut suivre dans la forêt cette route jalon-
née de cimetières en plein air, marcher, à 250, dans une
épaisse lie humaine de cadavres en putréfaction. A Zou-
goufeno où on campe le soir, le lieutenant Jacquin et le
docteur Boyé, qui couchent dans la même case, en sont
chassés par des vers qui ont abandonné leur proie, à la
recherche d'un repas nouveau. Le 27, le 28, la chasse continue. On piétine des sentiers pleins de la terrible fange
empoisonnée, on traverse des clairières jonchées de traînards, agonisants et morts. Des squelettes retrouvent un
souffle, se dressent, crient : « Père, j'ai faim ! » On
approche. Il paraît que l'almamy se garde mal sur ses
derrières. Il se croit suffisamment protégé par son infranchissable barrière de cadavres. Le lendemain 29, grande
émotion pour la petite colonne. On découvre, à l'aube, au

sortir de la forêt, une allée verdoyante, et derrière une
coupe boisée, dans le ciel clair, des colonnes de fumée à
perte de vue. Elles flottent sur un immense campement
invisible. Samory est là.

« Le capitaine prend ses dispositions : deux sections à
l'assaut, dans le silence le plus absolu. Défense formelle de
tirer un coup de fusil. Ordre de traverser le campement
au pas accéléré, jusqu'à la case de Samory. La surprise
doit être foudroyante. Deux sections en réserve. Une
autre à la garde du convoi. Et, sur-le-champ, tout s'exécute. Les deux sections de tête, capitaine Gaden et lieutenant Jacquin, pénètrent comme un coin dans cette masse
humaine, tout engourdie encore du réveil, et qui les
regarde passer, hébétée. Il est 8 heures, les femmes
font le couss-couss. Samory devant sa case, sur une
chaise longue, lit le Coran, entouré de quelques fami-
liers.

« Soudain, il aperçoit les chéchias des tirailleurs.
Seconde de stupeur et d'affolement. Il s'élance, s'enfuit à
toutes jambes, cherchant un cheval. Il entend derrière lui
les pas précipités de la poursuite, fait un crochet. « Halte !
halte ! Samory ! » crie à quelques pas de lui le sergent
Bratières. Alors l'almamy roule à terre, épuisé de fatigue
et d'émotion. Tout est fin : Cette foule qui commençait à se
ressaisir, à courir aux armes, n'a plus de chef. L'insai-
sissable est pris, l'invincible est vaincu. Elle se rend.
Bilan de la journée : Samory, ses 300 femmes, ses 320 fils,
60 chefs, marabouts et griots, 1.800 sofas, 50.000 indivi-
dus — reste des 120.000 qui étaient entrés dans la forêt
— 500 fusils à tir rapide, 1.000 fusils à pierre, 90 caisses
de cartouches et 20 barils de poudre, 230.000 francs en or,

60 chevaux et 130 bœufs ! Total des vainqueurs : 9 Européens et 213 tirailleurs. »

Ici, c'est le capitaine Gouraud qui parle et cette fin est
empruntée à son rapport :

« La colonne fait sa rentrée à Beyla, le 17 octobre, à
8 heures du matin. Les canons du poste tonnent. Des milliers d'indigènes sont venus contempler ce fameux Samory
qui a jeté si longtemps la terreur sur ces contrées. Le
carré est formé devant le poste, Samory au milieu, et l'on
rend les honneurs au drapeau. Pendant que les trois couleurs montent lentement dans l'air pur du matin et
qu'éclate la sonnerie si vibrante « au drapeau », Samory
se voile la figure avec les mains comme s'il comprenait
que cet instant proclame sa chute ; ses fils regardent
curieux, indifférents, et, nous, nos cœurs se tendent pas-
sionnément vers ce drapeau bien-aimé. Minute inoubliable, qui paie au centuple, pour des cœurs de soldat, de
toutes les peines, de tous les dangers. »

Samory, une fois entre nos mains, fut relégué au Congo.
Depuis que lui et ses hordes ont été expulsées ou détruites,
le calme et la tranquillité ont régné au Soudan français.

L'œuvre colonisatrice, délivrée qu'elle est maintenant
des entraves incessantes que lui créait cette guerre ininterrompue de razzias, de ruines et de meurtres, a repris
vigoureusement son cours. A l'ombre de notre drapeau,
elle se fait, de jour en jour, plus prospère, plus forte dans
ces fertiles contrées, et, comme au Tonkin, comme au
Dahomey, comme à Madagascar, cette ère de paix, de
calme, de travail est encore due au courage et au dévouement de nos soldats de France, en tous temps pionniers
de la Civilisation et du Progrès.

VI

MADAGASCAR
(1895)

Figure sur les drapeaux et étendards des 200ᵉ d'infanterie (1), du
régiment d'Algérie, des bataillons de chasseurs, du 1ᵉʳ chasseurs
d'Afrique, du 38ᵉ régiment d'artillerie, du 6ᵉ génie, du 10ᵉ régiment
d'infanterie coloniale (ex-de marine), du 2ᵉ régiment d'artillerie
colonial (ex-de marine) et du train des équipages militaires.

Le fait capital de l'histoire militaire de la France, dans
ces dix dernières années, fut la conquête de la grande île
de Madagascar, accomplie en sept mois, du 1ᵉʳ février au
30 septembre 1895.

La campagne qui a donné lieu à cette occupation défi-
nitive avait ses origines dans un passé lointain. En effet,
c'est en 1642, sous le roi Louis XIII, que le trafiquant
Rigault était invité, par Richelieu, à prendre possession de
Madagascar, au nom de la France. La grande idée
du Cardinal de Richelieu se poursuivit en 1643, avec
Prony et Foucquembourg, qui s'établirent à Maghélia ;
puis avec de Flacourt en 1648 ; Mondevergne en 1670 ;
Praslin en 1767, qui fit reprendre le fort Dauphin ; avec
Bessiowski en 1774 ; sous le premier Empire, en 1810 ; en
1825, sous la Restauration, enfin sous Louis-Philippe et

---

1. Déposé, le 15 juin 1897, au Musée d'artillerie de l'Hôtel des
Invalides, ce drapeau a été transporté il y a peu de temps au
Musée de l'Armée.

sous le second Empire. La troisième république a su changer nos anciens droits en une conquête définitive.

Nous allons maintenant retracer rapidement cette campagne qui, malgré de pénibles fatigues et l'inclémence d'un climat meurtrier, s'est heureusement terminée pour l'honneur de nos armes, pour la gloire du pays.

Préparée pendant les sept derniers mois de l'année 1894, l'expédition commence, en réalité, au mois de janvier 1895, époque à laquelle une compagnie d'infanterie de marine occupe Majunga.

Le 28 février 1895 arrive le *Schamrock*, ayant à son bord le général Metzinger et le 3e bataillon des régiments d'Afrique, commandé par M. Debroue.

C'est le 8 mars que la première colonne française, formée par la 12° compagnie des tirailleurs, sous le commandement du capitaine Gatel, se mit en marche vers Marovoay. Une compagnie du génie, dont les coolies portaient les pioches et les instruments, suivait.

La petite colonne s'arrêta à Ankaboka, sur la rivière Betsiboka, qui devint le centre du ravitaillement et des évacuations nécessitées par le climat torride et les fièvres paludéennes (3 avril).

Le 28 avril, il y avait, en rade de Majunga, 17 navires affrétés et 13 appartenant à la marine française, portant des troupes et du matériel.

A la fin d'avril, le général Metzinger reprend l'offensive avec le concours de la marine.

Combinant les forces de terre et de mer dont il dispose, il envoie, par terre, le colonel Oudry et les régiments d'Algérie, pendant que le capitaine de vaisseau (depuis contre-amiral) Bienaimé, ayant avec lui le *Gabier* et les vedettes du *Primanguet* et du *Shamrock* remonte la Betsikoba et la rivière du Marovoay, prenant ainsi, à revers, l'ennemi et ses positions.

Le 2 mai, au matin, le premier coup de canon de la campagne — qui s'ouvre effectivement pour ne plus s'arrêter — est tiré par le *Gabès* contre le Bowa-Howa, dans lequel le lieutenant indigène Larby entre peu de temps après, suivi par le capitaine Gatel et ses tirailleurs, et par le commandant Bienaimé qui y arbore le drapeau français. Marovoay était à nous, d'autant plus que le colonel Oudrey — qui avait tourné la position et dominait la ville — attendait, pour y entrer, que les marins y eussent pénétré.

La prise de Morovoay eut un grand effet sur les populations malgaches terrifiées par les effets de nos projectiles.

Le 6 mai, le général Duchesne, commandant en chef, arrive à Majunga et prend toutes les dispositions nécessaires pour la suite à donner à l'expédition et à la marche sur Suberbieville et Tananarive.

Déjà, le général Metzinger était sur la route de Mevatanana. Le 22 mai, il culbutait les Hovas à Trabodjé. C'est à ce combat que les Sakalaves, dont les Hovas croyaient avoir bon marché, tirèrent leurs premiers coups de fusil. Appuyés par nos soldats, ces auxiliaires Sakalaves se comportèrent bravement, et eux qui, jusqu'alors, avaient peur des Hovas, les mirent en fuite, après leur avoir tué, à la baïonnette, 62 hommes. Dans ce combat, le lieutenant français Foreston fut blessé.

Le 31 mai, le général Metzinger prenait Ambato et, le 3 juin, il était maître du confluent de la Balsikopa et de l'Ikopa.

C'est là que se distinguèrent les artilleurs de la 15e batterie du département de Constantine, commandée par le capitaine Levail. En dépit de tous les dangers, Hovas, crocodiles, fièvres, ils remontèrent, ayant de l'eau jusqu'à mi-corps, un chaland au confluent de l'Ikopa, et y établirent un va-et-vient.

Un mois après, de toute cette admirable 15e batterie, il ne restait plus que le capitaine, 2 lieutenants, le brigadier-maréchal, le maréchal des logis et 6 hommes : la fièvre avait tué tous les autres. Salut à ces braves ! Honneur à leur mémoire !

Le 4 juin, le général Duchesne arrive au camp de Marolalo.

Le 5, le général Metzinger marche sur Mevatanana. Le 8, il occupe le col de Beratsinana, vigoureusement défendu par les Hovas. Le 9, il se remet en marche, franchit le gué de la Nandroiana et commence le mouvement tournant qui doit lui permettre d'attaquer plus facilement Mevatanana.

Pendant ce temps, le général Duchesne gagne Suberbieville.

Du 9 juin au 28 juillet, le commandement y séjourne.

Le 28 juillet, escarmouche de Tsaraotra.

Le 18 août, combat de Saovandriana.

Le 22, prise d'Andriba. C'est alors que le général Duchesne, voyant son armée décimée par la fièvre, compose une colonne volante.

La colonne avait 180 kilomètres à faire à travers montagnes, ravins, cours d'eau, sans même de sentiers indiqués, dans un pays dénué de toutes ressources. Rien n'a rebuté nos braves petits soldats.

Partis le 12 septembre d'Andriba, ils ont combattu, sous les ordre directs du général en chef à Tsinaïnondry et à Kinajy, combats qui leur ont ouvert le chemin de Tananarive.

Ils ont franchi les hautes falaises de Ambohimersa, au-dessus desquelles 8.000 Hovas s'étaient fortifiés ayant, avec eux, 3o pièces de canon.

Maharidaza, Tandrokomby, Ambatoaronaina, Ankajobe, le massif de l'Angavo, le plateau central (1.200 mètres d'altitude), la chaîne abrupte des Ankaratros ont retenti du bruit de nos fusils.

A Babay, première porte ouverte, pour ainsi dire, sur la capitale, nos troupes se sont vaillamment battues, et ont emporté d'assaut les travaux de défense, longtemps à l'avance préparés par l'ennemi.

Nosivola, Ambohidratimo sont les dernières étapes de cette marche aussi difficile pour nos soldats que glorieuse pour leurs armes.

Enfin, le 3o septembre, le général Duchesne, à la tête de sa colonne volante, entrait dans Tananarive, capitale de la grande île africaine que les Hovas ont, en vain, tenté de défendre.

Le 11 octobre 1895, les ministres réunis en conseil, recevaient la communication officielle de la prise de cette capitale et de la soumission de la reine de Madagascar et de son peuple.

Le Conseil des ministres, en réponse à cette communication, adressait alors au général Duchesne le télégramme suivant :

Dépêche du gouvernement au général Duchesne :

« Au nom de la France entière, le gouvernement de la République vous adresse ses félicitations ainsi qu'aux officiers, sous-officiers et soldats de l'armée de terre et de mer.

« Vos admirables troupes, celles de la vaillante colonne de Tananarive, comme celles qui gardent vos communications, après les avoir ouvertes, au prix d'efforts inouïs, toutes ont bien mérité de la Patrie. La France vous remercie, général ! »

Voici maintenant un extrait du carnet de campagne d'un excellent et brave officier du régiment d'Algérie, le commandant Lentonnet, qui donne sur la prise de Tananarive des détails très vécus et naturellement très intéressants. Malheureusement, ce vaillant soldat, promu lieutenant-colonel, mourut à bord du navire qui le ramenait en France, des fatigues de cette campagne.

«... A 5 h. 20, le régiment est en marche vers l'est ; il reçoit des obus des positions hovas, à l'ouest et au nord ; mais nous ne nous arrêtons pas. Ces obus, mal dirigés, ne nous causèrent aucune perte. Nous continuons le mouvement tournant par les hauteurs boisées et le village d'Andrianariwa. La marche se prolonge jusqu'à 10 heures.

« On se bat à l'arrière. Nous entendons la fusillade. De son côté sont les Haoussas qui se chargent de repousser l'ennemi.

« A 10 heures, nous sommes en vue de la position à enlever. Les bataillons se forment en colonne double et se mettent en marche. Des obus éclatent dans les espaces vides. Un officier indigène est renversé, mais il se relève aussitôt sans aucun mal.

« Arrivés à la dernière crête, la plus proche de l'ennemi, nous faisons halte et nous attendons l'artillerie. Le 3ᵉ bataillon qui était à gauche du mien se trouve à droite. La 1ʳᵉ compagnie de ce bataillon est au bas des crêtes, derrière les maisons du petit village. Le capitaine qui la commandait, s'étant lancé trop audacieusement et prématurément en avant, perd en quelques instants 23 hommes, dont 1 sergent-major tué et 2 officiers blessés. La compagnie du capitaine Delbousquet se porte à son secours et la dégage promptement. De notre côté, nous exécutons des feux à 1.800 mètres. L'ennemi recule.

« L'artillerie arrive et ouvre le feu sur la position bien fortifiée de l'Observatoire, à l'est de Tananarive, et sur laquelle s'élevait autrefois un observatoire appartenant à la mission française et que les Hovas ont détruit. Cet observatoire devient notre objectif et nous le criblons de feux, à 1.700, puis à 1.400 mètres.

« Les Hovas doivent bientôt abandonner leurs tranchées.

« Notre artillerie continue à tonner contre les batteries ennemies et les fait taire. Le bataillon se met alors en marche pour enlever la position. Les tirailleurs sakalaves s'avancent à notre gauche ; ils arrivent à l'Observatoire les premiers et leurs officiers tournent aussitôt un canon, abandonné par l'ennemi, contre la ville de Tananarive.

« Les obus pleuvent autour de nous, sans heureusement toucher personne.

Pendant l'exécution de ces mouvements l'infanterie de

marine, servant de pivot, avançait lentement au nord et
conformait son mouvement au nôtre. Le 200ᵉ et le bataillon de la Légion étrangère, restés en réserve, arrivaient à
leur tour. L'artillerie enfin descendait des crêtes du haut
desquelles elle avait éteint le feu des retranchements
ennemis et commençait immédiatement le bombardement
de Tananarive.

«Les obus à mélinite produisent des effets terribles.
L'un d'eux éclate sur le palais de la reine.

« A 3 h. 1/2, le général Metzinger me donne l'ordre
suivant:

« *Le 2ᵉ bataillon du régiment est chargé d'enlever le
secteur compris entre l'église catholique à l'est et le
palais de la Reine.*

« *Des sapeurs du génie seront adjoints au bataillon,
dans le but de faire sauter à la dynamite les maisons
qui empêcheraient de tourner les barricades.*

« *Aller vivement et éviter des pertes.* »

« Tout était prêt pour l'assaut. A ce moment, le drapeau
de la Reine disparaît du sommet du palais où il était
arboré. Un drapeau blanc le remplace.

«C'est la capitulation, c'est la fin. Le feu cesse de notre
côté. Des parlementaires arrivent et sont conduits au
général. Une demi-heure plus tard, nous avançons sans
rencontrer de résistance jusqu'à la ville et nous péné-
trons par des rues ou des sentiers indescriptibles jusqu'à
la place Andohalo, où nous bivouaquons à 5 h. 1/2. »

Après le retour en France des autres corps, réduits à
quelques centaines d'hommes, le régiment d'Algérie, composé de soldats résistants, entraînés et admirablement
commandés, conservant seul un effectif assez fort, demeura

encore de longs mois à Madagascar et fournit des détachements à toutes les colonnes dirigées contre les rebelles.

Ses pertes, pour être moindres que celles des autres troupes du corps expéditionnaire, furent cependant très sensibles et donnent une idée exacte des périls et des difficultés climatériques surtout, qu'eurent à vaincre nos soldats. Sur un effectif de 64 officiers et 2.000 hommes de troupe environ, le régiment d'Algérie eut à déplorer la mort de 2 officiers supérieurs qui succombèrent aux fatigues de cette dure campagne, les chefs de bataillon Lentonnet et Debrou (le premier venait d'être nommé lieutenant-colonel et rentrait en France) et 5 officiers de troupe, dont 1 blessé mortellement au combat du 29 juin, le lieutenant Augey-Dufresse. La troupe compta 591 décès dont 22 seulement par le feu de l'ennemi. Mais qu'étaient ces pertes auprès de celles du 200e qui laissait à Madagascar près de 1.100 des siens et du 40e bataillon de chasseurs qui, sur un effectif de 900, perdit 506 hommes !...

A la fin de l'année 1897, les divers éléments composant le régiment d'Algérie ayant successivement rejoint leurs corps d'origine, ce régiment se trouva dissous. C'est alors que le général Galliéni, qui avait reçu en dépôt le drapeau de cette vaillante troupe, eut la louable idée de le faire remettre aux Invalides, afin qu'il prenne place à côté de son ancien compagnon d'armes de Madagascar, le drapeau du 200e de ligne. A cet effet, il le confia au capitaine Villemin, un ancien du régiment d'Algérie, qui, s'embarquant sur le *Pei-Ho*, débarquait à Marseille avec son précieux dépôt.

Le noble emblème, après avoir reçu les honneurs de la

garnison et le salut du commandant du 15ᵉ corps, le général Metzinger, repartait pour Paris, accompagné d'une députation de l'ancien régiment d'Algérie.

Nous terminerons ce court historique en reproduisant la mâle et vibrante allocution qu'adressa à Marseille, à ses anciens compagnons d'armes, le général Metzinger. Nul n'était plus qualifié que lui pour rendre au drapeau du régiment d'Algérie ce suprême hommage, car ce fut sous ses ordres que constamment marcha et combattit ce régiment. Nulles paroles, non plus, ne peuvent plus éloquemment résumer les beaux services de cette troupe qui ne vécut que pour assurer à la France une de ses plus belles colonies :

« C'est avec respect et avec émotion, dit-il, que nous et saluons, drapeau du régiment d'Algérie ! Avec respect, parce que là-bas, sur l'île lointaine, tu étais l'incarnation de la Patrie qui, dans les moments difficiles, exaltait les courages ; avec émotion, parce que, si tu as été le témoin des jours de triomphe, tu as été aussi celui des journées d'épreuves et de deuils.

« Honneur au drapeau qui, de Marovoay à Tananarive, a toujours été au premier rang, qui a jalonné, toujours droit et fier, la voie tracée par le devoir et le patriotisme ; honneur à ceux qui, sans murmure, sans une défaillance, t'ont suivi jusqu'à l'extrême limite de leurs forces ; qui, se sacrifiant pour t'honorer et te grandir, sont morts pour toi !

« Qui donc, devant pareil sacrifice, oserait douter de toi, drapeau, et méconnaître la grandeur de l'idée que tu symbolises ? Le pur et absolu dévouement des vaillants soldats qui t'ont donné jusqu'à la dernière goutte de leur sang, a mis autour de tes couleurs une précieuse auréole, a ravivé la foi dans la sainteté de ta mission et t'a rendu à tout jamais sacré.

« La France le comprend et le veut ainsi : c'est pou, glorifier ceux qui sont morts pour elle que, tout entièrer sans distinction d'opinion ni de parti, elle vient de se dresser, frémissante, et de te serrer plus étroitement sur son cœur où, sois-en sûr, les insultes et les blasphèmes des sans-patrie ne sauraient t'atteindre. »

Le général Metzinger termine sur ces énergiques paroles :

« Confiant dans les luttes prochaines, ô Drapeau ! nous ne te disons pas adieu, mais au revoir ! »

VII

DE L'ATLANTIQUE AU NIL

(MISSION MARCHAND)

(juin 1896 à juillet 1898)

———

Nous ne saurions mieux terminer ce chapitre : *La Con-quête coloniale*, qu'en retraçant dans ses grandes lignes l'admirable expédition du colonel Marchand, à travers les régions mystérieuses et inconnues de l'Afrique cen-trale. Il sut accomplir cette prodigieuse odyssée, unique jusqu'ici dans les fastes coloniaux de toutes les nations, avec une poignée d'hommes, à travers mille difficultés, mille périls, et réussit à parcourir, avec ses braves et hardis compagnons, la distance immense qui sépare Loango de Fachoda, c'est-à-dire l'Atlantique du Haut-Nil.

Les causes qui avaient provoqué cette marche d'intré-pides soldats de France vers le Haut-Nil, ne sont encore que peu connues du grand public. Pour la plupart, cette mission a été une démonstration inutile et dangereuse — pour si glorieuses qu'en aient été les péripéties qui ont atteint l'épopée — parce que son issue ne fut, en réalité, d'aucun profit pour notre nation. Pour quelques-uns — et nous sommes du nombre — le but de la mission Marchand était parfaitement défini : c'était la conséquence naturelle, nécessaire même, de notre occupation méthodique du Haut-Congo. C'était notre œuvre de 1894 qui se poursuivait normalement. On va d'ailleurs en juger par l'exposé qui suit.

Si nous remontions fort avant dans les fastes de notre histoire coloniale, nous verrions que l'idée première de l'occupation des arrière-pays de notre colonie du Congo, est due à l'explorateur et à l'inventeur de cette colonie, M. Savorgnan de Brazza.

Établis successivement depuis 1873 dans les vallées de l'Ogoué, de l'Alima, de la Licona, du Niari-Kolinou, nous songeâmes bientôt à étendre davantage notre domination vers le centre africain.

En 1894, à la suite de l'arrangement franco-anglais, nous donnant le Thalweg de M. Bomou, affluent de l'Oubanghi, comme limite à nos possessions, le gouvernement songeait à entreprendre l'occupation rationnelle des territoires et des postes que les Belges reconnaissaient comme nôtres, et dont ils venaient de nous abandonner une partie, occupée précédemment par eux. Avant la conclusion de cet arrangement, le lieutenant-colonel Monteil avait été envoyé à la tête d'une importante mission, comprenant une dizaine d'officiers et 600 Sénégalais, en vue d'opérer dans les territoires du Haut-Oubanghi.

C'est alors que pour donner plus d'importance à ces territoires, il fut décidé que notre grande colonie se diviserait en deux parties : l'une, le Congo français, comprenant le bassin côtier, le Bas-Congo et le Bas-Oubanghi ; l'autre, le Haut-Oubanghi, comprenant la région de M. Bomou avec le poste d'Abiras, comme base d'action.

La première de ces colonies était placée sous la direction de M. Brazza, la seconde sous celle du lieutenant-colonel Monteil, avec mission d'étendre l'influence française dans toute la région du Haut-Oubanghi.

Le lieutenant-colonel Monteil n'eut pas le loisir d'accomplir le programme qu'il s'était tracé et qu'il eût, avec sa connaissance des régions africaines, son intelligence, son énergie et sa vigueur habituelles, accompli avec succès. En effet, peu de temps après son arrivée à Loango, on le rappelait avec ses troupes et on l'envoyait combattre Samory, guerroyant alors dans le pays de Kong. Mais le départ du vaillant explorateur ne devait pas arrêter les projets d'expansion dans le Haut-Oubanghi, projets qui furent repris par M. Liotard, alors détaché dans la région de l'Oubanghi, comme commissaire du gouvernement.

Dès le commencement de 1895, il fut constant que les succès obtenus auprès des populations de Semio, de Rafaï et autres affirmaient de plus en plus notre extension. Peu à peu, l'excellente impulsion donnée par M. Liotard à ce mouvement d'expansion, nous conduisait au delà du territoire de M. Bomou, dans ces vastes contrées de Barh-el-Ghazal qui sont les points de contact entre les bassins du lac Tchad, du Congo et du Nil. Là, nous allions nous trouver au milieu de territoires habités par des populations inconnues et à peu près inexplorées, où nous pouvions nous heurter à des tribus guerrières très redoutables ou bien même aux bandes madhistes. Il fallait donc songer, sans retard, à consolider — et, à défendre au besoin — notre autorité établie jusque-là, bien plus par la persuasion que par la force. Une action militaire vigou-

reuse s'imposait et doublement, car il était devenu urgent
de nous créer un point d'appui pour la sauvegarde de
notre influence de plus en plus rayonnante.

C'est alors que fut confiée au commandant Marchand
l'expédition du Haut-Oubanghi. Le choix était particulièrement heureux. Depuis sept années presque consécu-
tives dans le centre africain, cet officier, soldat de fortune,
jeune, intrépide, vigoureux, avait conçu pour le théâtre
de ses quotidiens exploits une fanatique affection et c'est
avec une audace, une énergie et un courage que les événements n'ont guère démenti, qu'il allait entreprendre l'expédition périlleuse dont le gouvernement français venait de
le charger.

Pendant qu'il formait en France sa mission, M. Liotard,
au Congo, organisait tout en vue de lui faciliter sa tâche
et de lui assurer son ravitaillement. Ce fut au mois de
juin 1896 que Marchand s'embarqua pour l'Afrique,
emmenant avec lui les capitaines Baratier, Germain et
Mangin, le lieutenant Largeau, l'interprète Lauderoin, le
médecin de la marine Emily, l'adjudant de Pradt et 12 sous-
officiers français, choisis parmi les plus vigoureux, les
plus braves de notre infanterie de marine. Pour accentuer
encore le caractère de cette mission d'occupation, un officier de marine, l'enseigne de vaisseau Dyé, fut adjoint à la
mission, avec charge de faire transporter, dans le bassin de
Bahr-el-Ghazal, une canonnière de la flottille de l'Oubanghi.

Le 22 juillet, nos compatriotes arrivaient à Loango. On
se rappelle les terribles débuts de l'expédition : le pays
en pleine révolte de Loango à Brazzaville, les routes coupées, les porteurs introuvables. Marchand, pris d'un accès

pernicieux, est à deux doigts de la mort ; enfin, après les mille et une péripéties que tout le pays aujourd'hui connaît, la mission arrivait complète à Fachoda et y déployait le Drapeau de la France. Mais, à l'heure précise où Marchand prenait possession du point d'appui rêvé pour notre expansion, le sirdar Kirtchener, à la tête d'une armée victorieuse à Ondurman, venait heurter ses têtes de colonne à notre petite troupe.

Le devoir de la France était de maintenir l'état de choses accompli et de ne pas désavouer son vaillant champion. Malheureusement, nous n'étions pas prêts et, malgré les sacrifices énormes que le pays s'était imposés pour la réfection de sa flotte — depuis plus de vingt ans — cette dernière ne pouvait lutter avec celle de l'Angleterre. D'un autre côté, le coin de terre égyptien, conquis au prix de tant d'efforts, de tant de volonté, et si important au point de vue de notre influence future dans nos possessions du Haut-Congo, ne valait cependant pas la vie de milliers de marins français. Nous cédâmes. Le commandant Marchand reçut l'ordre d'évacuer Fachoda, et dans une convention, signée en septembre 1898, à Londres, la France abandonnait ses droits sur la région du Bahr-el-Ghazal, arrosée par Haut-Nil. En échange, l'Angleterre reconnaissait officiellement la France comme étant la suzeraine incontestée du vaste empire africain, bordant les rives nord-est et sud du lac Tchad, ainsi que de tout l'hinterland de la Tripolitaine.

Le résultat n'était pas trop fâcheux, au point de vue de la cohésion de ces possessions, cohésion qui nous permettra la réalisation du chemin de fer transsaharien, rêvé depuis si longtemps par tous les Français qui ont étudié la question de notre expansion coloniale dans le continent africain. Mais il n'est pas moins amer de constater que nous pouvions prendre dans les affaires anglo-égyptiennes une influence légitime, nécessaire même, qui eût été la résultante de l'expédition Marchand, si l'occupation de Fachoda, par une garnison française, eût été définitive. Cette influence, préconisée par les Liotard, les Marchand, les Monteil, les Brazza, par tous ces intrépides pionniers de la civilisation française en Afrique, est aujourd'hui neutralisée et nous sommes, pour une époque indéterminée, dans l'impossibilité de faire échec à la domination anglaise en Égypte et dans les régions arrosées par le Haut-Nil.

Aussi comprenons-nous combien, pour Marchand et ses compagnons d'armes, le calvaire de Fachoda a dû sembler dur à redescendre, mais que tous le sachent bien — malgré l'insuccès voulu de leur expédition—leurs exploits subsistent et subsisteront toujours, avec la même intensité, dans la mémoire et le cœur de tous les Français. Ils ont bien mérité de la Patrie, et l'accueil enthousiaste qu'à leur arrivée en France leur a réservé le pays entier, a prouvé que leur courageuse conduite, que leur superbe dévouement à la cause française ont été appréciés aussi pleinement, aussi unanimement que si leur œuvre eût été durable.

TABLE DES MATIÈRES

CHAPITRE II

L'Épopée Impériale

D'Austerlitz à Waterloo (1805-1815)

CHAPITRE III

LES CAMPAGNES CONTEMPORAINES

CHAPITRE IV

LA CONQUÊTE COLONIALE SOUS LA TROISIÈME RÉPUBLIQUE

IMP. JOUVE ET Cᵉ, 15, RUE RACINE, PARIS